Li Zhun
Yanjiu
Luncong

李準研究论丛

魏华莹 —— 编

河南大学出版社
HENAN UNIVERSITY PRESS
·郑州·

图书在版编目（CIP）数据

李凖研究论丛 / 魏华莹编． -- 郑州：河南大学出版社，2025．5． -- ISBN 978-7-5649-6357-6

Ⅰ．I206.7-53

中国国家版本馆 CIP 数据核字第2025RK4267号

责任编辑	任湘蕊
责任校对	时　娇
装帧设计	高枫叶

出版发行　河南大学出版社
　　　　　地址：郑州市郑东新区商务外环中华大厦2401号
　　　　　邮编：450046
　　　　　电话：0371-86059701（营销部）
　　　　　网址：hupress.henu.edu.cn
排　　版　河南大学出版社设计排版中心
印　　刷　郑州最美印务有限公司
版　　次　2025年5月第1版　　　　　　印　次　2025年5月第1次印刷
开　　本　710 mm×1000 mm　1/16　　 印　张　19.5
字　　数　310 千字　　　　　　　　　定　价　59.00 元

（本书如有印装质量问题，请与河南大学出版社联系调换。）

前言

　　李凖，曾名李准，是共和国培养的具有典范性和方向性的新型作家，他在小说、电影、戏剧、特写、唱词等领域都取得了诸多成果，多部作品因兼具人民性和艺术性被跨媒介传播，亦是当代作家中唯一集茅盾文学奖，电影金鸡、百花最佳编剧奖于一身的写作者。本书稿以作家李凖的自传与自述、创作谈、代表性研究文章为线索，旨在客观、完整、系统呈现其文艺创作道路与得失。附录部分整理了李凖的创作及研究资料索引。

　　现有的李凖研究资料，较早的是1979年江苏师范学院中文系所编《中国当代文学研究资料·李准专集》，整理了李凖小传、生平创作、评论文章。2017年信阳师范学院出版的《中原作家群研究资料丛刊·李准研究》，编选其自述、访谈、研究论文、作品年表。这些资料整理为本书的编选提供了学术积淀，但随着时间的推移以及笔者近年来对于李凖研究的深入，认为应着力考察李凖作为新中国培养的第一代作家的独特意义。

　　李凖的创作道路集中体现了新型作家的培养机制，他参与的合作化进程以及他文艺特派员的身份，使其创作始终在政策的引领下，不同时期的写作反映出时代的风向，也因艺术性的呈现，使作品具有广泛的传播力和社会轰动效应。他的创作道路和当代文学进程息息相关，在不同历史时期，他都有代表性的成果，包括新中国成立初期的《不能走那条路》的写作、改编与跨媒介传播，五六十年代的战长河、李双双等典型人物的形象塑造。新时期之后，李凖面临着时代转型的写作困境，以《大河奔流》的失利为转折点，作为文艺老兵，他开始反思文学创作的经验与教训，并从生活中找阶梯，通过新艺术观的实践呈现人民性写作的转向，编写电影剧本《牧马人》《高山下的花环》，创作长篇小说《黄河东流去》等，实现人的艺术与人民艺术的再度融合。

通过整理李凖研究资料，我们可以从这位典型作家的人生和创作轨迹中发现时代文艺的轨迹，以及围绕其作品传播、文学事件映现的新中国文艺道路，进而将作家研究与文学现象考察相结合，积极推动当代文艺的史料研究、传播研究与思想史研究，这也是本书的编选目的。本书力求概括作家不同时期的创作评论，并积极吸纳李凖研究的最新成果，尝试探讨作家创作和评价的复杂性。因篇幅所限，选取了不同时期部分有代表性的研究文章，期待能为学界的作家研究和新中国文艺研究提供史料依据。

目录

自传、自述

自传 ………………………………………………………… 3
李準自述（之一）………………………………………… 7
李準自述（之二）………………………………………… 15
李準自述（之三）………………………………………… 26
李準自述（之四）………………………………………… 36

谈创作

我怎样写《不能走那一条路》…………………………… 47
我怎样学习创作 …………………………………………… 51
写《小康人家》的几点体会 ……………………………… 56
我怎样写《老兵新传》…………………………………… 59
我喜爱农村新人
　　——关于写《李双双》的几点感受 ………………… 70
写电影剧本的一些体会 …………………………………… 78
《大河奔流》创作札记 …………………………………… 88
谈文艺的社会作用 ………………………………………… 95
创作准备及其它 …………………………………………… 104
《黄河东流去》开头的话 ………………………………… 116

研究文章

读《不能走那一条路》 ··· 121
农村社会主义高潮到来的图景
　　——读中篇小说《冰化雪消》 ·································· 128
一员亲切可爱的闯将
　　——《老兵新传》观后杂感 ······································ 135
新中国妇女的颂歌
　　——谈李准同志的三篇小说 ······································ 139
新的性格在蓬勃成长
　　——读《李双双小传》 ·· 146
谈李准的小说 ··· 151
"喜"从何来？
　　——电影喜剧随想兼评李准剧作 ································ 165
《黄河东流去》的民族化特色 ······································· 176
读短篇小说《王结实》 ··· 191
值得重新审视的"辙印"
　　——李准创作成败得失漫论 ······································ 193
画出历史蜕变中的民族魂
　　——评李準的长篇小说《黄河东流去》 ······················ 206
从《大河奔流》到《黄河东流去》
　　——论转折时期李準的创作 ······································ 210
字里行间的"时势"
　　——研读李准 ··· 224
李準早年传略补遗
　　——以豫西"地方史"为视点 ···································· 248

附录一：李凖文学作品年表 …… 277

附录二：李凖研究资料索引 …… 287

自传、自述

自传

我姓李名准。生于公元一九二八年五月十七日。家乡是河南省洛阳县下屯村,现改属孟津县。我是蒙古族,原姓木华黎,后简改为李。这已经是十多代以前的事情了。我出身于农村教师兼小地主家庭,祖父、伯父、叔父都是乡村私塾教师,父亲在邻村镇上作杂货店商人,兼办邮政业务。家里有地四十多亩,人口二十余口,是个大人口家庭,也是个封建礼教色彩比较浓厚的家庭,家中并不富裕,但为了维护"诗书门第"的读书人门面,男人还必须有一件旧长袍。

母亲姓杨,娘家是贫农。外祖父是个中医。母亲从小给人家弹棉花,接触社会较多,很能干,特别是农村语言掌握得比较丰富,生动,我从她那里受到了农村语言的影响。

我六岁在邻村麻屯镇上小学,放假回家补充读《三字经》《弟子规》《朱子家训》等启蒙书。十二岁小学毕业后,到本县常袋镇达德中学,读了一年,正值河南一九四二年大旱灾,失学回家。在家中由我祖父教读。这一年多中我读了《古文观止》《唐诗合解》《乐府》等古典文学,是背诵方式。这是我一点古典文学基础。

一九四三年春天,我十五岁,因旱灾,家中仍无力送我继续读中学,就送我到洛阳车站一家盐号当学徒。我开始自己谋生并接触社会生活。在这里当了两年学徒,除了扫地、端饭、擦水烟袋等劳动外,我开始接触外国文学作品。主要是租读一个聋子租书店的外国翻译小说,有一部分俄国小说,也有欧洲的。读的比较多的是屠格涅夫、狄更斯和巴尔扎克的著作。聋子书店那百十部外国小说,我差不多租读了一遍。但当时读的不怎么懂,只是囫囵吞枣看故事。

一九四四年洛阳沦陷,日本鬼子占领洛阳后,盐号倒闭,秋天我回到家里。冬天又跟着祖父读了一段《左传》。我的祖父说："读古文开心窍，读四书五经没用了！"所以我家中虽然有三四个私塾教师，我却没有读过"四书"。

一九四五年我去到麻屯镇我父亲杂货店中，办理邮政业务。每天除收送邮件包裹外，还在镇上送报送信。当时镇上订有五六份报纸，还有一些杂志，这些都是我的读物。同时，我参加了镇上一个业余剧团，开始编些旧戏演。这件事情受到我家庭的反对，说哄戏班不是读书人家子弟办的事，但剧团同伴们很重视我。这一段我接触了中国戏曲和曲艺唱词，也接触到不少老艺人，我会背几十出旧戏曲。从某种程度上说，这就是我的大学。

我在这个镇上接触了各个阶层的人物和生活。我代农民们写信，熟悉了几百个农民家庭，也熟悉了农村小镇各种职业的人，比如理发匠，吹鼓手乐户，杀猪的屠户，卖豆腐的以及更夫和算卦先生。这个农村小镇是我生活的基地，那些人物我至今还没有认真地表现他们。

这个时期我已开始学习写作。除了编写戏曲剧本外，我写了几篇散文和故事新编小说。如《金牌》，写赵构残害岳飞的故事，事实上是把文徵明的那首词改编一下，说明害死岳飞的不单是秦桧，还有赵构。这些故事在洛阳当时报纸上发表过两篇。

一九四八年洛阳解放，秋天我到洛阳市一家银号当职员，当了三个月转入洛阳银行，算是正式参加革命工作。当时二十岁，在银行两年多，调至洛阳市干部文化学校当语文教师。就在这时候，我又继续学习创作。当教师一年多中，我写了十篇小小说，均发表在《河南日报》。

一九五三年夏天，我写了短篇小说《不能走那条路》，这篇小说发表后，曾引起过争论，党中央和毛主席支持了这个短篇小说。当时反响比较大，全国曾有三四十份报纸和十几个刊物转载。兹后我又写了《冰化雪消》《孟广太老头》等短篇。一九五四年我被调河南省文联作专业作者，并于同年带领我的妻子和几个孩子到荥阳县"落户"当农民。我的妻子姓董，叫董冰，是个农村姑娘，娘家是贫农。她没有上过学校，后来自己在纺车怀里学了点文化，她是个老实人，除了帮助我管理家务孩子外，对我的创作也有帮助。农村的人物故事，她记得很多，语言也记得不少，我的很多作品中，有不少她提出的情节和语言。

我大约写了五十几个中短篇小说和一些戏曲、话剧剧本。一九五六年后，我又开始写电影，第一个电影剧本是《老兵新传》，之后又写了《小康人家》、《李双双》、《龙马精神》、《耕云播雨》、《壮歌行》和《大河奔流》等十几部电影。

小说好的少。我比较喜欢的有《不能走那条路》《李双双小传》《耕云记》《两匹瘦马》《两代人》《参观》《信》等几篇，戏曲中有《杏花营》《一串钥匙》《李双双》等。我写过一部分特写，没有好的，我大约对写特写不具备这方面的敏感和表现能力。

我曾当选为河南省第一、二、三届人大代表，又曾当选为第三届全国人大代表、河南省政协常委、中国作家协会理事。我是中国共产党党员。

在无产阶级文化大革命中，我受到了深刻的锻炼。在这场"革命"中，我被锻炼得坚强了，勇敢了，同时我对人的分析和观察也比较深刻了。各种打上阶级烙印的人，都把自己的灵魂拿在手中来展览。我观察过惊心动魄和波澜壮阔的斗争，我看到我们祖国的脊梁，我初步地认识了伟大的人民！

在"文化大革命"中，我也受到了林彪和"四人帮"的残酷迫害。最使我遗憾的是在我中年的时期，有八年我没有创作劳动，没有为人民写过一个字。"文化大革命"中期，我到河南西华县插队当农民，我全家在村子里住了四年。我的生活仓库得到了新的补充。打倒"四人帮"后，我产生了极大的革命热情和创作热情。在批判"四人帮"的头一两年里，我参加了北京的很多批判活动。对于实现我们国家的"新时期总任务"，我有强烈的愿望。现在我正着手写一个长篇小说。

我热爱我们的祖国，我热爱劳动人民，特别是农民，我和他们有共同语言，能够相互理解，能够在一块有说不完的话。

在文学创作上，我比较重视从生活出发，重视真实和准确。语言方面我喜欢朴素、自然、清新、流畅。我在刻画人物上，比较注意个性，手段是细节和人物对话。我把典型的细节，看作是构成人物的生命。我比较注意"白描"，鲁迅先生说的"有真意，去粉饰，少做作，勿卖弄"，我把它当作做文章和做人作风的"座右铭"。

我喜欢朴实、平易、家常的文风，但由于我性格是热情的，奔放而又易于激动，所以我也有强烈的革命浪漫主义情感。在无产阶级文化大革命后的一些作品中，这种情感已经在我笔下流露出来，这可能是我风格的一个变化。

我没有受到很系统的教育，大部分是从自学走向文学领域的。这是我的一个弱点，也是我在创作上不能在广阔领域内驰骋的一个藩篱。

我的作品基本上是属于"茶叶"和"丝绸"这样一类的中国风格产品，构成我这风格的来源是民歌，民间故事，中国戏曲，"乐府诗选"，古文及古典诗词。还有鲁迅先生、茅盾、巴金、赵树理和其他一些老作家作品的影响。中国的音乐和绘画对我也有影响，特别是石刻、写意画、唢呐和筝的音调旋律、民间排鼓和铙钹的明快节奏。

除了文学以外，我比较喜欢历史。我所认识的古人几乎和我认识的今人一样多。学习历史使我开阔了胸襟和视野，使我逐渐具有历史感。我觉得这对创作是极有用的。

1978年8月30日北京

李準自述（之一）

　　我的老家是河南省洛阳县南麻屯镇下屯村。蒙古族把村子叫屯，这也是他们迁到中原一带的标志。当时我们下屯村有三十几户人家，基本上是两个姓：李和牛。

　　我个人的家庭，向上五代以前没有做官和读书的，都是农民。到了我的高祖父（我们农民叫祖爷），他叫李全仁，我们家才逐渐富裕起来，成了小康人家。我们家能有小康生活，全靠我的高祖父。那时，他会裁缝，那种裁缝不是现在的普通做衣服，也不是弄个剪刀、尺子之类，找个门面开个裁缝铺。他那时是专门做农民不会做的，也是比较难做的吊皮袄，也就是用绸布把兽皮挂上，这活要点技术，不是人人都能做的。同时，他还做"估衣"，那是死人穿的衣服。旧社会人们都见过，就是长袍，大褂，里边还要穿裙子等。当时，高祖父经常被人请到家里去做，他做了一辈子衣服，赚了不少钱，用那些钱买了大概40亩地，家境日渐好起来了。

　　他的儿子，我们家的第二代，叫李斌，就是我的曾祖父，我称他老爷。李斌是独子，因为家里有几十亩地，是个小康人家，他就不再学裁缝。因为裁缝虽算不上下九流，但也不是什么高贵的职业。老爷喜欢玩马。那时候，马分为走马和跑马两种，农民一般讲究走马。老爷李斌因为喜欢玩马，所以他懂得马的好坏。因此就专门帮人相马，不管什么马，只要他骑上跑一两圈就知道好坏。为此，他看马看出了名。他自己也养马，不过也就一两匹。他一生讲究吃穿。我们家里的皮袄、绸衣，有些跟唱戏的戏服一样的衣服都是他的。他没有什么文化，娶了两个老婆，后来曾为自己没有文化感到悔恨。

　　我们家的第三代，也就是我的祖父，叫李祖莲。叫这个名字是因为，当时都认为姓李的是李白的后代，李白号青莲，祖莲就是李白后代的意思。再有，家里门头横贴"犹龙世家"四字，这是来自孔子说老子的一句话："老子其犹龙乎"。这是标榜自己是老子的后代。其实我们是蒙古族的后代,跟"犹龙"根本不沾边,这样做为的是"附庸风雅",也代表过去中国人的一种风尚。

我祖父很喜欢读书,他是弟兄一人,从小就读书。我们家里《古文释义》《古文观止》等古文选本有几十种。那些书我小时也都读过。祖父年青时候,民国革命了,后来,北洋军阀在开封办了一个警官学堂,专门训练警察。我的祖父考上了警官学堂,在校期间还学了点儿英文。毕业后,他没有当警察,又回到村里教书。祖父的古文底子很好,又懂点洋文,在洛阳很有名。洛阳有个古文家叫周维新,我祖父是他的学生。周维新我小时候见过,胡子很长的老先生。周后来跟我父亲说,你爹当时没考上秀才是因为他性太躁、胆太小。人家考试都是休息一刻之后再从容地写考卷,可他一到考场浑身是汗,写得很急,先交了卷。

脾气急,这是我们家的传统,一直到我现在也是这个毛病,不知道"从容"两个字,不知道平心静气。所以,现在我把"心平气和"四个字挂在屋子里当座右铭。

我的祖父很有意思,他是个宿儒。将来我写小说一定把他写上。他四书五经精通得很,那是他的看家学问。我的伯父也是个教师。他是洛阳县立第四小学的校长,还是个书法家。那时方圆几十个村子写碑、写匾都找他,他写的是颜体。我现在的书法也是受他的影响。

我祖父有三个儿子。长子叫李俊华,次子叫李俊人,也就是我的父亲,三子叫李明善。三叔也是个教师。小时候,每天晚上大家都在堂屋坐着习古文、谈学问。这样一个家庭必然能出一个作家。记得家里正堂上挂着一个叫王会川的山西举人写的朱柏庐家训。我们几个叔伯兄弟每天早上起来都要先背:"黎明即起,洒扫庭除,要内外整洁,即昏便息。"就是说,天一亮就要起床,不能睡懒觉,起来之后要打扫房间,屋里屋外都要收拾干净;晚上天一黑就要睡觉,不能熬夜。这些我大概5岁时就能背了,这也许就是启蒙教育。除此之外,我常听大人们说起,我伯父是个画家。那时候不知道,后来我懂了,他学的是任伯年的画。任的许多画他都临摹过,有时自己还裱一裱。另外，我家还有几幅名画，一幅是"苏屏"：苏轼草书四幅，朱底白字，扫地屏。其中一个"群"字大约有三尺高，是用朱砂拓的，这对我影响最大。后来不知弄到什么地方去了。另外还有耿春台的四幅兰花，风、雨、云、晴。这是兰花的四种姿态。我小时候，看起来马大哈，实际上是个有心人，我的领会力或者说悟性很好，在听祖父谈话时，他的观点我都能听懂。祖父最崇拜的是康有为、梁启超，最同情的人是光绪。从中我感受到那一代知识分子的信仰和思想情绪。

除此之外，我们家还有45亩田地。说实话，在洛阳一带当地主买点儿地难得很，也很贵。因为谁也舍不得卖地。农民认为卖地是耻辱，是败家子。那时只有两种人在无奈的时候才卖点儿地。一种是抽大烟的。我们村里有七八条"大烟枪"，为了抽烟不得不卖地。另一种是赌徒。过年时输了钱，不得不卖地。只有在这两种情况下，有钱人才能买上一两亩地。

我祖父是读书人，他最看不起村里那些烟鬼和赌徒。他脾气怪，有时遇上人家同他打招呼，他理也不理，只是"哼"一声，嘴里还不时骂着："大烟鬼叫啥东西，赌徒叫鬼不叫人。"由于我祖父管教很严，我们家几代一直到我这一代没有抽烟和赌博的。我下一代不敢保证。其实，我们看着人家麻将牌一打，听着哗啦哗啦洗牌声也有兴趣，但不能玩。我们叔伯兄弟几人只有读书、写字、画画。就为这，我们家在村里很孤单，很脱离群众。人家有时走路互相打招呼："到哪儿去呀？"回答则是："到文明人家去。"开我们的玩笑。这还算不错，不是太贬，那时，还有人到我们家偷东西，一会儿这让人拿走了，一会儿那让人拿走了。每当这时，祖父就说："偷就偷吧！"有时，也有人能用上我们，这样也有些交流。一般在四件事上，不少人必请祖父。首先是给孩子起名字。往往是人家一来，祖父就拉着长音问："什么时辰生的？"待回答后，马上算一算，就给说出一名。一般起得都不错，人家也满意。其次是婚丧嫁娶。在农村，婚丧嫁娶有很多习俗礼节，很多人不懂，祖父对这些礼仪不但懂还很熟悉。比如，人死了，家里的亲朋好友都来了，那么怎样发孝，怎样点主（就是写祖宗牌位），怎样点朱砂，另外，家里三拜九叩大礼，怎样安排，这些祖父都特别清楚。像女婿来了，要祭岳父，那么灵堂里摆什么，很有讲究。九叩就是：叩！叩首！再叩首！三叩首！四叩首！起！人家随着祖父的喊声去做，然后举香、奠酒等等。做来做去，其实就是一种礼。孔夫子不就是讲一个礼吗？礼就是一种秩序，到现在也并不落后。人所以分父母、子女、兄弟，都是从伦理道德产生的，不可能总是同上古时那样，不分男女、不分辈分，随便结婚。这种礼也表明中国文化源远流长、博大精深，就连我这个农民家庭都知道这么多，很不简单。第三件事是，村中有人办喜事时，他为人家合八字。先看看男女双方的出生年、月、日、时辰，再看看各自的属相是否相克。如果八字不合不能结婚。八字合好后，还要在婚前帮助两家换旗，就是换帖，喜事当天，张罗着迎亲、迎客。有些人家结婚吃酒席比较讲究，席前拜宴要拜客喊礼。这事，祖父也懂，每次都帮人办得很圆满。因为祖父是读书人，又懂得各种礼节，村里不管谁家有事都请他，大家很尊重他，平时总喊他为"老李先生"。祖父呢，也认为自己是个知识分子，平时穿戴就与众不同。一般农民都穿短上衣小褂，他常穿着大褂，特别是有应酬时，更是要穿上大褂，还戴上一顶灰色的礼帽。尽管那大褂很旧，只能盖住膝盖，但也洗得干干净净，穿在身上显得很讲究。还有一件事是写春联。洛阳过年时讲究贴春联，每到过年前，家家户户不管多穷也要写副春联贴上。祖父是当地小有名气的书法家，大家自然找他帮忙写春联。我们家离麻屯镇很近，也就半里地，镇上有百余家商号，大部分是粮食坊子，也有棉花店、杂货店、药店之类。这些店，特别是生意大点儿的店，过年时都请祖父写春联，每到农历腊月二十五六，我们家就忙开了。屋里堆放着整卷裁好的纸。每到这时，我都跟着忙起来了。我和我的一个叔伯哥哥，帮着把纸铺到桌上按着，爷爷写完一条拿下来放在地上晾着，接着再拿一张纸按着。当时，我觉得很好玩儿。

爷爷给人写对联，有时收点儿东西，有时不收。比如邻居就不收。有些外村比较穷的人，干脆拿两个鸡蛋向祖父表示谢意。记得有时爷爷写不过来，就喊叔父帮着写。三叔能写石碑，在当地算得上小书法家，写春联自然能胜任。当时，麻屯镇上有一个秀才也能写春联。可是他抽大烟，写春联要钱多不说，有时起不来还误事，大家都不愿找他。这样，爷爷也就显得更忙了。

爷爷写春联很讲究，也有学问。他根据不同的人写不同的内容。比如商店的，他就以吉祥发财的典故作对子。要是给农民的就根据节令写，假如这年天大旱，就写"一冬无雪天藏玉，三春有雨地生金"，更俗点儿的有"一元二气三阳泰，四时五福六合春"。麻屯镇有个理发店，弟兄俩跟我很熟。过年前，他们喊我："铁生（我的小名），让你爷爷给我们写副春联吧！"我告诉爷爷后，爷爷给写了一副"进门来乌头学士，出店去白面书生"。

帮别人写好春联后，该写自家的了。我们家的春联特别讲究，记得有一年的春联是"荆树有花兄弟乐，砚田无税子孙耕"。爷爷希望我们这个大家庭和睦美满，子孙后代都能读书，做个有知识的人。

爷爷除了爱读书、舞文弄墨外，还特别讲封建礼俗。过年的时候，他要把全家十几口人叫到一起，按辈分给祖宗、给他磕头，先是祖父、祖母磕，然后是父亲、伯父、叔叔们磕，最后是我们几个兄弟磕。祖父说，这叫团拜。年初一，还讲究一个开门仪式，这也是当地的习俗。各家都放鞭炮，看谁家鞭炮放的时间长，有的能响二十几分钟。我们家早上起来后，要做打醋胆，把烧红的犁铧放在铜瓢里，端到各屋，往犁铧上浇醋。醋一倒上发出"哗"的响声，这叫去邪。农民用这种办法把屋中沉积一年的秽气驱赶掉。往犁铧上浇醋，蒸汽有一定的杀菌作用，因而，农民的这种迷信活动也有一定的科学道理。打醋胆时，爷爷还编了歌不停地唱："大年初一把门开，金银财宝滚进来，驴驮金，马驮银，狮子驮着聚宝盆。"开门仪式之后，接着是行"串村"礼，串村就是到同宗同姓的家庭去拜年。遇上雪天，道路泥泞也要拜，一天串一二十户，晚上回来后腿痛得很。每年都这么搞，就是想让大家相互知道辈分，联络感情。正月十五晚上还要送穷，把过年时家里的各种垃圾集中在一起，倒到街上去。为这事祖父也编了一个歌："穷！穷！你走吧！到后楼，史套家，到半坡老郭家……"十五晚上送穷之后，才算过完了年。农村过年时的各种风俗，爷爷都很喜欢。解放后，他常抱怨过年太简单了。他留恋旧时过年的风俗和那种热闹的气氛。

我的父亲叫李俊人，他的小名叫明选。父亲对我的一生影响很大，我从他那儿学到了太多的东西。

父亲小的时候，祖父不喜欢他，伯父和叔叔都被送到学校受教育，唯有他没能上学，只是在家里读过"四书"。但是，父亲聪明，也很机敏。伯父和叔叔读书回来在家里谈论的知识，他不但能听懂，还能运用，这是伯父和叔叔所不能比的。从小父亲就对我说，不要像你爷爷那样，脱离村里群众。在一个村子里生活，同左邻右舍应打成一片，搞好关系。村里的活动要参加，如果有人家娶亲办事要想着去帮忙。比如娶亲请客，桌椅不够用，要帮着到各家借一借，完事后，再挨家送回去。人与人之间相互有来有往，等到自家有事时，人家也会帮忙。

小时候，我读书，看小说，父亲告诉我，只读书不行，要学会做人，比如，将来你出去学徒，每天要在别人起床前，把院子打扫干净，这样会给人好印象。再有，凡事要主动干，不能懒。在单位，别人休息，你不能休息，多掌握些业务知识，慢慢就能提高水平，受到重用。父亲本人就常常帮助人，他在村里很有人缘，提起李明选，男女老少都称赞。

父亲虽生活在旧社会，但他思想活跃，能够接受新事物。他最佩服孙中山，同时欣赏当时的北伐军。洛阳有个专员叫王式甫，父亲很佩服他。父亲没什么文化，却自己总结出了不少处世哲学。他常说，人要脸上常带笑容，他还说："没有'媚态'不能伴君主。"还说不能当老绵羊，要敢于输，不能光当文明人，要敢作敢为。

中年以后，我们村，包括麻屯镇几百号人家里凡出现吵架、分家、婆媳不和、兄弟反目等事，必请父亲去调解，当时农村叫"说事儿"。父亲很能说，到了口若悬河的程度。受他的遗传，我也能说，我儿子更能说。在帮人"说事儿"时，父亲很有窍门儿。他告诉我，夫妻闹矛盾时，你不能顺着说，要反着说。河南有个顺口溜：天上下雨地下流，小两口打架不记仇，白天吃的一锅饭，晚上枕着一个枕头。这是说，人家打闹你顺着一方说，过两天，人家和好没事儿了，你反倒落不是了。另外，父子发生矛盾更是要劝和。家是一辈子也脱离不了的，毛泽东曾说过，家是不开除人的。这一点，我父亲理解很深。

除此之外，父亲还教我如何交朋友，虽然他总结不出"朋友就是财富"

这一道理，但是他懂得朋友的重要性。他的经验是，交朋友要当面说坏话，背后说好话。意思是，当着朋友的面，要讲真话，不要怕他不爱听。可是背着朋友绝不能说他的坏话。我很赞同父亲的做法，按照父亲的原则，我交了不少朋友，也得到过朋友的关照。有一年评议，推举政协委员，按威信、凭影响应该是我，但当时我有病不在，有些人主张不让李凖当了，在同辈作家中选一个。当时作协党组书记冯牧不同意，最后还是我当了。这事儿，冯牧从未向我提起过，他从不买好。这是老一代作家的品德。我与冯牧从来都是要好的朋友，直到他故去。现在见面说好话，背后骂死人的事不少，单位不团结基本上是这些事造成的，有些人专门干这种事，从中渔利。我以为，中国的传统道德有些还是应该保留的。

父亲从十几岁开始就负责耕种自家的40亩地。他能吃苦，人又有灵气，农活干得很出色，割麦、耕地、摇耧、打场等庄稼活，他样样在行，是全村数一数二的能手。特别是麦收时搭麦垛，他最拿手，不少人家要请他去帮忙。父亲除了能吃苦，还很勤快。在农活不多时，他就编耕地套牲口用的绳子，有时还用高粱秆编扎蛐蛐笼子。父亲做什么像什么，编蛐蛐笼子居然能按照村里关帝庙的样子编，笼里边有大殿、二殿，还有戏台，那手艺真让人拍案叫绝。我时常想，父亲只是没有读书，如果他读过书，一定能有更多创造。

父亲自己没有机会读书，但他知道读书的重要。他常对我说："民国了，不考举人了，可是学问还是有用的。"父亲喜欢让我读古文，他说："古文开心窍。"也许是因为他自己读过一些古文，所以使得他思想活跃。他不甘心一辈子在家务农，他想出去闯一闯。也巧，我祖父有个堂兄叫李学莲，他在麻屯镇上开个杂货店，还代办邮政。父亲想帮他代办邮政，李学莲见父亲才是个不太大的孩子，对他不放心，不让他干。父亲很机灵，也很勤快，总想着法子帮他干点活。正好，李学莲每天看店不能回家吃午饭，中午靠他的小脚老婆提着罐子为他送饭。从他家到店里要过一个小山坡，小脚走起来很慢，这时，父亲就对婶子说："我帮你送吧，我走得快！"婶子看这孩子挺诚恳就让他试试。没想到，父亲一送就是一年多。每次送完饭，他还想办法帮着干店里的活，结果弄得李学莲真离不开父亲了。这时，李学莲就说："明选，你就来这儿干吧！"开始的时候，父亲帮着收收信，发发信，没有工钱。后来也就是收入一串两串铜钱。三年后，李学莲因做假铜元犯了事，临逃之前，他把父亲叫到跟前说："你给我拿些盘缠，这店就给你了。"从此，父亲拿下了这个店。当时他只有十六七岁。拿下店后，经过一段时间的苦心经营，店的生意越来越好，周围四五家店都不如他的生意红火。父亲守着店，一干就是四十年。

（李凖口述，李晓虹整理）

原载《十月》1998年第1期

李凖自述（之二）

我的母亲姓杨，她的父亲是个医生。母亲贤惠，勤劳，性格开朗，是个典型的热情爱帮助别人的人。十来岁的时候，她除了料理家务，还学会技术，一有空儿就为别人弹棉花，以贴补家用。母亲虽然没有读过书，但她的语言十分生动、形象，有时还很幽默。比如，小时候，我们因为长得快，穿的衣服常常是上衣小，有时就吊在腰上，尤其是我，脑袋大，又胖，衣服小了经常露出肚脐。这时，母亲就风趣地说："看看，你就像个耍把戏的猴子似的。"这个猴子一词用得特别形象。过去农村耍猴的时候，通常给猴子穿上一件小红褂，猴子一站起来，腿很长，小短衣，很滑稽。再有，小时候，我们戴的帽子也经常因为小了就顶在头上。母亲就开玩笑："看那脑袋上好像顶个碟子一样。"我觉得，这比喻也很形象。类似这样的语言，母亲是随口而出。如果让她叙述一件事，她也能从头到尾，详详细细，说得娓娓动听。我一生写了几百万字的小说，二十几个电影剧本，语言上受母亲的影响很大。

母亲不但能说，还善于交友。我在河南时把她接去城里同住，没几天，她就同左邻右舍混熟了。当然，她有时也爱表现。我当作家以后，她常对别人说："我儿子是作家。"有件事很有意思，至今我还记得。有一次，她过河，涨水过不去。看见有人来了，她就对人家说："行行好吧！你知道李凖吗？他是作家，他是俺儿子。"说着，让人背她过河。这是她的个性。

母亲活了81岁。她是在"文革"之后，我被"解放"重又开始写东西以后去世的。这对她是一种安慰。

我1928年出生，母亲为了让我能长得结实、强壮，为我取名叫铁生。

小时候，我长得浓眉大眼，头大如斗，并且爱笑，母亲老批评我，整天龇着你那大白牙笑，一点儿也不主贵！但村里人都喜欢我。6岁那年，我在麻屯小学读书，当时学校的校长是我的伯父李俊华。在学校，我十分爱玩，但记忆力很强，属于那种过目不忘的儿童。一次，同班的一个同学同我比赛背诵《三字经》和《弟子规》，结果两人把两本书从头到尾都背得滚瓜烂熟，竟然不分胜负，我虽然没输，但也没赢，有点儿不服气。我提出我可以倒着背，结果竟然把《三字经》倒着背了下来。从此以后，人们都称我为神童。其实，当神童是最害人的。幸亏我父亲有主见，坚决要我按部就班学习，不准在人面前卖弄神童。我父亲又说现在不开科取士了，不要读"四书"了，要读古文，古文开心窍。因此，在祖父的辅导下，我熟读了几百篇古文和上千首诗词，像比较冷的《古文辞类纂》《赋学正鹄》等都读了。10岁左右能把《三国演义》的一些章节背下来。在学校读书时，我好胜心强。记得一次选举中队长时我落选了，心里不痛快，哭了鼻子。可没想到，全校选举大队长时，我当选了，这样才又破涕为笑。

小的时候，我不但爱读书，喜欢诗词，还爱看热闹，尤其是爱看戏。这也许是孩子的天性，记得七八岁的时候，一个小朋友从家里拿了一块大洋。他对我说："走，咱们到洛阳城去，那里有我的亲戚，咱们到城里看看、玩玩，那里有大戏演。"听了他的话，我很兴奋，长到这么大洛阳只幼时去过一次，真想再去看看。可又一想，25里地的路程，我一个不到10岁的孩子，来回得走50里，能行吗？我担心家里不让去。回到家，我悄悄地对母亲说，我要跟小朋友到洛阳去玩。母亲开始不同意，但看我一心想去的样子，只好叮嘱我："路上小心，早点回来！"又给我拿了两个馒头。得到母亲的同意之后，我一路小跑着，与小朋友们出了村。一路上，我们有说有笑，蹦蹦跳跳。进城后，看见什么都新鲜，特别是看到各种小吃，真想尝一尝。那小朋友出来前向我们承诺，进城后请我们吃东西、看戏。可真的进了城，他一分钱也不给我们花。中午，我们来到他的亲戚家，那家大人一看他领着好几个小孩来了，就说："你胆子真大，把人家孩子带出来，丢了咋办？"还好，那女主人心眼儿好，看我们一个个又累又渴的样子，为我们一人煮了一大碗面。我们几个小孩也真是饿了，二话不说，端起碗狼吞虎咽几口就将面吞了下去。吃过饭，我们开始往回走。这往回走和来时的感觉完全不一样，两条腿沉甸甸的，抬不起来。好不容易回到家时，我的两条腿都肿了起来。一进门，父亲就冲着我大怒，他责问我："你到哪里去啦？"我赶忙回答："跟小朋友到洛阳城去了。""谁让你去的？你小小年纪胆子不小，给我跪下！"我的两条腿已经走肿了，这一跪疼得我要死，本来到洛阳没看成戏我就觉得挺冤，父亲让我这一跪，加上腿疼，我就大哭起来。母亲看我可怜，就向父亲说情。这就是我记忆中的自己第一次上洛阳。

有了这次经历，我不敢再到远处玩，但还是改不了爱看热闹的毛病。记得我们麻屯有个戏楼，那里赶春会演戏。我几乎是场场戏都看，整天长在那儿了。12岁时，我看的最长的一部戏是《斩经堂》，也叫《吴汉杀妻》。还有个戏班叫"十八兰"，戏班中十八个姑娘名字都带"兰"字。最让我着迷的是个唱花旦的名叫王兰琴的姑娘，十五六岁的样子，细眉星眼瓜子脸儿，流水肩。她唱得特好，她的唱词我都能背下来。整天看戏，这对一个孩子来说，影响之大是可想而知的。这使我一生和戏剧结下了不解之缘。

除了看戏，我们那儿还有说书的。印象最深的是一个叫张天培的老先生，他高高的个子，嗓子沙哑，说起书来眉飞色舞，潇洒大方，很迷人。

各种戏看多了，坠子书也听多了，就越来越着迷。越是着迷，就越不甘心只听戏，一天到晚总琢磨着自己编戏唱。我有个好朋友叫宋绍光，他也喜欢看戏，并且还会唱两下。一次，他叫着我的小名："铁生，咱们也编戏唱不好吗？"一听他这话，正合我的心思。于是我就拍着胸脯说："成！我给你们当编戏的。"现在已经记不清当时编的是什么，但我们的业余青年戏班编了个《陈步云中状元》剧本，是连台戏。一唱一天，拉弦的、掌鼓板的都齐全，因为不要钱，随便看，也能招来一些观众。那时，我真是开心

可是，好景不长。1944年，日本人打到了洛阳。我们平静的生活被打乱了。做生意的、唱戏的都被迫停下来。人们整天都提心吊胆地过日子。这时我已经16岁，也就是这年农历十一月二十日，我结婚了

我的妻子叫董冰，小名董双。她家是自耕农，有二十几亩地。我岳父是个庄稼里手，为人厚道、朴实、正派。他有个小专长，能给牲口看个小病。

我结婚早，有几个原因。一是当地的风俗。二是兵荒马乱，各家都想早点儿把姑娘送到婆家才放心。三是我母亲身体不好，两个姐姐早早地就嫁了

人。我是男孩中的老大,家里几个弟弟,有不少活儿没人帮忙,特别是做饭。我们当地的习俗是,媳妇娶到家,婆婆就不再下厨房。可是董冰也只有16岁,个子又小。但母亲还是同父亲商量早点儿娶过来。我个人呢,也想反正日本人来了,我在家也没什么前途了,干脆这辈子当个农民,最多做个小生意,了此一生算了,因此,也想早点儿结婚。当时,农村全面破产又遇上大旱三年,即中原的"水、旱、蝗、汤"大灾时候,我家生活很困难。按习俗,第一次到姑娘家相亲应准备四套衣服:褂子、裤子、棉袄、棉裤。可我家连这么简单的衣服也没能凑齐。因为布贵,我妈就用卖盐的袋子染了做了件衣服,棉衣、棉裤是用旧的改成的。我父亲总想,我大哥(叔伯哥哥)结婚东西不多,我更不能多,这样才对得起他死去的哥哥,才有兄弟之义。当时,别人结婚再穷也要有件大褂,可我是穿着借来的一件大褂。棉袍是买来的旧衣服改成的。我对这些都不在乎,只是要求再买双皮鞋。父亲看我也怪可怜的,什么都凑合了,也就不想再委屈我,答应给我买双皮鞋。到现在我都没忘,第一次穿上那六个气眼的皮鞋心里有多高兴。

结婚前,大姐、二姐帮着把我家一间破旧的房子刷了刷,用泥把里边修补一番,顶棚重新搭了又糊上泥,破旧的门还重新涂了一遍漆。那几天真是把我累坏了。

结婚那天,有件事我十分满意,也始终难忘。就是,父亲思想解放,也开明,尽管家里穷,他还是找来麻屯镇一个照相的,为我们照了一张全家福。

旧时,结婚闹洞房是少不了的一件事,有的还要听房,听听新媳妇和丈夫的谈话。我们家家教比较严,对这种大闹房风俗不赞成。所以我们结婚的当晚比较平静地度过。因为为准备结婚我忙了好几天,晚上一放松倒觉得胃不舒服,直翻胃酸。看着又瘦又小的董双,心想我这一生将要与这么个小丫头共同度过,心情很复杂,谈不上爱,只是一种可怜。我担心,我们这一大家子做大锅饭的担子,她一个瘦弱的肩膀能担得起来吗?董双自己也是很害怕的样子。虽然我与她同岁,但个子高,肩膀又宽。我面对她说的第一句话是:"啊,胃酸,难受!"她赶忙问:"你怎么啦?"我说:"胃酸,想吐酸水。"她马上告诉我:"胃酸嘴里嚼点儿芝麻就行了。"我赶紧找奶奶要了点儿芝麻放在嘴里，一会儿果然不痛了，我奇怪她这个16岁的小姑娘，居然会治病，真是穷人家的孩子早当家，懂事早。我们两人苦命的婚姻就从这一把芝麻开始了。

按习惯，结婚的第二天，新媳妇就要下厨房。当时没有钟表，董冰想睡又不敢，总怕起晚了。为了做我们一家二十几口人的饭，董冰吃了不少苦。她个子小，添水往锅里倒时总蹬着一个小凳子，才能够得着。干活时常常是小心翼翼，生怕出差错。其实，我母亲不像人家的婆婆，她对媳妇很好，她总可怜董冰，时不时就帮她干。母亲与董双是有缘分的。六十年下来，风雨同舟，婆媳关系一直很好，她们显得比母女都亲。有一件事，深深地感动了我。七十年代，母亲把胳膊摔断了。在洛阳医院接好，翘着一块。后来医院说要重新开刀，不然就要畸形。我的几个姐姐都没主意，母亲也害怕。董双知道后，找到医院的医生说："我们不再重新开刀，不能再受一次罪，都70多岁的人了，畸形怕什么，我们来服侍她。"当时，我不在家。回来后母亲对我说："还是董双好，她比姑娘还管用，她总心疼我受罪。"

结婚时，我们当地讲究吹响器，我伯父的儿子也就是我大哥结婚时，父亲给请了好几个吹唢呐的人，很热闹。到我结婚时父亲不那么花钱了，只喊来一个老头吹唢呐，还有一个小孩拍镲，那唢呐吹得不会拐弯，只会吱哇吱哇叫。我冲着他们说："别吹了，太难听了！"老头就不吹了。所以，我后来写小说和电影剧本，唢呐多次出现，这也许是我与唢呐的缘分吧！

婚后，我到父亲杂货店里干活。那时，每次到城里办货时，我都到一家租书店租一两本书回来看。开租书店的是个聋子，他店里有几千本小说，我主要租的是屠格涅夫、狄更斯、托尔斯泰的作品，读了四五十本。那阵子，不管白天多累，晚上我总是坐在炕上，点个小煤油灯看书，有时一看就是大半夜，几乎是每隔两三天就换一本书。当时董冰并不理解我。慢慢地，我看的书越来越多。有时看高兴了还教董冰也看书。董冰最早看的书是学文化课本，后来她也读小说，她读的第一本小说是《外祖母》。她很认真，有时找我爷爷教她认字、读书。我由于古文基础好，看过很多历史书，看书的过程中还常常琢磨，所以，我在后来的创作中，常常把自己的见解通过考证真实地表现出来。比如：岳飞这个人，我几十年反复不断地搜集材料，研究他的性格。岳飞是青年将军，36岁就死了，老百姓对他那么热爱、崇敬，那么同情他，是有道理的。岳飞确实是精忠报国。但他热情过度，经常奋不顾身。他敢直言，敢提建议，丝毫没有心计。我曾读过文徵明一首词，说"议和"主要是宋高宗。史料记载，朱仙镇以后，宋高宗不想再打了。岳飞不了解，他一直主张打。宋高宗开始不喜欢他了，甚至讨厌他了。另外，宋高宗没有儿子，有些大臣主张在宗室子弟中选太子立东宫，宋高宗不理睬。对这种事，别人都比较策略地说，可岳飞有次见高宗也说要立东宫，否则民心不安。宋高宗一听发脾气了，对他说，你一个武将带有重兵，总说这事意图何在？武将就是工具，不能干预朝政，这时岳飞才知道自己闯了祸。史书上说他吓得面如死灰。后来岳飞被害，加害他的不光是秦桧，还有宋高宗。我认为，作为搞创作、写小说的人来说，捕捉把握人物个性有如天上取星，很不容易。对于历史题材的作品，应该尊重历史，如《三国演义》中刘备到底是什么人物？前几年电视中舞台上许多人演刘备都不成功，包括京剧中的刘备形象，都被表现为懦弱、宽厚、仁义，见人只会作揖。但我在读书时不断探求他性格的核心。《三国志》中有句话把刘备的性格核心点出来了，看到这句话时，我真是狂喜！那当中写道："爱鲜美服装。"就是说刘备好交友，讲义气，爱穿漂亮的衣服。这一描写与刘备后来一生戎马倥偬、豁达大度的作为是完全吻合的。比如刘备在长坂坡见儿子被赵云救回时说，为孺子险失我一大将，然后把儿子阿斗扔在地上。对于刘备这一举动，有些人说，刘备是假仁假义，收买人心。但我有异议。我认为，刘备是真的，如果你是在群雄并起的混乱时期率领起义军闯荡天下，赵云那么重要的一位将领险些丧命，当然也会心疼。这与他的"爱鲜美服装"是统一的。我觉得《三国演义》写得最好的是白帝城托孤一章，这是大悲剧，这是大手笔。刘备对诸葛亮说，我的儿子刘禅如果行就保他，但我看他不行，他不行你就自己为蜀主。刘备是有战略方针的，这也符合他的性格，天下是大家的，为了取得胜利，亲儿子算什么。我希望将来再拍三国，不要把刘备弄成窝囊废，这不对，应照着他的这一性格来表现。

我总主张，要尊重历史，不能让戏剧、小说歪曲了历史的本来面目。我一生的创作都认为"真""善""美"是重要的。"真"是第一位的，第二位的也是"真"，第三位的还是"真"，第四才是"善"，第五是"美"，这是我的创作法则。

抗战胜利后，内战打起来，洛阳是国民党统治区，物价飞涨。我这时在洛阳东站恒源盐厂当学徒。洛阳西大街的聋子书店成了我租书读的知识仓库。这一段我广泛地接触世界文学，这也是我后来走上创作道路的基础。1944年洛阳沦陷，我失业回家就到麻屯镇父亲店中做邮政工作。那时父亲当天卖货收回的钱不能过夜，就赶紧到粮食店买粮。就是这样，还不行。到后来卖货的钱再去办货，越来越不值钱，店里的货越卖越少，都让通货膨胀给吃掉了。因而我这辈子痛恨通货膨胀。它把老百姓害苦了。

1947年，我19岁那年，遇上一个远房亲戚，叫石黎明。他在黄河北参加了八路军，可我并不知道。他那时常到我们的杂货店买纸、笔等运到那边去。后来知道他是穿着便衣搞地下工作的。他到店里买货，跟我熟悉后就说："你有文化，还会写点文章，总弄个杂货店不行呀！"一听这话，我说："你怎么知道？""我怎么不知道？《行都日报》上有你的文章，我看过啦！""你应该参加革命工作。"石黎明向我建议。于是，他说："我先拿几本书你看看，有不同意见我们进行辩论。"他拿给我的第一本书是毛主席写的。一看书名，是《目前的形势和任务》。书印得很粗糙，封面是木刻的。我读着很有兴趣，他还给我找了一本艾思奇的《大众哲学》。特别是有一部分文艺书籍，其中有赵树理和欧阳山的作品。读了以后，我才知道八路军的文艺工作者还能这样写小说，几乎都是大白话，我想，这样的小说我也能写。我对赵树理的印象最深，把他当作启蒙老师。

1948年初，洛阳解放了，石黎明的身份也公开了，当了公安分局局长。有一次，他托人捎信让我到洛阳，到洛阳后，他带我到我姐夫那里。我姐夫同石黎明是表亲，当时他也参加了革命，姐夫看我能说会道，就劝我："你别在家了，到城里来，你有文化，八路军这套政策你比我还懂。"可是，我当时有顾虑。姐夫就说，咱不穿八路军军服，咱还搞地下工作。当时我不明白地下工作是什么，姐夫就解释：“八路军要繁荣经济，活跃市场，政府满街的口号就是军队向前进，生产长一寸，恢复工商业。洛阳市长跟我谈了，让开个银号，以私人的名义出现，取名豫兴银号。"一听这话，我放心了，回家同父亲商量，父亲同意了。

到银号后，他们给我安排一个职位叫总务主任。原来说好的，这是八路军的生意，以个人名义干。可转过年，全国要解放了，他们告诉我，上级有指示，市政府不再拿钱让私人干银号。这时他们劝我还是去中州银行参加革命工作。后来市委把银号接管，1949年改名为洛阳中国人民银行。我就算参加了工作，当时是供给制，发了衣服，我还在货币管理股当了股长。那时，我工作很积极，还创造了现金流通凭证管理办法。可两年以后，"三反""五反"运动开始，兴起打老虎，成立了打虎队，不管有没有问题先打了再说。我因为是从旧银号转过来的，就被当成重点来打。

6个月后，始终没调查出我有什么问题，只因我抵抗运动，加上是旧银号过来的人，就宣布开除了我。听到宣布，一想这就要脱离革命了，眼前一黑，差点儿昏倒。

失业以后，我心灰意冷，无事可做。回家种地，消磨时光，足足当了半年的真正农民。后来，我二姐夫对我说："你去当教师吧，凭你的文化，教个中学语文课绰绰有余。"可我担心自己是被开除的人，谁会要呢？姐夫告诉我："你找组织去，你算什么受贿、贪污，你连一元钱也没贪污，他们处理你本来就不公平。"这话提醒了我。我跑到市里找到一个叫李希泌的副书记，对他说："我根本没有罪行，我一直是读书的，是革命的。不信你看看报纸，我还发表过小说呢！现在对我的处理不公平。"过了一段时间，市里做出结论说，对我的处理欠妥，不能算开除。但对运动的抵触还是有的，就记大过吧！结论是有了，我还是不能再回银行。李书记建议安排我在洛阳一个干部文化学校当教员，那里的学员都是工作干部。一听这话，我想教书是我们家世业，没有讨价还价，就很干脆地答应下来。在干部文化学校那段日子过得还挺开心，把家属也接去了。特别高兴的是，我创造了速成写作法。就是"我写我"，叙述文，不加任何虚构的东西。我教了30多名学员，不到半年，就有3名学生在《洛阳日报》上发表文章。其中一名妇女干部写了一篇以她父亲为原型的小说叫《割毛豆》，语言生动，描写细腻，在《洛阳日报》发表后，还被《河南日报》转载，轰动一时。这与我读书多，帮助学生启发他们有关系。教学中，我经常给学生们讲授赵树理的文章，我个人非常敬佩赵树理。慢慢地，人们对我的能力给予了肯定。在教学过程中，我也不断地动笔写小说，在《河南日报》上发表的第一篇小说是《卖马》。卖马的生活我经历过。小时候，曾祖父就专门为人看马。后来又有《送鞋》发表，讲的是婆媳关系。我从开始写作至今50年，从来没有收到过退稿，只要能写出来，就能发。逐渐地，人们发现我有写作能力，我自己也觉得应该慢慢地把自己读过的书想过的问题都融入自己的笔下。

1953年，我在教学期间，连续发表了10篇短篇小说。这样一来，我胆子大了，开始酝酿写《不能走那条路》。当时社会上的各种小说基本上是控诉型的，主题都是阶级仇、民族恨。但我感觉，土改以后，土地买卖又日趋活跃，土地交易税在增加，根据这一情况，小说主人公宋老定的形象逐渐在我脑中活起来了。我大约用了半个月的时间，完成了一万多字的小说《不能走那条路》。小说语言还是保持我原有的农民语言，只不过那是经过提炼的农民的朴素的语言。这篇小说寄给《河南日报》后，压了一个月没能发表。后来了解，他们第一次发现这种内容的新小说，特别是对农民两重性的提法，他们认为很新鲜。但考虑到土改刚结束，他们不敢发表这种对农民持批评态度的作品。可是，一段时间后，中央有精神，要走共同富裕的道路，成立互助组。这样，他们放心了，才把这篇小说发表。记得报社当时把它当作重点小说发表，配了编者按和三幅插图，占了整整一版。编辑王五魁与我成了好朋友，不幸的是，他后来被划成右派。文艺部主任、美术编辑老曹也支持发表这篇小说。

小说发表后，在河南影响很大，到了家喻户晓的程度（当时文艺作品很少）。很快，《长江文艺》就转载了这篇小说，一个月后，《人民日报》加编者按又全文发表，这真是大事件。后来我才知道，《人民日报》的编者按不是报社总编辑写的，而是毛主席亲自加上去的，他对小说给予很高的评价。这样一来，全国各大报纸、杂志如《人民文学》《新观察》等都纷纷转载了这篇小说。

小说发表后，拿到30元稿费，那时的30元是很值钱的。我姐夫到我们家说："铁生，你该买条棉裤了。不然，当老师的穿得破成这个样子像什么？"他这么一说，我才发现自己的棉裤已经破得露出棉絮。那时，我只顾写作、读书，不知道穿破衣服到大街上有人看，被人笑。另外，老师们也说，你有钱了，应该给家里买个单子。看那单子破得到处是洞，补都补不了。

从这篇小说后，我成了乡里乡亲中的名人。也就是从这篇小说开始，我正式启用"李準"这个名字。这以后，约稿信不断。很快我又写了两篇小说在《长江文艺》发表。从此，河南文化界开始重视我。第一步是把我叫到开封见面（那时省文联在开封），领导找我谈话，让我把《不能走那条路》改编成豫剧参加全国第一届戏剧汇演。我觉得不成问题，满口答应。随后就成立了创作组，由王笑生、张乡朴和我三人组成。创作组成立后，我们马上到开封市郊农村体验生活，这是我第一次下乡体验生活，我与那里的乡亲们结下了友谊。回来后，我执笔很快把剧本改编出来。以后又改成话剧参加了全国话剧汇演。在汇演期间，我第一次见到了曹禺先生，他充分肯定了我的改编，这剧还获得了全国话剧二等奖。

在我的作品得到社会上普遍肯定以后，河南省文联有人主张把我调去当专业作家，但也有人说，省里出来这么一个青年作家不容易，调上来后，脱离了生活，反而会写不出东西来。就在他们举棋不定时，征求了我的个人意见。我当时表明，要当就当专业作家，其他没有要求。因为我明白，业余作家不好当，受很多限制，在单位还会遭人妒忌。我这一辈子在最关键的几步是很有主意的，所以这一辈子没有失败的记录。也巧，正在这时陈荒煤调到文化部电影局当副局长，负责电影创作。他决定从河南调两个年轻人到北京学习电影。我因此被送到北京学习。

初到北京时，电影创作组在西单的石老娘胡同。报到以后，我认识了白桦、黄宗英。第一天上课是陈荒煤为我们介绍老师，其中有蔡楚生、洪深等。在创作班学习时印象最深的是洪深老师，听过他的课，终生不忘。在电影剧本的写作技巧上我受他的影响最大。他讲课时语言简练、生动、幽默，他还告诉我们一个规律：小说叙述多，电影是扣除叙述，剪接精彩部分，形象化。再有蔡楚生给我的印象也很深，他主要给我们讲三部名作：《乡村女教师》《夏伯阳》《一江春水向东流》。同时让我们大量地看各种电影，看过之后进行讨论谈感想。我是从农村来的，以前没看过电影。我一说，大家都觉得可笑。可我从小就看戏，听说书，这对我的影响是相当大的。我之所以能走上文学创作道路，与我的生活环境是分不开的。

在北京，我觉得一切都很新鲜。那时隆福寺很热闹，在那儿我买了捷克产的粗呢料子做了一身中山装，还买了双翻毛皮鞋，出门时还套上一件大衣，别人看我那样都觉得好笑："看，李準穿上盔甲了。"别人一说，我不穿了，又买了件棉猴儿。我因为太胖，也不知道尺寸，有点儿小，穿在身上特别滑稽，城里人见了都笑。

在北京，我到不少画店看过，因为我酷爱书法，这也是受家庭影响。在北京学习时，我还见过丁玲、周扬、刘白羽。我觉得北京文化气息浓，文化生活也丰富，在这里学习了三个月，真是受益匪浅。

学习结束后，我又回到河南。从那时起，我想，我能写电影，而且一定能写好！

（李準口述，李晓虹整理）

原载《十月》1998年第2期

李凖自述（之三）

我一生同几十个导演合作过。第一次合作的是应云卫先生，将《不能走那条路》改为电影。应云卫是三十年代中国最著名的导演，此人是个神奇人物。他同国民党上层熟，同共产党熟，同杜月笙等流氓头子也熟。因为他的特殊身份，周总理还通过他的各种关系帮助做些工作。跟应云卫合作时，我们是一老一少。他是浙江人，是个小个子老头，头发老是梳得很整齐，三接头皮鞋擦得锃亮。他一辈子没到过乡下，在河南开封袁坊村体验生活时，他最大的不便是上厕所。河南农村都是茅坑。刚去时，他不敢大便，很难受。后来，我让人找来一个小凳子，挖个窟窿让他用，才算解决问题。我问他，难道你一辈子没离开马桶？他说是，我当年从上海到重庆轮船上也有马桶。我带他到处看，他看什么都新鲜，都好奇。在磨房看到小驴拉磨，他感兴趣了："原来面是这样磨出来的。"他对我说："这种体验生活真不错，很有必要。"主演宋老豆的是魏鹤龄。我同应云卫的这次合作很愉快。

在这期间，我还到过武汉写《白杨树》。我最初的作品在武汉《长江文艺》上发表的很多，几乎篇篇在那上边发。《长江文艺》给予我许多支持，主编于黑丁和王淑耘、李蕤等同志，都是我很难忘记的。

记得第一次到武汉，我就对武汉有好感。我第一次看到长江，看到滔滔的长江水引出很多感想。武汉人给我的印象也好。他们当中大部分是由中南各省去的，中南文联里河南人占了一半，武汉作协几乎可以形成"河南帮"。武汉的小吃我也喜欢，特别是豆皮很好吃，武汉的咸豆浆很有特色。

到武汉改稿时，我也就二十五六岁，生命力最旺盛的时期。那时离开家、离开老婆受不了，经常想家。写作也不能专心，写写停停，有时觉得无聊。有段时间，我躺在床上，正好公寓邻居门口吊个半截帘子。有一天，看见帘子下半边有一双脚走过，看起来是女人的脚，脚很白，穿着拖鞋，脚趾露在外边。特别是脚脖子，雪白粉嫩，很动人。那双脚一会儿走过来打水，一会儿走过去拿东西，来来回回，就是看不见上身。看着那双漂亮的脚也很满足。由此，我想起，有个很要好的朋友，每次跟他上街，他从不抬头，总是盯着路上女人的脚。后来他跟我坦白：看各种各样的凉鞋，透过鞋看各种不同的脚、不同的脚脖子我就兴奋，女人的脚是很好看的；可一到冬天，脚都穿上棉鞋，脚趾看不见了，我就没精神，几乎昏昏欲睡。有一年，我到英国去，同去的一个青年同伴我发现他也有这个爱好，我问他，你是不是喜欢看女人的脚？他出了一头汗，说是。可见人这个动物是非常复杂的，各种爱好、各种隐私、各种个性都有。在武汉住了两个月，有一天，我终于看到了整个人，她原来是那家的小保姆。她个子修长，她的五官和我的想象完全一样，梳着短发，脸上有点儿雀斑。她不爱说话，也不笑，有点儿腼腆。观察了两个月，把这个人的形象记下了。我为什么要说这些？一个作家观察人物，他的眼睛应该像钻子一样，不但要看到个性，还要看到嗜欲、爱好甚至病态心理，所以这叫"人学"。当然首先要研究的是人的阶级性、个性，但各种心理几乎是打开人秘密的一把钥匙。我细心观察了五十年，所以我大体上做到了人物个性化。我搞创作，平时很注意积累，任何一件事，一个人物，我都要仔细观察，这也是我的特点。

五十年代我经常去武汉，一般都是开会或改稿子。记得有一次去武汉，正赶上武汉建汉水公路桥，武汉作协建议我到工地看看，体验体验城市工人的生活。我去了。在大桥的一个月左右的时间里，我结识了许多工人、桥梁工程师，写过两篇特写。这期间汉阳我也生活过。最早知道汉阳是因为汉阳兵工厂。小时候河南军阀、土匪、民团用的枪叫"汉阳造"。到汉阳一看，那真是水乡。它最大的特点是"十里荷花不种田"。一到汉阳的河里、湖里边，两岸堤下都是荷花。汉阳的莲子特别好，藕粉也好。一到夏天，几十里望不到边，接天莲叶无穷碧，全是荷花，景色极好。

河南省政府迁郑州后，省文联没有房子，我借了一处房子。我给董冰写了封信，告诉她，现在允许把家属接过来了，你们来不来？要来，我就去接。不来，两个月后你们自己来。当时，我一说这，董冰有些害怕，自己怎么来？

家里有几个小孩，还有岳母，董冰还怀着孕。最主要是当时李克威有病，得了肺结核，已经到后期了。因为没有知识，只请村里的大夫看看，那大夫根本也不懂，就让吃点儿药。董冰对他说："孩子老发烧，怎么回事儿？"那大夫说："发烧说明孩子长见识呢！"后又请乡里的大夫看，也没用。就在这时，我在郑州有两间房子了。我马上回家去接他们。一到家，我就跟董冰说："赶快收拾，咱们明天就走。"董冰说："这怎么成？一家人住了这么长时间说走就走。"我说："怎么不成？又没什么家当。"于是，我们连夜同乡亲们告别，又找了一辆牛车，一大早就往车站走。那时很落后，也不知道火车是几点钟到车站，带着几个孩子和老太太到了车站，才知道火车下午6点才有。在车站等了将近一天。等搭上车到郑州以后，同事们都不错，特别不能忘记的是李枫和王惠敏、白珊民。李枫帮助我们收拾，又托人买了床。这时，我们的孩子克威（后来写了《女贼》）已经病得不行了，眼睛都睁不开了。我决定，孩子必须住医院，家里的一切都停下来。我们抱着孩子先到一个门诊部看，也是老一套，先吃退烧药，打一针退烧针。我们求大夫好好看看，眼看孩子就不行了。大夫一看，让我们赶快到大医院去，大医院有儿科。于是，我们找到了黄河医院，儿科主治大夫一检查，告诉我们，孩子得了肺结核，还有肠炎。治治看，大概就是这一两天的事，好了就好了，不行也就没办法了。我动员董冰让孩子住医院。刚搬家家里还有一堆事呢，那几个孩子和老太太还没吃饭。我就先回去，在同事们的帮助下，买了炉子，生着了。我还是农村那一套，不会弄别的吃，不管什么时候也是忘不了擀面条。

　　孩子在医院打了青霉素和链霉素。没想到第二天，孩子的眼睛睁开了，脸上也开始有水分，还张口叫妈了，我们特别高兴。医生叮嘱，孩子要吃半流食，不能让他看见你们吃饭。孩子有点儿精神后，就到处找馒头吃，这说明孩子的病好转了，孩子有救了。我岳母说："这真是白捡了一个孩子。"就这样，我们家在郑州住了下来。

　　在郑州，在河南省文联，我呆了二十几年。这期间有一个很好的老朋友叫苏金伞，是文联副主席。他的诗写得好，文字讲究。从他身上我学到了许多东西，我们之间的友谊很深。后来，虽然几十年不见面，但互相很信任。

再有几个朋友都是我的同龄人。其中有位叫何南丁，人很质朴，沉稳宽厚。还有位叫郑克西，上海人，他爱说，人很热情。再有是钟宇，他是文联唯一的党支部书记。他把文联的知识分子安排得不错，也替他们说话。王惠敏是个老编辑，我很怀念她，她经常照顾董冰。我对钱继扬印象很深，他工作任劳任怨，我很敬仰他。他主编过《河南文艺》。那时，他虽然有家可不回去，在办公室一坐就是一天。编辑部所有的稿子，编稿、校对都是他，像头牛一样地干。他现在大概还活着。总的说来，我在河南文联时，从朋友身上学到了很多好的东西，这对我的成长是很重要的。在河南时，我因为年轻，写的东西有特点，还是受宠的。那时总说，新生力量要注意不能骄傲，但多少还是有些骄傲，加上当时各种运动多，也跟着说过违心的话。现在想起来还是很负疚的。我对河南很有感情，一些老朋友现在还经常来往，每次回郑州都像回娘家一样。

1956年进行各种政治学习后，北京有个任务通知河南。记得是《人民日报》组织一批青年作家，大概有一二十人到东北写特写，报道新时期大转移。河南让我去，河北谷峪去。我们俩私交很好。我们两人到北京后，被聘为《人民日报》特约记者，任务是报道工业形势。我们在东北呆了三四个月。第一站我们到天津。谷峪说："李準，咱们不要坐火车，咱们坐船到大连，那儿好玩极了。"上船后，有个大连姑娘穿着旗袍，很漂亮，同我们在一个舱里。因为我们抽烟，又大声说话，那姑娘很讨厌我们。她把脸背过去，不理我们，也不说话。半夜时，海上起风了。船上广播，抛锚了，希望大家注意。人们在船舱里都吐了，我也吐了。那女的吐得厉害，一吐都吐到她自己的旗袍上、身上、腿上。我们两人把她扶起来，抬到床上。我第一次看大海，怒涛巨浪把船一会儿掀起，一会儿落下，折腾了一夜，真是天昏地暗，大海第一次给我的印象不是温柔的。可也奇怪，惊涛骇浪之后，风一停，海面马上平静了，月亮也出来了。人们都被折腾累了，很快都睡去了。我望着风浪后海上升起的明月，不知怎么哭了，是此时的大海变得温柔了呢，还是刚才那惊涛骇浪太可怕呢？我说不清楚。

我们到了鞍山后，采访了两个厂。其中有个是大型轧钢厂。我在农村长大，没见过大工厂。看着那些由苏联援助的大钢管和各种设备很兴奋，这才对工业有了初步的认识。我觉得不工业化不行，农民光凭三十亩地一头牛，老婆孩子热炕头，这改变不了中国的面貌，必须有重工业。

以后，又到了吉林，在吉林采访。在吉林还参观了长春电影制片厂。在那儿遇到了常香玉，她是我的老乡，当时正在拍《花木兰》。离开吉林后，我们到了黑龙江。在哈尔滨有很多俄国人，在秋林公司买东西的有三分之一都是俄国人。他们是十月革命以后跑过来落户的，其中不少是破落的旧贵族。在街上，特别是一些旧货店常可见到旧的油画、工艺品、家具、毛毯等。在黑龙江，我被指派到友谊农场写农场情况。那时农场才开办，王操黎当第一把手，他是河南人，后来当了黑龙江省省长。我觉得，写特写报导，我写不过人家。离友谊农场不远有个小农场，我到那儿去了。在那儿遇见一位老干部，这个人很有个性，东北人，当过义勇军，人品极好，整天在地里跑，自己开拖拉机，改造拖拉机，他的语言也特别生动。但他脾气大，经常喝酒、骂人。为此惹了麻烦，还挨过批。有一次在省里开会，听报告，他一听提到的都是别的农场，背起行李就回来了。为此通报批评他，还给个记过处分。跟他接触多了，我发现，下边那些拖拉机手、农机队长等都特别喜欢他。这个人给我印象很深，我觉得他有豪气。中国历史上的张飞就是这路人。我喜欢这路人。后来，我写《老兵新传》，他是我的第一个模特。在农场时，我就已经打了草稿。

从东北回来后，还有个小插曲。我想让董冰到北京看看，又不好意思说。谷峪帮我打的电报。她们来了以后住在东总布胡同。当时，张天翼、陈白尘也住在那儿。我给董冰买了件花平绒衣服，董冰非常满意，那是她第一次到北京，第一次买衣服。

从北京回到郑州后，又写了些文章，眼界也开阔了。这时期，我接触的作家逐渐多起来，受朋友们启发，阅读能力也提高了。以后，我总结出来，一个地方出文人、学者、艺术家，一般都不是一两个，一出来就是一批，是"鱼群式"的，因为他们互相影响。我们河南文联也一样。那时《世界文学》每期出来，大家都抢着买，看完就讨论。那时看得最多的是苏联文学。我们最喜欢读的是安东诺夫、波列沃依和巴乌斯托夫斯基的短篇小说，清新自然，耐人寻味。还有当时发表的《被开垦的处女地》第二部。受这些作品影响，我的作品风格是，总爱写那些不是很重要的人物，不是很伟大的事件。我喜欢小人物，平凡题材，充满诗意的，带点儿自然的生活。

从东北回来后，脑子里活跃起来的模特就是那位老兵。我写了一个两万多字的东西，名字就叫《老兵新传》，讲在北大荒开荒的故事，一直到开辟东北粮仓。在大的战争过去后，国家建设需要一批军队老干部从事农业，开荒建设边疆。因此，我塑造了这个人物。当然这个人物具有复杂性。我从事写作，从《老兵新传》开始就写带点缺点的中间人物，以后历次运动批判我，也是批这一点。我认为，人都是七分魔鬼三分上帝，或者三分魔鬼七分上帝。反正都有好有坏，看人不要有太多的政治偏见。从这个指导思想出发，我喜欢个性，承认个性的力量，喜欢写有个性的人物。《老兵新传》写了两万字，六十节戏。我自己没有把握，把剧本寄到上海。我与海燕电影制片厂打交道多一点儿，厂长沈浮老师，副厂长徐桑楚，他们都是我的老朋友，我的电影大部分是上海拍的。我一生写了二十部电影，拍了十七八部。《老兵新传》第一稿是张骏祥看的，记得他当时是上海电影局局长。他的批示是："上上剧本，做重点拍摄。"好像夏衍同志也有批示。我马上被叫到上海谈这事，他们先肯定剧本，然后说让我改一下，目前的长度不够。当时派导演舒适同志跟我一块儿再去体验生活，回来后丰富一下准备拍宽银幕。我的第一个剧本就受到重视，心里很高兴。我同舒适第二次上了北大荒。先到哈尔滨，一路上我们聊得很投机。他比我大十几岁，他爱运动，是个篮球运动员，戏也演得好，《清宫秘史》中，他演光绪皇帝。这人很刚正。他嗜好很多。到东北后，他喜欢打猎，带了猎枪去。在哈尔滨吉司林饭店吃饭时，他被群众认出，都围过来。解放前，他在电影界威信很高。

从东北体验生活回上海后，继续写稿，想写得带点儿幽默感，注重人物的性格，最后写成了。当时，我有古典文学的底子，往往从古典文学中吸取东西。比如《三国演义》中张飞的形象、性格写得好，文学史上就有"或曰张飞胡，或曰邓艾吃"的说法。有关张飞的资料我找了很多。张飞不但是个将军，还能写字。他最关心知识分子，他看上去很粗，其实很细，他自己是粗人，但喜欢知识分子。受这些影响，我很注意生活中的模特性格。

剧本写好后，不知为什么导演换成了海燕电影制片厂厂长、上海电影家协会主席沈浮。沈浮告诉我，这影片投资很大，是中国第一部宽银幕，而且由崔嵬主演。崔嵬没参加电影演出时是中南大区文化局局长。这人才华横溢，性格豪爽，很接近影片主人公。我很满意。在这个摄制组中，这两个老师对我影响较大。如果说，后来我在电影上有点儿建树的话，与跟他们的合作有关系。有些事情光讲不行，你跟他们一合作，每句话，每个情节，整体结构等一研究，他们把知道的东西都拿出来了。如沈浮在谈表现人物性格时，他给我讲了一个故事：一个农村妇女，丈夫要跟她离婚，她就纳了很多鞋底，留给他。这就表现出了农村妇女的善良。沈浮是天津人，他还给我讲过他自己在冯玉祥的军队中当乐手的生活，讲范绍曾、韩复榘的故事。以后我写吉鸿昌和他有关系。经过那一次合作，我总在想：与其说是我写剧本，不如说他们促成了剧本。

摄制组成立以后，我同崔嵬、沈浮以及责任编辑等一同又去了东北。在哈尔滨，我们看见有的俄国人穷得没办法，把家里的一些古董、工艺品拿出来卖，我花两三块钱买了个葡萄串花瓶，可惜后来弄坏了。在哈尔滨时，我还记得那里的冰棍特别好吃，奶油很多，一吃就是十几根，连饭都不吃了。在秋林公司，看到卖拐杖糖的，觉得新鲜，回家时还带了几根给孩子们。

通过这次拍片，上海电影厂的一些权威我都见了，也认识了。那段日子还留下了一些趣事至今我还记得。第一次到上海时，徐桑楚跟沈浮说："李準来了，请吃顿饭吧！"饭好像是在锦江饭店吃的，五十年代的锦江饭店很有名。那顿饭吃得很好。饭后给了我3000元定金。我这辈子拿稿费最多的电影就是《老兵新传》了。那时，我穷大方。我对大家说："我现在不需要钱，只有几个孩子，怎么都能过。"我对钱特别不会计算。沈浮告诉我："这钱你得要。"我收下3000元定金后，觉得这么多钱往哪儿花呀！买东西能买多少呀！于是吃完饭，我跑到柜台要付账。沈浮对我说："李準你真土，这钱不该你拿，这是我们电影厂请你的。"我说："我拿了几千块钱，没处用。""没处用也不该拿。"沈浮冲我说。结果还是我付了钱。现在想起来，我当时土是土了点儿，但土得本色。

我写《李双双小传》是因为农村办食堂时的事儿。发表时已是1959年。记得《人民文学》主编李季看后说，人物生动，语言好，是篇不可多得的作品。在《人民文学》发了头条。没想到发表后影响很大，很多刊物转载。他们问我，为什么你的李双双写得这么生动？我说，我在河南南阳采访时遇到过一个女的叫秦秀兰。她心直口快。第一次遇到她是在公社办公室。听到电话铃响，她冲着电话说："你别响了，你别响了，我们这里没有人呀。"我一看很奇怪，就对她说："你别喊，它听不见。"我就拿起电话按了一下。她一看，电话里能说话，就跟我聊起来。我认为，任何一件事都要一分为二，中国妇女解放，特别是精神思想上的解放，在"大跃进"中是真的，妇女走出家庭，挣工分，在经济上独立了，就这一条，在中国4.5亿农民中妇女得到这种待遇，她们的地位就变了。前年开世界妇女大会，我还讲，中国其他都落后，但妇女解放不落后。1958年以后，我亲眼见到了，妇女不再是大门不出、见人害羞，那时在地里劳动，女的甚至比男的厉害。她们天天上工，在地里干活时，她们什么都说，真是放开了。有时十七八岁大姑娘参加劳动，听到那些成年妇女、大嫂说些嘴没遮拦的粗话，都不好意思，低着头或笑笑。所以写李双双不是凭空的，农村的生活引起我的思考。在同秦秀兰聊天时，她不认生，什么都问："你是哪儿来的干部？"我就说："我是郑州来的。"我问她："你到公社来干什么？"她告诉我："我来找干部。我们那儿选队长，让我们小孩他爸干，他胆小，不干。我让他干，他把我骂了一顿。所以，我来找大队说一说，他不干，我干！"一听这话，我觉得这人心直口快，对她很感兴趣，就跟她聊，对她有了印象。但李双双形象的精髓还不是秦秀兰，有些素材还是我老伴的。比如，她那时特别爱学文化，写个小字条："我真想学文化呀，就是没时间。"她每天练字，裤子的"裤"字，她记成：一边一个衣字，一边就是水库的库。发现这个，我觉得很有用。还有些是来自古典文学。比如是小时候读过的书一直记着，有篇白话小说是《快嘴李翠莲记》。写她见人就说，见人就唱，但是她的嫂子和公公、婆婆都讨厌她。家里人常劝她。结果她再也不说，一句话也不说。

家里人认为她疯了，把她休了。她被休之后，自己编歌唱，编快板等。

在我的作品中，女的像李翠莲式的人物，男的像张飞式的人物很多，一再出现。这样的人物我特别喜欢。这是《李双双小传》的起因。

《李双双小传》发表后引起轰动。电影厂准备开拍。导演是鲁韧，主演是张瑞芳。不知为什么，鲁韧同张瑞芳合不来，张瑞芳老讲："鲁韧尽是邪门，老爱往男女关系上说。"鲁韧也整天诉苦："真没办法，没办法。"现在想起来，鲁韧导演的《李双双》起码有两个东西是成功的。一个是他用了很多中景，不用特写，全景也少。中景的特点是在银幕上不是一个人，都是几个人还带背景，使得电影很生活化，这是他的贡献。再有是，他很重视语言。拍摄时，觉得不好马上就让改，我就现场换句话。他常说："李准，我没见过你这样的编剧，你肚子里装了几万句话，装了词典，有时让我们想三天，换句话也想不出，你马上就能出来。"我想这恐怕就是生活，没有生活真的不行。

在拍《李双双》时，还认识了一个叫吴贻弓的副导演，鲁韧说："我找了一个副导演，他是电影学院第一期的学员，是个高材生，极为聪明。"我一听，说："行！"初次见面时，吴戴着近视眼镜，细个条，小脸儿，细脖子，看上去可怜巴巴的。没过几天，我就发现他真聪明。比如，我说写小纸条学文化，他说："太好了！"再有，李双双不会写字，在家门口画画表示"钥匙"，这个情节是他想出的。这样不用说话，观众看了有意思，还能表现人物性格。因此，《李双双》电影有一定质量，那么生活化，吴贻弓出了一份力。当然，吴贻弓通过这戏也有收获，那便是在戏中演凤英的小姑娘，通过这部戏，与他恋爱结婚了。后来，我们见面老开玩笑，他说就是演你的李双双，我们才成双了。

《李双双小传》发表后，还引出了许多改编的戏。不但改成电影，还改成各种戏剧和戏曲。那时全国起码有五百台李双双的戏。很多演员都演过李双双。

电影《李双双》拍成后，在全国公演。公演前，各大电影院都画出大海报，看到海报，我跟老伴说："这就是人民给我的肯定。"作为一个作家，看到自己的作品在全国上演，心里有说不出的高兴。更让人高兴的是，

《李双双》上演后,周恩来总理曾说:"作为一名电影观众,我投《李双双》一票。"

(李準口述,李晓虹整理)

原载《十月》1998年第3期

李準自述（之四）

我是河南人，说说我和豫剧的关系。这是我这辈子很重要的事，有很多朋友在这里，也是我们共同成长的记录。

先说说崔兰田。她是安阳豫剧的主要演员。幼年是有名的"十八兰"演员之一，她的唱腔温婉细腻，咬字特别真。我十岁时就看她的戏，当时她唱须生，记得有《哭秦庭》《游龟山》。后来改青衣。因她人聪明，故成就突出。崔兰田的《对花腔》唱得非常好。戏中有些词写得很动人，那是我们这些新编剧写不来的。她懂得农村生活，把古代的将、帅的家庭生活农民化了。如骂罗成：我就是和你爹，在床头站过一夜，你也应当作生身母一样同。每次看到这儿，我都落泪。我联想很多，中国这个国家所以能持续五千年，主要是靠它的伦理观念。"伦理是道德的基础。""孝"最不简单。旧社会妇女要读《孝经》。有一年，我练字写小楷，边抄边看了《孝经》。我发现旧社会把"孝"作为调整家庭关系的原则。这符合孔子的观点，"孝"能使整个人类有秩序。

崔兰田曾跟我谈过身世。有一次，她跟我说："李準，咱们是朋友，我什么都跟你说。我性格刚烈。因为丈夫历史问题我受了大半辈子的冷遇。我这辈子没跟第二个男人有不正当关系。从小演戏就是'好马不配双鞍轿，好女不嫁二夫男'。我唱封建戏，把自己也束缚住了。我这老公，是国民党铁路警察，可我是艺人，我不了解，一看这人有高中文化，还穿着制服，我只想嫁个知识分子挺清高，可怎么知道他还有历史问题呢？'肃反'时把他抓起来关了两年。我当时想，不管你是什么反革命，我只演我的戏。除了演戏，我大门不出，二门不踩。不管你是市委书记也好，文化局长也好，请我，都不拜访。到我家的客人我也不强让茶，担心人家怕我下毒。唉，人的心灵被扭曲了。"

崔兰田始终没离婚。后来得了脑溢血，不会说话了，痛苦至极。崔兰田也演过李双双，她弟弟崔少奎演喜旺，演得真实生动。

崔兰田跟我的关系始终很好，她虽然文化程度不高，但艺术造诣很深。人一辈子能有几个信任的朋友很不容易。有演艺界朋友也是一种幸福，他们身上有很多社会沧桑的烙印。

我这辈子和常香玉同志也有过几次互相帮助，互相学习，互相合作。常香玉从小像个男孩，爬树、跟男孩打架，很倔强，小时他爹管她叫"土匪"。我曾跟常香玉说："你的戏最好的是《红娘》。《红娘》其实演的就是你自己，特别是《拷红》一场。"以后演戏，只要同她性格结合的人物，演得都好。比如《花木兰》，演得有几分男子气概，她就能演得淋漓尽致、气宇轩昂。

"文革"中，我同常香玉曾一起被批斗，戴着"反革命"的牌子被游街，后又一同被下放劳动。常香玉比我受的罪大，经受过大苦大难，但她没有自杀，挺过来了。

在西华县，我们一起劳动时，常香玉跟我说："李凖，这以后，旧戏帝王将相被赶下台，我们这些旧艺人就不行了，将来我得学点儿什么手艺，或者做衣服，当裁缝什么的，总得混口饭吃呀！"听她一说，我哈哈大笑。我说："你想得太悲观了。"常香玉说我："你小子别太乐观，难道你还能当作家？"我说："将来我照样当作家。"我说："常香玉，你在全国、全世界都是有名的，你是大艺术家，如果你将来做衣服、当保姆，那就没有世事了，那就不成个社会了。"我告诉她："你将来不但还能演戏，还会有房子、汽车。"常香玉说我是瞎做梦。我告诉她，不信就等着看，要不了几年就会有改变。"无往不复"，怎么来再怎么回去。

人生有几个好朋友，各有各的优点，在最困难的情况下，互相拉一把，互相开导一下，就可以渡过一个难关，又到了一个新天地。我和常香玉就是这样，以后几十年，她常说："李不反常，常不反李，咱们一定要互相团结、互相关心。"

常香玉每次到北京都到我家来，我有病时也来看，待我跟亲弟弟一样。待我们家老董和孩子也很好。

我觉得，在艺人中，常香玉是了不起的。她身上有一种"不羁之气"，有一种古道热肠，一生热情慷慨帮助人，救灾义演多次。她最大的特点是不爱财,不自私,我很了解她。在抗战中,她常义演,救灾民;解放后,捐献飞机义演。到她家一看,连个新沙发也没有,屋里破破烂烂一件灰色套裙穿了多年也不换。那时,我跟她说:"你家里也应该挂些画,你认识那么多画家,请他们给你画几张。"常香玉说:"人家的画都是卖钱的,我去要能好意思吗?"我说:"那画挂在你常香玉家里是他们的光荣。"后来,真不简单,她请吴作人给她画了一张,现在还挂着。

我和常香玉的交往,圈里人曾流传一个故事:李準三句话说哭常香玉。这确有其事。那是,有一年,我回郑州。我们见面了,正好是常香玉演出五十周年纪念。我参加了纪念活动。活动中,大家都讲一讲,轮到我时,忽然想起一件事。我说:"这事常香玉同志可能不知道,但对我来说是终生难忘的。"接着我说:"大约十三四岁,我作为流亡学生跑到西安,每天吃救济粥。那其实是常香玉捐的钱,救济河南难民和学生。我跟常香玉交往几十年,这事却一直没提过。今天,我李準成了作家,当年吃过你的稀饭。"这一说,我们俩都掉泪了。这事传出来,就成了李準三句话说哭了常香玉。

豫剧的演员中,我最喜欢的还有陈素真。特别是这些年我老了,有时自己想哼几句老调纯正的豫东调,就唱她的戏。抗战中,在开封,陈素真和常香玉分别形成捧狗团和闻香团的戏迷团体,轰动全省,盛况空前。那时我还小,不知道她。我到河南文联工作以后,认识了她。

陈素真有文化,有审美见解。反右前,她回过一次河南,后来写了一篇文章,说看到群众吃不饱饭,"面有菜色"等。结果被打成右派。陈素真被打成右派后,我见过她一次,那真是很难受。后来,右派摘帽后,她回河南又演过戏,嗓子已经不行了,有些沙哑,但豫东老调的味道却纯正极了。

我最喜欢陈素真的一个戏叫《拣柴》。现在,每当想唱两句时,首先唱它。其中有句"出门来羞答答,将头低下,哭了一声爹,叫了一声妈,啊呀!啊呀!我的乳娘啊!"那真是清丽婉转,如饮醇酒。人到老了,喜欢纯古的乡音,哪怕是一句。

豫剧太了不起了。五六十年代唱遍全国,成为中国第二大剧种,这大概是与这片土地上的人的性格有关系。这一带的人个性乐观幽默,很解放,痛快！表达感情淋漓尽致，大哭大笑大悲大喜。现在戏曲很不景气，可是豫剧首先渐渐复苏了，据说现在全国仍有三百个豫剧团，而且在县以下营业情况不错。古代《诗经》中有"郑声"，就是以它的通俗风靡一时。豫剧通俗易懂，叙述味道强。

我这辈子有很多戏曲界的朋友，现在老了，回忆回忆与他们的合作，写过的剧本，感到很快乐。在那些年，特别是河南，同那代人一起兴奋过，狂欢过，掉过眼泪……

现在回忆起来，我没有虚度光阴，我让广大观众哭过笑过。虽然，那些年创作没有很多自由，但我在夹缝中间，是站在"钢丝"上给他们歌唱、表演，虽然一不小心，掉下去便是万丈深渊，但我感到高兴、快乐。我感谢人民对我的回报——笑声。

关于《龙马精神》。最早是我的一篇小说《两匹瘦马》，当时茅盾先生比较喜欢，他曾对我说，这篇小说比《李双双小传》写得好。后来北影的谢添和陈方千（北影的导演）就与我联系，想改编成电影，叫我到北京来了。但当时北京正搞小整风，没拍成电影。谢添与我是忘年交，这辈子最要好的老朋友之一。谢添的老家在广东，他演电影演得好极了。他青年时期最主要的导演是沈浮先生。沈浮曾跟我说："谢添演戏演得真实准确。"谢添的特点是，一辈子洁身自好，正派和蔼。他比较爱吃。我开他的玩笑："你的七情六欲主要是食欲。色欲都叫食欲代替了。"听后，他哈哈大笑。我记得，有一次筹拍《龙马精神》，在郑州，我请他吃饭。困难时期也没什么好饭，就到蔡记吃蒸饺。当时还有陈荒煤同志。他吃了两三笼，边吃边说："棒极了！太好了！"现在，他仍然爱吃，一天一个宴会也不嫌多。

谢添第一次见我时，被运动整得胆小，说话小心翼翼。他与我在一起却平易近人，说话很随意，加上有陈方千，就很开心。有次在郑州，文化局的几个干部请我们吃饭，当场让谢添讲笑话。我说："谢添的东西多着呢，别让他讲笑话，让他变脸。"谢添的变脸是绝活。他拿过一顶鸭舌帽，装最凶恶的人，装最吝啬的人，装最骄傲的人，连装了五六个脸，那简直完全不一样，极为性格化。

为了体验生活，我们还一起到密县超化镇农村，参加群众的诉苦会。但是，这一次电影没有弄成。主要是整风中，有人给汪洋提意见：为什么让谢添演这电影，他又不是党员。实际上是内部瞎起哄。到了1964年冬天，我正在搞社调。河南文联去了几十人。在信阳长台关的一个村里，那儿很穷。当时纪律很严，要求不拿群众一针一线，与群众三同：同吃、同住、同劳动。开始时非常不习惯，一天三顿稀饭连点油星儿也没有。我住的那家没屋门，房东是个豁子嘴，看着吓人。最受不了的是不能吃干饭，每天喝稀饭，喝粥也没什么菜，我不会喝，肚子就那么大，喝两碗粥，也就尿两次就完了。肚子老是饿得叫。苏金伞先生当时六十多岁了，跟我们一起同群众挖泥，他是让人佩服的。我与他交往中发现，他诚实、热情，没说过一句瞎话，没有人云亦云，特别是"文革"中没有揭发过一个人，也没有给人上纲上线。在河南，我有两个老师，一个就是苏金伞，另一个是谢瑞阶，人品、文品给我影响很深。

就在我在信阳搞社调时，电影《李双双》因得到总理的赞成票而获百花奖的最佳编剧奖。记得奖状是茅盾写的："新人新事，青年楷模。"郭老也给写了一个，许多领导还都题了字。《大众电影》封面登着张瑞芳很大的照片，还有一些我在农村劳动的照片。总理当时很重视这事，还亲自参加颁奖会。

颁奖会前，通知我参加。我就去找组长告诉他这事。可不知当时他怎么想的，就说："咱们刚到乡下，忽然又走了。你可以请假嘛，叫别人代领。"他一说，我当然不敢说话啦。我只好给北京他们写信，说我不去了，请他们代领。后来，大概是沈浮代表海燕厂把我的奖领了。

这以后，中央又提出来抓革命还要促生产。《龙马精神》还得拍。只不过谢添换成了石一夫。石一夫是话剧演员，他是我的老乡。副导演是王好为，她是张瑞芳的侄女，也是电影学院第一届学生。他们到信阳找到我，看到生活状况很差。王好为很同情我，看到这么一个作家，在这儿受这么多苦，看着都想掉泪。我告诉他们，现在我只能考虑提纲，但回不去，等到过年时我回去给你们写。接触中，我了解到，王好为爱好读书，电影文学读得更多，这对我有帮助。过年时，我请假8天回郑州写剧本。王好为和石一夫也没回北京，还有常耕民，河南话剧团演员。在郑州，我一边写，他们一边帮着查资料，写好一页又帮我抄一页。那次，我给王好为的印象很深。她说："有生活真不简单，一下子就洋洋洒洒写出来。"但8天时间到了还没写完，他们只好先走，我写好后寄给了他们。当时叫《瘦马记》。但觉得名字不好，怎么能叫"瘦马"呢？于是就找人起名字。那时老舍先生看过话剧，他是老前辈，我跟他也熟，他也喜欢这个戏，我找到他时，他说："李准，我给你起个名字，叫《龙马精神》。"我一听，这名字真好，又请了邓拓同志写片名，他当时还是北京市委领导，邓拓写的"龙马精神"四个字雄浑恣肆。他一共写了两次，第一次写了繁体字，以后说现在都用简化字了，繁体字不行，于是又写了一个简体字的"龙马精神"。

说到我和老舍的关系，五十年代我在开各种会议时同他见过面，后又到他家看过他两次。老舍很爱护青年作家。他喜欢字画，我也喜欢。他曾给我写过两幅字，还作了一首诗。记得《李双双》红火时，他写过一个对联：莫哀苏小小，都学李双双。胡絜青大姐对我也很好，去他家时招待很热情。老舍还亲自领我到和平画店（荣宝斋）买过两回画。

第一次买了齐白石的画，第二次买了徐悲鸿的画、何绍基的字。那几年的稿费，几乎都买字画了。老舍曾在东来顺请我吃过饭。他很幽默，对我的土幽默也很喜欢。他说："你的语言比较生动。语言要上口，读起来要让口腔舒服。"这是我第一次听说。他还说："语言还要读起来音调铿锵。"由此说，老舍被封为语言大师，那一点儿也不假，确实是语言大师。

从1966年起，"文化大革命"正式开始了。"文革"中，我被打成"黑帮"，挨过批斗、游街，后被轰到乡下劳动。在农村，我并未消极，在同农民的相处中不断地积累素材。

记不清是哪一年，河南文联下放劳动的人陆续都回城了，唯有我没让走。我找到张耀东，问他，我为什么不能回去？他还不错，向省里要求给我安排。让我搬到农学院老干部管理所，但没算最后解决问题。在那里住的都是下放回来的老干部。在与老干部的相处中，我发现有的老干部真耿直，真敢说实话。在那儿住的日子里，我接触了各种不同性格的老干部，有次组织老干部参观红旗渠，我也去了。红旗渠在林县，林县对我来说既有高兴的记录也有悲伤的现实。红旗渠我很熟悉，还写过一些东西，特别是《李双双》是在那儿拍摄的。然而，"文革"一开始，林县的"造反派"就给我送来了大字报，说我丑化农民。此次同老干部又到红旗渠，我触景生情，有些酸楚。但令我高兴的是，在林县，我遇到了北京的凌子风。他一看到我，激动得说不出话，他以为我解放了。凌子风一回到北京，马上跟住北影的军宣队人说："李凖解放了，我见到他了。咱们抓住他，让他写剧本吧！"凌子风这么一说，北影马上派《星光灿烂》的编剧朱行到河南见我。朱行同志是我几十年的朋友，以后是《大河奔流》的责任编剧（以后他患糖尿病去世了）。朱行到河南时，我实际上还是半黑着。我觉得他们让我写剧本简直是异想天开。但人家北影还真有办法，让朱行拿着文化部的信封，还盖上文化部的大印调我，就这样，朱行把我接到北影。在北影，我见到凌子风，非常感激他，我认为，真正促使我解放的文艺界人是凌子风同志。

调到北影后，我先写《大河奔流》提纲，我把我自己的想法说出后，北影党委觉得不错，可以进行。但他们决定让谢铁骊同志拍这部戏，什么原因我不清楚，大约是作重点片拍，担心凌子风当时调动人马不方便。凌子风让给他了，就这点，我觉得对不住凌子风。以后一直多少年，我都对凌子风说："老凌，我一定再写东西，咱们合作。"但没能实现。

我同谢铁骊合作《大河奔流》前后有两年多的时间。我们两人合作以后，可以说，相互帮助，相互关心，共同进步。谢铁骊是扬州人，革命家庭出身。他幼年参加新四军，经历比较丰富。谢铁骊文化不算高，可他极精明，能充分利用自己掌握的知识。他拍过不少好电影。我们在接触中相互影响，我给他讲过不少历史故事，他都能接受，感兴趣，但我对电影还是不熟悉，不像他下过那么大功夫。比如，原来对电影动作性的语言这一技巧不太清楚，他给我解释，且通俗易懂。他说："电影就一个半钟头，在这段时间里，情节要不断地行进，不断地发展，情节打住了，观众就看不下去了。"

在北京时，我觉得环境特别好，各地一些受过冲击的作家、编剧逐渐解放，都聚集在这里。那时，北影招待所住了不少人。当时最活跃的人有肖马、范曾、张锲、张天民，还有贺捷生等。我们成立了"五凤楼诗社"，谈政风，谈文风，谈画风，等等。在《大河奔流》上集写成后，我暗示谢铁骊下集无法写，写周总理写不成。当时是"文化大革命"时期，林彪事件、天安门事件相继发生，全国群众激情汹涌，觉悟空前大提高，"四人帮"已在人民心目中处于极其孤立的位置。所以我在当时的北影住，也很快提高了觉悟。谢铁骊告诉我，写不成，咱们干脆走出去。我也正有此意，于是就以体验生活的名义离开了北京。我们到了河南西华县，我曾在那里劳动过。后来又去了山东。理由是，既然要写黄河花园口，就要熟悉黄河，我要看黄河决口的地方。在黄河两岸，我发现了一些东西，如两岸有几十万个土堆，据说那是为黄河决口时救险准备的，当地人称土堆为"土牛"。黄河两岸的大堤真是气派、壮观，有几千个大石坝，我以为那是中国人民几千年来的第二个万里长城。关于黄河的故事，一路上也听了不少。在这以前，我并不知道管理黄河最主要的地方是开封。开封有个河大王庙，当地人都称它为黄河的河神庙。关于河神庙，有些传说，也有些故事。我们几人边走边了解，心情不错。那次，我们还到了山东的济南，还爬了泰山，看了不少古迹。特别是一些碑刻，我就是那次买了一套《泰山经石峪》。在济南时，我们商量一直再往东走，一直走到青岛。在青岛，我遇到了一个老乡。他叫刘知侠，他是《铁道游击队》的作者，"文革"中，他的爱人自杀了。我到青岛时，省委宣传部部长跟我说，刘知侠要同一个不相当的女人结婚，让我劝劝他。我对这种婚姻的事，始终认为有情人终成眷属，我同情他们。我对宣传部部长说："婚姻是个人的事，只要人家两人愿意，没必要干涉。"我这么一说，他们想想也就算了。后来，刘知侠结婚了。对这件事，他一直感谢我。

这次外出，我们还跑到了四川。在重庆，每天看到江边卖菜的、挑担子的四川妇女个个苗条、妩媚，我就说："咱们以后挑演员就到四川来吧！"这一次，我还爬了峨眉山，虽然没能到金顶，只在半山腰住了两晚上，但感觉还是相当好的。一路上故事很多。"文革"中，寺庙中的和尚、尼姑没有了，都让他们还俗了。他们中有的种地，有的做些杂事。我遇到一个和尚，他跟我说："我已经还俗了，一边种地，一边在庙里管点儿杂事。我既然还俗了，就应该可以结婚了。我有个师妹，我们想结婚，但又不敢，怕人说。"

我一听，这事有意思，我想采访采访。我让和尚把师妹喊来。那师妹大脚板，四十来岁，大个子，长得清秀。她见了生人有点儿害羞。但几句话问过后，她就侃侃而谈。她说："我小时长年害病，13岁进尼姑庵，庵里有个老师傅，我一直服侍她到60岁。她圆寂以后，我自己开垦土地种庄稼。'文革'开始后，学生们来了把佛给砸了。当时，我就想让菩萨惩罚他们，结果他们没有被惩罚。因此，我觉悟了。菩萨打坏不过是一堆泥，我觉得没有什么佛，也没有什么禅。所以，我想同师兄结婚。我们自己开荒种地过日子。"我一听，这有什么不行，我帮你们办这事。我就跟文化馆的人说："你们给他们写封信，让他们到县里去登记结婚吧！"那人还算通情达理，很帮忙。果然批准了。批准他们结婚那天，我们在一起吃了顿饭。他们吃斋，喝一种茶。这种和尚与尼姑的婚礼是我一生中第一次参加的。

离开四川后，我们又到了西安，在西安看了碑林，收获不小。随后，去了咸阳。在咸阳遇到许多河南老乡，发现不少河南老乡逃到大西北的故事。所以，以后在《黄河东流去》中写春义、凤英在咸阳开饭店，写雪梅跟蓝五的悲剧爱情故事，都是在咸阳一带发现的素材。

从西安返回后，中国大灾难一场接一场。先是河南水灾，接着中国三巨星陆续陨落，唐山大地震，等等。

毛主席去世后，中国形势发生巨大变化，"四人帮"倒台了。当时，我已回到河南了。抓起"四人帮"的当天晚上，白桦给我打电话告诉我："把他们抓起来了。"我马上问："几个？"他回答："四个！"我说："太好了！"

"四人帮"倒台的事，我们老早就在一起议论。总理去世后，北影住了不少作家。那时，我住的房子是中心，大家总是不断地说江青长不了。

"四人帮"倒台后，中国又出现了邓小平扭转乾坤，第二次挽救中国，新时期开始的局面。

影片《大河奔流》几经周折，最后于1977年，正式开拍了。

（李凖口述，李晓虹整理）

原载《十月》1998年第4期

谈创作

我怎样写《不能走那一条路》

小说《不能走那一条路》发表后，我接到不少来信。大家那样诚恳和热情地帮助我，鼓励我，使我内心万分感动。我想着我只是写出那么一点点东西，却受到这样多的鼓励，心里实在不安，今后只有加紧学习，认真劳动，为人民多写出一些有益的东西，来回答大家对我的希望。

我写小说还是头一次，学习写作也还不到一年。编辑部要我谈一下怎样写这篇小说，我只能就"经过"谈一下，因为我自己还是开始学习写东西，这只能算是和我们通讯员同志研究一下，今后咱们应当怎样写，并希望大家对我的小说多提一些意见。

还是在今年六月间，我们村里有我个叔伯哥（他是我们乡里党支部书记）买了二亩地。以后他对我说他爹还打算再买几亩，另外还想叫他在集上开个小成衣局，因为离区上近，生意好。当时我记得安子文部长在一个整顿农村党的基层组织的报告文件中，曾批判过这些东西。因此就劝他不要买。后来我开始考虑起这个问题了。我想为什么会有这种现象？这种现象的发生说明了什么问题？因为总路线在那时还没有现在提得这样明确，所以我也没有充分认识这个问题的本质意义是什么，觉着写成文学作品普遍教育意义不会大。后来我和一个税局同志扯起来，他说："咱们土地交易税是经常超额完成任务！"我为这句话暗暗地吃了一惊：我想着农民起"分化"了。这时我又回到村里看看：去临汝贩卖芝麻的、倒卖牲口的和放账的现象都有；另外这时又有一家卖地，一亩地的地价由六十万涨到八十万。我觉得这真是个问题了。恰巧这时发表了邓子恢同志的《农村工作的基本任务和方针政策》，里面讲到要防止农民两极分化必须引导农民走共同上升、互助合作的道路，这几段话，使我感到买地这个问题是个大问题，可是怎样解决这个问题，自己还是不大明确，于是和一些同志研究起来。有的说："自由买卖是政策，你这样写怕有影响。"有的说："买卖地多了本来不是好现象，不过正面揭开不大妥当。"从研究中没有得到真正解决，我思想苦恼极了。最后我想：政策准自由买卖土地是不错，不过绝不是提倡，也绝不是坐视其分化。我们农村中党组织应该保证不使农民两极分化，而应该引导农民向共同上升的社会主义道路走。同时我也想到赵树理同志曾经说有些事情不是单凭政策，而是凭教育。主题确定后，人物的影子已经在我的脑子里活动起来。我很兴奋，我准备从这个问题中写出工人阶级思想和农人的自发趋势的斗争，也就是社会主义道路和资本主义道路的斗争。

以上是我这篇小说的主题获得的经过。从这里我感到从事创作的同志们学习政策的重要性。我自己就正因为没有好好学习政策，因而看问题不能及时而准确。我感到学透了政策，就像有了一架望远镜和显微镜一样，既可"远瞻千里"又可"明察秋毫"。周扬同志说："在观察描写生活时，必须以党和国家的政策为指南，他对社会生活中的任何现象必须从政策观点来加以估量。"这几句话是对我们学习写作的同志的很好的提示。

在主题考虑成熟后，接着就考虑我所要写的人物。因为作品里要表现矛盾，要写两条道路的斗争，这是要通过人物来表现的。我对农民的认识是很肤浅的。不过我知道应该正确地表现农民，我力图使自己创造的农民形象，能够表现农民阶级的本质。农民是劳动阶级，他们有勤劳、朴素的浑厚的阶级本质，并且在我们长期的革命斗争中贡献出难以估计的力量。因此农民是工人阶级可靠的同盟军，农民能够和工人阶级结成巩固联盟，在工人阶级领导下，接受社会主义改造，不走资本主义道路，而走社会主义道路。我所写的正是要说明："不能走那一条路！"即不能走资本主义的道路，要走美好的社会主义道路。当然，要引导农民走社会主义道路，就必须与小农经济的自发趋势作斗争，而且，先进思想一定能战胜落后思想，农民是能够跟着党的路线走的。在作品里，要写小农经济的自发势力，可是绝不能把农民写成顽固不化，写得令人憎恶。

以上就是我写宋老定这类农民时所抱的基本态度。

在写东山这个人物时，原曾打算创造一个正面的典型人物。他是个共产党员，他具有大公无私的品质和远大的理想，他把村上的事情，例如庄稼的好坏、农民的生活等等，看作是自己的责任。同时我也想到：也不能把东山写得"神化"，使人感到"高不可及"，不能仿效。结果这个人物并没有写好，写得比较概念些，他的性格不够鲜明。那就因为我自己还没有钻到这个人物的灵魂深处，对于这个人物还缺乏较深刻的理解。

在写宋老定这个人物时，我感到不那么困难了。原因是我曾在农村住过相当长的时间，后来，在城市工作中，也一直与农村保持联系。因此比较熟悉这样的人物，写的时候，这个人物如同站在自己面前一样。宋老定是个劳动人民，爱劳动，朴素，有阶级同情心。可是他是从旧社会过来的，长期在一家一户的小生产情况下进行耕作，虽然现在已参加了互助组，但这个小生产者的思想意识不是一下子能改变的，因此他"想叫儿子分家时多分几亩地"，"孩子们提起来知道他是个置业手"。虽然他并不是一上来就想剥削人，可是我们知道小农经济的自发势力必然逐渐发展到剥削别人的道路上去。在刻画这个人物时，我把握了这一点，着力地写出他内心复杂的矛盾和斗争。

其他像写张拴这个人物时，我本来一开头就写出他在贩牲口碰壁之后的凄凉景象，也就是对他的批判。因为在农村中吃飞利、跑生意，不好好劳动这种人是有的。不过在后来对他的教育是写得不够的，这是我受了作品中的结构上单线发展的限制，着重写宋老定，因此这个人物没有写好。

在创造人物时，我用了一些细节，并且力求赋予他们和自己身份相称的独特性格。在过去我曾写过一些小东西，把人物变成背政策的机器，他们说的那些话如果换成老年人也行，换成年轻人也行。总之，在作品里看不到"人"。过去写作是先找事，后找人。是由故事产生人，不是由人产生故事。当然不能把他们写成活生生的人了。我觉得我们写作主要是研究人，观察人。如果说创作也是一门学问的话，也可以说是"人学"。因为只有了解各种人的思想感情，把他们摸透，然后再通过形象把他们表现出来，才能够叫别人读后感到真实。例如有些农民看了这篇小说后说："这宋老定怎么和我一样！"这可能就是因为宋老定这个人物写得较为真实生动的缘故。

其次，我想谈一下结构问题。这篇小说原来分了十一节，后来压缩到八节，写好后我还想把第一节删去，可是觉得还有必要，就保留了。我注意不使作品"臃肿松弛",使每一节中都有它的独立内容,并且又是全篇中不可缺少的一部分。以前我也曾"信手写来",写到那里,说到那里。这样反而"翻工"很大。我感到在写作之前,必须对情节有缜密的安排。哪一段放在前面,哪一段放在后面,哪些可以合成一段,哪些可以拆开分成两段。经过安排后再写,这样人物就会在故事里自然地、合乎情理地行动着。

总之,结构是和高度的概括分不开的。结构要求严谨,但也不能吝啬使用文字。我就正因为只注意严谨,所以在有些段落中没有造成"气氛",有些情感没有充分写出来。我想以后写东西,需要更加周密的布局,使我们的作品能够从正面看"五色缤纷",从背面看则是"井井有条"。

最后,我想谈谈语言。我这篇小说中用的是豫西"口头语"。我很喜欢这种语言,它是那样的精练、生动而又能准确地表达思想感情,我也经过选择,并不敢把只有当地人才懂的方言搬上去。我觉得我用的这种语言,也是我平常所说的语言。有时我就用嘴先说说再写,看看是否顺嘴,我也不用长的句子,不用长的附加语。当然,在语言上我用的工夫还不够,这篇小说中有些语言还嫌"文"了一些,有些语言还不够准确、生动、有力。

以上是我写这篇东西的经过和一些体会。

在这里要说明的是我到开封后,参加了省文联和《河南日报》编辑部的两个座谈会,又在编辑部看到一些来信。我心中有说不出的感激。会上大家热烈地讨论了这一篇作品,大家给我以热情的鼓励,并对作品中一些缺点提出了正确的意见,给我很大的帮助。我记得在今年全国文代会闭幕时,我读了《人民日报》的社论《努力发展文学艺术的创作》,看到我们党和政府对我们文艺写作者爱护之深和期望之切,我只有刻苦地、奋勇地努力学习创作,来报答党和政府对我的期望。我们的祖国已经进入一个新的历史时期,我们的任务又是如此重大、光荣。我希望我能够和我们全体通讯员同志在省文联的帮助下,在我们国家过渡时期总路线的灯塔照耀下,奋勇前进!

(转载《河南文艺》内部刊物《河南文艺通讯员》十二期)

原载《长江文艺》1954年第2期

我怎样学习创作

今年夏天，有几个青年到我住的村子里来参观，他们顺便地要我谈一下怎样学习创作。这个问题使我很窘，因为只写过那么几篇短东西，自己也还是在刚开始学习阶段，有什么可谈的经验呢！后来我领他们去看了我们社里的庄稼。在路上他们热情地对我的小说提了一些意见，我发现他们还是有些生活基础和认识生活的能力。因此，回想到以前我给一些青年回信中，有的写得太简单——我曾担心有些青年，过早规定自己走"作家"的道路，会耽误他们的正常学习和工作——可是道理又没有讲得透彻，现在我想把这点意思再谈一谈。

我开始学习写作，是在1953年。

在写《不能走那条路》之前，我曾经写过些小故事，这些故事都很短，有的只有一两千字。写一个人物，叙一件事情。我写这些东西，并没有想当什么作家，只是在工作中碰到了听到了一些问题和事情，有些问题自己想把它说出来让更多人知道，譬如说：谁家的婆婆待媳妇特别好，乡里城里有什么新人新事，等等。

在写这些小故事时，我总是想："如果有人能给农民们读读就好了。"我的目的就是这样：能够让农民们听听，笑一笑，从笑声中来摆脱他们的落后，从笑声中认识到什么是先进。

这些故事，大多发表在地方报纸上。有一次，一个从乡里回来的同志对我说："你写的东西在我们那个乡里，广播员每天晚上给群众读，报纸都揉烂了，群众还是要求读。"我听了之后，很感动，也很惭愧。在这以后，我写东西时，总要尽量把语言弄得通俗一些。就好像我面前坐了很多街邻，我在讲故事给他们听。

直到现在，我还是非常喜欢写简短的小故事，差不多每年要写几个。我觉得这些小故事对我练习写作帮助很大，我本来极喜欢一些民间故事的洗练、淳朴的语言和清楚、紧密的结构，因此我在写故事中，首先锻炼能把一件事情说得清楚、生动。

把一件事情说清楚并不容易，特别是我们初学写作者。我觉得这要比我们有些青年硬学着写"一片白色的云""小溪淙淙的流水"等一类句子重要得多。

1953年9月，我写了《不能走那条路》，以后又学着写了几篇小说。这些小说内容大都是反映今天农村社会主义改造运动中的一些人物故事。有很多青年来信，问《不能走那条路》的写作情况。我记得关于怎样写这篇小说，曾经写过一篇短文。现在我还可以概括地谈一下。《不能走那条路》虽是个短篇小说，但写一遍，改几遍，大概用半个月时间，不过这个主题在我脑子里酝酿的时间，差不多有半年，最后自己真忍不住了，才把它写成小说。

这个小说里的人物，虽然不是真人真事，不过都有一定的人物作模特儿，并且这些人都是我极熟的人，熟到我闭着眼睛能分辨出他们的脚步声音。

我觉得自己能够写点东西，主要是由于群众斗争生活的教育和党的培养。我的故乡是在黄河南岸，洛阳的一个农村里，我在这个农村长大，在解放前，我的家乡在"水、旱、蝗、汤（匪患）"的各种灾情重压下，广大的农村变成了一条饥饿的走廊。农民的贫穷，在我幼小时的头脑里就留下了深刻的印象。我和他们在一起滚了十多年，可是我不能理解他们。在解放后，经过学习党的理论，参加了群众运动和斗争，逐渐懂得用阶级观点来分析研究农民问题，才能比较深刻地理解他们。

记得开始学习理论，学的是《社会发展史》和毛主席的《湖南农民运动考察报告》。我现在还不能忘记我第一次读《湖南农民运动考察报告》时的激动快慰的感情。就是从这些书里，我得到了许多启发。在写《不能走那条路》之前，我曾经翻过一些关于农村问题的党的理论和政策，使我深刻地认识了农民的两面性，同时也深信互助合作可以摆脱农民的贫困。因此，也想借助自己的笔帮助那些手扶犁把赶着小牛耕种的人迅速地走上互助合作的道路，看到他们驾驶新式的耕作机械。

我写小说就是从这些信念开始的。当然，创作仅仅凭这一点愿望是不够的。但是我觉得有一点必须说明，那就是作者在作品中所揭出的真理，必须是作者内心积极拥护和热爱的。作者对生活能够树立起正确的信念，并在工作中经常保持为这种信念所鼓舞的热情，是和经常学习马克思列宁主义分不开的。

我很惋惜那些只想找捷径，而不老老实实走路的人。他们还分不清驴子和骡子，不知道组织生产合作社的起码知识，却要研究怎样写一部反映社会主义农业改造的长篇小说。我觉得这是很不可靠的。当然，我们文学作品不是让你分辨驴子和骡子，不是写社论；但是，生活知识贫乏和理论水平低到这样，和创作文学作品还是有一定距离的。

作品要影响生活，指导生活。特别是在我们国家日新月异的今天，各种事物在突飞猛进中，作者能够经常保持新鲜的头脑，站在社会运动的最前列，就需要不断地学习和参加斗争，平常也要注意读报纸，作者不详细读报纸是一件很危险的事。

去年有个同志对我说，在乡下不但要写文学作品，有时还可以写些理论文章。譬如说：对农村目前各阶级的分析，统购统销政策在一个乡中所起的变化等。我试着做了，我觉得这对我的创作也是有很大帮助的。

我最近在创作上感到最大的困难是生活太贫乏。特别是熟悉多种多样的人不够，对先进人物的理解和表现还缺乏能力。当然，在创作上能够有显著的提高，还需要在思想水平的巨大跃进和其他各方面的提高配合才行，但不断地丰富自己生活是非常必要的。

有些青年同志问我："我初中毕业了，是否就可以开始创作？"我很难回答这些问题。我不愿把创作说得过于艰难，但是把创作看得像往口袋里掏东西一样容易，也是有害的。我同意巴甫连柯的说法："一切成功的后面，必须要十五年到二十年的生活经验。"我觉得自己还不能够写出生活广阔和水平较高的作品，原因也在这里。

在创作上是性急不得的。我记得，去年茅盾同志给我们讲《战争与和平》中的两节，当时讲到老公爵接到儿子战死的消息后，突然产生了一种暴躁、愤怒的感情。老公爵一次跟一次地走进他将要生产的儿媳屋子里,但一句话也没有说的又走出来。当时我曾经想了好久。这种"暴躁"和"愤怒"的感情,对于这样一个老人的心情刻画是极其深刻的。可是,在我们理解这些事情却有困难。

一个作者既然要有概括生活、表现生活的本领,那么首先就需要对生活有深刻的理解。我们通常说要有敏锐的观察能力,我觉得这种敏锐的观察力并不是天生的。它同样是由深厚的生活经验和辩证唯物主义的思考方法所锻炼成的。在生活中要成为"有心人",不要变成思想上的懒汉。踏踏实实地做工作,经常关心别人、帮助别人,会增加对人物的理解。

有一次社里发生了些问题,当时就召开了会。开会前我很担心我们社长把这个问题解决不好,因此我很注意他。结果他把这件事情解决得出乎我意料的圆满。这中间我发现了他有许多带有乐观主义的坚强的办事能力和鲜明的党性。

另外在生活中,有时也要注意一些人物性格特征的细节,有时在一些平常事物上却能发现些磨光发亮的东西,能够代表一个人最突出的性格特征。有一次,我在一个村中碰到一个老汉,要我给他念念信。拿到那个揉皱的信封时,我知道他是个军属,并且知道这封信他听过不是一次了。可是我仍然给他读了,接着就听他描绘自己的儿子。

一个作者要在稿纸上,把一个血肉丰满的人描绘出来,因此就需要观察各种人,要有研究人物的兴趣。我们的生活是丰富多彩的,但不一定在生活中吸取的任何东西,都可以原封不动搬出来,而要经过提炼。蚕吃进去的是桑叶,吐出来的是丝。生活如果不经过消化,只是照笔记本堆砌是很难写好的。

我近一年多比较固定地住在一个村子里,我在那里担任了具体工作。经过几次购粮、扩社和其他工作,我已和那里几个乡干部有了一种感到离别便有些痛苦的感情。我了解他们,他们也了解我。通常我们说去体验生活,其实群众对于一个生人,不上三天,就"体验"了"你的生活"。不过这也没有什么坏处,彼此了解会对工作有帮助。特别是群众知道你是为他们老老实实服务的以后，他会把一颗心都扒给你。

对人要了解得清楚，就需要系统的了解。因为我们现在见到一个社长、一个饲养员，都是现在的印象，如果从历史上了解一下，他们经过什么斗争而成长起来，会加强对一个人的理解。另外在农村里，有些老古董事情，同样牵连着目前的生活，譬如说：谁家和谁家争过地界，谁和谁过去是老赌博朋友等，都需要我们了解。了解了这些，才能把村子里的一些事情的来龙去脉弄得清楚。

向生活学习，积累生活是我们终生努力的事情。另外，单单是积累些生活，不能分析复杂纷纭生活现象，把最本质的东西提取出来，仍然不能正确地表现生活。

譬如说，我们学透了农业社会主义改造的理论，就能从很多事情上发现资本主义和社会主义的矛盾。

我写《不能走那条路》时，为了能够使故事在一件具有典型意义的事件上开展，我曾作了多次选择，而最后决定通过买卖土地这个事情。我知道农民对土地的感情，我知道通过土地开展故事更能加强这篇小说里的教育意义。

这里所谈的关于深入生活和学习理论方面较多，我觉得这两个问题在创作上是很重要的。另外，还有人问我关于创作技巧的问题，我还不能答复，这些问题，我和大家同样是在开始学习，恕不多谈了。

原载《文艺学习》1956年第1期。

写《小康人家》的几点体会

《小康人家》电影就要上映了,像以往有些作品将要和读者见面时的心情一样,有些兴奋,又有些觉得不足。

这个电影剧本是我在1958年元月初写的。构思这个题材,却是两三年前的事了。本来是打算把这个题材写成一个河南梆子戏,去年在上海修改《老兵新传》时,和海燕厂的几位领导同志谈了谈这个故事,经过他们的热情帮助和"催生",我鼓起勇气把这个题材写成个电影剧本。

如果读者不觉得絮烦,我现在想将这个剧本的构思过程谈一谈,也就是说这个剧本是怎样产生的,生活中的素材是怎样,又怎样变成今天的面目。

最早想写这么一个故事的动机,和现在距离很大。要说也很偶然。前年,我在乡下住,那一片几个村子的人们我比较熟悉。有一次,我和一个做团的工作的同志到村外去,忽然从大路上迎面来了一个穿着崭新花衣服的青年妇女。她老远看见我们就先害羞地低下头来,好像要躲闪过去一样。到跟前一看,啊!原来我们是熟人。她原是邻村的一个妇女生产队长,是一个在村子里非常积极的姑娘。我们就问她:"你怎么到这村来了?"她说她婆家是这村的,她已经和这村一个青年结婚了。我们又问她,怎么平常开会,搞工作没见过你?(因为她在她娘家村子时,是什么工作都跑在前边的人。)这一问,她的脸更红了,她没有说什么话。这时,我们才了解她刚才看见我们为什么要害羞的原因。

她走过去后,那个团委工作的同志告诉我:有些青年积极分子,一出嫁到了婆家,就不积极了。对这些青年,得具体帮助她们,使她们在一个新的环境中,还能照样发挥作用。通过这件事情,这个姑娘的形象在我脑子里长久不能忘记,我联想到她在娘家村子的工作情况,以至到婆家、结婚、丈夫、婆婆等一连串事件,都涌现在脑子里。但是,这时,整个故事还只是一个线头，只是有这么一点感受，连一个小小说还构不成。后来，却又碰到我一个表弟离婚的事情。他们家庭的人物我都熟悉。他妻子和他离婚的主要原因是嫌他家里人落后，嫌他本人太懦弱。他对我谈起这件事情还非常感慨。这个离婚故事又给我提供了大量的素材，一个写戏曲剧本的冲动就开始了。就在这时，我在乡下有目的地，开了不少座谈会，有意识地了解了一些新媳妇到了婆家以后的思想变化和斗争。特别是在我住的那个村子，了解到一个有苹果园的中农家里，那个家庭的老一代人形象，给我提供了丰富的人物基础。通过上果园买苹果，攀谈，观察，慢慢地构成了"全知道"这个人物形象。

人物有了，素材也有了，但是还写不出。因为还没有找到一个适合表现这么一个家庭斗争的故事。前年在农村搞了一段粮食"统购统销"工作，使我发现农村在粮食问题上斗争的复杂性和深刻性。回忆起这几年来，一些落后的中农和我们的主要斗争就是在这一条战线上。后来，在农村又展开了以粮食为中心的大辩论，这个运动中很多青年的勇敢和大公无私的行动，都使我大为感动，使我看到农村新的青年一代品质的成长，同时，也使我找到了一个满意的主线，即以粮食为中心，展开家庭的复杂斗争。

人物和故事有了，但是写起来仍有变化。我原来打算把春妞这个人物写成是个比较淳朴、善良、文静的姑娘。出嫁以后，因为嫁到那个落后的中农之家，几乎没有力量来抵抗这个落后的环境，后来在党的帮助下才开始了斗争。可是在上海海燕厂研究素材和人物时，沈浮同志说："不如写成个活泼、大胆、敢干的姑娘。她婆婆厉害，她比她婆婆更厉害。这样就热闹了。"他这句话对我启发很大，几乎好像是从我的脑子里呼唤出一个热情泼辣的青年姑娘形象。因为平常在乡下看到很多这种姑娘，在她们身上完全没有一点旧的影响，是农村中全新的人物（像我在小说《野姑娘》中曾经表现过的，但是表现得不充分）。这一次放在这个故事中，希望能揭示出她们的多方面的性格。

有了这么一个人物出现，写作的劲头就更大了。我又仔细想了想，根据自己的表现能力，接触生活的范围，这样写，可以使剧本喜剧化一点。人物性格的冲突也能揭示得更深一点。另外，还可以保持一点自己喜欢的较为清新和乐观的风格。最后，我就决定这样写了。

剧本大概写了十天。本来只打算先把故事落在纸上，然后有空再详细修改。后来，徐韬同志拿到后，很想拍，经过他的帮助，又做了一次修改，就成现在这样子。

这个剧本，我自己喜欢的是它只通过四个人物，从侧面来反映出我国千百万个农家在变化中的一些生活画面。由于人物少，人物关系安排在一定环境内，写起来也觉得顺手。再一点，就是通过一个中农家庭的变化，多多少少把粮食斗争和大辩论中，一些青年男女的斗争生活反映了一点。

在去年拍摄时，有的同志感到这个题材过时了，不跃进了，因而信心不很足。对于这一点，我自己看法是不敢苟同的。文艺作品的主要任务是写人，写人们在各个斗争中怎样和落后斗争，使大家看到他们新的品质成长以及怎样摆脱落后。因此，这个故事虽然是前年大辩论中的事情，仍然不能算过时。何况就是在人民公社化后的今天，和一些落后农民在粮食上的斗争，仍然有着现实意义。

我这样说，不是说这个剧本没有缺点了，正相反，缺点还很多。我初步感到不足之处，就有这么几点。第一，在处理人民内部的矛盾上，还不够准确。主要表现在对"全知道"这个中农的批判上，不够彻底。这是由于生活不足。去年的粮食"统购统销"，我参加了，大辩论却没有完全参加。因此，对一些中农对粮食政策的破坏，对"统购"的抵触情绪体会不足，较多地强调了两面性。第二，因为把整个戏是处理在一个家庭中，和整个农村的气氛脉搏联系得不够充分，因而也就使村子里党团领导，还不能更有力地在每一个回合上支持、帮助春妞的斗争。这一点，在拍摄时，导演同志作了些有价值的补充，这是值得我学习的。

原载《大众电影》1959年第7期

我怎样写《老兵新传》

1956年春天,松花江两岸还残存着积雪,我来到了"北大荒"草原。

火车穿过了重重叠叠的小兴安岭,穿过了像绿色长廊一样的森林地带,一个辽阔的大草原,突然展现在我的眼前。一眼看不到边的黑色沃野,平静得像大海一样,但又觉得她比大海浑厚得多,美丽得多。我想到在解放前,在关内农村里,农民们为争一垄土地,曾经打架拼命,现在看到这样宽阔的土地,我简直有点惊异了。

在这样的草原上走着,使人感到我们的祖国是这样伟大、瑰丽,特别是看到农场里飘着的红旗时,使我更怀念着那些来创造英雄业绩的人——来征服草原的人。

我到了一个农场,那里简直是个"农业城"。在那里我听了很多带点浪漫色彩的动人故事,《老兵新传》这个故事就是最为感动我的一个。这里有一个分场场长,他是我们国家第一个农场的场长。还是在1948年,当我们解放军取得辽沈战役的胜利,往关内挺进的时候,他和一个老红军战士、一个通信员小鬼,三个人冒着大风雪最早来到了草原。他们在冰天雪地中日本鬼子修的一个破碉堡里,安下了"办公室",挂上了我们新中国农场的第一块牌子。他们在马棚里吃了过春节的第一顿饺子后,就开始了在草原上从无到有的艰难创业。结果他们胜利了,是他们首先打开了"北大荒"这个粮仓的大门。

这个故事使我极为感动。我在草原上访问了很多领导同志和年轻的拖拉机手,看到很多朝气勃勃的人。在这些同志中,我发现了在草原垦荒的同志们的一些共同特征,那就是坚强、勇敢、刻苦的精神和充满着革命乐观主义的顽强事业心。在那里,人们都喜欢谈未来,不喜欢谈过去,因为过去只是一片荒草,而未来则体现了每一个人对新生活的伟大理想。

人们这些新的精神品质，对我教育很大，让我感受很深，我也开始感到它是宝贵的。可是，那时候，它在我脑子里还没有形成具体的形象，真正有了难以抑制的创作冲动，还是见了那位农场场长以后。我记得我们第一次见面时，他对我谈起在1948年办农场时的感想，他说："来到草原上就是斗争。你得和天斗，和地斗，和风斗，和雪斗，和狼斗，还得和人斗，和那些落后脑袋斗。"听起来这只是闲聊天中间的一段平常的话，可是我觉得它的分量重极了，它是一场不平常的斗争的总结。为了消化那些动人的谈话，我反复想了好多个夜晚，后来，它就成了我写这个剧本的主题。

在那个农场和他共同生活了一个短时期。我发现一个很重要的特点，就是农场的工人、干部，乃至炊事员都非常喜欢他，甚至连我自己，虽然相处时间不长，也开始非常喜欢他了。他虽然和别人谈话时，老是不客气，有什么就说什么，可是人们在谈起他的时候，总是笑着。我仔细研究了以后，发现他这个人除了有着大家都有的那些共同特征之外，还具有一种非常坦率、明豁、机智和强烈的革命事业心的性格。惊人的坦率，使全体工人很容易了解他，而且信任他。他能够在每一件工作中，和大家相互"交心"。我记得有一次我碰到这样一场情景，他和一个新工人在谈话，谈的是"大骨节病"。

"听说这里的水喝了，会害大骨节病？"那个工人问。

"难说？没有的事。我来了快十年了，就没害过。"

"人家说是小孩子。"

"哎！"他好像要找一个有说服力的解释，"你等一等！……"这时他却突然从办公室里跑到院子里，在院子里找到一个小孩子。他把小孩子抱进来放在桌子上，拉开他的小腿对那个工人说："你看，没有吧，他是在草原上生长的。"

这么一场小小的喜剧，对我后来塑造老战这个人物是有所启发的。另外，从这位农场场长身上体现出来的艰苦朴素的生活作风，永远不知道疲倦的劳动，都使我看到老一代党员同志最优秀的品质；而过去我的一些老领导同志，他们的艰苦奋斗精神、对人民事业无限忠诚的一颗赤心，都曾经使我感动，使我积累了不少这方面的素材。可是，到了草原以后，在那个浩瀚的背景气氛中,在那个"向地球开战"的斗争中,我才找到这根红线头,把这方面的生活源源不断地扯了出来。

经过那一段生活后,我开始研究素材,对生活加以提炼。我曾经试想把这样一个人物,放在其他战线上描写。但是,总觉得没有写开垦荒地征服草原那样谐调、强烈和切合。一望无际的沃野,像海洋一样的庄稼,特别是在收获时候,粮食像从地下涌出来一样。我觉得,创造"老兵"这个人物,只有在这样的背景中才更相称;好像不放在草原上,"老兵"那个伟大的性格就盛不下似的。因此,最后我选定了以垦荒为背景。1957年,我第二次到了"北大荒",那一次访问,使我发现了我们农垦事业惊人的发展和变化,并且获得了较为全面的素材。

剧本的第一遍稿,只写了一万多字。当时我对电影这个形式不熟悉,还缺乏信心。虽然在电影讲习班学习过两次,听过很多前辈电影艺术家的讲课,但是具体写起来,总还觉得有些困难。第一遍稿拿出来时,只是写了有关老战去"北大荒"时的几个情节。可是,却出乎意外地得到了党和前辈艺术家的很大的鼓励。他们告诉我:"这是个非常好的题材,一定要下决心把它搞好。"在这样充满爱抚的关怀下,我才又开始写了第二稿。

第二稿写成后,就老战这个人物来说,比第一稿揭示得充分一些了。但是也产生了严重的缺点。这个缺点主要表现在剧本的后一部分,老战和农学家赵松筠的斗争上,显然有些过火,在某些情节上,对老战这个人物起了嘲讽的作用,而把赵松筠这个人物放到了不恰当的位置。产生这个缺点,反映了我的政治水平差,也反映出我还不能指挥如意地驾驭这个题材。缺点产生了,当时很苦恼,具体怎么样改,我还没有考虑成熟。就在这时,党和有关方面的领导以及广大读者都及时地给了我很大帮助和鼓励。

大家对这个剧本寄予这么大的热情和关怀,使我重新认识到这件工作的责任重大。特别是在我知道这个剧本决定由有着丰富经验的前辈艺术家沈浮同志导演、崔嵬同志主演时,我感到万分高兴,又一次感到党对我们青年作者创作的重视和支持。而在这一次的合作中,不论就政治思想或艺术的表现技巧来说,对我都是一次难得的学习机会,使我深切地感受到前辈艺术家们对艺术严肃认真的态度和踏踏实实的工作作风，都是值得我努力学习的。

这一阶段中，我又读了些书，和上海电影界的领导同志们在一起对老战这个人物又作了较系统的研究和分析。思想较明确了，信心也坚定了，我敢于大胆地去刻画剧本中的主人公。在1958年元月写出了第四稿。

通过这个剧本的创作，我又一次深切地体会到党的领导的重要。党像阳光和雨露一样，滋养着我们，给我们极大的关怀和支持。像这个题材，才露出土的时候，只是一个幼小的苗子。但是当党发现了它以后，就用一切力量使它成长壮大起来，并且健康地开花结果。

同时，我深切地感到，这个剧本的创作，也体现了群众集体的智慧，不但导演和演员同志们作了很多有意义的修改，就是在修改剧本的过程中，广大群众的来信所提出的宝贵意见以及他们的关心和愿望，都给了我很大的启示和帮助。

创造"老兵"这个人物，是我的一次学习，也是一次尝试。多少年来，党一直号召我们努力创造光辉的英雄人物形象，每次听到这个号召，心里总是有点负疚的感觉，可是限于政治水平和表现能力，只有在生活锻炼中，慢慢提高。但是，有一点我感到很重要，就是要有创造精神，要敢于写出自己在生活中感受最深的新鲜活泼的人物。"老兵"这个人物是我在思想上酝酿较长时间的一个形象，我很想写这么一个人物。现在剧本中这个人物，也是一个"合金"的综合人物。过去我跟过的很多老领导同志，和他们生活的那个阶段，给了我很多终生不能磨灭的印象。所以在老战这个人物身上，有"北大荒"农场场长的影子，也有我的一些老首长的影子。在具体研究这个人物的性格时，首先我很注意为什么大家非常喜欢这么一个人的特点。我曾经思考过，在我国古典文学作品中，有很多人物形象，读者是那么欢迎，一谈起他们的故事，大家总是笑眯眯的，好像和那个人物亲热极了。又想到古典作家能创造出他们那个时代那么光辉的人物，我们工人阶级应该创造出本阶级的使人更加热爱、更加喜欢的人物形象。

基于这一点，我首先考虑到像老战这样类型的人物，在生活中所以受人喜爱，为人津津乐道，他们的性格特征首先在于对党对人民忠心耿耿、忘记个人的那种伟大献身精神和进取力量。正因为他们有这么一颗伟大的心，所以当他们出现在文艺作品或电影中时，特别受到读者和观众的喜爱，群众总是对他们表现出非常的关心和爱戴，同情他们所做的事业，关心他们的命运。《老兵新传》是反映一个老战士在我大军南下的解放初期，去到"北大荒"为生产粮食开垦荒地而斗争的故事。这个事业是我们国家建设的开端和信号，也是"从无到有"、"平地起凸堆"和极其艰苦光荣的事业。因此，我选择了这个故事。我觉得在这个斗争中，可以把这位老党员、老战士对人民事业的奋不顾身的精神，把他的顽强的革命事业心和充满着乐观主义的理想，较为充分地揭示出来。

在解放初期，我看到过很多老同志在走上新的战线时，所表现出来的那种热爱人民事业的乐观主义精神，也看到草原上大家对这个新事业所表现出的那种高尚的感情。在剧本里有这样一段描写：

雪橇走到了一块辽阔平坦的地方。
老战喊着："停一停，停一停！"
老头儿："又干什么？"马停住了。
老战跳下雪橇，用手迅速地扒着雪，又用腰刀挖了一把黑油油的泥土——这是团粒结构的黑钙土。
"嚄！——"老战高兴地用鼻子嗅着。
老头儿："走吧，多的是。你走十天十夜也走不到边儿，尽是这种土。"
老战跳上雪橇，老头儿吆喝着马，雪橇又向前跑了。
老战："老伙计，这儿真过瘾哪！"他拍着老头儿的肩膀……

在他们选择好那个破碉堡安下"办公室"以后，还有这么一段描写：

小冬子："老战同志，我们在这儿打算待多久？"
周清和也留心地听着老战回答。

老战:"问这干吗?"

小冬子:"我是说,咱们在这没有人烟的地方,打算待多久?"

老战:"我呀,我昨天把坟地都看好了。"

我想,描写老战到冰天雪地的荒凉草原上,倾注了他对草原那样的热爱,也就是表现了他对革命事业的热爱和乐观主义精神。关于这一点,我们知道,这正是最根本的一点。在我们社会主义国家里,衡量一个人的标准是他对集体劳动的态度,说得具体一点,也就是他对改变我们这个"一穷二白"的经济面貌的感情和态度,所以我觉得表现老战这一方面的性格,也正是弹到大家所希望听到的心弦。

其次是,怎样去表现老战这个人物的坦率和机智。在设计老战这个人物的性格时,曾经多次考虑过这一点。为了把人物个性写得鲜明一点,是有很多素材能够把老战这方面的性格充分表现出来的。我感到,像老战这样的人物,在生活中所以受人欢迎,也是由于他那种直爽坦率的性格。中国有句古话是"君子坦荡荡,小人长戚戚",而对于我们今天的革命者来说,因为我们有着光辉的理想,我们相信人民群众,所以我们总是"心情舒畅",和人民相互交心。正由于此,人们都关心老战,热爱老战,大家好像都了解他心里的一切。

我们没有资产阶级虚伪的客客气气那一套,我们不避讳我们的爱和憎。在生活中碰到这种素材是很多的,但是具体把这种性格形象地体现在这么一个人物身上,确是很复杂的。我想在这里举一个例子。就是老战从草原回到城市招收工人那一段,他急切地盼望有些技术人员,但是在刚解放时,北大荒又那么荒凉,一些老司机都不愿去。老战在一个小酒店门口,向一群老汽车司机说:

"……你们在这儿有什么意思,是真正的工人,应该有志气、干革命!到草原上去,去开荒!"

一个叫程国亮的说:"是不是叫我们去开拖拉机?"

小冬子急忙说：“就是叫你们当拖拉机手。”

程国亮：“没有开过啊！”他有点作难。

老战：“没关系，什么不是人学的。会推磨就会推碾，都是里边冒烟的东西！”……

这一段从画面的气氛上和语言上，可能有人会觉得：把一个领导同志写成这样，钻在工人窝里，这样说法，是否有伤"大雅"。其实，在我看来，这正是我们的这一种类型的英雄人物的"本色"，也正是从这些环境和语言中使我们了解到他的心情，嗅到他从劳动人民群众中成长起来的满身生活气息。

在生活中我曾经碰到不少这样的人物，他们看起来很平常，但是他们的智慧是惊人的。长时期的革命锻炼，使我们这些老同志具备着丰富敏锐的观察事物的能力，而且在处理事务上，表现出特有的敏捷果断的能力。如果他们在一个作业生产队转一圈，可以马上提出几个很重要的问题。在学习技术上，因为是用党的马列主义观点学习，往往在极短时间就掌握了某一方面的要旨。生动的讲话，善于判断和富有预见性，都可以充分表现一个人的智慧。所以在处理老战这个人物时，也特意安排了这方面的情节。像他创造的"流动车间"，像他的学习技术，都是在这方面所作的刻画。

作为表现老战这个人物，这只是一些小的细节，而且不一定是很好的细节。但是我感到创造一个人物，凭借这些细节描绘的有机融合，更能丰富人物的性格。作者在表现人物时，不可能都通过大的场面、大的斗争来表现，有时，一个动作，一句话，也肩负着表现一个人物多方面性格的任务。

为了从多方面来刻画人物性格，我写了老战的忠诚、乐观、坦率和智慧，我也写了老战在群众关系上，爱护同志、关心同志的优良品质，在写剧本之前，对一些素材也曾作了选择和研究。

老战对同志，对下级，特别是对青年们的热爱和帮助，这一点是我感受较深的一点。在这个剧本中，我着重地写了他和小冬子这个小通信员的关系这一条线的戏。在我们的革命队伍中，由于阶级的感情，和长期的战争生活，使我们的同志间建立起一种极为高贵和真挚的革命感情,这种感情有时超过父子、兄弟。每一件细小事情上,都表现了同志间的关怀和热爱。不过在生活中的感受是很零碎的,同时,有些素材还需要加以提炼。老战和小冬子的关系,我只是在这几段中表现的。

在一个月夜里,草原上放满了新来的拖拉机。小冬子在背着枪巡视守卫着这些拖拉机。老战把小冬子叫到跟前:

老战:"小冬子啊!我和你商量一件事,你学技术吧,党需要,学开拖拉机。你也背了这么几年枪了。"

小冬子为这个喜讯高兴得几乎流下泪来,这正是他所巴望的。他情急地说:"老战同志,我……我是不是行呢?"

老战:"怎么不行,能打日本鬼子,能放轻机枪,还干不了这个?"

小冬子:"可是……可是你怎么办,你不能不要个通信员啊!"

老战:"我要什么通信员,现在是开荒种地,不是打土匪!……我也要学呢!"

小冬子:"老战同志,我太愿意了,可是你生活上好比打饭什么的,总得有个人哪!"

老战:"我又不是病号!……从明天起就开始学吧!枪给我,今天夜里我替你站岗了。"

小冬子犹豫了一下,把枪交给老战,敬了个礼跑了。

在这一节中,是企图表现他们这种高贵的感情。另外,像小冬子平素批评老战同志,有时拉老战一下,采取的所谓"紧急措施",我希望通过这些细节可以表现出他们中间的亲密关系。

最后,我还想谈谈关于写这个人物时,涉及人物的一些缺点的问题。对于素材中人物的有些缺点,是有意把它们忽略了,但是,有些缺点我还是把它们保留了下来。

比如急躁和在某些问题上的轻信,我在剧本中仍然写上了。老战曾经禁止学生们跳舞,并且责备过他们;他也曾在发现周清和贪污之后,几乎是目眦皆裂地把他赶出去。那两场戏,都表现了他的某些缺点。但是我感到这些缺点并不会损害人们对他的热爱。我觉得当他大声禁止学生们跳舞时,当他愤怒地斥责周清和时,观众脑子里所发生的反应,恐怕不仅是这人粗暴,而主要是这个人物爱护青年的心情,和疾恶如仇的品质。从某种程度上说,也许可以更加深刻地发掘这个人物的性格。当然,生活上的某些偏见、轻信、用人不当,是不好的,是缺点,可是这些情节却无损于这个人物的重要方面。

同时,在处理老战身上的缺点时,也反映了这个老战士的成长和成熟的过程。如当李主任对他批评教育以后,他立即改正,勇敢地对待自己的缺点,并向赵松筠说出自己的心事和决心,使大家看到他更可爱的一面。

除了以上谈的几点以外,我还想谈谈创造老战这个人物时,在运用对话这一方面的粗浅体会。我觉得就创造这个人物所使用的力量来说,在动作和情节的安排上,虽然起了一定作用,但是运用得并不熟习和自然,而更多是依赖于语言对人物性格的刻画。

过去有些写劳动人民的作品,让人物讲些粗俗的方言,以为这就是性格化的语言,我觉得这只是形式主义的东西。真正的语言精华,要求具有严格的真实性和必要的简练,而具有时代和性格特征的语言则是最重要的了。

语言代表一个人的性格、感情和思想,也表现了一个人的智慧以及对生活的态度和看法。作者在生活中,每天可能接触大量的、各种各样的语言,但是,他必须对一些闪耀着时代特征和性格特征的语言具有特别的敏感。因为一不注意,就会使这些语言溜掉。在接触到生活中像老战这样的人物时,我觉得他们语言最大的特点就是朗快、生动,并且闪耀着智慧的光芒。在剧本中,像他回答小冬子要在草原住多长时间时说"我把坟地都看好了",说汽车和拖拉机的内燃机"都是里边冒烟的东西""会推磨就会推碾",这些语言,在生活中乍听起来似乎很平常,但是仔细想想,这里边蕴藏着他们多么丰富的感情,同时也表现出来他们对生活现象有着多么敏捷的概括能力。

电影不像小说那样,作者可以出来讲话,他只能退在幕后完全凭"白描"来写。而对话又容纳那么少,所以选择真实的、精练的、具有性格特征的语言，就更为重要了。应该做到在这个人物口中说的话，放到别的人物口中说就不行；在这个场合气氛下说的话，放在另外一个场合讲也不行。在这个剧本中，人物对话方面虽然作了些努力，但是还极不均匀、准确。现在只举两段来谈谈。一段是农学家赵松筠来了以后，老战和司机们在聊天议论的一节。

    小冬子好奇地问："老战同志，像咱们赵场长，他要念多少年书？"
    刘成光接着说："最少有二十年。"
    朱流庆："我看他还懂外国话。"
    小冬子又问："老战同志，你要是读那么多年书怎么样？"
    老战笑了笑说："我呀，那我就成了发明家了。我要发明一种十用拖拉机，能犁地、播种、拉大车、拉磨子，还能送老娘们串亲戚……"

  在这一段中是描写老战和大家谈天时的心情，也写他在心里所希望和想做到的事情。他和大家讲话的神态、心绪是那样平和、抒情。可是当农场种的第一季麦子坏了，有些司机怕过冬天没粮食，就要开小差，老战这时拦住了他们。在剧本中，他在最气愤和着急的情况下，话是这样讲的：

    老战气愤地："怎么不放心哪！"他拍着自己的胸膛："跟着我们，不能亏待你们。比如说有两碗饭，咱们一人吃一碗，有一碗饭，你们先吃！我们共产党人就是这样……"

  这一段话，我是企图表现这个人物的真挚感情和宏大胸怀。这里，导演和演员同志们根据人物的性格加以丰富了，影片上是这样的：

    老战："他们既然不愿意留在这儿，就叫他们走吧！"
    全场肃然。老战走向群众，戴眼镜青年和女拖拉机手丙，默然立在那里。
    老战："朱流庆，他不喜欢我提将来，可是我这个人哪，要是不提将来,哎,活着就没劲。我们革命的传统就是从无到有,从小到大,不怕任何困难,白手起家!……我们农场的将来,你们看,我又说将来啦,(众笑)哎,我就是要提将来。将来我们要做到一年的收成,可以供给一个一百万人口城市一年的粮食,也就是说,可以叫一百万部队吃一年。同志们哪,你们说做这样的工作,还不觉得光荣,还不觉得有意义吗?"

这就更充分地表现了老战这个人物的革命乐观主义精神,表现出他对未来充满了信心。

以上是我对语言方面的一点体会。就整个剧本来说,缺点还是很多的,如描写人物笔墨不够均匀、准确,只着意在老战这个人物身上,对周围人物的刻画不够。另外,时代气氛和背景交代不够明确、不够形象等,都是较明显的缺点。

如果说这个剧本写出了一点人物影子,这是党具体帮助的结果,也是前辈艺术家导演和演员同志们不断修改、不断再创造和丰富的结果。这篇文章中的一些体会,可能有错误之处,有待于同志们的指正和批评。

原载《人民日报》1961年3月2日第7版

我喜爱农村新人

——关于写《李双双》的几点感受

近几年来，我在写作上有个愿望，想写一些农村新人物，想在农村新人的精神面貌上，新的性格形成上，进行一些探索。前一个时期，我在创作上有两个毛病：一个是写事件，一个是把着力点往往放在老一代人物身上。着力点反映出作者的兴趣，把着力点放在老一代人物身上，有碍于对新人物的思想感情的观察研究和分析。但根本问题还不是着力点问题，而是生活问题。写不出来新人物，或者写出来了但形象不鲜明，性格不丰满，这当然是由于我没有更深入地参加到他们的生活和行列中去，对他们还不够熟悉，对他们的精神世界还不够了解。

1958年，我遵循着党的安排，继续到农村去。这几年，生活给我留下了深刻的印象。我看到人民身上蕴蓄着的创造性，看到了坚韧不拔的昂扬斗志，看到了"勤劳勇敢"这四个字所放射出来的光芒，看到新的人的成长、新的品质和性格的形成。我产生创造新人物的强烈冲动。

在这几年中，新的人物在成长，在经受着锻炼，经受着考验，并得到提高。我感到我们所以能够创造出"三面红旗"，能够克服工作中的缺点，能够战胜历史上少见的水旱灾害，这都是和大批涌现出来的新人物的新的精神品质分不开的。现在，这些新人物仍然在蓬蓬勃勃地成长着。他们正在和各种困难、各种落后意识作着尖锐的斗争。

李双双和喜旺是我在探索农村新人物过程中塑造出来的两个人物（就允许我把喜旺也列入农村新人物，我是这样看待他的），也是我最喜爱的两个人物。这里，我想追述一下我开始接触到他们的原型时，那些零碎的但却令人难忘的场景。

1958年初，我到一个叫作龙头村的山区村庄去。这个小山村很秀丽，背靠着山,村后有很多处泉水。村子里的人正在筑石坝,打算把这些泉水蓄起来浇地。村前村后到处是沸腾的劳动喧闹声。

老队长把我安排住在妇女队长家里。这位妇女队长去县里开会去了,家里只有她公公,我就住在这三间陈设干净的瓦房里。就在这个房屋里,我发现墙上和糊着白纸的窗子上,贴满了小纸条。这些纸条上写着我从来没有见过的话:

"我真想学习呀,就是没有时间。"
"水库的库字,就是裤子的裤字,去掉一边的衣字。"
"决心学文化,天大困难也不怕!"
"谁聪明!谁憨?见人多了,工作多了就聪明!锁在家里不见人就憨!"
"如今兴握手,真好。用右手握。"
…………

写着这样话的纸条还很多,这是这位妇女队长学文化练字写的。我看着这些像火焰一般的语言,这些对新生活充满希望、理想和挑战的语言,我的感情激动得很厉害。因为这是一个普通农村妇女写的,一个过去的文盲、旧社会的童养媳写的。这是她对生活发表的朴素的感想。这些语言在我面前打开了一个崭新的精神世界。

乍一看起来,这些小纸条上所写的话很普通;也正因为普通,所以真实。可是它又是那么不普通:一个农村妇女对人的"聪明""愚笨"形成的根源所发表的议论,是以她自己的斗争和切身感受为依据的。它反映出这个特定环境中这类新型人物的精神和理想。另外,对文化的渴求,对集体工作的热爱,甚至连她刚学会的"握手"这个小事情,都包含着新人物大踏步走向新生活的步伐,也包含着新人物的理想。

受到这点启示,我想到人物的现实性和理想相结合的问题。恐怕根本问题还是从生活中撷取。像那个妇女在她屋子里写的那些话,既是活鲜鲜的生活真实，又充满着理想。我们坐在家里凭概念和想象，是怎么样也想不出来这些新人物晚间坐在灯下脑子里在想些什么的。

这是我孕育李双双这个人物的开始。很遗憾，我在这个村子里等了好几天，却没有等到这位妇女队长。她又到外县参观去了。我在村子里打问了些人，他们向我讲了她很多故事（这些素材后来对我创造李双双这个人物有很大帮助），我几乎连她的声音笑貌都想出来了。但我始终没有见到她。可是，在几个月后，我眼前又出现了这样的人物。

夏天，我们在一个生产队里帮助锄玉米，看到一场妇女吵架。这场架吵得大，吵得响亮，也吵出几个人物。

有一个外号叫"母老虎"的妇女在这个村子住，她很厉害，干活时总爱多占点工分。这天又因为评工分的事情和她的小组长吵起来了。这位小组长是个直性子姑娘，黄头发，扁扁的大嘴，一双像要喷出火焰的眼睛。她们在地头评工分，突然声音高起来了。

"三分，给她上三分。不能光看面子，怕她呢！你们去看看她锄的地！只图快。"组长带着气斩钉截铁地说话了，下边几个妇女说着，也表示同意组长的意见。

那个"母老虎"突然一甩胳膊站起来了，她说："今天的工分我不要了，工分也不是亲爹亲娘，我离了它也能过！"她说着锄头也扔了，扭头就走。

"你不要算了，能吓唬住谁！"

"我不要，送给你去买药吃，叫你吃十辈子！"（那个小组长没生过小孩，正吃安胎药，这句话是揭她的"短处"。）

"买药吃也比偷公家萝卜强！"

"我就是偷啦！你那'肉电报'去队里翻吧！"（这句话指小组长常向队里汇报。）

"不用翻，村里三岁小孩都知道谁叫'三只手'！"这位小组长因为这句话说得对仗精巧，又过瘾，因此自己也忍不住咯咯地大声笑起来……

下工时候，我和一个老头在菜园里，看见这个小组长扛着两张锄走了过来。那个老汉就故意问："怎么扛着两张锄啊？"

"当小组长的优待嘛！"她笑了。

"我还准备给你敲敲脸盆子助威呢，怎么可就不吵了？"

"别说了，大爷！情理不顺，气死别人！我也不是老想和她吵嘴。这如今回去不还得给人家说好话。"她说着笑着，那么轻松，那么愉快，好像刚才没有发生吵架事情。

我问菜园老汉，刚才吵架时为什么不去劝劝。他说："那个娘儿们太不讲理，只有这个小组长敢顶她，好容易出来个杨排风，杀她一次威风，何必去劝。"接着他又感叹地说："我们队这个妇女组长啊！一个月给她发一百块薪金也值得！村里有些人说她缺个心眼，其实人家是觉悟高。我就担心她生气不干了，这么几十户人家在一块儿干活，没有个唱黑脸的人还行！"（唱黑脸指戏曲中的包拯，是铁面无私的意思。）

菜园老汉的话，很发人深思。对生活中发生的这一出喜剧，虽然当时大家都只在笑，但是在笑里却包含着很多严肃的东西。由于这些年在农村跟着搞一点工作，我知道"大公无私"这几个字对集体生产所起的作用有多么大！农村广大群众对大公无私的干部是极其喜爱的，甚至于老一代的农民也都交口称赞。从这个人物身上我获得了李双双这类人物的性格基础，那就是大公无私。

大公无私，主持公道，敢于向落后事物作斗争，对新的生活充满着信心和理想，虽然这些都是这种新人物的基调，但要构成一个多面的丰富多彩的性格，则仍嫌不足。

后来在生活中，和这种人物有了更多的接触，对他们（或她们）进行了更深入的观察和研究，我又发现了一些和这类人物性格相通的性格特征，比如直率、乐观、聪明、浑厚、泼辣锋利、心地善良、心直口快却不记仇以及见义勇为不计较个人得失等。这些性格特征，虽然有些方面看来好像是矛盾的，但因为它们是在新社会的斗争生活中培养起来的，是在新社会的教育下形成的，它们可以在一个新人物身上，达到真实、鲜明、和谐而统一。这里边涉及对典型环境的看法。

一个新人物的成长，是和他的环境分不开的。正因为他是在新的生活中成长起来，所以他身上必定要显示出浓厚的健康的时代特征和阶级特征。

就拿李双双这类人物的"不记仇"这样一个小的特点来说，它也反映出新的时代特色。难道她天生不记仇吗？据我小时所见，豫西盛行"打孽"的仇杀坏风习，一句话不投机，夜里可以把对方一家人杀死。就连妇女们，由于翻嘴串门说闲话，可以半辈子见面不说话。可是李双双为什么不记仇呢？照她在生活中的说法是"我哪有工夫和她记仇哟"，这个讲得好，"没工夫"，工夫到哪里去了？用到集体生产，改变一穷二白的斗争上去了。一个人在有了理想，有了舍己为公的高尚品质的时候，他就能够心怀坦荡而不挟私怨。当然，这个道理或许我们的新人物讲不出来，但像李双双这样的新人物却想到了，而且通过自己的行动体现出来了。

另外，在创造李双双和喜旺这两个人物时，我是把他们放在"大跃进"、人民公社的时代背景中来描写的。李双双不同于土改中的积极分子，也不同于互助组、合作化时的家庭妇女，她是在我国新的政治形势下产生的新人。这里边分寸感和时代特点很难把握，特别是在编成故事，写成小说时，放在一个什么环境里，从哪些矛盾和人物关系中来反映，更觉困难。后来我又在生活里遇到一桩事情，它终于使我孕育的这两个人物瓜熟蒂落。

有一次，我同报社一位记者到一个公社去。我们顺便访问了几个食堂炊事员。这几位炊事员的事迹也都还动人，但都好像在报纸的通讯中见过。总之，它们还没有超出一般写的模范人物的事迹。

最后一天，我们正准备走，忽然来了一位妇女（她大概是来公社帮人家登记结婚的），一进门就大声地说："听说你们是来访问食堂炊事员的，我说说我的事，你们听吗？"

这个妇女有二十六七岁，人长得很俊，却不纤巧，说话动作响脆利落，神情间有一股豪爽亲切的劲儿。我们对这位不速之客当然欢迎，何况人家自己找来谈。先给她倒了一杯水。她却问："你们是从郑州来？"

"是的。"

"我们村来旺也在郑州，在机械厂当工人，你们认识吧？"

"郑州人很多，有五十万人，还不认识。"我们向她解释。

她天真地哈哈笑起来。笑罢，她指着我们屋子上的顶棚说："你们这顶棚裱得不好，只糊些白纸，连个梅红纸剪的云字钩（指剪纸图案）也没有。"接着，她和我们谈起来关于他们村食堂的事情来了。她说："我原先不是炊事员呀，我们小孩他爹先当。后来人家嫌他太没种，一个劲儿地光图落'好人'，才把他给弄出来了。把我选进去！"接着她就讲他们村如何办食堂，她爱人如何会做菜，又怎样图当"好人"；他们中间怎样吵架、打架，又怎样和好；她怎样和他们那个食堂的管理员作斗争。她讲得既生动，又亲切。她坦率真诚地在那里向我们倾吐肺腑，简直像把我们当作她娘家的亲人一样。我们知道，她是把我们当作"上级来的干部"，因此很信任，无话不谈，这一点也使我们感动，并感到更有责任反映出来。在谈完之后，我们完全为她的生动故事所吸引了，就决定不走，到他们的村子里去，打算在群众中再做些调查，并且也想访问一下她的丈夫。她在临去时，却交代我们说："你们要去调查，可不要对人一样看待。我们小孩他爹虽说有那点落后思想，可他是无产阶级，和我们那个管理员不同，他不是无产阶级！"

我们有些不懂，就问："什么无产阶级？"她解释说"家里成分哪！土地改革前，我们家只有一头小驴子，二亩半地；管理员家有大骡子大马，要不是合作化，他家就变成地主了！"她话讲得不是很准确，但那种朴素的阶级感情，却是很分明的。

到了村子，我们和一些老年农民攀谈，才发现她在村子里有很高的威信。特别是在大公无私这方面，连在食堂吃饭的小学生们都称赞她。我们也问了她的爱人，据他说，他老婆变了。他说："前些年就是个黄毛丫头，说话不知道颠倒横竖，如今变得像个人样子了。也能干了，话也多了。"他说着流露出一种满意自得的样子，对他的爱人是那么钦佩、喜爱。

人"变"了！一个"变"字给了我很大启发。它使我想到一个原来那样的农村妇女，为什么会变得聪明、能干、漂亮和品格高尚。这些启发促使我进一步去研究分析这人物形成的社会环境。

其次，这个女炊事员的经历，使我获得了能够结构成一个故事的线索。从丈夫先干一项工作，没有干好，他的爱人接替了他的这项工作这条线来写，就很自然地有了故事的起承转合。把矛盾焦点放在家庭，放在夫妻变化上，使我觉得塑造这两个人物时，能够把在生活中感受和掌握的素材，比较多面地充分地表现出来。

人物关系的变化，总是刻留着鲜明的时代烙印，反映着新事物和旧事物斗争的过程。李双双和喜旺这一对人物的关系的变化，也力图反映出这一点。写夫妻间思想斗争是文艺作品常用的一条线索，为了写得不落套，我想探索一下他们新的性格冲突。

喜旺这个人物也是比较复杂的。他有落后自私的一面，却也有憨厚、善良和天真的另一面。胆小怕事，有时却爱充人物头；在家中要摆大男人气派，在群众中又要恪守"好人"。像这种思想和李双双的大公无私、心直口快本来是不能相容的。但由于他有接受新的思想教育的基础，他们两个又可以在新的关系中和睦团结。在生活中，我研究过一些这类家庭，我发现他们有斗争，但还是非常相爱。在小说和剧本中也这样处理了，在情节发展中还增加了轻喜剧因素。

当然，这一对夫妻间的斗争变化，不是家庭日常生活的琐碎描写。我力图把主题思想钻得深一点。这些斗争是人民内部矛盾的反映，同时，也是阶级斗争的反映。就以记工分来说，我们可以看出农村各个阶层对它的态度：有着资本主义思想的富裕阶层农民，往往会说工分是一笔糊涂账，没有办法记得好；而我们的先进人物却要用工作和斗争来认真做好它，这就对维护集体生产起着重要作用。

以上是我创造李双双和喜旺这两个人物的一些粗浅体会和在创造过程中自己所做的一点探索。就写成的小说和电影文学剧本来说，我觉得都有明显的缺点。小说后半篇写得比较概念，电影文学剧本情节丰富了一些，但人物的精华还没有淋漓尽致地表现出来。特别是剧本中的次要人物，写得不够鲜明。这些缺点的克服有待于自己今后的努力学习，进一步的深入生活和更多的写作实践。

创造新人物是我们文学中新的课题，也是我们的迫切任务。由于观察、理解水平限制，由于对生活的感受深度和提炼能力的限制，我们会碰到这样那样的困难。但是我们是乐观的,是充满信心的,因为我们对新人物是喜爱的。我想只要遵循着党的教导,不断在生活中探索追求,总会使新的人物不断地跃然出现在作品中。

原载《电影艺术》1962年第6期

写电影剧本的一些体会

《电影剧作》编辑部约我谈谈从写短篇小说到写电影剧本的体会。这真是难题。我虽然学习写过几个本子，但始终还没摸着电影的特性。搞成的都是经过和导演的合作，以及领导和同志们的帮助，因此，谈不出什么经验，只能随便说说我是怎样学习写电影剧本的。

记得我开始接触电影，是在1955年参加电影剧本创作所举办的电影讲习会。会议期间，看了些电影，听了很多报告。洪深同志也曾来给我们作了一次报告，他谈到电影的容量时说，电影拆开来没多少东西，有五六十节戏，五六十节戏中要有七八场重场戏，字数大约五六万，其中有七八百句对话。他的这番话给我留下的印象很深，虽然他所说的，只是根据他自己的经验提出的一般电影容量，不能作为绝对的标准，但却给我这个初学电影创作的人很重要的启示，破除了一点迷信。电影在篇幅上有较严格的要求，不像小说可长可短。比较起来，小说的情节发展较缓慢，表现的手段也较多，矛盾冲突发展到一定阶段可以插进一段作者的抒情或者叙述描写。电影就不同，它只能容纳那么多东西，因此必须要有紧凑的情节，矛盾冲突不能中断，也不能发展太缓慢，必须从头到尾紧紧吸引观众。而且它用的都是"精料"。像小说《苦难的历程》的开头，光写彼得堡市街环境就用了好几千字，如果改成电影，介绍环境、交代时代背景五分钟还不进入戏，观众就会感到太长。根据这一体会，之后我在写电影剧本，或选择短篇小说改编时，总是要求故事性较强，人物有交锋，斗争有几个回合，剧情有起承转合，心理刻画较多、戏剧性不强的小说我从来不选。一般来说，白描多的小说较好改电影，像张天翼同志的《清明时节》、柔石的《为奴隶的母亲》、赵树理的《小二黑结婚》，从结构和容量上看都较接近电影的要求。

过去，我看电影不多，特别是外国电影看得更少。因此，我学习写电影剧本受外国电影影响不大，更多是向中国的进步电影和中国古典戏曲学习。为了使电影这种外来的艺术形式让中国广大人民群众能欣赏、能接受，除了在内容上，力求反映群众所熟悉、所关心的问题外，在结构形式上，我向中国古典戏曲方面作了一些学习和探索。中国古典戏曲的结构严谨，重点突出，过程简练得惊人，故事发展有头有尾，一条线贯串到底，而在剧情发展中一个悬念接着一个悬念，很引人入胜。这些不仅合乎我国广大人民的欣赏习惯，也很符合洪深同志所讲的对电影的要求。如《白蛇传》之所以比较吸引人，是因为每场戏都经过精心设计，除几场重场戏外，也有二道幕前的小戏为重场戏铺排，但作者的功力主要还在写好几场重场戏。像《白蛇传》中的"断桥"，在半个多钟头的演出时间里，把许仙和白素贞从相识到离别这一过程中，两人的感情变化表现得淋漓尽致。电影也是这样，需要五六场重场戏来着力揭示主题，刻画人物性格。但为了情节的继续发展，为了突出重场戏，也需要像戏曲中的二道幕前的小戏（即过场戏），甚至比戏曲还多一些。《李双双》也不过六七场重场戏，吃面吵架、选记工员、摔包袱讲五个条件、评救济粮等。其他如帮助淑英解决婚事，大树下……都是为重场戏铺排的过场戏。过场戏最难写，写时没戏又不得不写，不写连不上，写不好往往会分散观众的注意力，写好了，有助于戏剧冲突的发展。我觉得写过场戏应该学习戏曲处理二道幕前戏的办法：有戏则长，无戏则短。精心的设计使过场戏为重场戏服务，使剧本中波澜起伏兀峰时现，把不必要的过程，简练到最低程度，这可能是电影剧本所要求的。我所写的几个电影剧本，其中《小康人家》比起其他几个本子在结构形式上较完整些（《老兵新传》就比较散），它更接近民族戏曲。重场戏五六场，二道幕前戏三四十节，起承转合四大段较分明，一开头就进入故事；整个戏注意了起伏、跌宕、高潮、张弛。人物之间的矛盾斗争有几个回合。而其中人物关系的变化、人物性格的发展都通过买烧饼油条和麦子搬家把它贯串起来。刚开始买四份烧饼油条，那时矛盾还没展开，潜伏着；第二次买三份，矛盾发展了；第三次买两份时，矛盾发展到高潮，二对二成对峙局面；第四次只买一份了，"全知道"被孤立；最后矛盾解决，全家重归于好又买四份。这种结构方法也许还不够新颖，可它有一个好处：

比较接近民族戏曲的叙事方法，层次比较分明，容易看懂。

　　戏剧的情节结构，一方面是根据生活，根据事物发展的必然逻辑，同时也必须根据人物思想性格的发展。电影和戏曲都是讲究情节的引人入胜。我们看过的许多电影，都是善于用悬念引导观众的注意力，一场扣一场。如《偷自行车的人》《逃亡者》这一类戏，则是把一个大的悬念展开后，用情节牢牢吸引住观众。像小说《西游记》结构最终目的要取到经。《死魂灵》的目的是买"死魂灵"，而一路之上，表现了作者要表现的东西，这种结构方法处理好了，写起来比较容易。我在创作上的很大弱点，是不善于组织情节，制造悬念，我更多的是依靠人物的成长和发展、人物之间性格的冲突来吸引观众。我所写的电影剧本，没有一个是故事情节很曲折离奇，一开头就把观众牢牢吸引住的，总是从类似日常生活一般的画面里起首，像讲述一个平凡普通的故事那样慢慢诱导观众去关心主人公的命运，使观众渐渐走入电影所表现的生活里去。如《李双双》《老兵新传》《小康人家》我都是在一开始着力展现生活的时代气氛和人物性格，把人物放在一种和他的性格完全不协调的环境中去突出他。李双双这个好管闲事、爱社如家、公而忘私的妇女，正碰上一个胆小怕事又有点自私的丈夫；春妞这个性格开朗、纯朴、热爱劳动、热爱集体的姑娘，正遇上一个只顾自家、看重私利、有资本主义思想的婆婆；老战这个爽朗、乐观、充满战斗精神的老战士，正遇上有丰富经验、比较墨守成规的农学专家。这样安排，观众会感到下边准有交锋，他就必然关心戏将来如何发展，人物之间的矛盾将如何解决。这样说，绝不意味着这种方法是最好的，依我看，不论是以情节的曲折，还是以人物之间性格冲突来引人入胜都无不可，完全应该从生活题材来选择确定，问题是无论采用哪种艺术手段都应该围绕着塑造人物这一中心课题。

　　以上我侧重谈了谈写电影剧本在情节结构上怎样向古典戏曲学习，但这并不等于说，可以忽视电影艺术的特性，把编戏的一套搬过来就行了。大家都知道，电影是视觉形象的艺术，它在塑造人物、表现人物性格时主要是通过具体的动作（也包括语言）介绍人物。戏曲可以用独白，来一番自我介绍；小说作者可以站出来说话，来一段描述；电影就不行。像小说《奥勃洛摩夫》

写了将近一半,主人公还在床上,没穿拖鞋下床,这样的小说就很难改成电影。我觉得选取鲜明准确的动作来刻画人物性格是电影的特性,也是电影的长处。有时小说或戏曲需几十句对话、几千字描写才能交代清楚的问题,电影只需几秒钟的时间,通过人物一个或几个动作就可揭示出来。《李双双》开头,小说为了交代双双和喜旺的关系、两个人物的性格、他们在家庭中所处的地位,用了大段描写,而改编成电影时,只用了双双在河边洗衣服,喜旺下工回来路过,顺手把身上穿的小褂脱下来扔给双双,双双接过来便洗这样一个动作,银幕上只不过两个画面,代替了小说中的大段描写。另如《龙马精神》中芒种和爱人蔡秀真为了养马的事吵翻了,蔡秀真一气之下要回娘家去,刚走又回头来故意当着芒种的面把一群鸡呼来,"一、二、三、四、五"大声数罢,看了芒种一眼抱着孩子掉头走了。观众凭借自己的生活经验,完全可以理解这个动作说明什么,如果再写上对话:"我这是五只鸡,你可得给我看好了,丢了一只我回来再和你算账。"这就显得多余了,而且没有余味,太露了。这是电影所忌讳的。我觉得能够用动作表现的东西,应该尽量用动作而不用对话。

通过动作不仅可以替代小说中或戏曲中的一些描写和对话,还可以弥补心理描写的不足,可以揭示人物性格中的内在冲突。如《李双双》中双双和喜旺经过几度争吵和好的一场戏,我是这样表现的:

> 村街上,大凤拿着空扁担对双双说着:"喜旺嫂子,他们回来了。"
> 双双:"噢!"她向东院望了一下,又向自己家走去。
> 突然,从喜旺家里传出一阵清脆的劈柴声,这声音吸引住双双,她加快了脚步。
> 劈柴声继续噼啪、噼啪地响着,双双几乎像飞跑似的向家门口冲去。
> 推开大门,院子里的情景使她呆住了。
> 喜旺光着膀子,抡着大斧,正在劈柴。他好像要把这阶段负疚、惭愧、暴躁的心情,都劈在这块木头上似的。
> 小菊在一旁帮着爸爸,拾着地下的碎柴禾。

双双为此情景深深地激动，她无力地将手扶着门槛，又把头倚在手上。

　　小菊发现双双，迎上去叫着："妈妈，妈妈！爸爸回来了！"

　　喜旺听见小菊的叫声，停住斧子回过头来，惭愧地期待地望着双双，斧子从他的手中滑下掉在地上。

　　双双下意识地顺手抱起小菊，浑身发抖地深情地看着喜旺……

　　整场戏我用了一系列动作来揭示人物的内心活动，我并没有描写喜旺如何去向双双承认错误，检讨自己，也没写双双原谅他之后，对他进行一番劝导。我觉得在这里，用动作比用语言更能揭示此情此景中人物的复杂情感。劈柴的动作，不仅抒发了蕴积在喜旺内心的负疚、悔恨的情绪，同时也像是劈开了阻隔在他们之间的那堵墙，让对方看透自己的心底。这比语言更说明问题。电影就有这个好处，只要动作找准了，它可以胜过最好的文学语言的描绘，而产生不可思议的力量。但也不要为动作而动作。动作不仅要合乎人物性格，合乎人物思想发展逻辑，而且必须写出产生这种或那种动作的特定情景。就像双双和喜旺，如果没有写出他们之间的几次冲突，没有交代清楚喜旺和双双的性格，和喜旺在一系列事实面前所深受的教育，那么劈柴这一动作也就失去了它的内在意义，变成一般的家务劳动了，这样的动作，不可能产生动人的力量。

　　前边我只是举例说明动作的表现力，实际上动作从广义来说，不单是指的人物外部动作，同时也包括人物的内心动作和语言。我理解，电影强调动作并不排斥对话，有人说，对话是电影的敌人，这是把动作和对话完全对立起来了。语言也是电影刻画人物、揭示主题的重要手段，是一种不可忽视的手段，它的功能也不是动作所能代替的。我在写老战这个人物时，主要是凭借语言的力量，来加重性格色彩。《李双双》中的李双双和喜旺的性格刻画，除动作外，很大部分是依靠语言来完成的。如第十四节喜旺被选为记工员后，第一次下工回来他们的一段对白：

喜旺："唉！浑身上下都零散了，今天可把我累坏了。这脑力劳动活儿不能干！"

双双："看你那个手，人家写字往纸上写，你怎么写到手上来啦！现在是除'四害'，要兴除'五害'就得连你也给除了。"

喜旺："你没有写！别看它一杆笔小，掂起来比锄把子还重。"

双双不服气地说："我写过字。我要当记工员绝不会像你这样哼啊哈呀的。"

喜旺："你当记工员啊，你能把人都得罪完，这都是你给我揽的好活儿。你知道吧！这个记工员，可不简单哪，是个得罪人的事。"

双双："那有什么？他干多少活你记多少分嘛。立得正行得直，不偏一个不向一个，谁敢说你什么。"

喜旺："你说得倒轻巧。"

双双："可人家选你呀！说你比我强，说你是好人，说你算盘好，心里清楚……"

喜旺忽然高兴起来："小菊她妈，可真的，人过留名，雁过留声，咱们村老少爷们，没有一个人敢说我不是。俺爷，俺爹……"

…………

双双："又是背你的老家谱，说你人老几辈没给人家吵过嘴。"

喜旺咽了口唾沫："那可不是。"

通过这场对话，不需要再增加什么说明，观众完全可以透视出喜旺和李双双两个人不同的思想性格，两个人对待事物截然不同的态度，而这种效果又是用动作或其他表现手段难于达到的。不过，由于能力所限还嫌长和多了些，没有达到最精练的程度。这方面夏衍同志写作的剧本很值得我们学习。他是最讲究锤炼语言的。贺老六在《祝福》中是很重要的人物，这个人物留给我们极其深刻的印象，但我们翻开剧本看看，这个人物一共才二十几句对话，而且都不长。电影由于它主要是诉诸视觉的艺术，应该尽力避免过多和冗长的对话，而要求更准确、生动、精练的语言。

我在写对话时，首先要求是准确、切合人物身份，其次才要求鲜明、生动。因为本来对话就不多，一有对话就更得考虑是否和人物身份、性格、情绪吻合。《老兵新传》中老战的语言，我曾和导演沈浮一起反复琢磨，他要求我做到每句话必出自老战之口，换了别人说就不行。可惜后来搞得还很不够。其中有一场戏是这样的，麦子第一次被霜打了，有些汽车司机怕冬天没粮食吃，想开小差跑回家，原来老战对他们所讲的一段话是这样：

老战气愤地："怎么不放心哪！"他拍着自己的胸膛："跟着我们，不能亏待你们，比如说有两碗饭，咱们一人吃一碗，有一碗饭，你们先吃！我们共产党人就是这样……"

这段话听来只是一般老干部所讲的话，虽然也能表现老战这个人物直率坦荡的胸怀，但个性色彩不够，后来经过和导演、演员的研究，改成：

老战："他们既然不愿意留在这儿，就叫他们走吧！"
全场肃然。老战走向群众，戴眼镜青年和女拖拉机手丙，默然立在那里。
老战："朱流庆，他不喜欢我提将来，可是我这个人哪，要是不提将来，哎，活着就没劲。我们革命的传统就是从无到有，从小到大，不怕任何困难，白手起家！……我们农场的将来，你们看，我又说将来啦，（众笑）哎，我就是要提将来。将来我们要做到一年的收成，可以供给一个一百万人口城市一年的粮食，也就是说，可以叫一百万部队吃一年。同志们哪，你们说做这样的工作，还不觉得光荣，还不觉得有意义吗？"

这比原来的对话，更丰富了人物的性格，不仅表现了人物心胸宽广，同时揭示了他高度的革命乐观主义精神。这就更高一点，更性格化一点，合乎老战这么一个充满理想、具有革命浪漫主义精神，而理论水平不高、文化修养不够的具体人物的身份。这是只有从老战嘴里才能讲出的话。

再有人物的语言还应尽力做到朴素、通俗易懂,平时我比较注意农民的地方语,常常记录一些,但绝不乱用,必须经过提炼。有的人用大堆的歇后语和方言,结果显得臃肿,不自然,不朴素。我觉得歇后语和方言能用则用,不贴切的和广大群众不易接受的坚决不用。语言要讲究自然流畅,符合人物性格,找不到适当的宁可用一般的语言。语言不能走调,一走调观众听了很难受。有一次我看一个剧团演出的《赵五娘》,赵五娘一出来,头两句"上山擒虎易,出门做人难",这个话让武松出场来说还可以,出自赵五娘这样一个人之口就不大贴切了。

有些农民的语言确实好,是对新生活经验的总结,有时还带点哲理味道,用得好有光彩,但也最难用。在《李双双》中,我尝试着用了一些,如喜旺和金樵上城拉完木料回来,把金樵他们半路替人拉瓜又把钱私分了的事告诉双双,双双一听急了追问他,他忙解释:"这回我可没沾边,你给我打的那么多防疫针,我都记着哩!"双双:"没有你难道就算了?"喜旺:"哎,我是雪白袜子不往泥里跳,心里没鬼不怕喝水!"这句话虽然没多大光彩,但用来表现喜旺当时的心情我觉得还可以。语言无非是要准确生动地表达人物的思想感情,有的话听了不过瘾,主要因为没有把感情表达出来或表达得不准确,像我刚才所谈的《赵五娘》就是这样。

硬找成语、歇后语倒容易,要用得天衣无缝,听起来不别扭,恰到好处却困难,只要有一点点使人感到作者在玩弄炫耀语言就坏了,它会使人感到一个人把兜里仅有的一些钱都掏出来了。

语言要做到有选择,就要注意平常多收集多积累,免得到时候几个人都说一种话。《李双双》中选记工员一场,大家纷纷谈论工分,我努力使每个人的语言切合每个人的身份,一个人有一个人的说法,譬如喜旺讲:"记工分是一手托百家。"大凤则说:"工分又不是亲爹亲娘,离了它,我就不能过啦!"双双说:"有些社员不大好,工分牵着鼻子跑。"都是说工分这个事儿,但每个人说的不同。

语言除了要求性格化之外,还得有时代感有生活气息。如前边我提到的喜旺跟双双说"你给我打的那么多防疫针",还有双双对支书说"孙有可不一样，这个人鬼主意多，他不是无产阶级，我们家是无产阶级"，都是解放后，不断接受了党的教育，提高了文化的农民所讲的半新不旧的话。这些语言都是从生活中提炼得来的。

以上我只是谈写作电影对话方面的一些体会，不一定恰当。总之，我觉得语言是电影创作中的重要环节，电影的对话应该做到少而精，因此，需要花更多功夫去提炼。我自己在这方面还有许多缺点，常常对话写得太多，不够精练，有些不该说的地方也说了。

写电影文学剧本和写小说或其他文学艺术形式作品，最好都能用上抒情这个表现手段。而电影的很大不同点还在于：它的形象抒情手段主要通过画面的组织，电影文学剧本中所描绘的人物和场景应该是一幅幅连续的、可以心视到的优美动人的画面。因此，剧作者在进行构思创作时，不能没有银幕感。尽管剧作者仍然是通过文字来表达内容，但他所作的文学描写，必须考虑到能否变成可拍摄的画面。这就要求我们平常在观察、体验生活时，除了熟悉人、了解人这一头等任务外，还必须要善于摄取生活中充满诗意的画面。如我在生活中看到这样的情景：一个十二三岁的农村小姑娘，坐在自家院子里一小板凳上，石榴树上挂一面破了但已用线缠好的小镜子，小姑娘对着小镜子梳又黑又长的小辫，旁边围着一群鸡在啄食，小姑娘一边梳头，一边撒一把食喂鸡。我想这是多好的电影画面，一幅多好的农村小景，如果能把它写到电影剧本中去，那是很有抒情诗意的。一个剧本中有那么一二十个充满浓郁生活气息的画面，农村生活的诗意和美就完全可以烘托出来。当然，画面绝不是孤立的，它必须是整个戏剧情节中不可或缺的一部分，是和表现主题刻画人物性格紧紧相连的。如《龙马精神》中喜鹊去叫芒种上会的那组爬墙、闻葵花香味的镜头和画面，就不单纯为了点缀农村生活的诗意，而是通过一幅幅真实的生活图景，把喜鹊和蔡秀真两人不同的性格和人物关系，以及他们生活的环境交代出来。

电影是通过一幅幅连续的画面来揭示主题，表现人物的，但并不一定所有画面都是直接揭示主题或推动情节发展的，有时它只起到烘托的作用。如《老兵新传》中，我写老战他们刚到荒原的情景："尖利的寒风怒吼着，大雪向草原上倾泻着，整个草原被纷飞的大雪弥漫得混沌一片，远远望去，碉堡显得更矮，更小了，它渐渐地变成了个小黑点。"这里虽然没有出现人，好似只是自然环境的描写，但通过这样一个画面，却把茫茫大雪的草原和老战他们住的小碉堡形成鲜明的对照，让人们从画面的形象中感觉到环境的艰苦，从而更显示出碉堡里的人们那种敢于征服自然的决心和意志。

电影画面的表现力是很强的，有时可以通过画面直接地把作者要表达的东西告诉观众，有时也可以通过画面使观众产生联想。如写农村题材常常会碰到"丰收"的场面，如果写一大群人在田里收割，或稻谷堆成山，这也无不可，只是比较常见，一般化（纪录片中也拍了不少）。我曾见过在麦熟时候田野上一群姑娘有说有笑地走着，她们淘气地不时用镰刀削着路边的荆棘或野草，来试试刀快不快，或一群小伙子在大树下磨镰刀的情景。我想通过这些画面，不是也可以使人联想到丰收气氛吗？

生活当中充满诗意、富有表现力的画面是很多的，只是我们要善于观察、摄取，善于把它组织到剧情中去。

要写好电影剧本，无疑最根本的是主题思想发掘的深度和广度，是人物形象的鲜明和生动，而这又都有赖于作家对生活的熟悉程度。这些我在《向新人物精神世界学习探索》一文已谈过，不再赘述了。最后，我只想重复提到一点，也是这些年来感受最深的一点：一部电影要在广大群众中流传开，被群众喜爱和接受，掌握技巧，熟悉电影的特性固然重要，但最根本的是要熟悉生活，提高思想。只有在思想修养提高和生活丰富的基础上，才能具有敏锐的观察能力，才能把技巧运用得恰当、贴切。

1963年10月
（李准口述，文椿整理）

原载《电影剧作》1964年第2期

《大河奔流》创作札记

编辑部同志们要我写一点关于《大河奔流》电影文学剧本的创作札记，目的是用实际例子谈谈创作上的问题。三四年过去了，有些事情要追忆；何况这个电影剧本，缺点还很多。编辑部同志既然让我谈，我还是从命。一方面拆一拆这部"机器"，是好是坏，可以更全面地就教于读者同志；另外谈谈从生活到创作的过程，破破"四人帮"的框框，如能对青年同志有一点参考价值，我就很欣慰了。

一、黄泛区

1969年，我带着全家插队"落户"到周口地区西华县一个生产队里。这个小村子叫屈庄，在这里我开始了新的劳动生活。

这里是黄泛区。1938年蒋介石扒开黄河花园口，淹没了十几个县，造成一千多万人流离失所，一百多万人死亡。解放后经过恢复和建设，这里已面貌一新，可是这场大灾难留给人民的创伤和教训是深刻的。

在这里住的三年半时间里，我逐步理解了这里的劳动人民为什么这样热爱党，热爱我们的新中国，一句话，因为他们在旧社会受的苦太深了。同时，我也理解了毛主席说的"人民，只有人民，才是创造世界历史的动力"这句话的深刻含义。在这场历史上罕见的灾害中，人民在党的领导下，战胜了黄河，战胜了国民党反动派，战胜了封建地主的土匪武装，另外，也战胜了资本主义，在荒芜的沙原上，重建了一个新的世界。

在这些可歌可泣的斗争中，我也深刻地理解了中国人民是"勤劳勇敢"的这四个字的含义。在濒临生命绝境，在人被扭成像"麻花"一样后，劳动人民在斗争中所显示出来的高贵品质，所闪发出来的道德光辉，是令人感动的。我认为这就是我们民族的灵魂，国家的脊梁，历史的动力。

以上是我离开黄泛区时的感想,也就是我要写"大河奔流"的主题,我含着眼泪离开了将近四年给我很多教育的老师、朋友和同志。

二、家常理道

光有感受,或者强烈的感受,并不一定能写成文艺作品。一个作品是靠再现生活来表现,而不是靠一连串的感叹号。

沙汀同志告诉我,鲁迅先生修改自己的作品,总是把作者自己感叹的部分尽量删掉,把描写人物行动、对话的部分留下。我想了想,这就是鲁迅先生提出的"白描",也就是让生活事实说话。

鲁迅先生对"白描"手法下的定义是:"有真意,去粉饰,少做作,勿卖弄。"这几句话我经常写于座右。我觉得这不但是谈"文风",而且也是谈做人的"作风"标准。

"四人帮"的"文风"恰恰和鲁迅先生提倡的相反,空话连篇,装腔作势,言之无物,盛气凌人。要反对"四人帮"的"文风",在创作上就必须从生活出发。作者要说明一种思想,一种感受,不是靠作者的说教,更重要的是靠人物自己的行动和语言。所以,这就需要熟悉大量的"家常理道"。

《大河奔流》里我写了三四十个人物,没有一个是以我住的生产队里的真人真事做模特。但是,所有人物的对话、动作、各种各样人物关系的表现,又几乎全是取材于我住的那个村子。

我在农村插队时,全家住在一个饲养院里。几个老饲养员,就是我的生活老师。每天夜里在牲口屋里聊天,说过去黄泛区逃荒的悲惨故事,谈刚回来时重建家园的甘苦,也谈他们在建社时,怎样去掉"小农经济"对他们的可笑羁绊。听是一回事,更重要的是看,看各种人物关系的特点。比如他们家里人来叫他们回家吃饭的叫法都不一样。老伴来叫是个样子,儿子来叫又是个样子,儿媳妇端来饭又是个样子。何况各家人的经济情况、性格又有差异。

周立波同志说,他土改时在东北农村,住得久了以后,才发现有一匹马的中农和有两匹马的中农说话的口气就不一样。

作家不但要善于发现人物的共同点,更重要的是发现人的不同点。通过各种人物的差别，反映出各个阶级、各个阶层的不同典型人物来。

张瑞芳同志在《大河奔流》中扮演李麦，她说，接到《大河奔流》的剧本后，光是李麦在剧中的一句话，就练了十几天。其实这句话并不是剧本中的所谓"核心唱段"和"核心说段"，而是一句极普通的"家常理道"。当黄河水淹没了村庄的时候，全村男女老少都跑到沙岗上了，只有一个七十多岁的孤老婆申奶奶不走，房子快塌了，她仍然不跑。李麦的儿子天亮强把她背了出来，她却用手打着天亮不让背。大家看着这个老婆婆，又难受，又气她糊涂。李麦这时无奈，从地上拾起一束小柳枝说："婶子，你用这打他！"这句话里边包含着她既理解申奶奶不想再活下去的绝望心情，又疼儿子的挨打；可一时既不能说服这个长辈老婆婆，又不能护自己孩子。就在这种复杂心情下，她拾起一束小柳枝，说了那句话。这就是在那个环境中，农村劳动人民长期生活在一块儿形成了的传统关系，和当时李麦"这个"人物必然要说的话。张瑞芳同志是老演员，她选择了这一句话，从这里入手研究这个人物的性格，熟悉这个人物的"基调"，同时，也就是熟悉人物在生活中最基本的"家常理道"。

我觉得熟悉各种生产、生活方式，不断积累这些材料是作家创作的基本功，就像建筑师盖房子要积累建筑材料一样。

三、"长期积累·偶然得之"

作者需要长期深入生活才能进行创作，单靠读几本书，就要写出好作品是困难的。同时，作者需要认真地学习马列主义，学习伟大领袖毛主席的著作。不学习理论，就不能深刻地发掘生活，提炼生活。听张光年同志说，我们敬爱的周总理对于长期积累生活和获得作品主题的过程，归纳成两句话，即"长期积累，偶然得之"。我自己体会，写《大河奔流》的过程就是如此。我在西华县住了几年，关于黄泛区的材料，听到的、见到的确实不少。特别是那几年在农村，除了劳动外，没有多少事。农民们、邻居们大都不知道作家是干什么的，但都知道我识几个字，这样就有一件事用得上我了，就是村子里死了人，要开追悼会，就让我写悼词。当时农村的追悼会，还是新旧参半，也穿孝服，也读悼词。第一次让我帮他们写的是村东头一个老贫农。他逃荒到陕西后，靠宰牛生活。当时他每天把一大锅牛肉汤，散给逃荒去的同乡们喝，就这样救活了一百多口人。他自己一辈子也没有讨过老婆，可是给自己三个兄弟都成了家。他有个小兄弟，被他娘卖出去两次，他追去抱回两次。后一次，他找了三天，后来发现他兄弟的一个印花布小棉裤，搭在一家门外绳子上晒着，才找到了。他的事迹还很多。我把这些事写成"悼词"，大家在会上念了念，很多人都哭了。以后就传出去了，都知道有个写"祭文"的老李。就这样，我写了三里五村不少"祭文"。其实这都是一部部真实感人的家史。

后来，我又访问了黄泛区的通许县、中牟县、淮阳县、花园口公社。收集家史不下二百家，可我仍旧写不成一个作品。只是写写旧社会受的苦，有什么大意思呢？这时候，我就像弄了一大堆材料，但是"理丝无绪"。

后来，我到了扶沟县海岗大队和通许县百里池大队，特别是到了海岗大队，一下子激动得我几个晚上没有睡着觉，我觉得"豁然开朗"了！这些年所积累的素材，找到了一条线，找到了一个"灵魂"，所有的素材都像长了腿似的活起来，而且它们自己跑着去站好它们的队。

这个大队，在旧社会是黄泛区的腹心地区，村子本身就是黄河故道。村子里死绝了几十户，卖儿卖女的几乎不隔门。可是他们现在是这个地区卖余粮最多的大队。连续五六年，每年光卖给国家的小麦就是一百多万斤。每年夏罢交售公、余粮时，国家开来几十部汽车拉。粮食好像从地里涌出来的一样。这个大队贡献这么大，可全大队却只有几辆破自行车，群众住的还都是草房。他们过着艰苦朴素的生活，而对国家却拼上命大力支援。支部书记告诉我："咱们这儿不能开诉苦会，一开诉苦会，人就像疯了一样，国家要什么给什么……"

从这里，我开始懂得了黄泛区人民对党的感情，对国家的热爱。从这里我也看到了"翻天覆地"的变化！这里原来是最穷的地方，现在却变成中原大地的一个"粮仓"。从前的要饭孩子，现在变成公社书记、拖拉机手、农业技术员、赤脚医生。我好像看到了我们国家的缩影，也看到了前进的道路。

写什么？写变化。写农民和土地、农民和黄河的感情，写农民用他们的劳动、斗争，在创造新的历史。

故事也有了。从黄河花园口讲起，到黄河花园口结束。

我在西华县黄泛区农村住了三年半，在扶沟县海岗大队只住了三天。但是打开生活仓库的钥匙，是在海岗大队找到的。可是我写的那些人物的声音笑貌，抬手动脚的细节，仍然是西华农村的。

我觉得生活积累得越丰富，"偶然得之"的机会就越多。马列主义的理论学习得越好，感受的能力就越深刻。一桶汽油碰到个火星就会燃烧；一桶水，火星再多仍然燃烧不起来。

四、把情节的船只放到自己最熟悉的生活河流中去

当《大河奔流》初稿写成后，我让一些同志和朋友看了看。他们很担心，因为当时正是"四人帮"把持文艺界的时候。朋友们看了后说："还是不拿出来好。因为你这个和现在流行的作品不一样！"当时我是很难受的。"不一样"这一点我知道，我也不愿意和那些什么"三突出""三陪衬""起点要高"等去一样。另外，离开"从生活出发"，我也不会用别的手段去讲我的故事。

这时候，河南省搞会演。外省很多青年作家去家里看我。有内蒙古的，有安徽的、山西的。他们激动地含着眼泪说："难道你们这些老作家（当时我只能算中年）就看着文艺这样发展下去吗？你们应该拿作品！写出和他们不一样的作品。"这里又提出一个"不一样"。当时艾芜、管桦同志写点东西发表，都相继受批判了。压力确是有的。但是，我仍把《大河奔流》拿出来了！我当时这样想：批判就批判，无非是再去当农民；但是最好把《大河奔流》发表了，让它和群众见见面再批。在那时候，我对广大群众就是这样信任。这倒不是说我们写的作品好，而是"四人帮"那一套太脱离人民了。像我这样的人，原来并没有读过多少书，字也识不得很多，解放后才写东西。今天所以能写点作品，完全是党和人民的培养教育，也可以说是在毛主席的文艺学说的哺育下成长的。"相信群众相信党"，这七个字也是毛主席教育我

们的。

出乎意外，电影剧本的第一遍详细提纲拿到北京读了读，却得到谢铁骊同志、田方同志、崔嵬同志和很多老同志的热情肯定和坚决支持，而且主张拍宽银幕上下集。

在剧本写成之后，很多老同志认真、负责地提了意见，这些意见有些是很有启发的。《大河奔流》原稿十七万字，现在只剩十万字左右。一方面是因为电影的长度限制，另一方面就是有不少败笔。比如原来曾有李麦在黄泛区打游击，支援淮海战役等情节。因为我缺乏这方面的生活，写得比较概念，谢铁骊同志让我删去了。水华同志讲得更具体，他说："剧本中的黄河决口、逃荒、农民相互间的阶级感情、对土地的感情，以至于解放后重建家园和走社会主义道路的斗争等情节，你都达到一个水平了。但是写黄泛区打游击、土改等情节，还没有超过'文化大革命'前一些作品的描写。"这些意见都很中肯。他们提的这些正是我没有生活过的地方，可见创作是讲不得一点假话的。一张稿纸铺在你面前，首先就是对你生活积累的考试。为了"避其所短"，我把这些章节都删掉了。崔嵬同志曾经告诉我，他不喜欢"金谷酒家"中和国民党第一战区司令长官蒋星文斗争的那几场戏。他说："不是你的风格。"我当时还舍不得去掉，总觉得有戏剧性。后来曹禺同志把剧本看了三遍，他说："从整个剧本看，是他创作中一个高峰。就是'金谷酒家'那几节戏有点儿跳出他的风格。"这些老同志对我们是多么关心，看得又如此一致。这些生活正是我没有直接经历过的。这使我再一次体会到：必须把情节的船只，放到自己最熟悉的河流中去。在这个河流中，可以左右逢源，可以纵横驰骋，也可以"去粗存精"而不会"捉襟见肘"。

五、语言

每一个作者在进行创作时，都有他自己的手段，有的善于组织情节，有的擅长刻画人物。但是语言对于创作来说，是共同的手段。必须在语言上下功夫。

毛主席在《反对党八股》一文中曾经指出："现在中党八股毒太深的人，对于民间的、外国的、古人的语言中有用的东西，不肯下苦功去学，因此，群众就不欢迎他们枯燥无味的宣传,我们也不需要这样蹩脚的不中用的宣传家。"这说明我们必须要下功夫向群众学习语言,向外国、古人的作品中学习语言。我到一个县里,只要时间稍长一点,总要交两个说话生动、掌握群众语言较多的朋友。和他们交谈,听他们讲话、发言。学习群众语言,不光是说"歇后语",而是学习他们形象、生动、活泼的语言。我在写《李双双》时,用了"鸡子叫天明,鸡子不叫天也明!"这句话,事实上是一位老大娘讲给我的。有时候,一句性格化程度很高的语言,可以呼出一个人物来。《大河奔流》初稿上曾有一节戏,是写李麦带着儿子天亮去梁老汉家,送他去跟着梁老汉学撑船。李麦说:"……前两年他还小,我不能叫他两只胳膊抬个嘴来。如今能帮你干个活了,我才把他送来。就是麻烦小晴了,见天得多做一个人的饭。"这时梁晴才十三四岁,她在一边笑吟吟地用手比着说:"俺家还有这么大个碗哩!"作为梁晴这么大个年纪,她对天亮印象又特别好,"这么大个碗",表示了她的欢迎。这句话刻画出了这个天真、朴实而又聪明的农村小姑娘的性格。

  语言的标准,是"准确、鲜明、生动"。我觉得"准确"太重要了,首先是"准确"。准确了,就会产生一种质朴的美。

  我自己在写《大河奔流》时,虽然对"四人帮"那一套"高调"深恶痛绝,但是,另一方面却也受到一些影响。因为时间长了,不知不觉就受到影响。这方面,导演谢铁骊同志给我很多帮助。他用了两个办法来检查语言是否生活化,是否真实。一个是用嘴把台词说一遍,凡是不上口的,不像生活中人说的话,一律删掉或改过来。另一个是人物对话,他要求如果两个人在说话,一定要像生活里那样,是说给对方听的,而不是说给观众听的,或者像"聋子对话"一样,自己只管说。经过这两道手续,语言比较准确了,生活化了,而那些"高调"也就很自然地被淘汰了。

  以上这些都是对语言的起码要求,主要是准确。也就是从生活化入手。

  我们要立大志,鼓干劲,努力写出更多更好的文艺作品来。

原载《十月》1978年第1期

谈文艺的社会作用

一

最近，不少文艺报刊展开了对文艺创作上一些问题的讨论，有关于题材问题的讨论，有文艺是不是"阶级斗争的工具"的讨论，有关于创作方法的讨论，还有"歌德"与"缺德"的讨论，等等。以上这些讨论，几乎都和文学艺术的社会功能有密切关系。打倒"四人帮"三年后，初步出现这种"百家争鸣"的局面，是非常值得欢欣快慰的，虽然还算不得"蔚为壮观"，但是这种"生动活泼的局面"已经给我们带来一股新鲜的民主空气。

很久以来，文艺创作上一些带有根本性的问题，没有探讨过，没有辩论过，甚至没有思考过。现在大家都在思考问题，总结教训和经验，我以为这种思考是极为可贵的。它是我们文学艺术繁荣前进的风帆，也是文艺创作发展的前奏。文艺界这种民主讨论的空气的出现，不单是由于近两年来我们出版了一些古典和外国文艺书籍，放映了一些外国影片所引起的。这只是一个因素，而且可以说是一个极小的因素。如果说这也算得一场思想革命，那么产生这一场思想革命的动力，则是我们国家伟大生活本身。从四五运动到"四人帮"迅速垮台，从"实践是检验真理的唯一标准"的全国范围大辩论到对主观唯心主义的批判，从政治上一系列的光辉改革到经济上的科学调整，以及民主和法制精神的提倡：这些波澜壮阔的生动现实，给文学艺术注入了强大的生命力。在这浩浩荡荡的时代潮流中，大家首先是"敢想"了，敢于对文学艺术中的很多似已成定论的问题，提出否定的看法。我总觉得，"不"字是一面伟大的旗帜，人类社会就是在不断否定旧事物中前进的，当人们第一次认识到"地天泰，天地否"这个朴素辩证关系时，社会文明就大大前进了一步。

鲁迅先生在七十年前大声疾呼："今索诸中国，为精神界之战士者安在？有作至诚之声，致吾人于善美刚健者乎？有作温煦之声，援吾人出于荒寒者乎？"（《坟·摩罗诗力说》）我想在今天，使人的思想情操达到"善美刚健"，使人的精神摆脱"荒寒"愚昧，仍然是一项很重要的任务。或者说它的重要性并不亚于开发沿海油田和大力发展农业和轻、重工业。因为没有有高度觉悟的，有丰富想象力和智慧、勇敢、勤劳、诚实的人民，是什么也建设不成的。

二

文学艺术的社会作用，实质上也就是文艺与政治的关系。近来讨论"文艺是不是阶级斗争的工具"，大家写了不少引人深思的文章。我是不大喜欢"工具"这个词，正像我喜欢中国的"文化部"这个部称而不喜欢有些国家"宣传鼓动部"那个叫法。因为中国的"文化部"叫法，好就好在这个"化"字上。"化"也就是"教化"，也就是"潜移默化"。既然是"潜移默化"，就不能用口号、标语、布告、教科书……这种形式。"化"作为一个动词、一种手段，就说明在这一项工作中最要不得行政命令，而是必须以文艺自身的特征和规律来"育化"群众。

"文化"既然要靠它自身的手段和特征去"育化"人，也就是通过真实生动的形象来反映生活，使人看了、读了，"乐于观诵"，达到"神质悉移"。文艺诚然有教育人们的责任，但人们出钱去看电影、去看戏，绝不是为了买一次报告听。文艺作为一种特殊的意识形态存在，必须承认它自身特有的艺术规律。

前不久看到巴金同志在一个座谈会上的发言稿。他提到：文艺是教育，但不完全是教育；文艺是宣传，但也不完全是宣传，因此作家要"独立思考"。我是同意这个看法的。文艺是为政治服务的，但服务的内容是非常广阔丰富的。人对于文化艺术的需求是多方面的。政治不能代替艺术，政治也不能淹没艺术。人不但需要吃"药"，还需要吃"饭"，而且"吃饭"比"吃药"更重要。文艺除了教育作用之外，还具有审美作用、娱乐作用，这些作用并不是可有可无，而是像平常吃饭吃菜一样重要。

文艺为政治服务这个作用，也不能片面狭隘地理解，就像把文艺看作"阶级斗争工具"，如果说是"工具"，那么掌握这个"工具"的文学艺术家应该是具有无产阶级要解放全人类的胸怀、气魄、眼光，要美化全人类的灵魂。

长期以来，我们对这个问题的理解是有不同的，这表现在我们对创作的安排上。比如说为政治服务，渐渐变作为政治运动服务。一说搞"四清"，不管你正在构思或写什么题材，都要放下去参加；一说搞"社教"，又要排成队下去。作家最熟悉的和感受最深刻的东西不能写，大家都成了"运动报导员"。三十年了，能够代表我们这个国家的好作品，出现的还不多，其原因之一，恐怕是我们老是在搞"运动文学"，经常用领导记者的方法来使用作家，这些方法值得深思。

经过"四人帮"对文艺的严重摧残，有些问题大家比较明白了，比如说对"写中心、演中心"，以标语口号来代替文学艺术创作。这些简单化的做法，也许今后不再会发生了。但是，能否真正保证作家写他最熟悉的和理解最深刻的生活，还有点令人担心。我们有时说的是贯彻"百花齐放"方针，但具体做法却仍是"拔掉西瓜种棉花"。

这两年经常到八宝山参加追悼会，有两次使我心情特别难受。一次是赵树理同志的追悼会，一次是柳青同志的追悼会。赵树理同志对中国农村生活的熟悉和理解，现在的作家中是罕有其匹的。有时候他给我们讲故事，我们简直听得入迷。对农村各个阶层的人物，他都有一大堆故事，他说他要写一部小说《新石头记》。曹雪芹只看到石头的一面，他看到的另一面是记载中国农村习俗生活的。我们说："你赶快写呀！"他叹了口气，因为那时他正要下去参加"社教"运动。像赵树理这样的作家，不去参加"社教"，恐怕要用一团人把他押送下去。我想如果那个长篇小说写成，即使赶不上曹雪芹的《石头记》，但也不至于写成"砖头记"。曹雪芹可以写出几十个性格不同的丫头，但他写不出几十个不同性格的农民。到"文化大革命"中，赵树理竟然以写"中间人物"的罪名被斗死了，而最可惜的是他把他那一大批生动活泼的人物形象，也带到棺材里去了。他无法给他的人民留下来。

柳青同志在生前有一次曾对我讲"要保卫自己的创作时间"，创作时间要"保卫"，可见"太极拳"打得多么辛苦。到了"文化大革命"中，他当然没有力量来"保卫"他的时间了，因为连生命也保不住。一部《创业史》，他没有能够写完，只留下一个"断篇"。以柳青同志塑造人物的功力和对生活深刻的理解，如果安排得好，何止写一部《创业史》？一百多年前，清人龚自珍大声向天呼号："我劝天公重抖擞，不拘一格降人材。"这个"天公"对我们新中国来说，照我看不算偏心眼，给我们"降"的人才不是没有，而是一大批、一大群，就是今天还给我们"降"着，可是我们怎样使用这些人才？过去的事情不说了，大家都在雷池中走，而且有些事情，即使是领导文艺工作的人也顶不住。但是今后怎样工作，却值得认真研究。是不是还把作家当作小贩一样，今天叫他到农村转一圈，明天叫他到工厂转一趟，回来印几张"传单"卖卖，以为这就是"立竿见影"地配合政治任务了，我看也未必。

三

长期以来，我们对文学艺术的社会作用，有一种狭隘的理解，总觉得它起的作用越直接越好，而对有些潜移默化、间接起作用的文艺作品往往忽视。有时候，甚至用实用主义的方法来要求文学艺术作品。好像今天吃个西红柿，明天脸就可以变红；今天看了宣传入社的电影，明天就会报名入社；今天看了宣传节制生育的小说，明天就会进医院动手术；那么今天看了"孙悟空大闹天宫"，明天只好去闹天宫了。诚然，在某一个时候，对于起一定直接作用的宣传形式，我们也需要，特别是在群众性文艺活动中。但文学艺术的主要任务不应该是这些。文学艺术的主要作用应该是"灵魂工程师"的作用，也就是改造美化人的灵魂，提高人的情操，陶冶人的感情，启迪人的智慧，使我们整个民族成为具有高度政治觉悟和丰富想象力、创造力的社会公民。

"四人帮"横行时期，提出了"根本任务论"，号召一切文学艺术形式学英雄、演英雄、唱英雄、画英雄。在这种片面性的宣传下，社会上产生了一些怪现象。大约是1973年冬天京广铁路列车上出现了一件建国以来少有的

"反革命案件"。在北上列车上，发现了一个大定时炸弹。幸亏一位解放军战士发现后，奋不顾身把这颗定时炸弹抱起扔到新乡附近的铁路边地里。可是这个案件经过一些老公安人员侦查后发现，放定时炸弹的就是这位"奋不顾身"的"英雄"，因为他要当"英雄"。这件事太值得我们深思了，鲁迅曾经说："我根据上述的理由，更进一步而希望于点火的青年的，是对于群众，在引起他们的公愤之余，还须设法注入深沉的勇气，当鼓舞他们的感情的时候，还须竭力启发明白的理性；而且还得偏重勇气和理性，从此继续地训练许多年。"(《坟·杂忆》)

鲁迅先生的作品所以深刻，常读常新而富有教育意义，就在于他是全面地对待文艺的教育作用。他能够敏锐地观察到民族的优点和缺点，因此他能够痛下针砭，全面调理，使之健康成长。

胡耀邦同志在一次讲话中谈到贯彻"百花齐放"，扩大创作题材的问题，提出应写当代题材、现代题材和历史题材，特别是对于"四人帮"横行时期设置了"禁区"的历史题材，作了很多设想。其中有历史上的"十大战役"，科学家和文学家的传记等。应该说这个讲话是富有想象力的，是对发展我国电影和戏剧艺术大有好处的。但是有些同志却持不同看法。比如说他们对这些古代战例能够益人智慧这一点就表示怀疑。好像这又是教育上的"智育第一"了，或者说智慧对于目前搞四个现代化没有多大关系。我看还是有些关系的，比如人们喜欢诸葛亮这个形象，并不是因为他的羽扇、道袍、四轮车，而是因为他还有点儿战略眼光，他懂得"魏联吴则蜀亡，蜀联吴则魏亡"。我看今天给人民一点战略眼光教育，没有什么坏处。

鲁迅先生说："我以为国民倘没有智，没有勇，而单靠一种所谓'气'，实在是非常危险的。现在，应该更进而着手于较为坚实的工作了。"(《坟·杂忆》)鲁迅先生提的"深沉的勇气""明白的理性"的教育内容，就今天我们培养"四化"的新型建设者来说，并没有过时，或许它更为切合，更为需要。

我们要培养社会主义社会全面发展的新人。无知不等于纯洁，野蛮不等于勇敢，愚昧不等于忠诚，无情不等于坚定。我们很少谈到美学和心理学。我是相信烙印和影响的。每一件犯罪背后都有它的奇数和偶数；每一个英雄的成长，都有它的根苗和叶蕾。张志新同志的成长，就很值得我们去思考。这位嵚崎磊落的女英雄具有那么高的觉悟，那么大的勇敢，那么卓越的独立思考精神，是马列主义教育的结果，是伟大人民培养的结果。在哺育她的乳汁中，有无产阶级烈士的血，有劳动人民的汗，也有文学的警策语言，音乐的健美旋律。

我们社会主义的文化，应该是最能够吸收中国和外国、历史和今天文化上一切优秀东西的。这种吸收的气魄应该超过历史上其他任何阶级。"火烧拉斐尔""打倒席勒"不是无产阶级口号，从《国际歌》到"样板戏"的"空白论"更是荒唐无知。毛主席讲："我们中华民族有……光复旧物的决心，有自立于世界民族之林的能力。""光复"什么"旧物"？我觉得就是一切优秀文化遗产。我们的电影要提高，要发展，首先就要冲破"题材禁区"，而冲破"题材禁区"的关键在于要把文艺从为政治服务狭隘理解的死胡同中拉出来。没有一个思想解放，创作就不能解放。没有一个"高屋建瓴""势如破竹"的"百家争鸣"，也就没有一个"万紫千红""绚丽灿烂"的"百花齐放"。因此对目前出现的"七嘴八舌"，应该欢迎。

四

文学艺术除了有教育作用以外，还应该有帮助人们认识、审美和娱乐的作用。长期以来，我们忽视文学作品的美感作用，更不能谈娱乐作用，谈一点也是羞羞答答、吞吞吐吐。其实，你不让群众娱乐，他还是要娱乐的。比如在"文化大革命"中兴起的一种打扑克风，因为没有别的文化娱乐生活，打扑克就成了唯一的娱乐方式。在郑州，1974年、1975年那两年，一个六十万人口的城市，最少有几万人每夜每天要打扑克。打扑克赌翻跟斗、钻桌子、喝凉水。有一次我有个儿子从工厂回来，他拿回来一条褥子要拆洗，褥子中间有个大窟窿。我问他怎么破了，他说是大伙翻跟斗翻破了。翻跟斗有一连翻几十个的，有一连翻几百个的。有的在地下铺一张报纸翻，四边不沾地。有的赌喝凉水，输一次要喝六壶凉水。我觉得这些现象的产生，不能埋怨群众觉悟不高，在文化饥饿和娱乐断炊的情况下，也只有如此。

1969年过春节我全家在农村住。春节这一天,什么也没有,冷冷清清。我实在同情群众的寂寞,就全家出动组织文娱活动节目:用旧稿纸糊了个"走马灯",贴了几张剪纸;让大儿子变戏法(其实他只会最简单的几套)。就这样夜里把三个生产队的群众都吸引来了,大家兴高采烈地笑着,我却掉下了眼泪。

今天我们是从生产到生活,连群众的娱乐也管在手里了。我们应该对群众的娱乐负责。群众也有权要求娱乐。我想各级文化部门如果不能满足群众的娱乐要求,应该说是失职。另外,即便是单纯的娱乐作用,也没有多大坏处。牛听了音乐能多产牛奶,我还没有见过,不过我相信笑声是可以增进人的健康,一个九亿人民的大国,如果三年听不到人民纵情的欢笑声,我真担心要毁了我们这个民族。

一个多月前,在报纸上看到一条消息使我很感动。朱总司令每年要到北京玩具厂一两次。每次去总要看看给儿童们做的玩具的质量,问问价格,并且询问有没有新的花样。后来在"文化大革命"中,玩具厂改成麻袋厂(大约是觉得玩具这东西是"奢侈品",不如麻袋装东西实用)。朱总司令知道了很生气,批评他们不懂玩具的重要,要求立即恢复。这是一件小事,但却令人深思。玩具,实际上是少年儿童的"教科书",是启发儿童智慧想象的翅膀。朱总司令南征北战几十年,帮助我们人民获得了土地,还关心着我们孩子们的玩具。我觉得这件事情确实使我们这些文化工作者汗颜。朱总司令是真正懂得"教化"的,而我们却不懂,我们只懂得"麻袋"。

记得"文化大革命"初期"扫四旧"。小城市里本来就"白"得很,后来实在没什么可"扫",就兴起了一股摔碟子砸碗运动,凡是碟子碗上有花纹图案的,一律摔掉。当时瓷器碎片很多。小孩子们却把它拾起来装在口袋里,称之为"花碗片"。有些家长害怕自己的小孩子因此招祸,就捺住孩子掏出这些碎片来往街上扔,可是小孩子舍不得这些"花碗片",就不让掏,有的还拼命大哭。就在这哭声中,我才知道人原来是爱"美"的。当然,后来枕头上绣着"要斗私批修",茶缸上印着"横扫一切牛鬼蛇神",总算扫除了"四旧"。而小孩子们的生活中,却连花的名字都不知道了。可是"种瓜得瓜，种豆得豆"，你不让他享受"美"，他也不让你享受"美"。没有几年，这些小孩子长大了，每人拿起一个弹弓，专门打路灯的灯泡，一到晚上你就可以听到"乒乒乓乓"的声音，一会儿就可以把一条光明大街变成黑暗走廊。我不敢说摔盘子对打路灯灯泡有直接的"教育"作用，起码它们声音接近。

长期以来，我们不敢谈文学艺术的美感享受作用，不敢进行美的教育。美固然有阶级性，但打灯泡绝不是无产阶级的行为。

人们在工厂、在机关、在田野里劳动了一天，总想调剂一下精神和情绪。比如听听音乐，听听戏，有时也想在房间里摆点东西，挂点东西，来调剂精神上的疲劳。我就很喜欢林风眠的"梨花小鸟"那张画。在我紧张劳动一天之后，连续性思考老打不断，而且要失眠，我看看这一张画，就可以使我的情绪安静下来，从入静到能够入睡。第二天精神好了，就可以有充沛精力工作。另外，我也喜欢一点书法，特别喜欢魏碑，魏碑中又特别喜欢"经石峪"和"瘗鹤铭"，因为我觉得它那样雄浑恣肆、天真烂漫，每天看看，实在能清除我身上的"奴性"，保留我身上的天真。因此，我的房子里总要挂一张"经石峪"集字。有时出差时间稍长一点，还要带上挂在墙上。是一种个人爱好吧，或者叫资产阶级爱好和封建阶级爱好，但我还是要挂。我觉得它对我的气质有陶冶作用。

去年读了陈毅同志几首写长江三峡的诗，觉得写得太好了。其中一首是："三峡天下壮，请君乘船游。下水知天险，上水反潮流。"读了这首诗，觉得不但能开阔胸襟，还能恢宏志气，特别是让人经历经历急流险滩的味道，领略领略逆流而上的勇敢精神。我想这也是一种教育。陈老总对大自然这本书是真都懂了。他自身就有敢于逆流而上的精神和长江大河的雄浑气质，所以他劝大家读大自然这本书。要不何必"劝君乘船游"三峡呢？如果我们广大群众暂时还没有这个时间和条件，那么为什么不把它拍成电影呢？据说三峡已经拍成电影了。可是我们祖国的壮丽河山，何止三峡？中国人民热爱自己的祖国，达到了"百赶不去"的程度，这里面恐怕也包含对祖国山河的眷恋。因此拍一些介绍祖国河山的电影，让广大群众读读大自然这本书，恐怕不能算单纯的美感享受，这里边也有几分爱国主义的教育和恢宏陶冶气质的教育。

拉拉杂杂写了这么多，可能有人说："你是吃饱饭了，没事干了！"我说：还没有吃饱！特别是"精神的饭"。我们的人民在下决心改变自己国家面貌的"四化"征途中，需要吃饱这"精神的饭"。

1979年8月8日

原载《电影艺术》1979年第5期

创作准备及其它

今天我谈谈自己的一点体会，我也没有总结好，因为我们正处在一个思考的时代，思考一些问题，有的想得多一点，有的想得少一点，有些问题还有待于实践。

先谈谈创作的准备。一般我们讲创作的准备，大致分三个方面：第一个是生活的准备，第二个是对生活理解认识的准备，第三个是表现生活的准备。这三个方面中属于第一位的、最重要的是生活的准备。

作家要创作出深受读者欢迎的优秀作品，没有厚实的生活底子是不成的。作品要上去，作家要下去，这一点近年来没有引起足够的重视。我们今后的作品要更向前推进一步，就需要更密切地和群众的斗争生活联系起来。当然以前有些做法，通过十七年的实践，有的就不一定那样做了。比如说，"长期地、无条件地"深入生活，这是毛主席讲的，是强调生活和文艺的关系，这是必须的。但我们有的同志，到鞍钢担任党委书记，一当二十年，这个我不赞成。如果一个作家当二十年党委书记，即使写出一部作品，或两三部作品，我觉得这个作家的时间有点太浪费了。所以，深入生活，我是主张点面结合的，有个点，经常系统地了解那个地方的情况。另外就是要看到面上，多跑一跑，广泛地接触、熟悉生活，我所以能够持续不断地写点东西，主要的一点就是能够注意点面结合。而有的同志下乡当农民，挣工分，挣工分挣成愚民了，他连字都不会写了，我看了很伤心。这说明，在安排长期地、无条件地深入生活的时候，要注意到另外一些教训。文化这个东西毕竟是要有个环境，有个条件，如果只是放在一个地方，长期地埋在土里边，能成为一个大作家？这是不可能的。一般说来，担任职务也还是有好处的，像北京的一些作家，我跟他们讲过这个问题，你当教师也好，你搞一个工厂也好，一个合作社呀，一个门市部呀，有那么三五个点，经常和那里的同志聊一聊，有这么个关系很有必要。总之，要比较广泛地了解社会。

"文化大革命"以后，我写了个电影，就是《大河奔流》。我是反对"四人帮"那一套的，我觉得要写一个同他们不一样的东西。因此，我注意写人，写人情，写英雄人物掉眼泪，我写儿女情，夫妻情，自己觉着和八大样板，和其它一些作品是不相同的。但写出来和大家一见面，认为还是有些"帮气""帮味"。可那时我就觉得不一样了嘛。毕竟还是受了影响。但这对我来说应该是个好事，毕竟引起了我的思考，从《大河奔流》我看到自己受到的影响。对过去简单理解的文艺要配合政治任务，我是深恶痛绝的。我觉得这对我们国家文化的发展危害太大了，我们这些人几乎是遍体鳞伤。今天我老实坦白谈这个看法，像到我这个年龄，写不出什么大作品来，但起码我要把我的教训、经历告诉大家，我建不起高楼了，还可以作一块地基，我把我这个地基打扫打扫，让后来者建起高楼。以前简单的理解，老是把文艺当作宣传、鼓动，老是写着，丢着，写完，也丢完了，这是公式化、概念化对我们的影响，这是从《大河奔流》的教训中悟出这么些想法。从去年到现在，我才写了一点短篇小说，这也涉及生活问题。我感到，我们以前了解的生活不够了，比如我一直在农村，对农村生活比较熟悉，如果现在不到农村去，仍然写不出作品来。去年我下去感到这个问题要解决了，比较兴奋，农村这个思路摆开了，新题材可以写了，这也仍然是研究生活的结果。最近一期的《人民文学》发表了我的《大年初一》，写一个农村的支部书记。这个支部书记我认识好多年了。我下放劳动时，这个支部书记对我还相当不错，说"俺不管你什么派，只要到这儿都是我的社员"，对我的监督还比较宽一些。春节前我到他家里去了，他说："老李，你在你的郑州，别看你的酒多，你不一定有我家酒多，你想喝茅台、五粮液、大曲……"我说："当然，你是个支部书记，你这个大队又有当工人的，又有当解放军的，那可能……"这是个好支部书记，就是爱喝点酒，好咋咋呼呼，也大胆。年初二我到他家去了，家里只有几瓶河南酒，他脸上很红，毕竟吹下大气，夸下海口了嘛，说是家里有多少酒。我倒是带了一瓶酒。说起这事我就骂他。他说："今年没人给我送酒了，要是往年送的就多了。"就这一句话，我觉得就是个伟大的变化。我可以想象得到，年三十、初一，他怎么把门开个小缝，看着外边，等待别人送礼、送酒的急切心情，看了半天，也没有人来送……所以我就写了个《大年初一》。这反映了个什么东西呢？在河南，责任制这个东西见效很大。它不但有经济意义，农民多分上几个钱，多打上一点粮，还有很深刻的政治意义。去年我写了一篇特写《农民有了自由感》，有的同志说，这个提法好，又敢提自由，又敢提自由感。我觉得，那么多的农民，老是在牛棍子下面劳动，这不可能闹得好。老是队长一打钟，先点名，后吆喝，提个牛棍子，谁上工慢，给他两棍子，这能算正常劳动吗？现在有责任制了，就是那几句话："气没少缓，钱没少赚，亲戚没少串。"我包了几亩地，我高兴什么时候去，就什么时候去。明天我想到闺女家串一串，今天我就多干一会儿，起码有了这点自由了吧。农民有了这点自由，就减少对队干部的依赖性、依附性，这是个很大的变化。即使有这么一点变化，也应该歌颂。这些变化必须去收集，研究。最近我听到一件小事，也很发人深思。有这么个队长，是个好人，没有贪污过，也没有其它什么问题，就是厉害，社员见了他就发怵，比如上河工，下大雪，只要他一到，任务就完成了。他是管敲钟的，每天他都起得最早，当当一敲钟，社员都得掂个锹往田里跑。现在人家不让他敲钟了。什么时候开个会，有个集体活动，敲敲钟这是应该的，可他呢，每天早上照敲不误，敲钟已经成为他不可改变的生活习惯了。有个小伙子想，现在又不干集体活了，你干吗还敲钟啊。他个子矮，这个小伙子就把钟往高吊了一尺，他一敲没敲住，就生气了，把旧锹头扔了，把钟砸掉一大块皮。就这么点东西，也是个变化，这个东西很深刻。我们当然不能埋怨他，因为有些干部，就是老要管人，似乎除了管人，别的就再没有什么了。这个小事情也反映了一些东西，农村现在的变化大极了，连豆腐房都变化了。有个队长每天早上起来到豆腐房先喝上两碗热豆浆，甜豆腐吃上那么一碗，再把热豆腐拿上一块。现在人家是联产计酬了，专业承包了，豆腐房包给一个老头了。这个队长又去吃，头一天去吃，人家不吭，第二天老头就说话了："队长，是记账呢，还是拿钱呢？""怎么回事？""这我包下了。"这就行了，他就不大去吃了。这些都是新情况，这些生活小事只要留神，就能看出生活在变化。这里边还涉及一个问题，就是对生活系统的了解。我敢说，你如果对农村生活没有系统的了解，对十七年中农村的干群关系没有系统的了解，他也没有向你作任何介绍，老头说"队长，是记账呢，还是拿钱呢？"这件事就是碰到你鼻子上，你也绝不会觉得这是小说题材，还会觉得是个很平常的事情。但是如果你熟悉，你知道农村中过去干部和群众的情况，你就会觉得这个事太深刻了。所以系统的了解太重要了，它包括着观察生活，不光是理解生活。

我认为作家在深入生活时，要放下架子，无论对任何人，不管是干什么职业的，五分钟，一个短时间内，让他觉得你比他家里人还要亲，要有这个本领。我写《大河奔流》时，到西安去访问。西安那里逃荒去的人很多。我去访问一个老太太，她有六七十岁。头一次见面，我看她穿的黑平绒衣服，戴的金耳环，我以为弄错了，怎么这么个打扮，不像个贫农，不像个逃荒要饭的。我没有理解，她是个烈属，她儿子还是个团长，牺牲了。老太太穿这个衣服，戴个金耳环，是为我们国家穿的、戴的，是表示解放后的幸福。以后我们两个就谈了一天。街道上的同志嘱咐，这个老太太有高血压，不能谈得时间太长，我就主动地说："就这吧。"老太太说："不行，你舅来了，我要同你彻底地谈谈，我这一辈子还没有向别人说过。"她把我当成她孩子的舅了。哎哟，我感动得受宠若惊呀。她把什么见不得人的话都拿出来了。不到这个程度，她怎么能给你谈这么些话呢？所以，要体验生活，就要诚恳，要虚心，要甘当小学生。

最近，我和一个青年一起下去深入生活，想反映农村的新人物。农村现在的新人物，应该是个什么样的新人物呢？有实事求是的作风，有联系群众的作风，有经济管理的水平。像这样的新人物在农村已经出现了，这些人是我们中国农村未来的骨干，但基层单位有很多老同志看不惯这些人。我见到过这么个人，他高中毕业，也没有什么后门，也没有什么办法，当工人、当兵都当不了，在家呆了两年，感到实在没出路，就当了生产队长。因为他经常看些书，什么南斯拉夫啦，匈牙利呀，经济管理啦……他就来了个井田制度。他们也不知道什么是井田制度。他把田分作公粮田和私粮田，把地的一半划作口粮田，一口人一亩半，然后就不管你了，你自己管你吃的，你别什么小粮本呀，叫给你囤销粮食呀，你自己打自己吃。还有剩下的二百亩地是公粮田，我们大家都在这儿劳动。他有很多办法哩，教员如不愿劳动，可以，卖给你粮食，按国家牌价，他挂牌价哩，粗粮细粮兑换，弄了各种的经济政策，就像个小国家一样。公社书记、工作组都认为这是胡闹，是走资本主义道路，而且走得还特别奇怪，来个井田制度。多次要罢免这个队长，结果这个队长就是选不掉，罢免了三回，选上了三回。又强迫说不准选他，就选了个张秀当队长。县委那个工作组长也是官僚主义，张秀就是他老婆。以后工作组长又到队上去了，看到那个人来开会，就说："你又不是队长你怎么来啦，队长是张秀么。"他说："张秀是我家里的。"气得没办法。现在人家这个队搞得最好，把他那个县里的大寨队比下去了。我对和我一块儿下去的青年说，你把它写写吧，这是个好题材，写正面人物还容易发，现在是热门货啊！写是写了，结果退回来了。我看了看，他就是照我刚才说的素材写的，我看了也觉得是从概念到概念，都是些报纸上的语言。为什么素材完整到这么个程度，写出来还是不行？这个小青年也考虑问题了。他说，有时候说一两句话，我可以写个小说，人家可能给我发，这个故事完整到这么个程度，我写了，反而不能发，为什么？我看我们的一些作者碰到这一类的问题不会少，有时候就一两句话，一两句话写个小说都比这强，生活故事完整到这个程度，写出来反而没写好，这就涉及我们所说的对生活的提炼，对生活的艺术化。比如我们的老师茅盾先生，他写《春蚕》，就是看了一则消息：浙东蚕茧丰收蚕农破产。他熟悉这个生活，当然很清楚了，为什么呢？这是因为帝国主义原来收蚕茧，又猛一停，不收了，蚕农的蚕茧卖不出去了，就破产了。所以他就写了个《春蚕》。如果是我，就是看十遍消息也不行，我没有那个生活，茅盾先生有这个生活，他太熟悉他那个故乡了。所以他看了这则消息，他的老通宝等人物形象就全出来了，连细节都有了，人物都活起来了，所以他就可以写。这就是说，看起来一两句，它比完整的事件需要更多的生活，比你原来说的那个已经很完整的故事，需要更大量的生活。我们现在写东西也是这样，有时候是昨天听到的，有时候是我三十五年前在学校遇到的一件事情，它也会出来的。这就是说，它不是需要你这几天的生活，它需要你整个一生的生活。这就是对生活、生活艺术的认识。所谓访问、采访、作家体验生活，全在作家自己的观点、看法。也不是都长着眼睛，都能看到的，就像我刚才说的，看到个吃豆腐怎么就会有感受呢，他都是按照自己的观点捕捉他需要的，他此时就是这样体验生活的。

另外，作家在观察、深入生活的过程中，要有独到的发现，独特的见解。作家不仅是作家，也是政治家。如果我想写个小说发表发表，离开了政治是不可能的。我们这些人都是把很激愤的心情化成小说拿出来的。像我刚才说的那篇小说《大年初一》，我说的那口钟，说它是小说，当然也是小说，它也是我的主张，我们只不过是用另外一种方式，说说我们的主张罢了。我在河南的时候，有一次对刘建勋说，你当个省委书记，你肩头上有六千万农民，我是个小干部，我也有六千万农民，你管你的，我管我的。看起来有一点大言不惭，实际作为感情来说，应该到这个份儿上。作家是要冶炼自己的感情的，我觉得这个基本功是最重要的。作家都要有浩然之气，不能说瞎话，不能把感情折叠起来。其实，搞创作是在表现你的感情哩，你的气质哩。所以写作的人，什么名誉、权力、地位，最好不要考虑这些东西，荣誉的东西，考虑多了，感情就打折扣了，把自己的良心、浩然之气打折扣就麻烦了，就写不好东西。过去，有个苏轼讲"问囚常损气"。他连囚犯都不愿多审，多审囚犯就要寻气。他要多看老虎，少审囚犯，多看老虎有时会增加自己的气质。气质这个东西，我总觉得和一个人的文章往往是统一的。只要我们能和最广大人民的感情一致起来，就会产生这种气质，就没有什么个人的东西了。这些虽然是老生常谈，但对我们搞这一行的人来说还真是必要。

再一个，创作准备中读书的问题，这是锻炼我们表现生活的能力。作家读书的范围要广。我是个初中一年级的学生，我的文化是很可怜的，但我还有另外一个好的条件，我的祖父是个老教书先生，他在一个大地主家里做家庭教师，教了四十年。我放学以后，还可以跟他学，我家还算是个耕读世家哩，当教员不纳税，老人们就希望儿子也还教书，当然我也没教成书。当时他们认为读"四书""五经"作用不大了，就让我读古文，说古文开心窍，特别是《左传》。我幼年时读了些古文，什么《古文观止》等，有时他们也给我选一些，也背了几百首。幼年学的这些东西很重要，现在我才知道这是我最大的一部分财产。那时不懂，只要会背，慢慢就会领悟了。悟这个东西，比有些听到的东西还记得牢一些，因为自己消化了。现在我们接触古典文学，先是读一点唐诗啊，宋词啊，元曲啊，等等，古文也读一部分，我觉得这很重要。中国的作家还是要读点中国的东西，没有坏处。我这个人受中国戏曲、民歌、儿歌、民间音乐的影响很大。戏曲确实有叫人讨厌的地方，哐哐嚓，那么慢，半天说一句话，青年人接受不了，但它里面确实也有精华，这些精华是需要吸收的。比如讲语言，《白蛇传》的语言。我看过京剧《白蛇传》，越剧《白蛇传》，在"托孤"一场，它的语言是很厉害的，用最普通的语言说出了最不普通的感情。白蛇要被压在雷峰塔下了，她把许仙的姐姐请来了，说："姐姐，我把他交付于你了。"是说她的儿子。鞋给他做了几十双，衣服给他做了几十件，有他穿的，有他用的，希望姐姐能把他养大。这是很感动人的，要被压在塔下了，还把鞋做了几十双，衣服做了几十件，这叫人看了掉泪呀！地方戏比京剧更厉害，一些老艺人对人情味琢磨得更深。越剧怎么说的呢："姐姐，我把他托付于你了，我希望你代替我多打他几顿，替我多骂他几句。"它没有写鞋子几十双，衣服几十件，却说替我多打几顿，替我多骂几句，实际上是说别打他，别骂他，这是个反话。这后一个形象比前一个重得多，前一个叫人眼圈红，后一个叫人掉泪，这个分量就不一样。关肃霜演《玉堂春》，那可是不一样，比如苏三在公堂上跪了半天，起来抚摸着自己的膝盖说"这一场官司没受刑"，这句话很普通，但你要联系到苏三在洪洞县、太原府，没上堂，先挨打，也不知打了多少次，就这一次官司没挨打，就让人觉得很感动。最后，苏三见到了王金龙说："四公子，你为什么不叫我呢？"这都是些最大的白话，这里边的感情太深了，这些东西有它表达感情的特点。再一个，鲁迅先生特别让我们读些外国小说。现在我们被束缚了多少年，对外国缺乏一个基本认识，英国的，欧洲的，俄罗斯的，他们创作的那些作品，对我们来说，都是应该有所借鉴的。我们要写一点东西，没有这方面的修养，是根本不可能的，总要喜欢那么几家，认真研究那么几家。十九世纪很多伟大作家的作品，现代的作家的作品我们都可以读一些，你不管它意识流不意识流，也可以接触一下。我解剖一下自己，起码我自己有这么个感觉，我的东西，我们这一代作家的东西，因为在这么个范围内，用白描的方式写人物，写性格，写细节，应该说中国有一批作家，达到了相当突出的水平。我可以用两句话写一个人物，只要两句话，这个本事我有。比如《大年初一》，我试试只用两句话写一个人物，叫他有性格。行不行，也行。那个老支部书记看到家里没有人送酒来，他有个独生子，他就让儿子去看看给别人送了没有。他儿子说："我不去，跟当特务一样。"这就是一句话，让儿子去侦察人家。再一个就是老支书发脾气，好啊，我给谁谁办过事情，不来看看我。老婆劝他。儿子说："你管他呢，他想喝酒。"这两句话，是一个人物，也是一个性格。就是说这孩子比较娇，是独生子，在他老子跟前也敢说话，平常直来直去的。"我不去，跟当特务一样"，"你管他呢，他想喝酒"，它也是个性格。中国这样的作家有的是，因为憋得没有办法，就在这一条道上，都在这方面下功夫，写人物，写性格，写细节，看谁写得准确。现在这一点是不错的，但在其它方面应该说就做得很差了，我现在有这个感觉。比如心理描写，我们都是些白描了，是从"三言二拍"、《红楼梦》上接受下来的，这些都不大注意心理描写。外国作品就特别注意心理的描写。这个我们一点不用不行，非吸收不行。

　　再一个，就是作者的见解，带一点政治性的议论。我们这些作品都是很朴素的，退避三舍，一点也不讲，完全让我们的人物去动作，让人家去看。必要的完全可以讲，你又不是讲不出来，这样更丰满，这也是需要的，简练不是简陋。《从奴隶到将军》，就有这么个问题。王炎是我很好的朋友，他这个人很质朴，戏也很质朴，总是欠几分，不让多几分，比较稳，我看了就替他难受。《从奴隶到将军》整个是朴素的，但真有几场戏，需要真正放开抒发一下感情。可是他没有，总让人觉得缺一点什么东西。这就需要我们多读一些现代的外国作品，借鉴一下。另外，有人看了我的小说后讲，你这还是想叫人家哭，想叫人家笑，还是用你廉价的情节，看得到情节的痕迹。我觉得这还是讲得有点道理。我们这些人是从"三言二拍"下来的，写作品就像数钱一样，咱们中国的小说往往如此，有这个毛病，所谓最高的技巧就是无技巧，最高的技巧就是非常逼真，没有哗众取宠之心，就是把外皮剥得干干净净，把灵魂拿到手里让人看。写小说像写戏一样，总要追求那点戏剧性。这也是毛病，所以在这些方面，我虽然五十多岁了，我还要从头学起，从零开始。有的同志说你还保持那个"张家庄有一个张大娘"的风格，你就不要变了，你就这么个风格，我们大家都买你这个票。总还得有个进步吧，总不能老是停留在一个水平上，所以我要思考，要吸收一些东西。赵树理他也有这个觉悟。赵树理是我非常崇敬的作家，可以说我是把他作为我的老师看待的。他写的很多小说都是好的，但他应该达到一个更高的水平，他应该把我们这个国家的文艺创作引导到一个更新的水平，但是他没有做到。当然，这不能怨他了。像赵树理这么个作家，他的知识是很渊博的。讲卖寡妇，赵树理就可以讲七八个，山西卖寡妇，河南卖寡妇，陕西卖寡妇，怎么写契约，怎么写人，七八种；讲算卦的，讲一二十种，怎么算，什么属相，怎么测字，什么神相。咱们这些青年作者写的东西把神汉和巫婆都弄到一块了，一锅粥。他这不是一般的了解生活，他知道一些大家不大了解的生活。如果不搞这么多政治运动，赵树理写长篇可以超过巴尔扎克，赵树理功底是非常厚的。但是他没有写出来，"四人帮"把他打死了，他把一大堆生活素材带到棺材里去了，没有给人民留下，这是个悲剧。

  第二个问题关于塑造人物。这个问题我自己也没有很好解决，谈谈我这几年的感受。打倒"四人帮"以后，英国有个作家叫格林，他有个内部讲话，对我们中国的文艺作品，他有批评，说作品把人物简单化了，好人都变成神，坏人都变成狗，甚至连狗都不如。他看了《闪闪的红星》这部电影，说像胡汉三这样的人物，如果在外国电影中所谓对立面人物连狗都不如，那就讨厌了，就不能看了，那就没有资格和正面人物斗争了，外国作家的作品一般不这么写。我们这是两种绝对不同的颜色，只要是正面人物一定要把他编成神，坏人一定要把他编成狗。外国现在很多家都在养狗，用狗这个代名词来代替人物形象，他们觉得有些屈就。人物简单化这个东西破坏性很大，是文艺创作的很大障碍。"文化大革命"中批判我，说我是中间人物，我想现在我还是不变，还没有觉悟。我们作品之所以还能让人家接受，还能让人家觉得亲切，有点真实感，是不是和这也有些关系。塑造人物，就是要考虑真实地表现人物，最近我是实践我这个诺言的。我曾写了一篇很次的小说叫《芒果》，里面的老头就是我的英雄人物。那个老头去看芒果，看掉了一只鞋，回来就把老婆打了个耳光，能打个耳光就是英雄人物，我的英雄就这么一点英雄。不管叫正面人物，还是叫什么人物也好，他在道义上、感情上是我们这个社会中坚的、优秀的，是代表最大多数人民感情的。我以后还要在实践中试一试。日本电影《野麦岭》，对我们很有启发。这个《野麦岭》，如果让我们中国作家来写，比如把夏衍同志的《包身工》拍成电影，我们这些编剧一定和人家的处理不一样，资本家怎么打鞭子，工人怎么受罪，怎么哭，作些斗争，又怎么被打，大概比诉苦会高明不了多少。《野麦岭》反映了很严重的阶级斗争，女工被剥削，最后吐血累死到煮茧的锅里，被强奸，坏的方面揭露了。但它也写了另一方面，写那些挣一百块钱的小姑娘过年比衣服，你穿着花衣服，我也穿着花衣服，它甚至可以写，这个女工和资本家的少爷睡了觉，那个女工可以吃醋。中国作家敢不敢这样写？但它是真实的，并不妨碍对资产阶级的揭露，更感人更深刻。它也写了资本家在有些场合和工人一起敲大鼓啊，但并没有减弱资本家剥削的残酷性。《野麦岭》反映的生活是很严肃的，教育意义也是很强烈的。我们写人物往往是一面的，单面的，所以，这些技巧我们都可以借鉴。要写好人物，应该注意运用生动的细节、形象的对话。我们就挑日本电影《望乡》的一个细节来说。那个女记者，说她搞社会调查也好，她想吃饭，看见一个小饭店，比较脏，有那么几张破桌子，她有些犹豫，吃不吃呀？正犹豫着，房角坐着一个老太太，鸡皮花发，端着碗大口吃着，米粒往下掉着，说："吃吧，这个饭不错，我经常在这儿吃。"这时候，女记者就坐下来了，给老太太一支烟。这一支烟的细节写得太好了，老太太拿着看了看，又闻了闻，就说了三个字："好烟哪。"这三个字就说明了三个问题。第一，这个老太太抽过好烟，当过妓女。当妓女，多少外国的资本家、水兵都伺候过，好烟抽过，见过大世面。第二，再闻一闻，就很珍惜，人老珠黄不值钱，起码十年没有抽过这烟了。第三，她没有讲自己的身世，但使我们感到她身世的变化。电影就是通过这些细节来表现的。几乎把三个方面的东西从这一句话中带出来了，它是准确的，这些东西很值得我们借鉴、吸收、学习。我们写东西就是写人物。比如说有个人要写我，他和我交往卅年，他写一百万字、二百万字也不成呀，如果用二千字能把我这个人物写出来，就要选择最代表人物性格的细节。比如张贤亮同志写的《灵与肉》中的秀芝，最代表她本质的有几个细节：一个是带着包袱来看床，二一个做土坯、鸡鸭司令，再一个数票子。就这么几个，但大家就好像很熟悉了，如在眼前，呼之欲出。

下面讲讲批评家和作者的关系。从事文学创作工作，需要一个更好的、团结的气氛。我个人的成长是受到国内很多批评家的帮助的，当然也有些批评家跟着鼓动。但总起来，我们从事业出发，要团结。比如我在河南，我的一些同行，我很感激他们，我不过比他们发表的东西多一点，但我的作品中也有他们的东西，他们对我的帮助是很大的，有时候给我当了人墙。搞创作要经常互相切磋，互相琢磨，互相吸收。以文会友，经常谈一谈，我们不叫"沙龙"，但作家、艺术家、搞文艺创作的要经常在一起，有个谈话的气氛，互相研究，谈自己的感受，读本书，看一篇东西，一定要有这个气氛。一个人智慧、能力相差是很大的，环境特别重要。十九世纪，法国出了那么多作家，他们的朋友都是作家。扬州八怪、郑板桥等，出现那么多人，他们都是天才吗？天才就那么多吗？他们就都出在扬州吗？他们就是互相交往多，感受多，就会出现一批。我们的作家都是一群群出来的，一批批出来的。互相讨论呀，探讨呀，要建立起这个关系，甚至忘年之交，总之，要有这个气氛。

最后谈谈为"四化"服务的问题。我觉得要把文艺为"四化"服务的面理解得宽一些。宁夏那个城门楼就可以为"四化"服务，玉皇阁也可以为"四化"服务，它们都可供人看，供人欣赏。可做的工作太多了。我写新的题材，我就不去套人家的，我有一点认识，在一个愚昧、落后的国家里要搞"四化"是不容易的。但精神建设的需要是非常广泛的。需要大炮，也需要步枪，各种各样的武器；需要唢呐，也需要箫，各种各样的乐器。这个东西无论如何不要搞得太狭隘，最怕把大家一轰，又轰到一条路上去了，这是最最要命的。如果我写银川风情，我就写写你这个黄土房子，我觉着对"四化"有作用，为什么？起码是在启发人们的智慧吧，起码可以作一个品种吧！你说文艺有什么作用，我就说天安门和你们那个玉皇阁，结构上就有作用。这是非常广泛的，绝不是说你提倡写什么，我就写什么，你提倡节育，我就写计划生育，当然这也需要，但都写，这也就麻烦了。各种题材都应该欢迎。最近我们在北京开了一个"农村题材电影座谈会"。有个同志谈了个意见我觉得很好，他说，我这一辈子大概只能写农村的，我觉得农村有意思，有生气，有变化，一接触大自然人就不一样，它是个大宽银幕，一会儿绿了，一会儿黄了。农民和自然接触多了，他们人和人、人和自然的关系也不一样，但也有很多美的东西值得我们去观察，去吸收。他在农村看到一个小媳妇，大概才结婚，她丈夫傻不叽叽地坐在窗户里边，脚蹬着桌子，看着他小爱人推碾子，丈夫看了一晌午，他看着她笑笑，她看着他笑笑，就这一段，我看也不错，它毕竟是那么很纯洁的爱情。你说这对"四化"有什么作用，我看有作用。人看这些东西多了，大概小流氓就少了。对于题材问题，即使我们欢迎和提倡写最新的题材，但也要写得深刻，不要概念化。概念化把我们害苦了。总起来说，题材范围宽广一点，才能为"四化"建设服务得更好。

（整理者　姚力）

原载《朔方》1981年第8期

《黄河东流去》开头的话

  这本小说就要呈献给亲爱的读者们了。我的感情却是这么难以平静,甚至还有点惶愧。因为我在创作实践上想作一点新的探索,我不知道它适合不适合读者同志们的口味。

  打倒"四人帮"后,我们这个伟大的国家得到了新生,民族文化得到了拯救。在创作上很多旧的框框被打破了,很多新鲜的思想产生了。我自己像被关在一个阴暗地下室里的囚徒,突然看到了明媚的阳光,呼吸到带着露水和泥土味的新鲜空气。我第二次感到了"解放"这两个字的意义,虽然这次强烈的阳光把我照得眼花缭乱,但我还是吸收了她的"热能"。

  在这个伟大的时代里,我看到奔腾前进的时代潮流。它是那样的汹涌澎湃、浩浩荡荡。我们整个中华民族在一场浩劫之后,大家都在思考了:思考我们这个国家的过去和未来,思考我们为之付出的带着血迹的学费,思考浸着汗水和眼泪的经验。我作为一个作者,思考不比别人更少,这两年来有多少不眠之夜啊!……

  "思考是一种快乐",当脑子里边"天光云影"流动翻卷的时候,总会得到一种"觉"和"悟"的快慰。现在,我们的全民族都在思考,形成了伟大的"思考的一代",九亿人民的思考,肯定会对人类社会作出积极的贡献。我这一本小书,就是在"思考的一代"的序幕中产生的。

  这本书的名字叫《黄河东流去》。但她不是为逝去的岁月唱挽歌,她是想在时代的天平上,重新估量一下我们这个民族赖以生存和延续的生命力量。故事写的是抗日战争时期国民党反动派扒开黄河,淹没四十四个县造成空前浩劫的事件。在这个大灾难、大迁徙的过程中,我主要写了七户农民的命运;写了他们每一个家庭的悲欢离合;写了这次大流浪中,在他们身上闪发出来的黄金一样的品质和纯朴的感情。

电影剧本《大河奔流》只是着重写了李麦一家人的命运，小说写了七家。几乎有四分之三的情节不同了。更重要的是我在创作上作了一些探索。

多少年来，我在生活中发掘着一种东西，那就是：是什么精神支持着我们这个伟大民族的延续和发展？从1969年起，我在黄泛区又当了四年农民。通过我听到的一些动人故事，看到的一些人物的悲壮斗争场面，我觉得好像捕捉到了一些东西，那就是历史是人民创造的。这些故事告诉我，我们这个社会的细胞——最基层的广大劳动人民，他们身上的道德、品质、伦理、爱情、智慧和创造力，是如此光辉灿烂。这是五千年文化的结晶，这是我们古老祖国的生命活力，这是我们民族赖以生存和发展的精神支柱。

我是多么想把这些故事讲给我的读者和朋友们听啊！我希望通过这些故事，让大家热爱人，热爱人民。人们只有在热爱人的基础上，才能够热爱大自然，热爱祖国，热爱自己创造的社会主义制度，热爱我们的党。也就是，首先树立对人类的信心，然后才能达到对国家的信心，对革命的信心。我朦胧地感觉到，这是文学艺术的最基本的功能。

我自知我的思想太肤浅了，表现能力也很低。我扛不动我在生活中挖掘出来的这些宝贵矿石。我只能指明这些都是人类所极为需要的好矿石。我等待着后来者，我期待着那些生气勃勃、深刻锐利的青年文学大匠。

在这本小说的人物塑造上，我也作了一些探索。那就是"生活里是怎么样就怎么样"。"十年一觉扬州梦"，我决不再拔高或故意压低人物了。但我塑造这些人物并不是自然主义的苍白照相，她"美于生活""真于生活"，我认为一个真正的典型，是需要更严格地提炼的。造酒精容易，造"茅台酒"难。酒的好坏不是光看它的度数，还要看它的醇和香。

所以在这本小说里，几乎看不到叱咤风云的"英雄人物"了。但他们都是真实的人，他们每一个人身上，都还有缺点和传统习惯的烙印，但这不是我故意写的，因为生活中就是那样的。

我最近在思考电影中的李麦为什么没有李双双亲切生动？这就是我也在提炼"酒精"了。在"文化大革命"中，为了"中间人物"这一条，我不知挨了多少批判，但结果我也受了"帮气"影响，作为一个50岁的作家，我感到内心痛苦,我感到对不起读者,我感到惭愧……

其次,是关于幽默感的问题。我自信我这个人还是有点幽默感的。在"文化大革命"前我的一些小说里,字里行间还有一点"幽默"。可是经过"文化大革命",我的幽默感没有了。打倒"四人帮"后两年中我还没有"苏醒"过来,这表现在写《大河奔流》电影剧本中。一直到去年,我才感到我的幽默感恢复了。在这个长篇小说中,我的笔又在笑声的锣鼓和雷电中行进着,而且比"文化大革命"以前笑得更响了。

心灵上创伤的平复多么困难啊!

我认为幽默是一种高尚的情操,是人物的信心和智慧的表现。而且人民是需要幽默的,不光是为了笑,还在于它能以潜移默化的手段来美化人们的灵魂。

以上所说的这些探索,在这本小说中我并没有达到,但是我是在实践中,我坚信我的道路是正确的。让历史的长河去考验吧。

1979年7月20日

《黄河东流去》,北京出版社1979年版

研究文章

读《不能走那一条路》

苏金伞

在目前创作贫乏，尤其是好的作品更缺少的情况下，《不能走那一条路》的出现是可喜的。在正在大张旗鼓地宣传过渡时期的国家总路线的时候，《不能走那一条路》的发表是会起到不小的作用的。

我们应该重视这篇小说。

在这篇小说里，通过具体事件——买地，通过具体人物——宋老定和他的儿子东山，也通过宋老定自己内心思想的变化，展开了农村中两条道路——社会主义道路和资本主义道路的斗争。

中国农村，经过土地改革运动，改变了土地所有制，推翻了封建地主，农民分得了土地，取消了剥削；但小农经济的特点，即分散的、落后的、私有的这个特点，并未改变。这小农经济对农民的思想影响，是根深蒂固的。因此列宁说"改造小农及改造他的一切心理和习惯这一件事，是整代的事"，而毛主席也说"严重的问题是教育农民"。这种由小农经济所形成的思想意识也深深地扎根在宋老定的心里。而且这种小农经济的发展，必然产生着资本主义，也就是列宁所说"小农经济每日每刻产生着资本主义"。这种资本主义思想也产生在宋老定的心里，就使他常常提到"土地是老本呀！""做庄稼人啥贵重，还不是得有几亩土！"于是梦想着"自己的麦秸垛慢慢大了，好像有一群长工在自己场里做活……"

因此宋老定要买张拴的"一杆旗"地。

但是党所领导的道路，并不是让资本主义自然发展，而是要通过互助合作，把各个零碎农户联合起来，劳动集体化，逐渐把小农经济变为大农场经济，使农民的生活共同上升。绝不能再走资本主义的老路。走这条老路就要两极分化,就使张拴不能不卖地,依然变为贫穷;就使宋老定一心一意要买地,变为少数富有者。其结果是悲惨的,仍然要造成大多数人的不幸。

这种思想斗争通过买地这个问题而展示开来。

代表着社会主义的思想出身参加斗争的是宋老定的儿子东山。他是个党员,他必须为党的路线斗争。这个路线,就是国家对农业的社会主义改造,也就是过渡时期国家总路线的一部分。这条路线就是走互助合作的路,大家共同劳动生产。

东山劝张拴:"光想吃飞利!不好好劳动生产那会行?"

东山劝他的爹爹宋老定:"过去地主只恨穷人穷不到底,现在是大家互相帮助,你吃过那苦头,你知道那滋味,咱不能走地主走的那一条路。"

东山的爱人秀兰跟她婆婆说:"俺们才不叫他(指宋老定)打算哩,现在是互助组,过年咱村要是成立合作社,咱就参加合作社。将来能用机器种地,还怕没粮食吃!"

宋老定想买地原是给孩子们打算,却遭到孩子们的反对。这正是社会主义思想和资本主义思想斗争的集中点。

进行这个斗争,不是光靠说服,而是用具体行动来解决。就是东山动员长山老头借给张拴两半布袋麦,并向信贷社借来二十万块钱,又动员自己的互助组,大家集合一下帮助他一把。于是张拴不卖地了。

而宋老定的打算落了空。

信贷社参加了这个斗争,这一点是很重要的。这就是运用国家的经济力量,来解决农村资金的调剂周转,这样就可以使自发的资本主义趋势受到限制。这样一来,"小农经济便会和社会主义国营经济和半社会主义的合作经济结成联盟,共同和资本主义商业的投机行为斗争,去和自发的资本主义势力斗争,继续在社会主义道路上前进"(12月6日《人民日报》社论)。

宋老定自己内心也在斗争。他一方面想买地,想自己的麦秸垛日渐涨大;另一方面,他扛过十八年长工,受过地主的苦,尝过卖地的痛苦,又和张拴的爹爹一块儿推了几年煤,都是穷人,他也不忍心张拴破产受罪。因此,他梦想自己麦秸垛涨大的同时,也看见张拴的麦秸垛慢慢地小了,小得像草篓子那么大，而张拴那一群孩子，都瘦得皮包骨头地向他跑来……

就是这样错综复杂的思想斗争，使宋老定最后不仅不买张拴的地，反而自动借给他三十万块钱。

这篇小说，通过人物形象，通过具体斗争，通过复杂的内心斗争而解决了矛盾，使自发的资本主义思想受到批判，社会主义思想获得了胜利。而不是干巴巴的说教，不是通过公式解决问题。这就是这篇小说值得推荐的地方。

在刻画人物上，也有成功的地方。小说里共出现了宋老定、他的老婆、他的儿子东山、媳妇秀兰，另外还有张拴、长山老头以及当过地主账房的王老三等七个人物。而写得比较成功的是宋老定。

作者抓住了宋老定的特点：宋老定这个人物的性格很复杂，他是从封建社会走出来的，因此他有封建思想；他分到了土地，成为小土地私有者，因此他有自发的资本主义思想；但另一方面他却是农村无产阶级出身，扛过十八年长工，因此同情贫苦人，正直却固执，热爱劳动，刻苦俭省——俭省得近乎吝啬。

这几种思想交织起来，此起彼伏，形成他的个性，造成他性格上的特点。因此这个人物使人感到很真实，很深刻，有血有肉，而不是像纸扎似的单薄简单。

宋老定的想买地，不仅是自发的资本主义思想，而且也有残余的封建思想。他买地固然想麦秸垛增大，雇长工发财，同时也是想为子孙多遗留几亩地。他会几次跟东山说：

"我要钱弄啥？还不是给你兄弟打算，我能跟你一辈子？"

"我活着不能给你弟兄俩买十亩八亩，我心里总是下不去。"

他走到地里，看见田野里的秋庄稼，高粱穗子扑棱开像一篷小伞。"他想着千说万说还是多置几亩土算事。以后东山们分家时，一个人能分一二十亩地多好。孩子们早晚提起来时说：'经我爷买了多少地！'他们也知道爷爷是个'置业手'。"

作者用不少细节和内心活动刻画宋老定这种复杂的思想和性格，而且找出他的特征。有几处描写得很突出：

宋老定虽然想买地，但也知道买地是不光明的事情，因此，当他和儿子东山发生了争论坐在场里生气，儿媳妇秀兰来劝他回去时，他却说："不用扯旗放炮的，这不是啥排场事，不要弄得谁也知道了！"

宋老定虽然听到媳妇和自己老婆的谈话生了气，说："我要到集上吃肉哩！""我给谁省哩，我把八股套绳都拉断了，还落不下好！"但他到集上却只吃了一碗豆腐汤煮馍。

宋老定和东山时常生气，但越是生气越别着劲干活。

宋老定找王老三去替他说合买地，却又讨厌王老三的挤眉弄眼，专浮上水，走出门来，狠狠地吐了一口唾沫，心想："我真的要雇长工吗？我是扛了十八年长工的人呀！"

宋老定偷偷地到张拴地里想步步看有没有二亩四分，却猛然看见张拴他爹的坟，又想起自己的苦，流下眼泪来，没步完就赶快回村子去了。

正由于作者抓住了宋老定的特点，并且通过许多细节表现这个特点，因此使宋老定这个人物性格很突出。

正由于宋老定这个人物思想和性格的复杂性，因此解决他的思想问题也不是简单的，而是要经过许多斗争，经过正面的、侧面的斗争来解决。每一个斗争都使他的思想起些变化，而解决了他的思想问题的有三个重要关键。一个是谈起了他的过去，原来他也卖过地。那是民国三十二年，收成不好，小女儿活活饿死了，又没人来帮助他，只得卖了地，弄得家破人亡。现在怎能让张拴再走这条路！再一个是他在张拴地里步地，看见了张拴他爹的坟。那个坟确实使他触目惊心，因为张拴他爹曾跟他一块儿推过几年煤，一块儿受过罪，现在刚刚有个埋身的地方，怎能忍心买这块地！他的流泪是很自然的，心里也不能不起变化。第三个是偷听东山和张拴的谈话。听到张拴说："我也知道老定叔，他这人是直心人，他过去也给地主画过十字，他知道卖地啥滋味，我爹常说：'我和你老定叔将来死后都免不了给人家看地头！'谁想来了共产党……"这使他非常感动，"用手使劲地捂住流泪的眼，走回屋里，像一捆柴一样倒在床上"。

这几件事情确实很感动人，读者读到这里也要鼻子发酸。老定再固执，也不能再买张拴的地了。

怎样才能避免张拴不再走过去自己那条老路？只有组织起来，走互助合作的道路。因此宋老定不仅不买张拴的地，而且拿出三十万块钱帮助他，让他好好劳动生产。

而他思想问题的解决是曲折的，因此也是自然的，没有勉强的地方。

描写老定的思想变化以及内心活动是很细致的，也很深刻，因为篇幅所限，不能详细地加以分析了。

老定这个人物的思想——自发的资本主义思想，是有普遍性的。解决了他的思想问题，也就解决了很多农民这样的思想问题。因此，它的教育意义是很大的。老定这个人物，是个劳动农民，而且是良善的，他一点没坑害人的心思，不能作为反面人物来处理，不能作为打击对象。我们对农民是通过互助合作，通过供销合作与信贷合作等办法，使之纳入国家建设计划的轨道上，并进行总路线教育，使其逐步过渡到社会主义。因此不能把有自发资本主义思想的人作为敌人加以讽刺嘲笑。作者处理宋老定这个人物的态度是很恰当的。

不过张拴这个人物倒可以研究。张拴分了"一杆旗"，黑油油的土地，麦却长得像香一样，地里长满狗尾草，看来他不像一个劳动人，纯粹是个胡捣腾，一心一意想发财的人。我觉得对这样的人物，一方面帮助他，一方面应好好地批评他。小说里只有两次批评他，一次是东山批评他："光想吃飞利！不好好劳动生产那会行？现在可不是旧社会那时候。你还是打几个月席，以后好好种地，可不敢胡捣腾牲口了！"一次是宋老定借给他三十万块钱，同时警告他："你记住：你以后要不好好下劲种地，连你爹都对不住！"这样的批评显然是不够的。

而且张拴的破产，纯由于资本主义的经营，用此批判资本主义的走不通，是缺乏说服力的，也不能获得人们的同情。不如把张拴的破产，写成由于自然灾害或婚丧疾病等原因所造成，以此说明小农经济的脆弱性，表现互助合作的优越性。这样获得政府的帮助和人们的同情才更有基础。

东山这个人物也没写好，只见他说话，不见他行动，从东山身上看不出互助合作的积极性；不能树立楷模，拿自己生动的事迹以及实际表现出来的互助合作的优越性带领人们前进。这个人物缺乏性格、缺乏特点，还是个概念化的人物。正因为这样，就使这篇作品，批判旧的多，建设新的少。只是用回忆对比、阶级同情等办法解决问题，而不是用社会主义前途教育解决问题，因此也削弱了这篇作品的思想性。

当然我们不能要求过苛，一篇万把字的小说，能写成功一个人物就算不错了。但如果抓住特点，还是可以勾画出一个轮廓来，主要的恐怕是作者对这样一个新人物还不熟悉的缘故。

这篇小说的语言是很出色的，吸收运用群众的语言已到了相当纯熟的地步，没有搬弄群众语言的痕迹，没有卖弄群众语言的姿态，也没有生僻的地方语言。作者已经把群众的语言提炼为通用的语言，并且提炼为文学的语言了。

群众的语汇本来就生动具体，朴实而又形象化，非常富于表现力。这篇小说，运用群众语汇，有些地方运用得很恰当。比如描写张拴好捣腾牲口，用"他这个人偏偏好掂根鞭杆转牛牙绳"，就把一个好贩卖牲口者的姿态勾画出来了。干部劝他不要捣腾牲口了，说："翻拙弄巧，袍子捣个大夹袄。"一句话就敌过一篇大道理。宋老定跟儿媳妇说："不用扯旗放炮的，这不是啥排场事……"用"扯旗放炮"形容声张，就非常形象而又生动。

通过人物的说话，表现人物的性格，这一点由于作者有意的努力而获得了很大的成功。比如宋老定和儿子东山争论买地的事情，气冲冲地说：

"这买地是周瑜打黄盖，一家愿打，一家愿挨，两情两愿，又不是凭党员讹他的。"

东山说要借钱给张拴，宋老定像疯了一样喊：

"你借！你借！你咋没有把我借给他，你咋没有把你妈借给他！"

从前几句话里，可以看出宋老定虽然生气了，但还未发怒；到后几句话，就可以看出宋老定怒不可遏，连当时说话的姿势也表现出来了。而从前后两节谈话里，都可以看出他倔强的个性。

通篇语言，都很简短有力，但并不平淡。我只举出一个例子作代表。秀兰批评东山说:"你饭一端,上街了;衣裳一披,上乡政府了。你当你的党员,他当他的农民,遇住事你叫他照你的话办事,他当然和你吵架!"

语句虽短,但很有气势。这是这篇小说中语言的特色。

但也有个别生僻和不恰当的地方,如"要得穷,翻毛虫",外地的人就很难懂。如宋老定去偷听东山和张拴的谈话时,"向东山娘使了个眼色,轻轻走出屋门",向别人使眼色,不大符合宋老定的性格。但总起来说,这篇小说的语言是非常成功的,值得我们从事创作的同志们好好地学习。

原载《河南日报》1953年12月25日

农村社会主义高潮到来的图景
——读中篇小说《冰化雪消》
于晴

李准的中篇小说《冰化雪消》（《长江文艺》今年七、八月号）是一篇好作品。作者用饱满的激情，为我们画出了农村社会主义高潮到来以后的欣欣向荣的图景。

正像李准以前的几篇作品里所表现的那样，作者对于沸腾着的生活的新的变化，有着敏锐的感觉和巨大的热情。他善于从浪花四溅的生活激流中，抓住那激起动荡波纹的主要的冲突，而且响亮地唱出了推动着激流前进的新事物胜利的凯歌。他的作品能够及时地提出生活里正在发生的新的问题，而且用生活本身的逻辑，对它们作出有说服力的回答。我以为，这正是李准的作品在思想意义和艺术力量上获得成功的原因。

如果说，在他以前的一些作品里，作者告诉我们的是，农村中的社会主义的萌芽，是怎样通过曲折的斗争而青春焕发地生长，那么，在《冰化雪消》里面，我们就看到这萌芽已经在迅速地茁壮起来，披拂着饱含生命液汁的青枝绿叶；我们更从这里看到，它将开出鲜艳的花，结成丰满的果。

小说所描写的郑家湾，是一个农业合作化运动已经蓬勃发展的村子。在这个八百多户的村子里，已经办起五个农业生产合作社和几十个互助组。农业合作化像一块巨大的磁石，吸引着所有的人。农村伟大的社会改革——社会主义改造的壮阔的波澜，以磅礴的声势冲击着整个农村生活，改变着生活的轨道，使它永远摆脱小农经济的不可避免的风雨飘摇的运命，走上共同富裕的幸福的大路。社会主义高潮所带来的，还不只是农村社会经济因素的变化，它也改造着人的灵魂。小说里描写的这些景象，不仅在我国的许多农村里已经出现，而且即将在更广大的土地上蓬蓬勃勃地出现。

但生活永远也不是风平浪静的。就是在农村的社会主义高潮到来以后，农村的阶级斗争——两条道路的斗争和它的通过各种形式的反映，也绝不会因之而缓和，相反地，它将更加深刻也更加复杂地在人与人的关系中，在人们的意识中尖锐地表现出来。作者通过这个作品，提出了一个新的问题：在农村的社会主义高潮到来以后，应当用怎样的积极精神推动这个运动更向前进，阶级斗争在思想上的反映又是怎样的更加深化，需要我们用怎样的态度来对待这我们所面临的新的形势。

现在，这个新问题就摆在作品的主人公——郑家湾的乡支部书记、这个村子最早成立的红旗农业生产合作社社长郑德明的面前。

问题是这样被提出来的：郑德明和他的伙伴们办起这个农业社，是走过了一条"有甜有酸，有苦有辣"的路子的，他们克服了各种各样的困难，而且也忍受了单干户们的嘲讽和打击，终于坚持了下来。不仅他们的社得到了巩固和发展，而且也推动了整个村子的合作化运动的浪潮，他们用坚韧的信心和刻苦的劳动，证实了他们所选择的道路是唯一正确的道路。但是，当他们为自己的成就而感到光荣和幸福的时候，他们中间的有些人，却滋长了严重的骄傲自满和本位主义的情绪，他们忘记了他们是这个村子里最先的社会主义的堡垒，忘记了自己对于整个村子的农业合作化运动所负的重大责任——用社会主义的思想影响和自己的先进经验，从精神上和物质上来帮助走在他们后面的弟兄们。

这种骄傲情绪和本位主义虽然有时候是同那种正当的自豪感和荣誉感同时存在的，但这却是非常危险的东西。它使他们中间的一些人，对别的农业社和社外的农民采取了排斥、轻视和打击的态度。在这里，作者用生动的笔触刻画了红旗社副社长刘麦闹这个人物。他年青，有热烈的对于社会主义的向往，而且在这几年的办社中，学到了一套精明能干的本领，但他没有学会谦逊。你看，他是在用怎样的口吻，在别的区的几百个劳模面前夸耀自己的庄稼，有意地挖苦别的农业社，他又怎样处处想高出别人一头，着急地要成立集体农庄，为的是不甘心"他们是互助组的时候，咱们是社，现在他们转社了，咱们还是社"！作者对于另外一个青年社员小森的年轻好胜，也作了出色的风趣的描写和善意的揶揄。他们社新买来一头大骡子，他也要故意把它套上车，坐上一群小孩，满街去跑着"亮亮风"；就是赶车时打鞭子，也要打出各色花样，打得特别响，不忘记出出风头；别的社向他们借胶轮车去使使，他就要在旁边说几句刻薄话："你们有这么大的骡子没有？别拉不动再送回来。"对于别的社，他们总是开口闭口"我们老社怎么样，你们新社怎么样"：这自然就引起了人们的反感，发生了各种纠纷。这不仅对于红旗社本身是不利的，而且影响了全村的团结，阻碍了大家在合作化的道路上的互相帮助和共同前进。这种骄傲情绪，归根结底，也还是资本主义思想——小农经济所产生的狭隘的个人主义在新的形势下的表现。

郑德明，这个久经锻炼的、对于社会主义事业有着无限忠诚的老共产党员，是敏锐地察觉了生活里发生的新的问题的。他把社外的人们对他的冷淡和反感，同自己社里的干部和社员的行动联系在一起，感到了问题的严重。他的心沉重起来。他思索着，他要找出问题发生的原因。从这里开始，从他在以后的复杂冲突中的行动，作者展开了对于郑德明的成功的描写。

这是在我们广大的农村中处处可以遇到的那种农村老干部中间的一个。粗粗看起来，他也许没有什么可以吸引人的特点，但是只要和他稍稍接触，你就会感到他有着你还远不能达到的那种高尚的灵魂和坚定的生活信念。党正是依靠了他们，通过他们引导着群众，才取得了革命的再接再厉的胜利的。今天，他们是农村社会主义革命风暴中的战斗的旗子。在李准的笔下，郑德明的形象像浮雕一样可以触摸，使我们久久不能忘记他的声音笑貌，感到他的温暖和动人的思想力量。

作为乡支部书记，同时又是红旗社社长的郑德明，是清醒地认识到他在生活里所负的责任的。现在，在新的形势面前，他不仅要把自己的社办得更好，而且还有更大的责任去推动整个生活在党所指引的轨道上前进。他敏锐地注视着生活里发生的变化，而且用积极的、战斗的态度来对待它们。当他看到刘麦闹因为夸耀自己而受了打击，想把红光社借去的椽子讨回来的时候，郑德明的愤怒是很自然的，他制止了这种无理的行动，而且严肃地批评了他："这能算咱们帮助大伙走社会主义应做的事？""别把自己送到云彩眼里！咱们这个社往前走一步，挪一步，都是党的扶植帮助，都是大家的力量。"当他看到受了讽刺的红光社社长魏虎头也因为赌气而把长得油光笔直的小桐树硬斫下来，还他们椽子的时候，他的愤怒里更透露了他的深刻的感情：对于劳动、对于社会主义事业的深厚、执着的爱，他不容任何人来稍稍侵犯它。

斗争在继续着。和集体主义相对立的资本主义思想是不肯轻易从生活中间退让出去的。两个社中间，在抢着犁河滩地的时候又发生了纷争。郑德明又一次在这样的事件面前表现了他从集体事业的整体来考虑的忍让精神和大公无私的品性。

这时候郑德明所决意要做到的，首先是克服自己社里有些人的骄傲自满的情绪。他也决意要用实际的行动，树立起无私地援助其他的社的榜样，他很懂得，实际的行动是最有说服力的。但这却引起了刘麦闹的误解，以为他是为了想和魏虎头结成亲戚——他的女儿和魏虎头的儿子正在恋爱，怕得罪了人，才这样做的。这种误解，在郑德明心里是引起了焦虑的，他进一步看到了问题的复杂性。但他丝毫也没有在这样的问题面前退缩，他深深思索着，感到自己所负的严肃的责任，也为发生了这些事情而感到惭愧。他知道应当怎样入手来克服他们前进道路上的障碍。郑德明对于刘麦闹所进行的说服是有力的，他怀着深深的感情把刘麦闹引到当前的这个问题上来，而且向刘麦闹提出了一个完全意料不到的责问："可是咱们社领导大伙走社会主义，别的社都是领导大伙走资本主义？咱们搞好生产支援国家，别的社搞好生产能是为支援美帝国主义？"郑德明非常清楚，对于像刘麦闹这样一个虽然有着弱点，但是也有着高度的社会主义积极性的青年党员来说，这责问是最能触到他的痛处的。凭着他的清醒的党性立场和对于人的深刻理解，郑德明取得了第一步的胜利。

郑德明是正确的。但现实斗争是这样的错综复杂，问题还有另外的、更本质的一面。那就是，这个村子虽然在合作化的道路上走在前面，但资本主义的自发势力还在深深地影响着一些人，甚至也影响着个别经过长期的党的教育的共产党员。红光社社长、副乡长魏虎头就是这样一个人物。他曾经是土地改革斗争中的骨干,是全区有名的农会主席,但在革命胜利以后,他的思想却渐渐落在时代的后面,在他身上还没有真正的社会主义的自觉。当郑德明他们开始办社而遭到各种困难的时候,他就在旁边替郑德明气馁,自以为好意地劝他把社散了,"把个人的地好好种住"。但郑德明却并没有因此而动摇。社坚持了下来,用事实证明了自己的优越性,这时魏虎头也被它所吸引,他也下劲办起了合作社。但是他实际上所走的,还是资本主义的老路。他把一个小商人——资产阶级分子拉到社里来当副社长,把农业生产交给他经管,而自己抓副业,想在搞运输、烧砖上来发大财。他妒忌红旗社,想用资本主义的手段来和它竞争。这是一条和社会主义相敌对的、必然失败的道路。这条道路也势必要和社会主义的道路发生不可调和的冲突。两个社发生的纠纷,虽然也是红旗社的骄傲自大所引起,但更根本的原因,则是这种资本主义的自发倾向对于社会主义改造的一种本能的敌视。

郑德明是曾经和这种倾向进行过斗争的。红光社办社之初,魏虎头想把一户富裕中农拉进来,利用他的牲口和大车大搞运输的时候,郑德明就制止了他们这样做。但也因此使魏虎头对他积下了很大的不满。问题更重要的根子是在这里!事实也证明了,当红旗社已经开始改变了自己的态度,加强了和其他的社的互助和团结之后,红光社还是对他们怀着敌意,甚至蛮横无理地拦住红旗社的大车,不准它从自己的地里走过。对于这,郑德明在开始的时候,是认识得不够的。他把问题的发生看成主要是由于"社员们过去是对单干户有很大抵触,他们受过单干户的嘲笑、打击。可是现在这些单干户变成了生产社,而社员们在骄傲情绪支配下,这种抵触还没有扭过来"。但是他是富有斗争经验的,他不是那种在复杂的阶级斗争面前变得麻痹、迟钝的人。他能够立刻从县委书记的谈话里深刻地领悟到这一点:虽然村子里形式上成立了几个合作社,但"和资本主义斗争这个仗还没有打完,这个仗还是要打"。党的指示使他更加清醒,他从这里得到了更多的勇气和力量。

在斗争的开展中,郑德明的性格进一步深化了。他一方面继续对自己社里的骄傲情绪进行了斗争,用大公无私的行动来帮助别的社,而且在党内展开了对于魏虎头的批评。对于面临着的斗争,他变得更稳重,更镇静。当红光社拦住他们的大车,小森生气地问他,他们能不能也去拦别人的大车时,他笑着说:"小森,咱不挡他。就是他挡咱也不对,晚些时他就不挡咱了。"这是一个对于生活的方向有着高度的确信的人的声音,这种确信,也正是他的开朗、乐观和镇静的原因。

郑德明并不是容易地得到了胜利的。魏虎头不但不能认识自己所走的错误道路,反而以为郑德明是怕红光社搞大了,有把红旗社"压下去"的危险,才故意和他为难。习惯的小生产者的自私观念使他抱着这样的看法:"车多碍辙,船多擦边。"郑德明对于这样的话出于自己的老战友的嘴里,是感到愤怒的,他正气凛然地对魏虎头作了有力的回击:"只有资本主义思想才碍咱们走社会主义的辙,咱们走社会主义也碍走资本主义的辙。可是咱们不但碍他们的辙,还要把它堵死!"在他和魏虎头的这次谈话里,他用深情的话语激起了魏虎头对于过去的斗争的荣誉感,而且这样斩钉截铁地掏出了他的肺腑:"……你被资本主义思想圈住了,我要把你拉出来,哪怕你打我的手,咬我的指头!"这使魏虎头不得不在他面前低下头来。作者所描写的他的高度的党性精神和对于同志的真正的关怀,使郑德明这个形象发出了更强烈的光彩。

但这还是开始。在之后的事实的教训中,魏虎头才真正有了悔悟。当红光社为了急于还债而企图把应该分给大家的粮食留下来,引起了群众的愤怒的时候,有着群众威信的郑德明站了出来,明智地作出了果断的、受到群众拥护的决定,而且号召大家帮助红光社解决由于走错了路而遭到的那些严重困难。作品的这一场景中对郑德明的那种农村老干部的果敢和风趣的刻画,应该说是非常出色的。作者鲜明地表现出,他的行动的本身,就是对于那些对社会主义怀着二心的人的有力的教育——集体主义思想的教育。

就这样,作者在社会主义高潮到来的背景中,突出地塑造了郑德明这个人物的明朗的、使人热爱和受到鼓舞的形象。他的形象是高大而美丽的。那个悔悟了的魏虎头最后对他的印象,也正是人们对他的共同的印象:他"像在汪洋大海里的老船夫一样,和风浪搏斗着,并且是那样坚决,有力"。

由于作者对于他所描写的对象的深入体会,由于作者遵循了正确的创作方法，他善于把他的人物放在交错着的斗争的尖端，放在最足以显示他的性格特征的行动里来加以刻画，这样，无论是对于人物的歌颂或批判，就并不是矫饰的和缺乏血肉的，而是以它的全部的真实使人信服和得到由衷的感染。

作为郑德明的性格的对比和陪衬，小说里许多人物的描写，也都是有性格的。作为这场斗争的插曲的小松和秀芝的恋爱，由于它和整个斗争比较紧密地联结着，也富有诗意。作品的结尾也有着深长的意义：斗争教育了人们，资本主义思想又一次成为生活中的战败者。人们在为社会主义而奋斗的基础上更加亲密地团结起来，村子里各社的社长和重点互助组的组长组成了一个"互助合作委员会"，这种组织形式使整个农业的社会主义改造更有计划地、更进一步地开展了。

读完这篇小说，在感到满意的激动的同时，也还感到它有不足的地方。这明显地表现在作者对于体现在魏虎头这些人物身上的资本主义自发倾向的批判，还不是更加尖锐和有力的。

在作品的全部描写中，作者在形象上比较侧重地刻画了那种和社会主义的自豪感同时存在的骄傲思想，而对于问题的更本质的一面，对资本主义的自发倾向的斗争的刻画，就显得有些薄弱。作者批判了魏虎头的那种个人主义的（他对于红旗社的妒忌、企图高人一头等）思想作风，但对于他的那种对资本主义道路的向往，和在斗争中资本主义思想的必然的顽抗，就没有能够在思想上作更深入的挖掘，也没有展开更丰富的描写。我想，这也许是由于作者虽然敏锐地感受到了生活中的新的冲突，但对它的分析还不够透彻，或者也是由于作者所处理的题材在规模上比较大，因而在艺术结构和情节的开展上，还不能更好地掌握自如。而如果作者在这方面能够有所加强，作品的思想意义和对于郑德明形象的刻画，无疑地将会更加提高和丰富。

尽管有着这些缺点，我们却衷心地热烈地欢迎这样的作品，而且盼望着能读到更多这样的作品的。

原载《文艺报》1955年第21号

一员亲切可爱的闯将

——《老兵新传》观后杂感

荒煤

看完一部影片之后，不论什么时候想起来，都会记起影片中主人翁的鲜明、生动的形象，就好像新结识了一位很可爱的朋友，这是一个电影观众最好的享受。

这样的机会是不会太多的。因此，影评家出自衷心地写上一句："影片创造了一个难忘的形象。"可真是一个很高的评价。

我不愿就这样来给《老兵新传》作结论，这应该让影评家和广大群众去作。我只想谈谈老战这个人物的印象。像我们这样以看电影为职业的人，一年之间，古今中外的人物不知道要看多少，能记住一个人物的形象，谈点儿印象，也就很不容易了。所以，找我们来写影评，是不大恰当的。

不能讲《老兵新传》没有一点儿缺点，可是，影片确实塑造了一个"老兵"的亲切可爱的形象。我回想了一下，在我们的影片中，出现这样生动的"老兵"的形象，还是第一次。

老战是一员"闯将"。影片一开始，在大军南下的途中，向着相反的方向，向着后方，向着观众，闯来一位老兵，他闯进财委李主任的办公室，满头大汗地宣布："我这个人真怪，就怕热，偏偏不怕冷！"要求去北大荒开办农场；后来他闯进北大荒，闯出一个大农场来；影片结束时，他又接受了新任务，再去闯第二个农场。

我不知道编导和演员是否有意识地去创造"闯将"的形象，可是，老战这个闯劲正是老战性格的特征。

在中国漫长的革命斗争的岁月里，在我们革命队伍里，就有这样一批

"闯将"。他们总是愿意投身在斗争的激流中,接受新的任务、寻找艰苦的工作,以善于开辟新的战场、开展新的斗争而感到自豪。在他们面前,好像不存在任何困难。在他们脑子里,"闯"和"创"这两个字是一个字,因为敢于闯,就有了创造。

"您就下命令吧,今天批准明天我就走!"这就是老战的性格。

自然,这不是说,在工作中,在老战面前,实际上没有任何困难。老战这个信念是真实的:"真心革命的人,你打他他都不走!"因为他是要闯,要担任艰苦的新的工作,想创造一个新天地。所以,他是不怕困难的。困难的是以这样一个信念去要求不同性格的人,这个"理"不一定讲得通。因此,寒冷、荒凉、缺少机器……这都不是老战的困难。真正的困难是对待人——和他性格不同的人,对待工作中由于不同的人而产生的新情况。

例如影片中,关于老战和农学家赵松筠之间的冲突的描写,是真实而生动的。我喜欢这几场戏对于老战性格的刻画。老战和赵松筠在开荒后第一年种不种麦子的问题上发生了争执,他的勤务员小冬子批评了他,他也同意小冬子采取"紧急措施"制止他发脾气。可是第二次又和赵松筠发脾气的时候,小冬子的"紧急措施"不生效了,老战反而打开小冬子扯他衣服的手叫道:"你拉我干什么?"因为他生气的是赵松筠这个人的思想,"可怕的倒是什么事你先想到自己,我们的事业就搞不好"。老战的思想正好相反,要把事业搞好,就不能先想到自己。老战对农学家是"粗暴"的,可是这个"粗暴"却显示了老战性格可爱的一面。尤其是当他热烈地欢迎赵松筠回来,用拳头亲切地捶着老赵的胸脯,叫着:"老赵啊!我知道,打你你也不会跑的!"我们真感到老战这个人物天真得可爱了。

老战热烈欢迎来农场工作的青年学生的几场戏,也是很有趣的。他在青年学生中间一会儿就以自己的纯朴感动了青年,一会儿却又非常粗暴地制止了青年们兴致勃勃的跳舞,后来索性宣布了纲领:"不准恋爱,不准结婚",因为道理很简单:农场绝不能先给大家盖托儿所。可是,他晚上偷偷地给青年人赶着盖宿舍。

可惜,这几场戏的冲突还没有得到充分展开。尤其是老战的儿子云生违背了这个纲领,恋爱了,这个情节没有发展。

文学剧本本来有个设计是有趣的:老战在一个夜晚发现他的禁令完全失效了——他遇见好几对"爱人"——紧接着第二天,农场出了布告,成立了结婚登记处。

一方面,是由于篇幅关系;一方面,恐怕还是创作者有些顾虑吧:不要把一个正面人物表现得太粗暴太简单了吧!

可是,老战却正是在这种对待人的问题上遭遇到困难、发生了冲突,然而又受到教育……性格的特征才愈为鲜明、生动、真实。

我也许有些偏爱,我觉得影片中老战这个"闯将"是符合我在生活中间所见到的一些人物的。他们就是这样爽朗、朴实、热情,有一种为人民打天下、为革命创家业的英雄自豪气概,他们不怕困难,也在困难中犯错误。可是,如有的领导同志所讲的,这种人"错误也犯得明确,改也改得快!"和他们在一起工作,虽然也会生气吵架,但是很痛快,关键是"老兵"他们没有什么私心。影片处理老战临走的一些细节是很有意思的:他在热烈欢送的人群中,却寻找那个犯错误的周清和,他把自己最心爱的打簧表送给小冬子,他真是来得也痛快,走得也痛快。

也许,有人会怀疑,老战的性格是不是太简单一些?不是说,一部影片要写人物性格的发展吗?这是对的,但这并不是说,任何一部影片都要写一个人物的性格从始到终的、成长的详细过程。有时候,一部影片,只是通过这部影片所描写的具体斗争,使得主人翁的性格特征更加鲜明、突出罢了。《悭吝人》的主角一出来就是悭吝人,林黛玉在《红楼梦》里一出场就多愁善感,这并不妨碍人物性格的刻画。老战固然一出场就是员"闯将",可是在闯的过程中,通过戏剧情节的发展,更加突出了他那可爱的闯劲,使人感到亲切可信。而且,事实上,经过这场斗争之后,在影片结束时老战已经显得成熟了,尽管"闯"还会是他性格的基本特征。

应该说,在这部影片中,两个"老兵"合作得很好,老导演沈浮和老演员崔嵬(他原是话剧界的老演员)他们对老战这个角色的艺术处理很有魅力。

崔嵬同志的表演,可以说是近几年来电影中创造人物很成功、很富有色彩的少见的例子。假使说，在有些影片中，人物的形象给观众的感觉，只有一种平面浮雕的感觉——性格的单一化，那么，老战这个人物就是一个真正四面突出的雕塑，使人感到他周身都有种吸引观众的力量。他那种热情、乐观、直爽、豪迈的英雄气概，通过色彩丰富的表演，非常真实感人。

如果说老战是一朵花，那么小冬子就是一片不可少的绿叶。牡丹虽好，还需绿叶扶持。从人物性格、人物关系、情节来看，小冬子身上都反映出老战的光彩。饰演小冬子的演员孙永平同志，在许多影片中是个次要角色，然而由于他的认真和努力，他总是一个可爱的、鲜明的形象。也可能有的观众不注意这样一个角色，然而，作为一部完美影片来要求，只有导演和主要演员才真正了解这样一个"配角"的重要。

导演、摄影、美工都是第一次拍摄彩色宽银幕的故事片，现在看来，在艺术表现力上，他们都没有辜负宽银幕所赋予影片的力量，为今后拍摄彩色宽银幕作了良好的开端。

这是一部并不是毫无缺点，但是值得向观众推荐的影片。尤其是老战这个"闯将"的形象，绝不会使观众感到失望。

原载《大众电影》1959年第13期

新中国妇女的颂歌

——谈李准同志的三篇小说

为群

在农村人民公社广泛成立之后,我国勤劳勇敢的人民和雄伟壮丽的山川河流,发生了翻天覆地的变化,而我国妇女所发生的变化尤其大,它的社会意义也特别深远。我国许多小说作家和业余作者,都在自己的文学作品中生动地反映了我国农村妇女这一个伟大的变化,塑造了崭新的妇女形象。在李准同志的笔下,我就看到了三个极动人的短篇小说。

《李双双小传》(见《人民文学》1960年3月号)是最激动人心的一篇。作者创造了李双双这样一个具有共产主义思想风格的崭新的妇女形象,通过这个形象概括了公社化以后中国农村妇女精神面貌上的巨大变化,即从一个典型的家庭妇女到一个共产党员所走过的道路。

李双双是一个年轻而又聪明的家庭妇女,在我国人民翻天覆地"大跃进"的时代,她不甘心整天围着锅台转、伺候丈夫、照顾小孩,她对于自己生在这个伟大的时代而不能为社会主义建设有丝毫贡献,不能为广大的人民群众服务,感到非常苦闷。当村里人们为了把红石河的水引到村里来而连夜苦战、"干红了天"的时候,双双在自己家里就坐不住,睡不着了。她问自己:"外边大跃进干红了天,我还能叫这个家缠我一辈子。"她把住屋的墙上、床头上、窗户纸上,到处贴满了"小字报",什么"啥时候我也能不做饭,去参加大跃进!""裤子的裤字,去掉一边的衣字,就是水库的库"。这些"小字报",真挚而又强烈地表达了双双要求摆脱繁琐的家务劳动,走向社会劳动的愿望。作家在描写李双双的这一个代表了广大妇女的愿望时,把李双双的精神品质写得非常生动而又十分感人。作者对于农村广大的家庭妇女的这一种心理特征，如果不是有着深切的感受，寄予极大的关怀和支持，是不可能这样真切地表现出来的。

可是，双双的这一个愿望受到她的丈夫喜旺的压制。喜旺虽然也是一个劳动农民，并且很爱双双，但是他脑子里旧意识的残余太多。在他看来，双双只能是他的"俺做饭的""俺小菊她妈""俺屋里人"，对于双双要求和人们一起去修渠，或是贴大字报鸣放，他就认为，这不仅不合理，而且是向他"闹事儿"。因此，他不支持双双参加社会劳动的要求，有时甚至还故意找她的岔子。正月初七喜旺给双双"小鞋穿"的那一个场面，作者就把这两个人物思想性格上的矛盾写得非常鲜明，并且通过两个人的矛盾，进一步写出了双双高尚的品质。喜旺这一天明明下工很早，他回来以后，眼看着几个孩子哭着要吃饭却故意不管，并且还对双双说："我就不能给你开这个头。做饭就是屋里人的事……"双双为此气得扭住喜旺要去找支书老进叔说理，但是她心里却添了这样一件心事："光是这样闹，也不是长法，得想个法子。"作者在这里，写出了她作为一个家庭妇女，仍然把繁重的家务事承担起来的自觉的态度，写出了她积极寻找一个解决社会劳动和家务劳动之间的矛盾的方法，寻找一条实现妇女彻底解放的具体道路。我国劳动妇女的这一种站得高、想得远、主人翁的思想感情，在李双双的形象里可以说是得到了活生生的反映。作品通过双双那张要求办食堂的大字报，又有力地表现出公共食堂这个共产主义的幼芽，是我国广大妇女实现恩格斯所指出的"大量地、社会规模的参加生产"这一理想所迫切要求的，也是随着我国"大跃进"和人民公社现实发展的必然产物。因此，当乡党委决定要在该庄创办公共食堂的时候，李双双这个为摆脱不了家务事而苦恼着的家庭妇女，就成了公共食堂最积极的支持者和参加者。这不是我国现实生活在作品中得到了最真切的反映吗？还值得我们高兴的是，作者在描写公共食堂这个新事物的时候，没有停留在只是从食堂吃得如何好等表面现象上去歌颂它，而是努力去接触这个新事物内在的含义，写出了它是我国妇女摆脱琐碎的家务劳动，实现彻底解放的具体道路，并且通过公共食堂，也写出了李双双这个家庭妇女，要为社会主义建设多出一把力的精神品质。这说明作者在创作中，是在努力追求从更深刻的意义上来反映现实的。

作者描写李双双在摆脱家务劳动以后，成了猪场和食堂工作中出色的劳动者，但是她没有满足于个人的解放。她所追求的是，如何把公社食堂办得超过喜旺所吹嘘的那个旧社会的"山北白木店"的饭馆，而使更多的劳动人民吃得好，生活得好。这就使得李双双这一个人物形象具有了更高的思想意义。

作者在表现这一点的时候，有两个地方写得很令人感动。一个是写李双双对公共食堂这一集体事业的热爱。她不能容许别人看不起公共食堂，甚至仅只流露出一种看不起的情绪，她也不能容忍。她的丈夫喜旺，解放前在一家饭馆当过二年学徒，在众人推举到公社食堂当炊事员以后，没有短了吹嘘他那个饭馆的鸡丝啦，海米啦，等等，而对于公共食堂却流露出大为看不起的意思。双双每逢听到喜旺这种吹嘘，就厌烦地说："我不听我不听。"并且问喜旺："你怎么老摆你那个'山北白木店'……那是旧社会。那时候你在那里是挨打受气。你做的东西再好吃，是给那些地主恶霸坏蛋做的。咱自己家里吃的什么！……如今这食堂虽是家常饭，可都是为咱自己劳动人民干的……我想着……总有一天，非超过你们那馆子饭不行……"通过这一段话，作者把李双双对新旧社会的爱憎，对公社食堂的自豪感和无限信心，很鲜明地表现出来了。

另一个地方是，对李双双推着自造的保暖送饭车到地头，看着社员们欢欢喜喜吃着食堂送来的饭菜时的心情描写。作者写道："她忽然感到她在食堂里滴下的汗珠，好像也随着清清的泉水，流到这茁壮茂盛的丰产田里，变成了小麦和米粮。"在这里，作者对于李双双那一种能为社会主义多尽一把力的兴奋心情，写得多么真切动人啊！

此外，作者还写了双双和富裕中农孙有、金樵要走资本主义老路的斗争，写了她大搞技术革新等活动，这一切描写都是为表现李双双这样一个被"大跃进""跃"出来的家庭妇女，在走出家庭，接受了党的教育之后，怎样迅速地成为一个具有共产主义思想风格的新型妇女，并怎样自觉地把维护人民公社的事业承担起来。通过这个形象，我们深深感到：像这样一个村里很少有人知道的家庭妇女的崇高愿望，只有在伟大的人民公社时代才能变成现实，她那被埋没了的聪明才智，也只有在人民公社的光辉照耀下，才能像被击破了的原子核，放射出无限的能量。

《两代人》（见《人民文学》1959年10月号）中的高秀贞和珠珠，《一串钥匙》（见人民文学出版社出版的《车轮的辙印》）中的媳妇们，也是作者对于创造崭新的妇女形象的突出贡献。

在《两代人》中，作者描写了高秀贞和珠珠这母女两代劳动妇女，在党的领导下，如何迅速地成长起来。母亲高秀贞，是一个优秀的农村基层干部，在公社全面大跃进的形势下，她就要被公社党委分配去做酒厂厂长了。在她到职以前，作者就写出了她的优秀品质。这一段描写非常生动，也很深刻。这时高秀贞对于自己即将要担负的新工作，还缺乏信心，在公社党委徐书记对她满怀信心的鼓励以后，作者写道：

……这时公社的社长，老劳模田永义也撺掇着说："去吧，呱呱叫！十来年的老干部了，还干不了个厂长？叫我看是手到擒拿，一捏两响。又能说，又能记，办事还认真牢靠。再说，酒厂就在你文溪村，离老头也近，彼此好照顾。情去了，晚几天我们就去喝你们厂烧出来的酒！"

田永义这一排子话把大伙说得呵呵大笑，高秀贞也笑起来，她说："偏不叫你喝酒。公家烧的酒是随便喝的！"

"我说尝一点。"

"尝也不行。这个去尝一点，那个去尝一点，就是四两半斤！"高秀贞说着，田永义摆着手说："着！着！着！就凭这么认真，就是当厂长的料！"他这一说，高秀贞脸红了，大家又笑起来。

高秀贞对于党分配给自己的工作，是那样的认真负责，以至公社社长田永义在给她鼓干劲、劝慰她勇敢地把工作担当起来，而故意开玩笑说要喝酒厂的酒时，她竟会不自觉地以酒厂厂长的身份（她这时正对当酒厂厂长缺乏信心哩），拒绝了公社社长的要求。直到人家点破她，说"就凭这么认真，就是当厂长的料",她才醒悟过来。如果不是把党的事业化为了自己的血肉,她是不会有这种本能的反应的。作者通过这段描写,不但把高秀贞对待党的工作认真负责的优秀品质写出来了,而且也写出了公社基层干部同志们和谐友爱的气氛。

和母亲相比,女儿珠珠是长到好时候了。珠珠是完全在新社会生长起来的年轻一代,她们像早晨的太阳,朝气勃勃,充满着无限的生命力。她们就不懂什么叫困难,什么叫恐惧,只知道勇往直前地奔向党所指引的方向。

作品里,珠珠这个充满着锐气的青年妇女的性格,是通过她勇敢地接受了母亲向她交代的四次工作,很完整地表现出来的。特别是她接受区的接生站站长工作,去找公公"商量事"的那一个场面,这种性格表现得分外突出。在母亲看来,"珠珠是个十七八的闺女,还没结婚",做接生站站长总觉得不大好看,特别在珠珠的公公一次对她说"孩子们大了,弄点别的啥事干干也好"之后,她的顾虑就更大了。她虽然是在党的领导下成长起来的新人物,但由于她在旧社会的经历,使她还没有能彻底摆脱这种历史的负担。珠珠在这一点上就和她的母亲不同,她是在我们社会生长起来的新一代,没有任何的历史负担,因此她不明白地问母亲:"这工作有啥丢人?"并且说完就找公公"商量事"去了。没过门的媳妇要来"商量事",媳妇还没脸红哩,老公公倒怪不好意思起来了,弄得他在场边上"嗯"呵"啊"的连一句整话也说不出来。珠珠却把新法接生意义如何重大,对群众有什么好处,理直气壮地向公公陈说了一番,公公不能不承认她"说的在理",而改变了自己原来的主意。母亲对于女儿找公公"商量事",只能背着身子站在胡同口听,及至看到女儿终于说服了老公公,"她心里蓦地产生了一种强烈的羡慕感情。她想着如今这闺女们可真是幸福,什么地方也能去,什么话也敢说……珠珠们真是长到好时候了"。而她自己呢,在杨家做童养媳时,长了十三年,却没有和她现在的老爱人——生产大队长杨正祥说过一句话。

母亲和女儿,都是在党的培养下成长起来的新人物,但是作者通过她们在新旧社会不同的经历,写出了她们不同的个性,这个性又表达了深厚的思想内容。

《一串钥匙》虽然在创造崭新的妇女形象方面，赶不上《李双双小传》和《两代人》，但是这篇作品令人信服地反映了：人民公社的建立，彻底摧毁了束缚妇女生产积极性的封建家长制度。封建家长制曾经是压在妇女头上的一座大山，解放以后，在土地改革、农业合作化等重大社会变革中，虽然从根本上给了它重大打击，但是它还没有彻底地从生活中，特别是从人们的意识中消灭。作品中，写人民公社的兴起，使封建家长制残余的代表人物白举封，完全处于一个非常可笑的地位。白举封的生活和他所处的环境是如此不协调，他的儿媳方巧凤、潘玉珍们在党的领导下，就要起来最后一次"革他的命"了，而他呢，却还企图把她们当作私有财产，不愿意退出"一家之主"的统治地位。这在人民公社的时代，当然成为不可能。于是，他只好交出了那象征着家长制统治的一串钥匙的最后一把，结束了他对这个家庭的封建统治，而和别的成员一样，平等地成为这个家庭中的劳动者。作者用喜剧的手法，把人民公社时代，封建家长制最后死亡的图画，艺术地再现出来了。

写到这里，使我想起，帝国主义者在攻击我国人民公社的种种胡说八道中，特别诽谤我们的家务劳动社会化，诽谤我们"拆散了家庭"。但是李准同志以一个革命作家高度的政治热情，歌颂了以李双双、高秀贞、珠珠、方巧凤为代表的我国广大妇女所得到的真正彻底的解放，歌颂了她们家庭中新的人与人的关系和自由幸福的生活，这就给了那些帝国主义分子一个有力的回击。在那些帝国主义国家中，劳动妇女不仅是"家务的俘虏"，而且正辗转在资本的剥削和压迫之下，她们正在和她们的阶级兄弟一起，为推翻资本主义的统治，为实现妇女解放的第一步——从阶级压迫下解放出来斗争着。而这时，我国的妇女已经迈上了真正彻底解放的道路。

李准同志从开始写《不能走那条路》那篇小说以来，一直和现实生活保持密切的联系，他努力追求使农村重大的社会变革在自己的创作中得到及时的反映，而且他笔下的人物是那样活生生的，使人感到真实、亲切。可以说，李准同志一直是在配合政治任务的，而且配合得好。他的近作《李双双小传》、《两代人》以及《一串钥匙》这样优秀的作品的出现，正是由于他一贯坚持配合政治任务的结果。

李准同志配合政治任务配合得好，主要是因为他对现实生活中的新事物、新人物有着高度的政治热情，能够敏锐地观察出种种新事物的内在意义，有一种要表现他们的强烈愿望。同时，他是扎根在生活土壤中的，他非常熟悉和了解群众的生活和语言，因此，他作品中的人物形象使人感到如此真实和亲切。像李双双、高秀贞、珠珠、方巧凤这几个妇女的语言、动作和心理活动真是写活了，一看就知道这是目前我国农村的妇女，没有半点矫揉造作。这是和作家深入生活、熟悉生活分不开的。

　　还有一点值得提出：李准同志和我国许多优秀的小说作家，他们所描写的主要人物，都是史无前例的崭新的人，作家们是在很少有前人积累的艺术经验的情况下，来创造自己的新人物的。他们能够取得这样大的成绩，这正是值得我们骄傲值得我们高兴的事。我们希望李准同志和我国广大的小说作家，在他们已经取得了的创作成就的基础上，坚定不移地按照毛泽东的艺术方向，努力进行生活实践、创作实践，努力学习马克思列宁主义和毛泽东同志的著作，他们就一定会突破自己现有的水平，在创作上来一个飞跃的。

1960年5月

原载《人民文学》1960年第6期

新的性格在蓬勃成长
——读《李双双小传》

冯牧

在最近出现的一些描写新的农村生活风貌的优秀作品里面，我们常常可以看到一些共同的可喜的特点。其中一个重要的特点是：许多对于现实生活有敏锐观察力的作者，在他们的新的创作中，除了力图为读者描绘出广大农村在人民公社化以后所呈现出来的日益壮丽和丰富的真实生活图景以外，还力图为读者揭示出，这一波澜壮阔的革命运动，在农村劳动人民的思想和性格上所产生的巨大而深刻的影响。我们已经可以从许多优秀作品里看到：在崇高的共产主义思想鼓舞下，随着无尽量的崭新的生活事物的蓬勃生长，随着农村生活面貌的急遽变化，新的人也正在蓬勃地生长，完全是建筑在新的思想品质和社会风尚上面的新的美好的性格，也正在蓬勃地生长。

我觉得，李准同志在不久前发表的小说《李双双小传》，就是对于这种正在蓬勃生长着的社会主义新人的一首昂扬响亮、优美动听的赞歌；就是对于这种闪发着共产主义光芒的崭新的精神面貌和思想性格的一幅深刻生动、惟妙惟肖的人物画像。

根据小说的新颖别致的标题，根据整个作品主要故事脉络的发展，我们都可以看出，作者在进行创作时是立意要以李双双这个人物的生活道路作为作品的中心内容的。可是，这篇由艺术形象构成的新人的传记，却并不只是单纯地描述了一个人物（即使是杰出的人物）一生的行状事迹，而是通过富有魅力的描写，让读者和小说中的主人公在一起，沿着她的生活道路和前进足迹，和她一同进入了无比丰富和美好的火热的斗争生活的深处。

《李双双小传》所反映的就是这样一个描述美好的性格在新的环境中如

何迅速茁壮成长的故事。这篇篇幅较长的短篇小说，正像作者的多数作品一样，不是以故事情节取胜的；相反地，这篇作品的情节可以说是十分平凡和质朴的。李双双是一个勤劳、能干、精力旺盛的农村妇女，有着"敢说敢笑的爽快劲儿"和"火辣辣的性子"。她聪明，泼辣，在劳动中是出类拔萃的能手；尽管如此，她仍然不能不屈从于旧的传统习惯为农村妇女所规定和安排的生活命运。她17岁就变成了以替丈夫生儿育女、缝衣做饭为唯一职责的家庭妇女；她的家庭生活也不是美满和谐的——丈夫虽然并不是坏人，但却固执地按照旧习惯旧传统的"规矩"来对待妇女。社会主义革命运动使妇女获得了进一步的解放。在新生活的教导和指引下，李双双站起来了，勇敢地投入了激烈和火热的斗争生活。她不但勇于和丈夫喜旺的旧思想旧习惯作斗争，而且敢于向千百年来遗留下来的社会习惯提出挑战。她领头倡议把家庭妇女从繁琐的家务劳动中解放出来；她热情地参加社会主义建设劳动；她用自己的行动教育了落后的丈夫，而且积极地参与了农村中两条道路、两种思想的尖锐斗争。最后，当农村中的公社化运动获得了蓬勃发展并且展开了技术革新运动时，她在劳动中高度地发挥了自己多年来不能充分施展的能力和才智，推动了生产的发展，终于成为全县的特等劳动模范。

　　作为这篇小说的中心人物的李双双的形象，就是这样一个富有说服性和教育性的人物形象。李双双的生活经历，可以说是在一定程度上概括了我们的农村劳动妇女在社会主义革命运动当中的具有代表性的生活道路和生活命运。尽管作者在标题上注明了他写的是李双双的生活传记，但是，与其说作者在这里描写的是一位平凡的劳动妇女的一生的经历，毋宁说是主要地为我们描写了一位勤劳而正直的农村妇女在新的社会环境中所选择的必然的生活道路和历史命运。李双双在世界上已经生活了二十几年，可是，她在旧社会的将近二十年的生活经历难道有任何值得形诸为文、书之为传的地方吗？的确，比起一般的家庭妇女来，她本来是具有着比较突出的性格特点和斗争意志的；她有着超过常人的聪明、能干、勤劳和倔强；但即使如此，也不能丝毫改变她的被称为"做饭的"和"屋里人"的卑微的生活地位，有如一棵饱孕生机的幼芽，但却被旧习惯旧思想的冰雪覆盖着，不能茁生滋长，抽枝开花。土地改革和合作化运动使她的生活地位得到了很大的改善,她的丈夫不敢公然地欺侮她了,但是,旧的生活习俗却依然紧紧地束缚着她,使她不能和男人们一同大步前进。只是在"大跃进"和公社化运动来临的时候,她才获得了真正的、事实上的解放。旧习惯的冰雪消融了,羁绊解除了,她这才像是一棵刚从肥沃湿润的地面上钻出来的幼苗似的,立刻迅速地顽强地茁长起来;看来,在这丽日中天、阳光普照的美好的大地上,她是决心而且必定会成长为一棵参天的巨树的。

在作者素有的具有着朴素的魅力的笔触下,李双双这个人物的性格,可以说是被描写得正如同一棵欣欣向荣的树木那样枝干挺拔,那样生气勃勃,那样充溢着坚强的生命力量。这是一个令人喜爱的、富有深刻的思想感染力量的艺术形象;这是一个生动地体现了社会主义劳动妇女的革命朝气和冲天干劲的美好的共产党员的形象。

认真说来,作者在小说中为李双双所安排的生活经历其实可以说是平凡无奇的。在这里,重要的是作者刻画他的人物的思想和行动过程中,时时都流露着一种对于社会主义革命运动和劳动生活的力透纸背的政治热情。这样,作者在作品中虽然并没有为他的人物安排下多少建立丰功伟绩的机会,而只是极其自然地让他的人物置身在生活的底层,置身在日常的斗争生活和劳动生活中间,却仍然能够让他的人物经常地闪发出性格的光芒。当我们读完作品以后,在我们眼前映现的李双双的形象,是一个性格明朗、个性突出、英姿焕发的高大的艺术形象。这是一个富有代表性的、体现了社会主义时代中国劳动妇女的美好的品质和风格的形象;在这个形象里面,那种鲜明地体现了时代特色的精神特质(如蓬勃的革命干劲和英雄气概,忠心为党、大公无私的高贵品质和斗争精神,等等),并不是通过一些抽象的概念和单纯的热情简单地表达出来的,而是通过许多富有典型意义和阶级特征的思想行动和生活细节,被完整而统一地熔铸在李双双的真实而生动的性格里面的。李双双这个形象之所以富有代表意义,一方面固然表现在它可以说是相当集中和具体地概括了中国劳动妇女在长期的艰苦的阶级斗争和生产斗争当中所形成的勤劳、勇敢、坚强、正直的种种美德,这种种美德,为新的社会主义性格的成长提供了丰饶深厚的土壤；而更重要的一方面，还表现在，通过这个形象，我们可以具体而有力地感触到：当共产主义的美好理想一旦植根于劳动群众的实际生活以后，将会产生出何等巨大的、不可抗拒的改造生活的力量！李双双所以能够在短暂的时间内就从一个普通的家庭妇女变成一个生气勃勃的、充满了革命信念和主人翁的自豪感的劳动英雄，难道不正是由于共产主义思想和实际生活相结合之后所产生的无比巨大的改造力量吗？自然，我们还不能就此作出结论说，作为一个社会主义建设事业的积极战士，李双双已经认识和掌握了系统的共产主义思想；但是，比起从书本上获得的一切知识更有力量的是，李双双不是仅仅从概念上而主要从实际生活中，来认识现实生活的必然发展方向，即社会主义和共产主义的发展方向的。生活使李双双自然地获得了坚定的信念，得出了明确的结论：她现在所从事的事业，党和毛主席领导人们所进行的事业，不但是她生活中所经历过的最美好的事业，而且是可以使整个农村、整个国家走向幸福的唯一正确而美好的事业。

在《李双双小传》中间，除了李双双的生动如绘的形象以外，还有一个描绘得极其富有艺术光彩的人物形象，这就是李双双的丈夫孙喜旺的形象。孙喜旺的形象是在和李双双之间所展开的连续的矛盾冲突中间逐渐丰满起来的，但这都不是一个普通的反面人物的形象。孙喜旺有着比一般农民较为复杂的生活经历，他的性格中有着相当浓厚的旧意识和旧习惯的痕迹：保守、自私，甚至还有"几分流气"；但他在本质上却仍然是一个善良的劳动者，并且保持了一种贫苦农民所常有的淳朴和憨厚。也正因为如此，这个落后的农民最后终于在李双双的推动和教育下，逐渐克服了身上的一些弱点，并且在社会主义的进军行列中逐渐跟了上来。作品的发展和结局使我们深信，在以后的日子里，他是会一天天地加速自己的脚步，并且会最后彻底抛弃掉自己身上那些旧习惯旧意识的精神负载的。

在《李双双小传》这篇作品的艺术创造方面，我们可以明显地看出，作者是在有意识地遵循着他在过去的创作中显示出来的艺术特色来进行着进一步的艺术探索的。这种艺术特色在《李双双小传》中依然闪烁着悦目的动人的光彩。李准的许多优秀的作品都显示了这样一种特点：在艺术构思上，一方面，他总是善于运用富有乡土气息和生活气息的朴素的语言，善于从日常生活当中撷取精粹并通过它们来生动地反映出人物的精神面貌和新生事物的滋生与成长；另一方面，他又善于通过复杂激烈的思想冲突来刻画人物的性格，善于使他的人物自然地置身于思想斗争和富有代表性的生活环境之中，通过这样的艺术途径使人物的性格逐渐地在作品中丰满和成熟起来。《李双双小传》也是运用了这种艺术方法来塑造人物形象的。使这篇作品更加引人瞩目的是，在《李双双小传》当中所展开的生活环境和思想冲突，比起作者过去的有些作品来是更加丰富更加繁复了。李双双的性格所以能够使我们感到生动而深厚，感到如见其人，如闻其声，这是和作者为她所安排的持续而复杂的斗争环境分不开的。李双双从作品的开端直到结束，都是置身在尖锐的生活冲突之中的：她既要和丈夫身上的浓厚的旧意识作顽强的斗争，又要和以富裕中农孙有父子为代表的资本主义思想作尖锐的斗争；而这两种斗争又常常是交织在一起的，因而就使李双双的性格经常能够通过这样或那样的斗争场景闪现出新的光亮来。

不过，在这里需要提出的和使人感到遗憾的是，在这两条不同的斗争线索当中，和孙有父子所进行的属于两条道路性质的斗争，是描写得不够精练和略嫌拖沓的，因此，整篇作品的后一部分比起前面来就显得有些粗疏和草率了。而这，也就不可避免地使整个作品在艺术结构的完整和匀称上受到了一些影响。但是，值得我们庆幸的是，虽然这篇作品存在着这样一些弱点，却并没有使作品中的两个成功的人物形象——尤其是李双双的形象，受到太多的损伤。她仍然以自己鲜明而动人的形象，以自己的新的性格的力量，在我们的思想中留下了深刻难忘的印象。

原载《文艺报》1960年第10期

谈李准的小说

潘旭澜

在中华人民共和国成立以后才开始创作的作家中，有许多人在写出第一篇有影响的作品之前，在思想、生活以至于艺术上都有一定的基础和准备，党不但发现了他们在创作上的才能，而且为他们创造了一切必要的条件，给他们种种关怀、帮助和培养，使他们在毛泽东文艺思想的光辉照耀下，沿着为工农兵服务、为社会主义服务的康庄大道前进。李准就是其中比较突出的一位。

1953年，李准发表了他的第一篇小说《不能走那条路》。从那时到现在，还只有十一年，但是李准在创作上却取得了比较显著的成绩。他写出了《不能走那条路》《李双双小传》等四十多个短篇小说，和一个中篇小说《冰化雪消》，他还写了《老兵新传》《耕云播雨》《李双双》《龙马精神》等几个电影剧本，以及一些话剧剧本、报告文学和曲艺。

李准创作的主要成就表现在小说上，他的小说绝大部分是描写我国农村中的斗争生活的。它反映了近十年来我国农村从互助组到合作化，从合作化到公社化以后的巨大深刻的变化。其中不少优秀作品，及时地反映和提出若干为人们所关心的新问题，在现实生活中已产生了深远的影响；有些先进人物的形象，不但为广大读者所喜爱所熟悉，而且可以说是走进了广大群众生活和斗争的前列，从而在社会主义革命和建设中起了应有的积极作用。虽然他在1956年下半年，文艺思想上一度迷误，写了思想倾向错误的作品《灰色的帆篷》和《芦花放白的时候》，由于党及时的关怀和教育，使他很快地清醒过来。总的说来，李准在党的培养下，是沿着健康的道路不断地迈开坚实的步伐的，他的不少的优秀的短篇小说，在思想艺术上都有着比较突出的成就和鲜明的特色。

一

敏锐地觉察现实生活发展的动向,抓取具有重大意义的矛盾冲突,及时地反映和提出现实生活中新的问题,通过艺术形象给予明确的回答,是李准许多小说的一个特别引人注意同时也是异常可贵的特色。

李准经常具有对于一个革命作家非常重要的政治敏感。他比较长期地深入农村,熟悉他们,了解他们,对自己要求也比较严格,并努力根据毛泽东思想和党在各个时期的方针政策来观察生活、认识生活,以阶级斗争的观点来看待各种各样的生活现象,逐渐形成了这种政治敏感,从而有可能看到现实生活中新出现的、还未引起人们广泛注意的具有重大意义的矛盾冲突,有可能从一些看上去似乎很平常的事件把握生活中新的变化,反映和提出现实生活中新的问题。

我国农村实行土地改革以后不久,由于农业的社会主义改造还没有进行,农村中又开始分化。毛泽东同志在《关于农业合作化问题》的报告中,对这一情况作了如下的论述:"在最近几年中间,农村中的资本主义自发势力一天一天地在发展,新富农已经到处出现,许多富裕中农力求把自己变为富农。许多贫农,则因为生产资料不足,仍然处于贫困地位,有些人欠了债,有些人出卖土地,或者出租土地。这种情况如果让它发展下去,农村中向两极分化的现象必然一天一天地严重起来。"1953年,正当农村中资本主义势力开始发展、出现两极分化的时候,有一次李准听到一个税务局的同志说:"咱们土地交易税是经常超额完成任务。"这话引起了他的注意和思考。党的文件《农村工作的基本任务和方针政策》,恩格斯、斯大林和毛泽东同志关于农民问题的论著,给了他锐利的思想武器,使他有可能剖视所面对的现象,正确地认识它的实质和意义。于是,他写出了《不能走那条路》。这是我们文学创作中最早提出农村中两条道路斗争问题的小说。它通过宋老定想买地的事件,批判了资本主义的自发倾向,指出翻身农民绝不能走资本主义的老路。"不能走那条路"在当时对于不少有着资本主义自发倾向的农民,对于那些没有看到土改后农村分化的干部，都是一个有力的声音，帮助他们之中不少人惊醒过来。随后不久，在互助合作运动中，作家又写了《白杨树》，贯串在这篇作品中的董守贵和董进明父子的矛盾冲突，是坚决走集体化道路的思想与个体农民保守落后的旧思想的斗争。作品又揭示了小农经济对发展生产是一种重大的束缚。所以，这篇作品不但在开展农业互助组运动时有其现实意义，就是在整个农业集体化运动的过程中也都具有一定的教育意义。1955年下半年到1956年，我国农村的农业合作化运动，有如大海怒涛，作家在运动的高潮中，接连写了《野姑娘》等几篇作品，在一定程度上反映了广大农民的巨大的社会主义积极性，接触到基层领导干部要充分估计农民的这种积极性才能很好地领导合作化运动的问题。到了1958年以后，我国人民在党中央和毛泽东同志的领导下，高举总路线、"大跃进"、人民公社三面红旗奋勇前进，作家又满怀革命激情地写出了一系列作品来歌颂三面红旗，反映人民群众意气风发、斗志昂扬的精神面貌。像《两匹瘦马》写的是贫农韩芒种为要摘掉穷队的帽子，煞费苦心地为集体购置和饲养两匹奄奄待毙的瘦马，结果瘦马养壮了。看来这似乎是件小事，但作品所反映和讴歌的，却是发扬勤俭建国、奋发图强的"穷棒子精神"的大问题。小说创作中正面接触这个问题，《两匹瘦马》应该说是较早的一篇。又像《李双双小传》不仅接触到动员广大的妇女群众参加社会主义建设的问题，而且反映了在1958年以来的群众革命运动中，我国广大人民——尤其是劳动妇女精神上的大解放，以及无产阶级集体主义思想在普通劳动人民身上的迅速成长。

　　李准不但在许多作品中敏锐地反映和提出现实生活中出现的新问题，而且明确地表示了他对社会主义新事物的拥护和支持，对资本主义、封建主义的陈腐、反动的思想意识的批判和鞭挞。正如毛泽东同志所说："一个崭新的社会制度要从旧制度的基地上建立起来，它就必须清除这个基地。反映旧制度的旧思想的残余，总是长期地留在人们的头脑里，不愿意轻易地退走的。"[1]只有扫除反映旧制度的旧思想意识的垃圾，新事物才能迅速发展成长。

---

　　[1]《严重的教训》一文的按语。

《不能走那条路》里的宋老定回忆了旧社会里地主的残酷掠夺和农民的悲惨遭遇之后，东山紧接着向他说："爹！过去地主是只恨穷人穷不到底，现在大家是互相帮助。你吃过那苦头，你知道那滋味，咱不能走地主走的那条路。"这既是对宋老定的规劝，更是对他资本主义自发倾向的批判。这种批判贯串在整个作品的全部具体的描写中。《陈桥渡口》通过刘二喜想卖掉社里的骡子去贩扫帚牟取暴利引起的冲突，批判了资本主义思想。虽然刘二喜认为他不是为自己而是为社里赚钱，但是这种为了小集体的暂时利益而不顾国家根本利益的思想，实质上还是资本主义思想，所以遭到金岭的坚决反对。《一串钥匙》的主要人物白举封，是个封建家长制的体现者。别人挖苦地叫他"脑力劳动""二队长"；他的儿媳妇们不但在背后发泄对他的不满，而且当面向他提了许多尖锐的意见；他的儿子、孙女都反对他；公社社长也站在他儿媳妇、儿子的一边批评他。作品正是通过众人对封建家长制的不满和围攻，鞭挞了它的腐朽和不合理，影响家庭团结，压抑劳动生产的积极性，束缚生产的发展。所有这些不但是为了帮助人们摆脱旧思想意识的羁绊，认识到它的危害，从而坚决地、愉快地抛弃它，同时也是为社会主义新事物开路。

　　是的，破旧是为了立新。李准一方面批判、鞭挞旧思想意识，另一方面又在许多作品中热情洋溢地描写新事物的诞生、巩固和发展，欢呼新事物的胜利。《李双双小传》让我们看到，新事物的诞生、巩固、发展是要经过同旧事物的严重斗争才能实现的。在"大跃进"以前，李双双一直被喜旺看作自己的附庸，她爱管闲事，喜旺就很不喜欢。当李双双要去参加"大跃进"修水渠时，喜旺就阻挡她；李双双要去食堂工作时，喜旺就要她"说话可软和点，别把人都得罪完了"。李双双到了食堂以后，富裕中农孙有用风言冷语打击她，后来又想拉拢喜旺来阻挡李双双对他资本主义思想的斗争。《耕云记》也是这样。萧淑英准备建立气象室时，一些思想保守的人就公然表示不相信，富裕中农范富兴还大说风凉话、大泼冷水。防霜预报事件发生以后，什么"土气象不管事"，什么"鸭子要能叼鱼何必上陈州买鱼鹰哩"，各种责难和怪话一齐向萧淑英兜头浇过来。右倾保守的公社许部长甚至公开提出说气象室"不如不要了，少找点麻烦"。李准正是在充分地描写新事物与旧事物的严重斗争的基础上，通过新事物战胜旧事物和排除前进道路上的困难，揭示出新事物是符合时代潮流和历史发展规律的，所以它有强大的生命力，它最后取得胜利是必然的。李双双的大公无私、热爱集体、勇于向一切违反人民利益的思想行为作斗争的社会主义思想品质，有党和广大有觉悟的群众的大力支持，所以它是生气勃勃的、主动的、进攻的，而它的对立面——自私自利、好人主义、大男子主义，则是腐朽的、孤立的，因而也必然处于被动和退却的地位；前者的胜利和后者的失败，都是我们时代生活的必然逻辑。当我们看到喜旺自己兴奋地向要去公社报喜的老支书说"进叔，你去报喜时再捎上一条，就说李双双那个爱人，如今政治挂上帅了！"时，不是看到了作家为新事物的胜利而发出的喜悦的微笑吗？而萧淑英和她的气象室终于在严重的斗争中站稳了脚跟，在农业生产中充分地发挥了"参谋"作用，战胜了天老爷，击败了右倾保守势力，赢得了广大群众的信任和拥护。这是奋发图强的革命精神与科学的求实精神的胜利，是公社化以后我国人民在农业生产上开始用现代科学技术来征服自然的胜利。如果说，萧淑英贴在气象室那张一个姑娘一手扶犁一手扬鞭赶龙耕云的剪纸，是人物自豪的心情的形象化，又是作家为新事物画下的饱含诗意的图画，那么，作品临了主人公站在玉山顶上观看雷电风雨的描写，则是作家为新事物的胜利而唱出的气魄宏伟的凯歌了。

　　李准没有回避现实生活中的矛盾斗争，而是充分地表现新事物同旧事物以及各种困难斗争的复杂性和艰巨性。然而在李准的作品中，不论是萧淑英、李双双、韩芒种这些年青一代的新人，或者关书记、陈明远（《清明雨》）等老一辈的革命者、基层领导干部，这些外表朴素、平常的人，胸怀是坦荡开阔的，他们有着改造世界的坚定的意志，对于生活充满了信心和希望，确信能够创造出更美好的未来，这种意志和信念，鼓舞着他们英勇地劳动和斗争。在李准的作品中我们也看到，经过了同旧事物以及各种困难作艰苦斗争，社会主义的新事物最后总是得到胜利的，这是我们时代生活的规律。所以，这些作品中所描绘的生活总是照耀着新时代灿烂的阳光，充满着蓬勃的朝气，响彻着欢快高昂的主调，使人感受到强烈的时代气息。

李准的作品，及时地反映和提出现实生活中的新问题，为新事物开路，有效地配合了各个时期的重大的政治运动。然而他绝不是简单化地图解政策。由于作家努力根据毛泽东思想和党的方针政策来观察、认识生活，深入地挖掘素材的政治内容和社会意义，把自己学习毛泽东思想与党的方针政策的体会"和生活感受反复结合"，所以，他能够按照现实生活本身的逻辑，对所反映和提出的新问题作出正确的回答。《不能走那条路》《白杨树》《孟广泰老头》《耕云记》《李双双小传》《清明雨》等作品都是这样的。就拿《不能走那条路》来说，由于党的文件和马克思主义经典著作的启示，作家从土改后有人买卖土地这件事看出了它严重的政治意义。像宋老定这种想买地发家的人，在当时并不是个别的。但是，在共产党领导下的新社会里，是绝不会听任农村向两极分化的，宋老定想买地，首先就遭到他儿子共产党员东山的反对。宋老定作为一个在旧社会生活了大半辈子的小生产者，背着旧制度所给予他的沉重的思想包袱，这是不足为奇的。但是，他又是在旧社会里受过残酷的剥削和压迫的劳动者，所以他内心蕴藏着对剥削制度、剥削阶级的深刻的仇恨，这积极的一面是他最后醒悟的内在的基础。东山就是抓住这一点去启发宋老定的觉悟的。东山有意引起宋老定回忆在旧社会受剥削的苦，把买地的事与旧社会里地主剥削农民联系起来，这才触动了宋老定，使他觉得理屈。这是宋老定后来进一步开展思想斗争的契机。但是，旧思想意识是很顽固的，宋老定做"置业手"的欲望仍然没有消除，所以又悄悄地跑去看他所想买的"一杆旗"。由于东山谈话的影响，宋老定在步量"一杆旗"时，猛然看见了要卖地的张栓的爹在地里的坟堆，想起这个"耍了一辈子扁担，临死还没有一分地能埋葬他自己"的死者受尽残酷剥削的身世，并且不由自主地联想起自己"解放前那几年受的苦，鼻子一酸，眼泪直想往外涌"。这下子，他做"置业手"的欲望才真的打消，不买地了。作为一个在旧社会受过剥削、压迫的劳动者，宋老定才可能产生对张栓爹的阶级同情心。但是，如果没有东山的谈话的启发，置业迷的宋老定在"一杆旗"步地时，纵然看见张栓爹的坟堆，也会视而不见、无动于衷的，更不会因而产生像我们在小说里所看到的那些联想。作家就是这样按照生活本身的逻辑，从内因到外因，一浪推一浪，层次分明地描写出宋老定的思想变化的。由于作家不但写出了宋老定执着于做"置业手"，充分地表现了旧思想意识的顽固性，更重要的是能够合情合理地描写了他的醒悟，这样，维系着作品主题思想的"不能走那条路"这句话就很响亮有力。假如，作品仅仅依靠东山向宋老定讲一通抽象的、不联系宋老定本人的实际的大道理，于是问题解决，万事大吉，这样方便固然方便，但主题思想却不能得到生动、有力的体现，作品就不可能产生应有的社会效果了。

李准的大部分作品表现了他不走近便的路，在题材、主题、人物等方面，都力求提供新的东西。然而这完全不是拙劣的猎奇和脱离生活的标新立异。而是从矛盾斗争中觉察新问题和发现刚冒出地面的新事物。新颖的思想往往是和深刻的挖掘分不开的。李准的一些优秀作品可贵之处不仅由于作家的敏锐，而且还由于作家能够对他所选择的素材作深入的探索，从而对现实生活中的矛盾冲突和人物的精神世界有新的发现，有独到的感受和理解，并且能够把素材加以应有的提炼和典型化。在《李双双小传》以前，许多作家（也包括李准自己）都写过夫妻之间的新旧思想的矛盾冲突，但是《李双双小传》却与之前所有这类作品不同。李准能够从李双双这个普通的农村劳动妇女的成长，以及她和喜旺之间的关系的变化，看到群众革命运动对改变人民精神面貌的巨大作用和"三面红旗"的威力，看到我们社会的伟大而深刻的变化。《清明雨》的题材是比较新颖的，但是如果作家只是一般地描写知识青年程敏在农村联系群众、参加劳动、推广新技术之中的一些表面现象，而没有接触到人物思想感情深处的矛盾斗争和复杂细致的变化过程，那么《清明雨》和程敏的形象就未必会有多大意义。作家在这里是从知识青年劳动化和培养革命接班人的高度着眼，反映知识分子在劳动化的道路上存在的问题，表现知识青年在思想感情上与劳动人民打成一片的艰巨、复杂的矛盾斗争的过程，这样作品与人物就会较有深度和教育意义。

李准也有少数作品，虽然及时地反映了现实生活中的新问题，却还存在着一定的缺点。《石守虎》和《姜恩老头》就是如此，只限于一般地反映生活的表面现象，而缺乏深刻的思想内容，看来在写作这两个短篇时，对变化中的新生活还缺乏开掘与深化的过程。《野姑娘》这一篇，对党支部书记田牛群的右倾机会主义思想缺乏充分和深刻的揭露，没有揭示出它的根源，对他的性格的把握又有些举棋不定，所以批判也就有点架空，不够有力。此外像《夜走骆驼岭》，虽然作者企图反映"大跃进"中人们鼓足干劲力争上游的革命精神和革命风格，事实上作品也在一定程度上反映了"大跃进"的气氛，但是，马文、杨壮等为了自己大队夺得交公粮第一，瞒住了竞赛对手，夜里悄悄送公粮，并且以为能把竞赛对手"装到口袋里"而异常高兴。这不太符合于比学赶帮的共产主义精神。从李准的比较成功的作品和这里提到的少数有缺点的作品看来，说明了作家只有站得高，才能看得全面，看得深，看得远，看得准。

由于李准生活的根扎得深，能够敏锐地觉察现实生活发展的动向，把握具有重大意义的矛盾冲突，善于及时反映和提出各个时期现实生活中的新问题并且给予明确的回答，从而使人看到我国农村社会主义改造、社会主义革命和建设的风貌和进程，听到伟大时代前进的脚步声。李准的小说可以说是勾出了我国农村近十年来斗争生活的生动的图卷。不过，要是他的小说创作的题材能够更广阔一些，那么，他给我们的中国农村斗争生活的图卷就会更丰富更全面。

二

读李准小说的时候，他所塑造的一系列具备着崭新的思想、品质和风格，闪耀着时代光辉的人物形象，往往给人很深的印象。有的人物更是使人历久难忘，成了读者劳动和斗争中亲密的同志和朋友。

在李准创作的最初几年，他把更多的注意力放在中老年农民身上。作家除了创造出宋老定、魏虎头（《冰化雪消》）、刘二喜、天祥娘（《孟广泰老头》）等有着较多旧的思想负担、资本主义倾向比较严重的中老年农民形象外，同时也塑造了张存厚（《雨》）、郑德明（《冰化雪消》）、孟广泰等几个具有新的思想品质的老农民。

1958年以后，李准把他的关心和注意力更多地放在农村年青一代的新人上面。这是一个值得重视的变化。毛泽东同志说:"青年是整个社会力量中的一部分最积极最有生气的力量。他们最肯学习,最少保守思想,在社会主义时代尤其是这样。"[1] 更多地创造年青一代的社会主义新人的形象,是生活本身向文学提出的一个要求,适应这个要求,作家创造新人形象的天地就会更加广阔,同时,我们的文学作品最主要的教育对象是青年,所以,大力促进广大青年革命化和劳动化,极大地提高广大青年的社会主义和共产主义思想觉悟,提高广大青年的共产主义道德品质,就显得特别重要。

在李准所创造的新人形象中,妇女占了很突出的地位。像周东英(《农忙五月天》)、冬妞(《野姑娘》)、马小翠(《马小翠的故事》)、赵蓉(《走在时间前边的人》)、珠珠(《两代人》)、萧淑英、李双双、程敏等都是。中国的妇女在旧社会里受压迫最深重,解放以后尤其是1958年的"大跃进"和人民公社化以后,妇女不仅成了自己命运的主人,也成了生活的主人,有许多人站在时代巨流的前列。妇女在社会生活中的地位和作用,在某种意义上标志着社会解放的程度。因此,中国妇女的这种变化,是一个伟大的有深刻社会意义和历史意义的变化。这个变化,反映了社会的伟大变革。李准在《李双双小传》的后记中说:"这一方面的生活给我的感受确实太深刻了。"所以,他所塑造的新人形象多半是妇女。

李准的许多作品出色地描写了新人诞生和成长的时代背景,表现了党对于新人的哺育、培养和支持。李双双和萧淑英最能说明这个问题。李双双原来连名字大家都不知道。她丈夫喜旺是知道她名字的,可他总是叫她"俺那个屋里人""俺小菊她妈""俺做饭的"。别人呢?叫她"喜旺家""喜旺媳妇""喜旺嫂子"。这些称呼表明了李双双在生活中的地位。直到1958年"大跃进"的时候,才把她给"跃"了出来,她才开始作为一个真正独立的人出现在生活中。党的支持、培养,是李双双成长的决定性因素。党委书记罗书林不但发现了李双双,而且满腔热情地对待她的建议,支持她的一切积极的行动,使她得到了巨大的精神力量,鼓起了大踏步前进的勇气,树立了向一

---

[1]《中山县新平乡第九农业生产合作社的青年突击队》一文的按语。

切旧事物作斗争的信心。支部书记老进叔既在具体工作中支持李双双,还使她懂得不管做什么都必须"政治挂帅","不管干什么活,都要想到这是革命工作",从而提高了她的思想境界。只有在人民公社里,在为集体事业而劳动和斗争中,李双双的聪明才智才有可能得到充分发挥,她的大公无私的品格和勇于向旧事物斗争的精神才能充分地放射出夺目的异彩。李双双这个社会主义新人就是这样诞生和成长起来的。萧淑英比李双双更年青,她成长的具体过程与李双双不同,或者可以说是另一种类型。人民公社成立以后,发展生产需要各式各样的人才,于是党把萧淑英从一个刚摘文盲帽子的放羊姑娘培养成为气象员。人民公社为这个年青的气象员提供了广阔的天地,使她在学习班学到的气象知识大有用武之地并且在实际工作中不断丰富和提高。在她从事气象员的工作中,公社党委书记关天纪不但以自己的实际行动来教育她、影响她,而且给了她最大的信任和支持。如果没有关书记等的教育和支持,萧淑英即使能顶得住霜冻预报所引起的打击和责难,不致躺倒下去,也无法在水库是否放水的问题上挑起重大的责任,坚持正确的意见。萧淑英每前进一步,党都付出了许多心血。在李准描写新人成长的作品中,都矗立着一个巨大的形象,一个异常亲切的形象,这就是党的形象。只有这样充分地描绘新人诞生和成长的时代背景,才能表现出新人不是一种个别的偶然的现象,而是伟大时代的产物,它体现了生活前进的方向。正是由于出色地展示了新人诞生和成长的时代背景,表现出党对新人的哺育、培养和支持,李准所塑造的许多新人的形象才反映了我们生活的真实,才站得住,才对读者有更大的教育和鼓舞作用。

  李准善于以人物之间的性格冲突,以人物性格的成长发展来吸引读者。《雨》描写了张存厚老头与张大娘之间的一场性格冲突。天突然下雨,可是社里出去拉车运煤的牲口还在路上。存厚老头因此坐立不安,馍也不想吃;可是张大娘却认为"烧火剥葱,各管一工",犯不着去牵挂它。存厚老头一心记挂牲口,张大娘却努力要消除他的心事。于是,两人各讲各的,来了一场牛头不对马嘴的有趣的对话。在这场对话中,充分地揭示了两人思想觉悟的差距。存厚老头热爱集体,关心集体,把集体的事情看得比自己的什么都重；张大娘却还没有摆脱个体农民的狭隘的观念，对集体缺乏休戚相关的感情。在作品临了的一个短短的片断中，这种矛盾冲突表现得特别生动、充分。存厚老头准备穿胶鞋出去接牲口回来，张大娘却假装找不着洋火，而且一边悄悄地把胶鞋藏起来。存厚老头等不得，打个箭步冲了出去，张大娘急得连忙喊了起来。这里虽然没有明刀亮枪，并不紧张激烈，但却是一种真正的性格冲突。存厚老头的性格正是在这矛盾冲突中飞迸出耀眼的火花，并且由于和张大娘性格形成对比而显得更加鲜明。比起《雨》来，《李双双小传》中李双双和喜旺的矛盾冲突要更为生动和丰富，而且表现出了李双双性格的发展过程。党的支持，"大跃进"形势的鼓舞，使李双双能够处于独立的主动的地位，并且向喜旺的落后意识展开一步紧似一步的进攻；而喜旺虽则步步为营，却是不断在退却。终于李双双战胜了喜旺的落后的思想意识，夫妻在新的思想基础上比以前更亲密和谐了。除了李双双和喜旺的矛盾冲突外，作品还描写了另一对矛盾冲突，即李双双与富裕中农孙有的矛盾冲突。后者与前者有联系，对前者也产生一定的影响。在与孙有的矛盾冲突中，李双双同样是胜利者。正是在性格的冲突中李双双显示出崭新的思想、品质和风格，并且不断发展，逐渐趋向成熟。作家也正是从矛盾冲突中描写一个普普通通的农村妇女，一个连名字也不被别人知道的妇女，成为社会主义新人的发展过程。《耕云记》里萧淑英和公社许部长、富裕中农范富兴等的性格冲突，虽然没有李双双与喜旺的性格冲突那样复杂微妙，但却更为尖锐激烈。霜冻预报事件对于萧淑英这个刚刚当上气象员的小姑娘是个不小的考验。党的支持使她不但没有退却，而且下定了决心："天塌下来，也要为党工作！"她经过这次考验，思想上大大提高了一步。然而更严峻的考验还是关于水库是不是放水的争论，许部长主张要放，县水利局王股长也坚持非放不可，天老爷的雷鸣电闪和好像故意洒下的几点雨点更在催促着快放。照一般人看来，萧淑英尽可以同意放水；而要是不放，万一出了事，关系到全县的安全，责任是太大了。但是，萧淑英这个沉着、有心计、有高度革命责任心的气象员，她确信自己有充分科学根据的预测，为了全公社几万亩水稻，她勇敢地担当起重大的责任，坚持不可放水。终于，事实作了结论：萧淑英是对的。萧淑英在这次争论中的表现，比起气象室刚要建立时有一次她预测到有冰雹，但因为这时党委还没有要求正式提预报，加上县气象站没说到有冰雹，就不敢向党委报告，是多么迥然不同啊！我们从一连串的性格冲突中看到萧淑英阔步前进的脚印，从最后的严峻的考验中看到了她身上所表现出来的一代新人的崇高、美好的性格。

李准有不少小说，矛盾冲突都产生在一个家庭的内部，矛盾冲突的双方有着亲属关系。张存厚与张大娘是一对老伴；李双双和喜旺是两口子；孟广泰与孟天祥是父子，与天祥娘是老夫妻。此外，像《不能走那条路》《散会路上》《一串钥匙》，矛盾冲突的双方也都是这样或那样的亲属。这种选择和安排，更便于反映思想斗争的深入和社会主义思想激荡的广度和深度。正因为孟广泰和天祥娘是老夫妻，和孟天祥是父子，而且老头十分疼爱天祥，这样，他在对待天祥和天祥娘的错误行为时表现出来的先进思想才更为突出、更为动人。同样，李双双与喜旺是感情很好的夫妻，就更有力地表明，社会主义思想革命、新旧思想意识的斗争的广泛和深入，它遍及生活的每一个角落，它进入普通群众的家庭生活中；同时也表明，社会主义和共产主义思想的深入人心和巨大威力，因而人们能不为儿女私情所蒙蔽，而放弃了必要的思想斗争。这种家庭内部、亲人之间的性格冲突，由于双方在生活上感情上的密切的联系，比一般的性格冲突常常要更复杂、更微妙，这往往可以加强作品的戏剧性。李准经常通过性格冲突和排除困难的过程着意发掘新人的精神世界的新因素，发掘那些闪耀着社会主义时代精神的新思想品质，给予艺术的表现。这样，他的不少小说就能够把新人形象描绘得更为鲜明。

当然，李准有的作品中的新人形象也还存在着不同程度的不足。申志兰这个人物，作家固然生动地表现了她身上具有的中国劳动妇女的传统品德，但却没有很好地表现出作为新社会先进妇女的革命精神，因此就缺乏鲜明的时代色彩。《信》这篇作品未能有昂扬的调子，没有很好地表现出人物的革命精神是重要的原因之一。有些评论文章对《信》和申志兰的形象显然是作了不适当、不符合实际的肯定和赞扬。《走在时间前边的人》的主人公赵蓉，事件罗列多，具体的细节描写不够，人物的精神面貌发掘也不够；同时还有些过分强调、突出这个学生出身的青年技术干部在群众中的个人作用，这是不妥当的。东山的形象，比起同一作品中的宋老定的形象，要单薄得多，这一点许多评论文章都曾指出过。

总的说来，李准在塑造新人形象方面，成就是突出的。作家所以能够取得突出的成就，不但因为他长期在农村生活，观察过研究过许多现实生活中的新人，对他们相当熟悉，因而有可能从几个以至于几十个原型进行艺术概括；同时，还因为作家能够与生活中的新人站在同一行列里，与他们同呼吸，同欢乐，共患难，这样他就会满腔热情地去描绘他们，讴歌他们。而作家对新人的这种热情，当它与形象较好地结合起来时，就能激起读者的强烈的共鸣。

李准的农村生活底子一般说来较为厚实，创作的"仓库"经常有较多的积累，所以他的不少作品写来都游刃有余，没有捉襟见肘之感。李准作品中一些塑造得比较成功的人物形象，都是作家从现实生活中集中、概括而创造出来的。作家没有以勾勒出人物的轮廓为满足，而是努力向人物精神世界的纵深发展，发掘人物的本质特征，以及这特征的阶级、时代、个人生活经历的根源。由于作家对农村生活有较为深切的感受，所以有不少作品都使人感到有一股浓厚的农村生活气息迎面扑来，使人如同置身在那个具体的环境中。这种浓厚的生活气息，不但本身具有吸引人的魅力，而且也有利于人物形象的塑造。

在艺术表现上，李准是注意考虑适应农村群众的欣赏习惯的。这种考虑，和李准本人在艺术上喜爱朴素、本色是基本上相一致的。李准摒弃做作与过分的雕琢，既不追求奇巧的构思，一般也不用艳丽的色彩。在李准作品中很难找到静态的、冗长的心理描写，而大都是采用白描手法，从性格冲突中、从行动中去刻画人物。对于以白描手法为主的作品，细节描写具有特别重要的意义。所以李准很重视细节描写，他认为：一个细节"在揭示人物性格特征的作用上，有时和一个情节、一场戏肩负着同样的作用"。他作品中有不少细节给人很深的印象。宋老定在"一杆旗"步地；韩芒种要上岳父家，临走没忘记带个粪筐；李双双一听说孙有来要求喜旺包庇，马上掀开被子跳下床来"找他去"。还有像白举封腰里挂的一串钥匙，陈明远那兼作公文包的帽子，程敏第一次上地时的口罩，在刻画性格、塑造形象上，都有着不小的作用。在情节结构方面，李准大都能够注意层次清楚，单纯完整，顺当自然，"就像对着自己在农村熟悉的一些群众、一些干部讲的（故事）"，颇能引人入胜。

敏锐地反映和提出现实生活中的新问题并且通过艺术形象给予明确的回答，热情地为新事物开路，对新人精神世界的纵深开掘，浓烈的时代气息和农村生活气息，朴素、本色的艺术表现，这些方面和谐地结合起来，就构成了李准小说的独具的格调：新颖、明朗、质朴、厚实。

李准十一年来在创作上已经取得了可喜的成绩。然而，对于一个作家来说，十一年也许只占全部创作生活的一小部分。前路正长。我们谈论李准在小说创作上的特色和成就，提到若干不足和缺点，都由于我们热切地希望，李准同志在毛泽东文艺思想的伟大旗帜下，进一步深入广大革命群众的火热的斗争，不断加强和劳动人民的联系，在革命化的道路上前进不懈，同时不断提高自己的艺术修养，写出更多思想上艺术上更成熟更完美的作品，积极地反映和推动现实，更好地为无产阶级革命政治服务，为保护、巩固、发展社会主义的经济基础服务。

原载《文学评论》1964年第5期

"喜"从何来？

——电影喜剧随想兼评李准剧作

刘景清

"四人帮"倒台了，"严冬过尽绽春蕾"，政治的春天、文学艺术的春天真正来到了。在这大好春光里，观众们也有了笑的权利、笑的需要，他们需要用笑来调剂生活、抒发感情、陶冶性情。"野火烧不尽，春风吹又生"，电影喜剧也就应运而生、迎风吐蕊，先后出现了《儿子、孙子和种子》《甜蜜的事业》《谁戴这朵花》《她俩和他俩》等影片。

由于上述原因，我认为近年来拍摄的这些电影喜剧，都是电影创作的新收获；剧场效果也是好的，思想上、艺术上都有不少成功之处，反映了人民群众的真实生活和真实思想，因此是可"喜"的。

我看这些影片，有时笑得很自然、很畅快，有的还有回味。但也不尽然。有时笑了，但笑得很勉强，甚至笑过以后，觉得不是味儿。就像早年有一幅漫画所画的：台上的相声演员见听众不笑，就跑到观众中去，"胳肢"人们胁下，于是观众不能不大笑。看喜剧电影有时也有这样的感觉，笑好像是被"胳肢"出来的。这就引出一个问题，电影喜剧的"喜"究竟从何而来？探讨这样的问题，对提高电影喜剧的创作质量是有好处的。

我对电影喜剧缺少研究，也不想对这些影片作具体的分析、评价；我只想就李准同志创作的几个电影剧本谈点感想。我相信搞电影喜剧的同志是可以从中得到借鉴的。

李准同志没有写过电影喜剧，从《老兵新传》到《龙马精神》，都是堂堂正正的正剧。但是，几乎每个剧本，都包含着明显的喜剧因素。鲜明的喜剧色彩，成为李准电影剧作的一个特色。我们想起战长河（《老兵新传》）、春妞（《小康人家》）、李双双、孙喜旺（《李双双》）、韩芒种（《龙马精神》）这些可爱的栩栩如生的人物，就会发出会心的微笑。这种喜剧效果，是跟作者的创作动机有关的。李准同志说过，他之所以搞创作，讲故事，是为了"能够让农民听一听，笑一笑，从笑声中摆脱他们的落后，从笑声中认识到什么是先进"。在他看来，笑不是"一笑了之"，而是包含着"绝大文章"，那就是褒扬先进，贬责落后。这也就是作者在创作《李双双》时"在情节发展中还增加了轻喜剧因素"的原因所在。客观效果又怎么样呢？请看"文化大革命"中一次"批判"《龙马精神》时的情景吧："开演前，掌握会场的人讲，大家不要上李准的当，中李准的毒；看电影要严肃，不要笑。可是开演后，观众照样笑，大家憋不住，听了一句台词就笑。我暗暗数着，三十多次，跟平时这个电影的效果一般多，一次不少。"[1] 一部反映劳动人民含辛茹苦、发愤图强、改变贫穷面貌的严肃主题的影片，在被当作"批判"材料时，还引起那么强烈的剧场效果，恐怕连某些喜剧片也难以企及吧？李准的电影究竟"喜"从何来？靠电影的技术条件，如慢镜头、跳格、画面组接吗？靠演员形体的对比、夸张、蹦跳吗？靠使人难以置信的误会、巧合吗？显然都不是。

李准电影创作的喜剧性来自这几方面。

从素材中发掘喜剧因素

社会生活是一个充满着矛盾的复杂的整体。生活的发展交织着各种各样的因素，有悲剧的，有喜剧的，有庄严的，有轻松的。它们相互作用，相互消长。某种因素孤立地存在是不可能的。作为生活主体的人，是各种社会关系的总和，其感情是复杂的、丰富的：有悲哀，有欢乐，有愤怒，有愉悦；而且也不可能长久生活在一种感情状态中。文艺作品应该是社会生活的真实反映。因此，电影艺术家在熟悉生活，掌握创作素材时，就意味着把握各种戏剧因素，并从中提炼出戏剧冲突，构成戏剧情节。只有这样反映生活，才更符合生活的真实，才有艺术力量。因此，有一些优秀的电影创作，不管它

---

[1] 李准：《时代、题材、人物——〈解放军文艺〉小说座谈会上的讲话》。

采用何种样式，都能够从素材中发掘出多种戏剧因素。悲剧中有喜剧因素，喜剧中有严肃的东西，喜剧与正剧之间则更没有鸿沟。当然，素材中的各种因素并不是平分秋色的，有的喜剧因素多些，有些较宜于写悲剧。如《老兵新传》，提供的生活素材是与天斗、与地斗、与人斗、与头脑里的落后意识斗，夺取粮食丰收，支援解放战争，这恐怕是较难写成一部电影喜剧的。

但是，重要的是要善于发掘素材中的喜剧因素，以丰富未来电影的色调，增强感染力，更真实地反映生活面貌。就说《老兵新传》，自然是极严肃的创作课题。但是，在那样冰天雪地、荒无人烟的独特环境里，办起这么一个农场，而农场的人员又都来自四面八方，抱着各种各样的思想和幻想来到这陌生的环境里；农场的场长又是那么一个豪爽、热情、富于理想而又略显粗犷暴躁的人。这样的环境，这样的人物，这样的生活，怎么可能不具备丰富的喜剧性！又如《李双双》，作者在创作酝酿过程中，曾遇见一个"毛遂自荐"的炊事员，她告诉作者，她原先不是炊事员，是孩儿他爹先当。人家嫌他太没种，光图落"好人"，才把他弄出来，把她选进去的。她还讲他们村如何办食堂，她爱人如何能干，他们中间又怎样吵嘴、打架、和好。作者想深入调查时，她又说："你们要去调查，可不要对人一样看待。我们小孩他爹虽说有那点落后思想，可他是无产阶级……"可以想见，这样的一对夫妻，该是多么富于戏剧性和喜剧性！可见，作者在剧本的剧情发展中"还增加了轻喜剧因素"，并非作者主观臆断，想怎样就怎样，而是由创作素材所提供的，是由生活所决定的。当然，作者在掌握素材、发掘素材中的喜剧因素时，要有对喜剧性的敏感。不同的作者的这种敏感也是不同的。而归根到底，还是对生活的敏感，怎样把握生活的丰富色调。然后在创作过程中，提炼出准确的动作、对话、细节，把素材中发掘的喜剧因素充分地、真实地表现出来。如用在战长河身上的"紧急措施"。"紧急措施"就是当老战要发脾气时，小冬子拉拉他的袖子，使他幡然醒悟，这本来是一件严肃的事。可当老战与赵松筠吵架，听说赵要离开农场时，他再也不能忍耐了，小冬子来个"紧急措施"，老战手一甩，说："哎呀，我知道！"还是大训赵松筠。这种"明知故犯"的生动细节，产生了极好的喜剧效果。

从素材中发掘喜剧因素,也体现了作者对生活的评价。由于作者的思想、性格和世界观的不同,对于素材的喜剧因素的发掘也有极大的悬殊。一个忧心忡忡、愁眉苦脸、患有"精神忧郁"症的人,对新生活失去信心,眼前是一片灰色,是发掘不出喜剧因素的。喜剧因素的发掘,正体现了作者对生活的热情、乐观主义,对前途的信心;他们并不回避生活中的矛盾,而喜剧因素也是借以大胆揭露生活矛盾、解决矛盾的有效手段。我们从《老兵新传》洋溢着的对生活的乐观、诗情,不也可以看到作者对生活的热爱,听到作者开朗的笑声吗?而《李双双》"全剧的基调和气氛,则是明朗、抒情的喜剧调子。人物的精神状态也都是乐观、愉快、朝气勃勃和充满了喜剧幽默感的。这一切正是我们时代的特征"[1]。这不也正是作者对生活的热烈评价吗?

发掘喜剧因素,着眼点应是准确、生动地反映生活面貌,揭示生活本质,而不是为了逗人一笑。有的电影喜剧作品却不是从素材中发掘喜剧因素,然后量体裁衣,决定采用喜剧样式,而是把写喜剧、把逗人一乐作为"最高任务",然后把素材纳入喜剧形式中去,这叫"削足适履"。这样创作出来的电影喜剧,从总体上说,是不可能很成功的,因为它不能很好地反映生活的真实面貌,人们不相信这就是生活,觉得只是在银幕上演戏,因而笑不起来,或者只能尴尬地笑,追求喜剧效果而不得喜剧效果。

人物性格中的喜剧色彩

电影喜剧的情节,毫无例外地也应该是人物性格发展的历史,不是作者故意"卖关子",用来为制造笑料服务的。人工地制造笑料,不会产生有意义的喜剧效果。因此,在形成喜剧效果的各种因素中,由人物性格的必然产生的喜剧效果,即"性格的喜剧",最自然、最富于艺术魅力。

李准所塑造的农村新人形象,如战长河、春妞、李双双、韩芒种等,他们虽然各具独特的思想性格风貌,但也有共同的特点:大都开朗、乐观、爽直,富于幽默感,对生活充满信心,对理想执着。这就形成了人物性格的喜

---

[1] 鲁韧:《〈李双双〉的导演分析和构思》。

剧色彩。李准说:"大部分作品是带有点喜剧色彩,也就是农民在新的生活斗争中的乐观情绪和幽默感。"[1] 人物性格中的"乐观情绪和幽默感",是作品喜剧色彩的重要来源,也最富于艺术感染力。

《李双双》中的李双双,"好笑"本来就是她的性格特点。她跟孙有婆为一捆桶板吵架,揭孙有婆的老底:"嗯!你人缘老好!就是见公家东西手长一点,见劳动手短一点!""她因为说得开心,说得爽快,自己也忍不住咯咯地笑起来。"这说明她的吵架,不是一味好斗,也不会记仇,因而会"说得开心"而笑起来。她跟喜旺打架,狠狠地在喜旺背上打了两拳,又把他"一下子推扒在院子里",然而她自己"也忍不住大笑起来,把满脸泪花都笑得抖落在地上"。这倒不是夫妻相骂,吵给观众看的,她的确很生气,但看到喜旺的狼狈相,又"忍不住"大笑起来,李双双就是这样一个开朗、不记仇的人嘛!她又吵、又哭而又笑,十分准确地刻画了她的性格,因而这种笑声很真实、自然,观众也会跟着笑起来,喜剧效果十分强烈。《龙马精神》中的韩芒种则略不同于李双双,他不像李双双那样泼辣、淋漓,敢说敢笑,他的性格比较内向,因而更富于幽默感。而这种发生在朴实、忠厚的老实农民身上的幽默感,也富于喜剧性。如韩芒种买了一匹瘦马,饲养员梁斗拒绝喂养,芒种准备牵回家去,但知道他爱人蔡秀真这一关不好过,因此设想万全之计。接着夫妻二人展开了一场关于马的"舌战",蔡秀真讽刺"那也叫马?"韩芒种说"不是马是驴?"蔡秀真说骑它怕把它压垮,韩芒种说"它不会尥蹄子"。言来语去,既表现了夫妻的关系、不同的思想性格,也会引起观众对韩芒种的同情、赞扬的笑声。而《小康人家》中的春妞,则是刚过门的新媳妇,年轻、热情、富于集体主义思想。婆婆"全知道"却处处表现出小生产的狭隘与自私。因此,矛盾是不可避免的。而春妞与婆婆的斗争也别有情趣。"全知道"教训她:"当个新媳妇,说话像个火车头叫……以后说话腔口低一点,人家谁和你一样!"恰好拉磨的驴子不走了,"全知道"问她驴子怎么不走了,春妞故意小声说了一句,"全知道"没听见,责备她:"你在这

---

[1]《李双双小传·后记》。

儿，你怎么不答应我？"春妞说："你叫我说话腔口低一点嘛！"这样表现，既有浓郁的喜剧色彩，又很符合新媳妇的伶俐、稚气、倔强的性格特点和身份。这种反映了人物新的性格的喜剧色彩，充满着新人物、新生活的朝气，观众的笑声包含着对他们的歌颂、赞扬、同情。

当然，处于对立面的转变人物，由于他们的思想性格中的弱点和缺点，常常跟周围的环境形成对比，跟新性格、新思想发生冲突，使自己处于十分可笑的尴尬境地，从而产生喜剧效果。如《李双双》中的孙喜旺和《龙马精神》中的蔡秀真。孙喜旺和蔡秀真都不是落后人物，但在戏剧中却处于对立面的地位。他们的性格中各有自己的弱点和缺点。孙喜旺爱面子，怕得罪人，在家里又有一点"大男子"主义、家长作风。他不让李双双走出家庭去水利工地，找茬儿跟李双双干架，他想打李双双，李双双扭住他："走，咱们找老支书说理去……"喜旺"自知理短，急忙挣脱"，又跑到大门口，叉着腰说："你先去，你前边走，我后边跟着。"说着却溜出大门，把门反关上。喜旺明明败了，却还要嘴硬，装得像英雄，这就十分可笑，也很符合性格。蔡秀真自私心重，眼光短浅，小家庭观念深，因此她跟韩芒种生大气，准备回娘家去，临走，蔡秀真却"猛地一回头，尖着嗓子叫着：'谷儿——谷儿！'她这么一叫，鸡子都跑来了。她大声数着指着：'一、二、三、四、五。'数罢，看了芒种一眼，意思说，我这五只鸡子，和你交代清楚！转身又抱着孩子走了"。这个动作和细节，把蔡秀真的思想性格刻画得淋漓尽致，喜剧效果也强烈。像孙喜旺、蔡秀真这类人物，"尽管他们的思想落后或犯了错误，但当他们与过去的旧思想、旧习惯告别后，就会感到轻松愉快，如释重负。他们是笑着和自己的过去告别的，所以这些人的遭遇也是喜剧性的。他们落后的一面，在生活进程中同现实发生了矛盾，使他们在某一阶段陷入窘境，而激起人们的笑声；但这种笑不应该处理成为尖刻的讽刺或冷酷的嘲笑，而应该是善意的幽默的笑"[1]。是的，他们所激起的笑，包含着善意的讽刺，甚至带着热情，也有某种喜爱。

---

[1] 鲁韧：《〈李双双〉的导演分析和构思》。

对于落后人物、反面人物，如《小康人家》中的"全知道"、《龙马精神》中的梁斗夫妇，由于笔墨放纵，嬉笑怒骂，皆成文章，因而更有强烈的喜剧效果。如梁斗为了把韩芒种从饲养室挤走，故意值夜通宵，自己打熬不住，打起呼来，却反过来责备芒种不该睡着，这很生活化，喜剧效果也好。这种喜剧效果，不是基于对反面人物、落后人物的脸谱化、漫画化所取得的廉价的笑，而是对于人物性格、心理、思想的深入解剖，也是属于人物性格中的喜剧因素。

如果说从转变人物或反面人物身上挖掘喜剧因素还容易做到的话，从正面人物、英雄人物性格中挖掘喜剧因素就不容易做到，就有顾虑了。有的电影喜剧不注重性格的逻辑，在性格之外另外制造笑料，如让一个男青年穿着女朋友的红拖鞋跑到单位里等等，不是从人物性格出发的，或者说没有形成非穿红拖鞋不可的必要的合理性；有的笑料尽出在有缺点的人物身上，而正面人物一本正经，没有戏，没有喜剧的"种子"。为什么不能像《李双双》《龙马精神》那样，从英雄性格中出喜剧色彩，而又合情合理，有助于性格的刻画呢？一是对英雄人物不够熟悉，还是按某种模式在创造英雄形象；一是唯恐一有喜剧色彩，会"歪曲"英雄性格。这种顾虑是多余的。李双双这个形象所以能在观众中扎根，除了她的可贵的品质外，不也包括她鲜明个性中的那些喜剧因素吗？只要从性格出发，群众是会通过的，切莫作茧自缚。我认为，电影喜剧的作者倒应该作出更大的努力，在充满喜剧性的冲突中创造喜剧的正面形象，这样，喜剧效果就更有意义，作品也就更有深度。因为我们的社会生活发生了巨大的变化，不再是如卓别林所处的那种污秽世界，同情、赞美的不再是那种可怜的小人物、流浪汉，喜剧电影中的正面人物也应随社会生活的变化而变化。这样才能在艺术之林中独树一帜，创造出人民群众喜闻乐见的社会主义新喜剧。

喜剧手法的运用

夸张、误会、巧合，是造成喜剧效果常用的喜剧手法。这种手法在李准的电影创作中也时有运用，效果好而又非常得体。

如在《龙马精神》中，对那匹瘦马的形象的描绘及人们的议论，显然用了夸张的手法。先是在牲口市场上。有人叫交易员骑上试试，他回答："我怕把屁股割成两半了！"在李十三的眼里，瘦得"划根火柴就点着了"，马哼唧一声，他说"老鼠也会哼唧一声"。继而在路上，马一摇一晃地走着，"后腿打了个滑，差点摔倒"，李十三又说："走起路来像醉酒一样。一步迈四指！"再是回到村里，人们议论纷纷。吹糖人留根说这马有三快："屁股比锥子快，脊梁比刀子快，卧倒比起来快。"饲养员梁斗更说马是一股"死相"："鼻子出水舌发灰，不用小鬼判官催。"蔡秀真也有她的评价："你买的那个叫马？""我怕骑上把它压卧了，怕风把它刮倒了！"这些人从不同角度把瘦马形容得形销骨立，是因为他们抱着各种心思都反对买马。说也凑巧，那天夜里，只听"咕通一声，马倒了"，几个人组成"抬马小组"，随叫随到，"马在马槽边站着，肚子下边缚着一个麻袋，麻袋四角吊起四根绳子在屋梁上，把个瘦马稳稳地护住了"。种种描绘，把匹瘦马刻画得入木三分。这样有层次的夸张的描绘，自然形成极好的喜剧效果。"请医治病"这场戏的喜剧效果也很好。蔡秀真正为一匹瘦马生气，而且受凉感冒了；芒种正要到镇上去为瘦马请兽医，而为妻子请医捎药，更在情理之中。芒种请兽医于前，为妻子捎药于后，蔡秀真只知芒种为自己请医，并不知道为瘦马请医。兽医上得门来，蔡秀真误认为是来为她治病的，受到了蔡的盛情招待。待问起病情，人马不对头，才真相大白。这真使观众"绝倒"了。

  这样的夸张、误会与巧合，绝不是作者随心所欲的安排。夸张要适度。正如鲁迅所说："虽然有夸张，却还是要诚实。'燕山雪花大如席'，是夸张，但燕山究竟有雪花，就含着一点诚实在里面，使我们立刻知道燕山原来有这么冷。如果说'广州雪花大如席'，那可就变成笑话了。"[1] 艺术的夸张变成了无端的夸大，就不真实了。那匹瘦马虽瘦，但毕竟是活马，所以能养成"雄骏异常"的良马；如果正如梁斗所说，是一副"死相"，过了头，生死马而肉白骨，就没有人相信了，既无喜剧效果，也无艺术力量。误会与巧合，也

---

[1] 鲁迅：《漫谈"漫画"》。

不能脱离生活的逻辑、形象性格的逻辑，不能由作者随意"制造"。看来巧得很，带有偶然性，但又要在情理之中，表现必然性。蔡秀真把兽医认为是给她治病的大夫，这是误会、偶然性，但是，她正为瘦马在气头上，要"考验考验"芒种对她是否关心，见医生来了，心里自然得意，所以忙于热情招待，也不及细想了；而芒种的确把马看得很重要，并没有理会到妻子有那样的心眼，两人各想各的，各行其是，所以形成误会、闹出笑话，反映了两种性格的必然。这场误会不仅符合生活逻辑、性格逻辑，毫无雕琢斧凿的痕迹，而且还推动着剧情的发展：在蔡秀真看来，"证实"了她在芒种心目中不如一匹瘦马，因此越想越生气，要带着孩子回娘家，给芒种造成更大的困难。这样的误会与巧合，起一石数鸟的作用，所以是经得起推敲的。

离开生活真实、性格逻辑，滥用夸张、误会、巧合等喜剧手法，是某些电影喜剧的通病。它们为了逗人一笑这个"最高任务"，用纯属偶然性的东西来组成戏剧情节。如面貌极像的弟兄俩跟面貌极像的姐妹俩谈恋爱，这里面自然会闹出不少笑话，错中有错，引起满堂大笑。但是深长思之，这在生活中究竟有多少真实性？一想起这个要命的"真实性"，观众就再也笑不起来了，或者仅止于一笑了之，只把它当"戏"看而已。真正的喜剧，主要不是建筑在夸张、误会、巧合等喜剧手法上的（它当然有助于产生强烈的喜剧效果），而是建筑在生活真实和性格真实的基础上的。我们看卓别林的《城市之光》，流浪汉与狂乱无常的阔佬几次邂逅，都很奇、很巧，也是极度的夸张，但观众并不认为不真实，而正是通过这样的喜剧手法，深刻地揭露了畸形的资本主义世界的严酷现实，生动地塑造了典型环境中的典型性格。由此赢得的观众的笑，是充满着同情、怜悯、讽嘲、憎恶等真诚感情的笑，而不仅是心理的或感官的刺激形成的反应。

演员真实的表演

电影的喜剧色彩，还要借助于演员的表演。如果演员并不把自己的表演仅仅看作"发挥表演才能"的机会，而是在严格按照生活的逻辑真实地刻画人物的性格，由此而引起的喜剧效果，则是顺理成章的，令人信服的。如果一开始就以逗人发笑为能事，穷极发挥，那样挤出来的笑声是别扭的、表面的喜剧效果。不要以为滑稽、夸张才会引起喜剧效果。有时真诚严肃的表演，人物并不意识到自己处于可笑的境地，他表现得越真诚、越严肃，就越有喜剧效果。

《李双双》在处理人物的心理、形体动作时，是按正剧的样式进行的，即将表演生活化，而不是喜剧化。如双双和喜旺"夫妻打架"这一场，演员表演都很真实、不夸张。喜旺捣蒜、摔倒、溜走，都俨然是现实生活中的喜旺的个性表现；双双的哭、打、笑，也都很自然真切，不火不瘟，不矫揉造作。在观众看来，他们不是在银幕上表演，而是使人忘记银幕。展现在面前的是真实的生活情景，是轻轻地揭去普通农舍的墙壁的一面，窥视着小两口思想感情上的纠葛引起的冲突，唤起人们类似的生活经验，有身临其境的感觉。因此它所引起的喜剧效果，是观众由衷的笑声，任何靠形体动作的夸张、做作、逗人发笑都无法企及。又如《小康人家》中，有一个卖烧饼油条的，每当这个"小康人家"内部矛盾有所发展，他都要出现在观众面前。我们可以从"全知道"买烧饼油条的逐次减少，看到她的处境越来越孤立。而"全知道"每次对卖烧饼的说的话也不一样。这样的细节，在戏剧结构上，巧妙地体现着冲突的发展和解决；本身又很自然、很生活化，富于生活情趣，因而产生喜剧效果。但如果演员在表演时，卖烧饼的油腔滑调，好像是在当着观众的面揭人之短，就变成了银幕上插科打诨的小丑了，虽然好笑，人们谁也不会想到这就是生活。再也没有比为演戏而演戏更严重地破坏电影真实感的了。

喜剧的表演自然不必完全像正剧、悲剧那样，但掌握分寸，遵循真实生活的原则恐怕是不能改变的。有的演员在银幕上"穷做戏"，说话挤眉弄眼，走路像扭秧歌一样，试问，如果生活里真有这样的人，能获得人家的同情和喜爱吗？有的演员表现角色的思想过程，把心理的东西通过电影手段表现为形象的东西，这是大家都能接受的，而且点到即止，给观众留有思索的余地，比较含蓄，这本来是可取的；但此时突然转向观众，对观众说："请观众同志们相信我……"演员自己从真实生活中走出来，跳上银幕向观众表演了，一下子破坏了生活的实感，即使有逗人一笑之效（其实剧场效果并不好），那也是得不偿失。看来，喜剧效果不能靠反常的做作、卖弄噱头来取得。

　　上述对李准电影创作的喜剧因素的概括可能是不准确的。电影喜剧可以借鉴，自然不应该照搬。喜剧有独特的艺术规律、表现方法，但一定要以反映真实生活为出发点和归宿。这也是本文的出发点和归宿。在这个前提下的一切探索都是可贵的，出现这样那样的缺点都是不足为怪的。

　　我们需要这样探索。因为观众需要喜剧。喜剧在发挥为四个现代化建设服务的文艺功能上大有作为。我们不仅要探索笑的艺术，更要探索喜剧怎样反映生活的本质。我们的一些喜剧电影，为了轻松愉快，常常选取比较小的题材，如计划生育、青年谈恋爱等等，当然这样的题材和主题也有其严肃性，也有现实意义，但反映生活的广度与深度，总嫌不够。跟以前的一些电影喜剧相比，可以说没有新的突破。难道喜剧就不能反映重大的社会矛盾，更深刻地揭示生活的本质，在轻松愉快中更发人深思吗？卓别林的电影喜剧对此作了否定的回答。《大独裁者》《淘金记》《城市之光》等等，都有比较深广的社会内容，都能让人笑得意味深长。当然，时代不同，不能照抄，借鉴却是可以的。这说明，只要我们真正解放思想，大胆创造，电影喜剧的天地还是很广阔的。我们期待着电影喜剧家们对人民的需要作出满意的回答。

原载《电影艺术》1980年第3期

《黄河东流去》的民族化特色

朱兵

在我国无产阶级文学发展史上，有优良的民族化、大众化传统。建国以来，赵树理和老舍同志以他们十分鲜明的民族化、大众化文学创作，赢得了"人民作家"的光荣称号；梁斌同志以他史诗性鸿篇巨制《红旗谱》的强烈的民族化特色，在广大读者中产生了巨大影响；姚雪垠同志的历史小说《李自成》，为民族化的新文艺谱写了新篇章；最近我们又高兴地读到了李准同志的具有鲜明民族色彩的新作《黄河东流去》。

《黄河东流去》是李准同志在电影剧本《大河奔流》的基础上，以同样题材创作的长篇小说。现在已经由北京出版社出版了上册。从电影到小说，李准同志不是简单的改编，从人物到故事情节都是全新的创作。它是一部具有中国作风和中国气派的优秀作品。

鲜明的民族人物性格

"每一个民族，都有自己的生活，自己的精神，自己的性格，自己对事物的看法，自己的理解方法和行动方法。"（别林斯基）一部具有民族化特色的文学作品，不仅要真实地反映出民族的生活、风俗，具有浓烈的民族色泽，而且还要反映出民族的性格、民族化人物的音容笑貌。在民族化的典型环境中，活跃着民族化的典型人物，这是《黄河东流去》民族化的一个特色。

小说所描写的王跑是中国小农经济的汪洋大海里孕育出来的一个典型。他自私，长着一个"钱串儿"脑袋，蚊子飞过他都想扒层皮，他又会木匠手艺，为赚钱，能钻营，能吃苦，他对赵公元帅礼拜最勤，就在黄水滔滔、无家可归的日子里，他也没有忘记发财的打算。但是，命运并没有安排他发财的前途：用毛驴赶脚，没赚到几个钱，被国民党匪兵连驴骗走；在白马寺，

"石头美梦"没做成，反而被抓进监牢，几乎送掉小命。书中所写王跑的活动并不多，但给人的印象却十分鲜明。王跑的性格，是在中国长期封建社会，在根深蒂固的小农经济的土壤上，生长出来的土特产。他无害人之心，只有发家致富的观念，他的发财理想，充其量不过是想自己的生活过得富裕点。中国的农民，几千年来生活境遇实在太苦了，希望稍稍改善一下生活地位的念头，又能算得了什么罪过？可是，在暗无天日的国民党反动统治下，王跑这点小小的愿望也是无法实现的。因此，王跑想发财而不能的悲剧，就不再是王跑一家一户的悲剧，而是历史和时代所铸成的社会悲剧。再一点，就是王跑只想个人发家致富，不关心其他"穷哥儿"的命运如何，这也是造成他的悲剧的一个因素。王跑的性格和命运又证明，在旧社会任何个人奋斗的道路都是行不通的，只有天下受苦人团结携手，一同推翻旧的社会制度，彻底砸碎旧世界，才是求得解放的唯一正确之路。

王跑的性格，虽然具有民族的某些特点，但是他绝不是民族性格的代表。别林斯基说："没有才能而想成为民族性的人，就永远总是俗气的，陈腐的；他也许会把下层老百姓、小酒店、广场、农舍等等的丑恶，总而言之，庶民的全部丑恶正确地摹写下来，可是他绝不能察觉人民的生活，理解他们的诗意。"可见，真正民族化的作品，关键在于发掘民族生活的诗意，民族性格的美。在《黄河东流去》中，蓝五和徐秋斋的塑造，就标志着李准对民族性格的美的发掘和开采。

蓝五是具有一定美学意义的民族性格。唢呐是中国独有的民间乐器，吹唢呐的人叫吹鼓手，这也是中国特有的人物。不过在旧社会，蓝五的唢呐吹得再好，也是永被人看不起的"下九流"。阔人们每遇红白喜事，把他请来，利用他的技艺，为自己摆阔气，讲排场，装潢门面。这种民间艺人，在中国，尤其是在北方农村，几乎县县、乡乡都有。他们的经济地位低下，生活毫无保障，饥一餐饱一顿，风里来雨里去，饱尝人间辛酸苦辣。但蓝五为人正派，没有媚骨，没有奴性，有艺有胆。当宋雪梅诚心诚意要嫁给他时，他当机立断，爽快答应和她一块儿"私奔"。这种民间艺人，虽不同于普通农民，但与农民的命运息息相关，与农民的感情脉脉相通。你看他坐牢出来以后，暂时找不到雪梅，和农民一起躲避黄水之祸的过程中，关系多么和谐，多么融洽。因为他的职业决定，经常出走他县，串游他乡，经历比一般农民多些，见识比一般农民广些，所以他对待生活，解决困难的办法，似乎比一般农民高出一筹。比如，黄水到来之前，他几次劝说赤杨岗的乡亲们"摞筏"，李麦等人接受了他的建议，黄水到来的时候，赤杨岗无论人命和财物就少受损失。在西安，当蓝五到"新声剧团"，生活有着落之后，再遇到徐秋斋和梁晴，还想办法介绍徐去剧团写海报，梁去帮着贴海报，以达到让他们维持生活的目的。可见，他并不是那种一阔脸就变的无耻之徒。这种典型，是李准同志从生活中挖掘出来的一个民族性格。

徐秋斋是既不同于王跑，又不同于蓝五的另一类典型性格。在徐秋斋这个典型上，更能反映李准的美学理想。他鄙视王跑的自私行为，与蓝五的关系很好。徐秋斋虽然穷，但他穷得有骨气。他多年耕种"砚田"有一定知识，他欣赏伯夷、叔齐的精神，在寻母口规劝落难乡亲不要相信海南亭的许诺，不要听信陆胡理的巧言令色，不要草率到日本侵略者在东北开办的煤矿上去。后来的事实证明，徐秋斋的看法完全正确，使不少乡亲免于落入虎口。他年龄大，经历多，见识广，有远见，有智谋。他有路见不平，拔刀相助，为穷哥儿们两肋插刀的传统的民族精神，但他又不是李逵、鲁智深式的一勇武夫。他不是采取抡板斧、舞禅杖，企图三下五去二砸碎旧世界的简单办法，而是出主意、用智谋，同吃人民肉喝人民血的豺狼进行巧妙的斗争。他不是单枪匹马地孤军奋战，他始终同农民群众在一起，他需要农民的帮助和支援，他也为农民群众解难分忧，他以农民群众为后盾，又为他们出谋划策，运筹帷幄。他是这批落难农民乡亲的军师、智囊，但他却从来不以农民师长自居，说服大家从事某件事情，或采取一个什么行动，不是用下命令或教训人的口气，总是用启发、诱导、引而不发的办法。比如，他赞成"抢船截粮"的革命行动，却意味深长地说："咳！现在这些年轻人都是胆小鬼。要是我年轻时候，见天吃芦根，煮野菜？我才不受这洋罪哩！他给日本人运粮，这是不义之财！……咳！不说了！如今这些年轻人太胆小了。"他的话如同在一堆干柴上加了火星，立刻燃起了向日寇和国民党反动派作斗争的熊熊烈火。

徐秋斋是个教书先生，落难穷儒。子曰诗云没有给他多少影响，孔孟之道没有主宰他的灵魂；历史的命运，现实生活的教训，使他接受的是岳飞、戚继光、林则徐等人的爱国思想，李逵、武松、鲁智深等人的反抗斗争精神。他打卦算命，但他从来不相信命运，只不过作为他谋取生路的一种手段。他给人算命，对不同人有不同态度：对富人是有意要赚他们的钱，对穷人为的是对他们遭受的不幸和苦难，给予心理上的抚问和安慰。

由徐秋斋，我们不难联想到《水浒传》中"智多星"吴用；由《黄河东流去》中的"抢船截粮"，我们也不难联想到《水浒传》中的"智取生辰纲"。在徐秋斋的血管里含有中华民族传统性格的血色素；在徐秋斋的骨骼里，含有某些民族传统性格的钙质。

除王跑、蓝五和徐秋斋的性格之外，其他像李麦、海长松、海老清、天亮、梁晴等老一辈和年轻一代的农民形象，无不具有民族的特点，都可以从中原大地的典型环境中，找出他们性格产生、发展、变化的历史根据和现实因素。海老清、海长松、王跑等都是道地的中原农民的生动形象，王跑对毛驴的器重，毛驴被骗走后火急火燎的心情，石头美梦的幻境，舍命不舍财的心理；海老清对黄牛的疼爱，牛病死后的痛苦；海长松对土地的眷恋，把烟袋等物埋进地里，以作痛心疾首的纪念：这些性格、心理都反映着中原农民的特点。

中原农民不同于生活在山清水秀自然环境中的南国农民，也不同于"多慷慨悲歌之士"的燕赵农民。这是因为我国地域辽阔，由于北国、南国和中原地区，自然环境、经济条件不同，又形成各个地区独有的某些特点。清代黄宗羲在《马雪航诗序》中曾概括为"吴、楚之色泽，中原之风骨，燕、赵之悲歌慷慨"，他是从诗表现出来的不同风格而言。我们从三个地域的长篇小说所描写的农民性格，也可以看出明显的差异。

高尚的民族道德情操

民族化的典型环境中，生活着民族化的典型人物，具有民族化的道德情操，这是《黄河东流去》民族化的又一个特色。

道德情操属于上层建筑意识形态的范畴。在阶级社会里，道德情操从来是有阶级性的。不同的阶级具有不同的道德标准和情操观念。在《黄河东流去》中就真实地反映了这种道德情操的分野。"长沙大火"和"黄河大水"是蒋家王朝对人民特殊"恩典"；褚元海部下骗走王跑的毛驴，褚元海却装聋作哑，顾左右而言他；海南亭以假慈善的面孔，企图骗赤杨岗的难民，去东北为日本人卖命；专员刘稻村讹诈王跑私通共产党，把他抓去坐牢，抢走"熹平石经"；西安车站的芝麻小差役，可以狗仗人势，任意抽打捡菜叶、拾煤块的小嫦娥……这就是国民党反动派代表的半殖民地半封建社会里中国大地主、大资产阶级的道德。真正代表中华民族优良道德传统的，是我国劳动人民所具有的高尚的道德情操和纯洁的道德观念。赤杨岗的难民，在逃难的过程中，就表现了中华民族这种高尚的情操和纯洁的道德。在人命关天的情况下，海天亮冒着生命危险，在大水中救出申奶奶、海长松一家和其他乡亲；在西安，流落街头，生活极端困难的情况下，嫦娥主动提出卖掉自己，好让嫂嫂梁晴和徐秋斋继续生活下去；寻母口落难，大家面临绝境，唯有海天亮取得"良民证"，可以在寻母口继续待下去，李麦却毅然撕毁了儿子的"良民证"，决心"死跟大家一块死，活跟大家一块活"；当年的徐秋斋老伴，宁肯自己活活饿死，却给徐秋斋在炕席底下留下一瓦罐小麦……这一切都是中国劳动人民的高尚情操和纯洁道德的最生动的体现。平常日子的互相接济、互相帮助还比较容易做到；关键时刻，尤其在生命攸关的生死关头，一句话、一个行动，一点可维系生命的微薄财物，都是无价之宝。在这种情况下，最容易检验人们情操的高下和道德的纯洁程度，也容易透视人们的内心世界、灵魂深处。李准正是把他的小说人物放在这种典型环境里，展现他们闪光的情操和道德的。

　　在爱情、婚姻和家庭的问题上，劳动人民的情操和道德观念，与剥削阶级也是大相径庭的。崔副官与他上司的太太在路上明目张胆地乱搞，刘家地主的傻儿子可以娶一个年轻貌美的穷人家姑娘为妻，这种道德的沦丧，婚姻制度的不合理，李准同志在《黄河东流去》中并没有着意去反映，但仅从这些零碎的片断中，却鲜明地反映了剥削阶级的婚姻、家庭关系。

与剥削阶级形成鲜明对比的，是劳动人民中存在的纯洁爱情、幸福婚姻和和睦家庭。海天亮与梁晴真挚而纯洁的爱情，春义和凤英的结合，蓝五和雪梅的私奔，谱写了年轻一代美丽、纯洁爱情和婚姻的新曲。李麦与海青牛的患难之交，海长松与杨杏、王跑与老气的生死相依，徐秋斋与老伴的深情厚谊，都写出了老一辈人婚姻和家庭的面貌。在劳动人民对爱情、婚姻和家庭的描写上，同样反映着中华民族优良的情操观念和道德传统。在西安，梁晴受到崔天成的欺骗之后，徐秋斋曾讲过一段富有哲理的话，他说："什么叫良心？良心就是一个人的德行，一个人的胆气，一个人的脖筋和脊梁骨，人有了良心就活得仗义，活得痛快，什么都不怕，他没有亏心！……"这可以视为对中华民族传统道德观念最朴素、最中肯、最符合实际的概括。赤杨岗的难民，所表现出来的，正是这样的"德行"、"胆气"、"脖筋"和"脊梁骨"。

　　李准同志在这部小说"开头的话"中曾这样说："多少年来，我在生活中发掘着一种东西，那就是：是什么精神支持着我们这个伟大民族的延续和发展？从1969年起，我在黄泛区又当了四年农民。通过我听到的一些动人故事，看到的一些人物的悲壮斗争场面，我觉得好像捕捉到了一些东西，那就是历史是人民创造的。这些故事告诉我，我们这个社会的细胞——最基层的广大劳动人民，他们身上的道德、品质、伦理、爱情、智慧和创造力，是如此光辉灿烂。这是五千年文化的结晶，这是我们古老祖国的生命活力，这是我们民族赖以生存和发展的精神支柱。"这正是这部小说思想内容的核心、主题的所在，也是这部小说在思想内容方面民族化特色的最集中、最突出的表现。

真实的民族精神风貌

　　通过民族化的生活环境，民族化的人物性格，民族化的道德观念，来反映民族化的精神风貌，这是《黄河东流去》民族化的另一个特色。

　　几千年的封建社会，严重阻碍生产力发展，造成中国长期的贫穷和落后。中国人民的"刻苦耐劳"的优良传统，就是世世代代与贫穷、落后的斗争所形成的。中国的长期贫穷和落后，在世界上是罕见的，因此中国人民刻苦耐劳精神就著称于世。黄河流域的人民，除了中华民族通有的贫穷和落后之外，还要加水、旱、黄、汤几大害，就成为贫穷中最贫穷、落后中最落后、苦难中最苦难的部分，因此他们的刻苦耐劳精神尤为突出。

赤杨岗的农民，在黄水漫漫，房倒屋塌，土地被淹，宿无栖息之所，食无饱肚之粮的极端困难的情况下，他们仇恨日本帝国主义侵略中国，仇恨国民党反动派的投降主义，他们更仇恨不顾千百万人民死活的所谓"以水代兵"的反动策略。但他们没有绝望，相信中国不会灭亡，国民党反动派横行霸道的日子不会太长，他们从中国共产党领导的新四军那里，看到了中国的希望和光明前程。因此，他们以艰苦卓绝的精神，奔波、劳动、奋斗，求得生的权力，度过艰苦岁月，争取光明、幸福的未来早日实现。

《黄河东流去》重点写了七户难民逃难、流徙的生活，他们是李麦、王跑、蓝五、海长松、海老清、徐秋斋和梁恩（梁晴的父亲）。他们七家不仅是赤杨岗难民的代表，也是中牟县，甚至整个中原黄泛区难民艰苦奋斗的缩影。《大河奔流》的电影只着重写了李麦一家，而长篇小说写了七家，内容当然要丰富得多。这七户难民没有统一的组织和领导，共同的命运和愿望把他们团结在一起，形成一个相依为命的集体。无论赤杨岗、寻母口七户在一起的日子，还是后来分散在洛阳、西安、白马寺各地，他们互相牵挂，心始终在一起。大家都盼望着，黄水早日退下去，他们好重返故土，重建家园。

无论在什么时候，什么地方，他们都以刻苦耐劳的精神，为生计劳碌。有事一起做，有饭一起吃，有钱一块花。在寻母口，李麦找到给旅馆拆洗被子的差事，几个妇女一起干，挣来的粮食大家匀着吃；海天亮到黄河帮人撑船，从早累到晚，晚上躺下，连句话都懒得说，就睡着了；梁晴背盐、王跑赶脚、申奶奶教小孩如何要饭，都反映着中国劳动人民"刻苦耐劳"的奋斗精神。在洛阳，海长松为一家能喝几碗稀粥，一上午绞四十桶水，累得"头懵眼黑"，后来又去拉黄包车；小建和小强两个十来岁的孩子，先是捡菜叶、毛白菜、红萝卜，后来找到帮人"推坡"的"美差"，用汗珠子换取生活费；爱爱和雁雁学会了卖茶、卖丸子汤，无论老人和小孩，都有这种艰苦奋斗的精神。流落到西安的几个人，嫦娥在车站捡煤块，惨遭毒打，后到宝鸡当了工人（请不要以今天的眼光看解放前的工人）；梁晴去打包厂上班，下班还要照顾身患重病的徐秋斋；徐秋斋不甘心自己成为孩子们的拖累，他拖着病体也坚持去乞食、摆卦摊，或帮人写书信，以减轻梁晴、嫦娥的负担。无论在哪儿，人不分老幼，家不分你我，有什么办法用什么办法，有多大能力用多大能力，为求得生存而苦斗，为盼望运转而忍耐，这就是中华民族传统的"刻苦忍耐"精神。

徐秋斋用智谋，使海骡子放弃砍村头大槐树的念头，他出主意，让海福元不得不出钱买棺材殡埋李甲子，他带梁晴闹盐行，为王跑追回驴价，李麦撕毁"良民证"，蓝五和雪梅大胆"私奔"，都是赤杨岗人民反抗斗争的记录。但是，这时候还处于无组织、无领导、无目标、无纲领的自发斗争阶段，是为了解决某一个具体问题而奋起抗争。

葫芦湾"抢粮截船"事件，起初也带有自发的性质，李麦说得好："饿死也是死，还不如豁出来算了！"这是在与其束手待毙，不如铤而走险的情况下发生的。后来，由于得到新四军豫东抗日支队的有力援助，才使斗争由"自发"转为"自觉"。李麦已经和新四军豫东抗日支队挂上了钩，她又把海天亮送进了新四军，豫东平原上掀起强大革命风暴的日子，不会太远了！

生动的民族生活画图

《黄河东流去》的再一个民族化的特色，在于它真实地反映了二十世纪三十年代末四十年代初黄河流域的社会生活，展示了我国中原大地人民生活、斗争的生动的画面。

共同的地域，共同的经济生活，共同的自然环境，就形成一个民族在生活习俗、思想意识、道德情操等方面，不同于其他民族特点。文学艺术的民族性，就是"民族特性的烙印，民族精神和民族生活的标记"（别林斯基）。《黄河东流去》正是通过对黄河中游黄泛区这个"共同地域"农民生活的描写，反映中华民族的"个性"和"特征"的。

《黄河东流去》选取中国反动统治最黑暗的年代、中华民族灾难最深重的岁月作时代背景。日本帝国主义侵略的魔爪已经深入中国的腹地，国民党反动派积极反共消极抗日的政策，使中华民族濒临灭亡的威胁；中国共产党领导的八路军、新四军已开赴抗日前线，肩负起挽救民族危亡的历史使命，但还仅仅是开始。《黄河东流去》上册所反映的，就是在这样的背景下，嗜血成性的国民党反动派，采用"以水代兵"的荒唐策略，掩盖其假抗日、真投降的面目，不顾中原人民的死活，在花园口扒开黄河，造成了黄河中游人民千家万户的大悲剧。《黄河东流去》上册写的是中原大地人民的苦难史、血泪史。自然也有反抗和斗争，不过只是大规模可歌可泣革命斗争大剧的序幕。

从《黄河东流去》上册涉及的地域看，东起河南省的白马寺，西至陕西省的西安城，沿着黄河，绵延几百里，有非常广阔的背景。小说中，既有农村生活的描写，又有像洛阳、西安那样古老都城生活的反映，其生活内容是丰富多彩的，给我们展示了一幅幅中原大地上人民生活和斗争的画图。无论是哪幅画面，都具有鲜明的地方色彩，都有"民族特性的烙印"和"民族生活的标记"。

梁斌同志在谈《红旗谱》的创作经验时曾说："要想完成一部有民族气魄的小说，我首先想到是要做到深入地反映一个地区的人民生活。地方色彩浓厚，就会透露民族气魄。为了加强地方色彩，我曾特别注意一个地区的民俗。我认为民俗是最能透露广大人民的历史生活的。"李准同志在《黄河东流去》中突出描写中原地区的风俗人情，也就在小说中透露了民族特色，透露了中华民族社会生活的特点。

赤杨岗是中国中原大地的农村面貌的真实写照。村头的老槐树，海老清的黄牛，王跑的小毛驴，"小满会"上的桑杈、扫帚、绳索、镰刀、熟食摊、杂货棚、烟叶、石磨，悠扬悦耳的唢呐，《百鸟朝凤》《秦香莲》《对花枪》《穆桂英挂帅》的戏曲，男女老少的服饰、语言、生活习俗，甚至李麦招待宋敏的菜碟：一个香椿炒鸡蛋，一个韭菜炒豆芽，还有一碟新腌的蒜薹……这一切都是有声有色中原大地农村的风景画和风俗画。但是最能突出反映中原大地农村风俗人情的是"水上婚礼"：马鸣寺的老人马槐亲自把女儿送到姑爷家来，亲自看到举办婚礼才离开；李麦、徐秋斋的热心操持，茶水、饭食、席面都安排得周到妥帖；新郎新娘在沙岗地上磕头，拜天地、拜伯母、拜爹娘；席面上"摆着一碗鸡，一盆鱼，还有一碗炒干豆角，一盘拌粉条。另外还有天亮从水里捞来的两个大甜瓜，也摆在上面"；窝棚作洞房，芦席、花格土布被子、包袱、铁锅、碗筷、木勺；唢呐吹出欢快的《上轿调》，看热闹的姑娘、小孩……这一切不是一幅内容丰富、色彩斑斓的画图吗？此外，如寻母口街头、洛阳车站及西安"夜市"等精彩画面的设计，也都体现着作家探索民族化的匠心。同时我们还看到，作家精心绘制的这些民俗民情的画面，不仅是民族生活的标志，也烙印着时代历史的胎记。婚礼上磕头拜天地等活动，拿到解放后的新社会来写，就失真了，一间破窝棚作洞房，也只有在黄水泛滥期间才符合生活实际。这就是特定时代、特定地区所形成的典型环境。

多彩的民族艺术形式

民族化的思想内容，需要用民族化的艺术形式来表现。李准在民族化的艺术形式的探索上，也很值得重视。他的著名短篇小说《李双双小传》等，都散发着中国农村泥土的芳香，都活画出了中国农民的思想性格，也都烙印着他探索民族化艺术形式的足迹。李准经常提到前辈作家赵树理对他的深刻影响。从他二十多年来的创作也可以看出，李准始终以赵树理为老师，在文艺民族化、大众化的方向上，努力开辟自己的道路，形成自己的艺术风格。《黄河东流去》标志着李准同志探索民族化艺术形式的新里程。

《黄河东流去》的谋篇布局、艺术结构显示着民族化的特点。它采用的是中国古典小说《水浒传》的"链条式"艺术结构，在一章或数章中集中刻画一个或几个人物，然后再引出别的人物和下面的章节，如此类推，一直到结束。全书是庞大而互相勾连的整体，其中某些故事又有相对的独立性。这种结构有个好处，在一章或数章内基本完成一个或几个人物的性格发展，比较集中，给人的印象比较完整。为了避免情节结构上的死板和单调，有时也出现众多人物同时出场的大场面，有分有合，生动活泼。我国当代许多小说创作都是采用这种结构方式：短篇小说，如赵树理的《小二黑结婚》、刘白羽的《无敌三勇士》；长篇小说，如赵树理的《三里湾》、周立波的《暴风骤雨》《山乡巨变》和陈残云的《山谷风烟》。可见，这种结构方式，对长篇和短篇都是适用的。《黄河东流去》基本上也是采用这种传统的艺术结构方式。

　　为了避免故事情节的平铺直叙而造成呆滞、缺少波澜的毛病，李准还进一步采用了设置"悬念"的办法。李准在《观察生活和塑造人物》一文中说："一篇小说是要有点大的悬念，才能引人入胜，戏里叫'反动作'。没有'反动作'，你就写不下去。有一个大的'反动作'，引人入胜，很重要。"蓝五入狱后，雪梅下落不明，这对"私奔"夫妻，以后还能不能团圆？这是一个"悬念"。海老清出差车后，家乡遭黄水，老婆带着孩子逃出去了，老清在外边会不会遇到什么凶险？能不能安全归来？归来还能不能找到家里人？这又是"悬念"。王跑一家，从洛阳扒火车，本想往西，结果上了东边，将来命运如何？还能不能回到故土？这仍然是"悬念"。葫芦湾李麦一家失散，赤杨岗难民也东一家，西两家，分散各地，他们各自如何谋生，以后再如何向赤杨岗聚拢？这更是大的"悬念"。李准正是通过这一系列大大小小的"悬念"，紧紧抓住读者，使你不忍中途释手，非一气读完不可。这就增加了小说引人入胜的艺术魅力。这种留"悬念"的艺术手法，是从中国话本小说那里继承来的。赵树理仍然沿用评书的术语，叫作"扣子"。李准运用这种手法，不是在每章的末尾用"欲知后事如何，且听下回分解"的套语来表现，而是自然而然地安插在故事情节中，所以并不感到生硬和落窠臼，而是感到情节波澜起伏，跌宕多姿。

　　赵树理同志在《也算经验》中说："至于故事的结构，我也是尽量照顾群众的习惯：群众爱听故事，咱就增强故事性；爱听连贯的，咱就不要因为讲求剪裁而常把故事割断了。"李准把赵树理这种宝贵的民族化经验，也运用在创作《黄河东流去》中了。一个又一个生动、有趣、完整的小故事，不断在《黄河东流去》中出现，如王跑赶脚做石头梦，海志清出差车、死牛，海长松买地上当，徐秋斋智赚褚元海、李麦教育四圈与母亲见面等，有的是喜剧，有的是悲剧，也有的悲中带喜，或喜中带悲。这一个又一个故事成为情节发展中的一个个链条，也是展现人物性格的细节。

在塑造人物的艺术手法上，更能体现《黄河东流去》的民族化特色。外国小说喜欢用大段大段的风景描写烘托人物性格，或用细腻入微的心理刻画，揭示人物的内心世界。中华民族的艺术传统，习惯于用语言和行动塑造人物，喜欢"白描"。"白描"并没有什么秘诀，"如果要说有，也不过是和障眼法反一调：有真意，去粉饰，少做作，勿卖弄而已"。鲁迅用自己多年的丰富创作经验解释说："我力避行文的唠叨，只要觉得够将意思传给别人了，就宁可什么陪衬拖带也没有。中国旧戏上，没有背景，新年卖给孩子看的花纸上，只有主要的几个人（但现在的花纸却多有背景了），我深信对于我的目的，这方法是适宜的，所以我不去描写风月，对话也决不说到一大篇。"这是中国传统艺术手法的最精练、最准确的概括。

在《黄河东流去》中，我们看不到描风弄月的大段文字，我们也看不到冗长的静止的人物心理刻画，但我们处处可以看到，用比较朴素和简练的文字，所描写的人物的行动和语言。李准曾说："作者在一边老说下去他怎样，怎样，是最烦人的，读一会儿就不那么生动活泼了，就疲倦了。人物有对话，有动作就生动。"海四维在《黄河东流去》上册，还是个未出场的人物，但从他在黄河扒口前一两天，得到了将要扒口的消息，而廉价卖给海长松七亩地，让海长松用一百五十多元银洋"换来"半篮麦粒的行动，就把一个阴险奸诈、以邻为壑、落井下石的地主形象，如特写镜头一样突现在读者面前。徐秋斋说话不多，行动感人：用鸡血抹在树上，阻止了海南亭砍掉头村大槐树；替小李麦出主意，海福元只得乖乖给李甲子买口棺材；带梁晴闹盐行，梁晴就捞回了盐口袋和一袋盐钱；略施小计，为王跑"赚"回三十元驴价。小说通过这些具体而生动的行动，把一个急公好义、专打抱不平而又足智多谋的可敬可爱的人物形象，活灵活现地塑造出来了。

通过凝练而富有个性的对话塑造人物，可以以蓝五和雪梅"私奔"前的对话为例：

"你怎么来到这儿了？"蓝五问。

"不知道!"雪梅擦着眼泪答。

"你从哪儿来?"

"我从俺娘家来,我跟你半个月了。大辛庄、黄集我都跟着看你了,你没有看见我。"

一阵热血涌向蓝五心头,他的眼睛潮湿了。

"蓝五哥,咱跑吧!"雪梅恳求地说。

"上哪儿跑?"

"往新疆跑,那里没人认识咱。"

"可我是个下九流,你……"蓝五痛苦地说不出话来。

"蓝五哥,我不嫌弃你。我也是穷人家闺女。蓝五哥,你放心,我要日后变心,你杀了我,你宰了我。我嫁的那个女婿是傻子。你就从火坑里把我拉出来吧!……"雪梅像疯了一样倾吐着自己的苦衷,蓝五为这个少妇的可怜遭遇激动了。他问着:"你叫啥?"

雪梅说:"我姓宋,我叫宋雪梅。蓝五哥,咱俩跑出去吧!就是跟你要饭我也情愿!"

这段对话,仅三百多字,蓝五与宋雪梅的性格跃然纸上,宋雪梅的性格比蓝五显得更突出、更鲜明。全书中宋雪梅出场不多,所占篇幅极少,但给人的印象却十分深刻。就从这简短的对话中,她那种被旧社会不合理婚姻制度长期压抑的青春生命的火焰,那种大胆挣脱阶级压迫和婚姻苦海的泼辣性格,那种少有的沉着、刚毅、果断的行为,那种铿锵有力、斩钉截铁的话语,有谁能不为之拍案叫绝。在"抢粮截船"事件发生之后,李麦对新四军豫东抗日支队队长秦云飞讲的一段话,徐秋斋在西安乞食街头时写在毛头纸上的寥寥数语,都鲜明地体现着李麦、徐秋斋的身世、经历和性格特征。其他人物像王跑、海长松、海志清、海天亮和梁晴等,无一不是用独特的行动和语言表现他们各自不同的性格。

在《黄河东流去》中,李准正是用这种传统的艺术手法来塑造人物的。在《水浒传》中,只要听到一声"黑爷爷",就知道李逵出场了,只要听到"洒家如何如何"，就可以断定鲁智深在说话，一见板斧抡动，禅杖挥舞，不用问，也知道谁在动作。当然，李准同志运用这种塑造人物的传统艺术手法，还没有达到从一句话、一个动作就能判断是那个人的那种臻于至善、炉火纯青的地步。不过，在《黄河东流去》中，确实不乏用言语和行动刻画人物的精彩段落。

《黄河东流去》民族化的艺术特色，在语言方面的表现，也是十分明显的。它通篇都是用民族化的、大众化的语言写成的，通俗、流畅、生动、活泼。有文化的人读得懂，没文化的人听得懂。一般人读起来，感到新鲜，生活气息浓，农民自己读起来，仿佛看到自己的面影，如同听到自己的心声。

《黄河东流去》中大量精彩闪光的语言，来自民间，来自农民群众之中。如"箩面雨""一火车话""远怕鬼，近怕水""吃饭不知饥饱，睡觉不知颠倒""过了九月九，大夫高了手。米汤萝卜丝，吃了去病根""天河吊角，南瓜豆角；天河西北，西瓜凉水；天河东西，收拾棉衣""穷在大街没人问，富在深山有远亲"等。李准同志长期深入农村，不仅积累、储存了大量的极其宝贵的生活素材，而且搜集了极其丰富的语言原料。群众的语言是丰富的，也是粗糙的，还需要作家加工提炼，读《黄河东流去》，不仅感到它的语言丰富、生动，而且精练、妥帖，这自然凝聚着作家开采、提炼、加工的心血。李准既有丰富的语言积累，又有咀嚼、消化的过程。在运用时，他不是过多地借助方言，也不是生吞活剥乡间俚俗语言的杂陈，而是先把丰富的语言素材加以吸收，化成自己的血肉，然后像吃草挤奶、食桑吐丝一样，自然而然地流泻出来。从《黄河东流去》中章头诗的运用和对黄河"铜头铁尾豆腐腰"的概括和解释，即可管窥李准同志运用民间语言独具的匠心。

中华民族是古老的民族，它不仅有极其丰富的优秀文学艺术传统，也有极其丰富的语言艺术财富。唐诗、宋词、元曲、明清小说，都是有名的语言艺术宝库。要提高今天的文学语言水平，就要学习古人，批判地继承一切有生命力的语言遗产。李准熟悉古诗词，熟悉传统戏，能把古诗词和传统戏、古典小说中有生命力的语言，恰如其分地运用在自己的作品中，又妥帖、自然，不露斧凿痕。徐秋斋这位多年耕种"砚田"的老知识分子，在春义和凤英的婚礼上，他一本正经地念着："关关雎鸠，在河之洲。窈窕淑女，君子好逑。上有皇天，下有后土。新郎新娘拜天地！"半新半旧的婚礼，古诗新词的杂糅，生动地描绘了中原大地的风俗。"鬼斧神工，峭壁雄流"的隶体大字，"黄河西来决昆仑，咆哮万里触龙门"的古诗句，李准都巧妙地运用在自己的小说里，写出了祖国山河的壮美。更值得注意的是，李准同志还把诸如"鸡声茅店月，人迹板桥霜""星垂平野阔，月涌大江流"的意境，融化在小说中，创作上具有新时代特色的意境美。

李准说他的作品，基本上属于"茶叶""丝绸"这样一类的中国风格的产品。构成他的艺术风格的因素，据他自己讲有三种：第一种是民歌、民间故事、中国戏曲、乐府诗、古文及古典诗词；第二种是鲁迅、茅盾和其他一些老作家的作品；第三种是中国音乐和绘画，特别是石刻、写意画，唢呐、筝等的音调和旋律以及民间的排鼓、铙钹等乐器的明快节奏。《黄河东流去》就是李准这种艺术风格的集中体现。通俗、流畅、清新、明快是这部小说的基调，"朴中巧"和"淡中浓"是他的艺术风格的特色。古人写诗，讲究"宜朴不宜巧，宜淡不宜浓"，这并不是只要朴、淡，不要巧、浓，而是要把巧藏在朴中，把浓含在淡中，那种朴，是"大巧之朴"，那种淡，是"浓后之淡"。如同吃橄榄，越吃越有味。看如平淡最奇崛，却似容易实艰辛。这的确是《黄河东流去》艺术风格的特色。

原载《文学评论》1980年第5期

读短篇小说《王结实》

肖德

李准的新作《王结实》(载《莽原》1981年第1期),成功地塑造了一个性格鲜明、有血有肉的农民形象,意蕴深沉,耐人寻味。

《王结实》的故事并不复杂:"史无前例"的年代,秋林公社委派老保管王结实代表贫宣队去秋林镇完小当校长,占领"上层建筑"。可是很奇怪,王结实并不因为"高升"而发昏,反倒认为这是开玩笑,"说话如放屁",不肯去。尽管靠造反起家的公社革委会副主任王耀宗口若悬河,滔滔不绝地对他说占领学校多么重要,还是说服不了他。王耀宗一怒之下走了,王结实竟骂开了:"你们光掐着死猫上树哩,到学校当校长,我能干得了吗?!"还是大队副书记刘合懂得王结实的脾性,提出只要他肯当校长,大队每天给他拨十个工分,外加补贴。王结实这才勉强同意去学校。

王结实是个诚实憨厚的农民,荒谬的时代非要他扮演一个他不能胜任的角色,于是,忠厚的性格与变形的环境之间发生了尖锐的冲突。他到秋林镇小学,本来是要占领学校的,谁知反被困在学校了。学校的师生对他很恭敬,可是老师们讨论的事他不懂,插不上嘴,只好躲在校长办公室里,每天隔着玻璃窗看学校院子里的麻雀,拿着蝇拍追苍蝇,看蚂蚁上树,他像老水牛掉到井里,有劲使不上,苦恼不堪。他只好自己找活干,见教室里的笤帚不能用了,便买了两捆高粱毛子扎笤帚。孩子们问他扎的笤帚结实不结实,他风趣地说:"结实扎的笤帚能不结实。"孩子们笑了,他也笑了,这是他来学校头一次舒心的笑。但现实矛盾很快使他转笑为怒了。正是在那个时代特有的矛盾中,王结实可爱的性格得到了充分的展现。派王结实到学校,是要他代表贫下中农改造老师的,可是他头一天听年轻的女老师蔡娴讲"曹刿论战",

便吃了一惊,这个长得清秀的女孩子,薄薄的嘴唇里竟能吐出那么多学问、知识。他想到他家的二妞,二妞长大一定要送她读中学。可是学生竟随便羞辱这位年轻的女老师,王结实非常气愤:学校连学生都不敢管还算什么学校。后来这个学生再一次欺负蔡老师时,王结实以他农民的愤怒方式,狠狠地打了这个学生两记耳光。

两记耳光只是农民最寻常的发泄愤怒方式,不料竟酿成了一起"迫害学生"的大案。王结实做梦也想不到,可那个时代就是这个逻辑。因为县革委副主任是当年"红造总"的司令,正是被打学生的父亲,所以县里成立了调查组,调查这次"迫害学生"事件。因为蔡老师的父亲是"右派",他们说她这是阶级报复。在开会批判蔡娴时,王结实大大方方地走进了会场,径直走到讲台,搬了把椅子从容地坐下,义正辞严地说:"问我吧,这个事前前后后我知道。""这不能算迫害!这和蔡老师、陈老师也无关,人是我打的……一个学生这样欺侮老师,就是对着他爹他妈的面,我也敢打他!"王耀宗气得暴跳如雷,大声喊道要撤王结实的职。王结实却不屑一顾地说:"你不用撤,我现在不吃饭就走,我早说要我来当这校长是胡闹。"王结实完全站在老师一边了,成了老师的保护人。他的性格多么可爱!他多么憨直,多么善良!

作品通过王结实一进一出秋林镇小学的描述,塑造出了既有时代特色又有鲜明个性的人物形象,具有深刻的认识意义。"史无前例"的年代已经一去不复返了,然而文学从过去的年代里总结教训的任务还远未过去,《王结实》这篇作品就是有力的证明。

李准同志曾说过:"一个文艺作品的思想,总是靠人物去体现的,塑造人物的基础则靠真实、准确的细节来完成。所以必须从生活中提炼,而不能从概念出发去胡编。"(《短篇小说的人物塑造及其它》)。李准同志最熟悉的是农民,有扎实的生活基础,因而才能写出王结实这个活生生的形象。

原载《文艺报》1981年第15期

值得重新审视的"辙印"
——李准创作成败得失漫论

陈美兰

人,总要在生活征途上留下自己的足迹,一个作家自然也会在自己的创作道路上留下鲜明的印记。因此,二十三年前,也正是我们年轻的共和国刚刚迈过了第一个十年的时候,李准曾把他献给祖国的一个创作合集题为《车轮的辙印》,显然,这个命名是意味深长的。

李准,他是属于在新中国的生活土壤中成长起来的第一批作家,是在社会主义革命时期中,遵循毛泽东同志《在延安文艺座谈会上的讲话》指引的方向,深入生活,投身火热的斗争,使自己的笔锋始终伴随着农村生活巨流前进的一个有影响的作家。从1953年发表《不能走那条路》起到"文化大革命"前的十多年时间,李准是驰骋文坛的一员骁将,他发表的小说有四十多篇、电影文学剧本八九个,另外还有不少散文、特写和戏曲,在当时同辈的青年作家中是个硕果累累的丰收者。他走过的道路,被作为一种"明确而健康"的方向受到文艺界的关注,得到过党和人民的充分重视;他的作品,被认为"相当生动地完整地和准确地反映了我们广大农村中几年来所经历的无比激烈而深刻的社会主义改造和社会主义革命运动的基本进程"[1]而受到肯定和推崇。

然而,当历史又过去了第二个、第三个十年后,特别是在经历了一场巨大的社会动荡之后,人们对李准的创作,却又产生了一些截然相反的评价。

---

[1] 冯牧:《在生活的激流中前进——谈李准的短篇小说》,《文艺报》1960年第3期

诸如,认为他的作品只不过是"政治运动的应时之作","谈不上现实主义",[1]等等。这种情况不仅发生在评论界,也发生在作家本人身上,前两年,李准在回顾自己所走过的道路时,就曾发出过这样的慨叹:"三十年来写了不少作品,有生命力的不多",并把教训概括为四个字"运动文学"。[2]

  从肯定到否定,本来是人们认识事物时往往会出现的一种正常现象。现在问题是,对李准创作这种笼统的裁决是否符合事物的实际?是否有利于作家今后在新的起点上迈步?人民培育一个作家很不容易,作为在新中国成长起来的第一代作家,二三十年来,他们沿着文艺为人民大众、为工农大众的方向,在沸腾的生活中不断地探索着正确反映人民生活的道路。这是一条前人未走过的、创建社会主义文学的道路,对于最初的实践者来说,失败总是难免的,但也要看到,这种失败,却又往往是与一些成功的东西复杂地交错在作家的全部创作过程中,因此,我们今天的责任,就不止于简单地去给它作个肯定或否定的裁决,而是要站在新的历史阶梯上,通过对作家创作辙印的重新审视,认真地、实事求是地研究其成功之所在和失败的因由,从而获得对一个作家的准确评价。

  李准创作包括的内容很广,本文试图只就作家对生活的认识和反映方面的成败得失谈点粗浅看法。

一

  李准是带着《不能走那条路》的呼声走上文坛的,这个呼声很快就在社会上引起强烈反响。为什么一篇情节极单纯、字数不及万的作品能在亿万人的生活中激起波澜?我们应该承认,这并不是某种主观力量所导致,也不仅仅出于对新生力量的支持,而是由于作品确实是从生活中来,真正适应了历史发展的需要和文艺发展的需要。

  《不能走那条路》通过翻身农民宋老定想买地的故事所提出的一个重大

---

  [1] 贺光鑫:《中国当代文学学会1981年庐山年会讨论综述》,《文学评论》1981年第5期。

  [2] 李准:《"文艺的社会功能"五人谈》,《文艺报》1980年第1期。

社会问题，即土改后的农村要注意两极分化。这对于处在历史转折关头的我国农村来说，是有着深刻的现实意义的。作为一种生产关系的重大变革，土改运动使中国农村的政治经济面貌发生了翻天覆地的变化，这是历史的客观事实。然而，几千年来的私有观念，在那短短的几年中却还没有也不可能随着旧有土地关系的消失而马上消失；更何况，土改运动也仅仅是完成了把土地交回大多数人手中的任务，而保留的仍然是个体私有的体制。这样，千年的私有旧习在个体私有的生活环境中又以新的形式继续存在和膨胀，这就不是一件偶然的事。为了使自己富起来，而不管是否已经侵占了他人之所有，这种思想残存于还未完全摆脱私有束缚更未曾经历过集体大生产实践的农民身上，也符合客观规律的必然。只不过在当时，人们的注意力还在被土改翻身、发展生产的欢乐所吸引，还未完全觉察到这种问题的严重性罢了。李准当时作为一个长期生活在农村的青年业余作者，他的可贵之处正在于能够通过生活中日渐增多的土地买卖、放高利贷等现象，敏锐地发现了生活中这种潜在矛盾，尽管他还不可能从政治经济学的深奥道理上去阐明它，但却能从自己生活的真切感受中警觉到这种矛盾发展的危险后果，并通过艺术的典型化手段，把这个生活中迫切需要解决的问题异常尖锐地提到了人们面前。这完全是生活给他的启示，如果说是"应时"的话，它正是应生活之需，应历史发展之需，这种"应时"，不是什么过错，而恰恰是我们的文学对生活应负的责任。事实上，当时对于生活中这种异常现象，党也作出了马克思主义的分析，并及时采取了引导农民群众在自愿基础上实行互助合作的措施，以共同富裕的优越性来克服两极分化的危险。倘若李准刚发表《不能走那条路》还只给人们以震动，那么，后来的生活实践则进一步证明了他这篇作品的历史功绩，证明了它不是一篇过眼烟云的"运动文学"，而是一篇来自生活实践又推动生活前进的有历史价值的作品。

  李准这篇作品引起文坛的重视，除了它的社会意义外，还有它文学本身的原因。建国后，我们的文学创作正面临着如何正确反映当代社会生活，如何从对现实生活的描写中揭示出具有深刻社会意义的矛盾这样一个新课题。为此，文学工作者开始了多方面的探索，而李准正是以自己的创作实践，为这种探索闯开了路子。诚然，他的经验并不完全是成功的，但毕竟是第一次大胆地触及农村现实中的新矛盾，为人们注意这一新的创作命题，打开了思路，从这一角度来看，李准来到文坛的意义也是不可抹煞的。

李准第一篇作品取得的成功，说明了他走上文坛之前就有着较充分的生活准备。和农村生活、农民命运的天然联系，是中国从新民主主义革命到社会主义革命转换期中出现的一代作家的一个十分可贵的传统。当然，较之从民主革命战火中过来的老一辈，李准的经历相对要短浅些，但他从小生活在黄河岸边，熟悉农村中"一切人，一切阶级，一切群众，一切生动的生活形式和斗争形式"，昔日农民群众在黄河两岸这条"饥饿的走廊"上挣扎的苦难以及今天成为土地主人的欢乐，都和他的心灵息息相通，因此，农村生活的每一个哪怕是微细的变动，都会在他思想上引起敏锐的感应，农民群众的每一点忧戚与喜悦，都会在他感情上掀起波澜，这是生活为他的创作所提供的重要基础。再加上解放后他对科学社会理论的自觉掌握，就更使他获得了认识生活的"望远镜和显微镜"，这时，生活对他就不只是"包着的璞玉"和"堆积零乱的砖块"，而是"充满着颗颗珍珠"。[1] 正如他所说的，马克思主义的认真学习，"使我对整个人类历史了解了，也使我对整个农民阶级解放的道路了解了。我对农民这个阶级有了比以前更为亲切的感情，对这个阶级的命运前途，也有了更加浓烈的兴趣"。[2] 由此看出，决定李准成功地迈开第一步的有两个重要因素，一是生活基础，一是马克思主义理论的掌握，这二者的结合，就使这个年轻的作者犹如一株茁壮的树苗，既有肥沃的土壤，又有充足的阳光，从而迅速地绽开了第一个花蕾。李准在创作起步时所留下的这个脚印，直到今天，仍然是值得我们珍视的。

当然，有了正确的起步，不等于路途没有曲折，而李准的道路受到干扰，恰恰也就出现在他迈出第一步的时候。

《不能走那条路》固然敏锐地反映了当时现实生活中出现的令人警觉的

---

[1] 李准、王汶石:《答〈文学知识〉编辑部问》，《文学知识》1959年第11期。
[2] 李准、王汶石:《答〈文学知识〉编辑部问》，《文学知识》1959年第11期。

问题，但在揭示这种矛盾时，确实还存在着明显的不足，突出表现在：作品在批判自发倾向时，过多地把注意力集中在宋老定这样一个虽有落后思想，但却勤俭朴实、热爱劳动、眷恋土地的农民身上；而对于不好好从事农业劳动，倒腾牲口，一心想吃"飞利"的张栓，却轻轻放过，缺乏应有的批判。这反映了李准对生活矛盾的把握尚有偏颇，对于什么才是农村资本主义倾向，资本主义倾向的危险在哪里，认识还是朦胧的。对这问题，当时文学评论界就曾发表署名文章提出过看法，[1] 而这个问题的解决，正确途径自然是应该引导作家提高马克思主义的观察力，进一步加深对解放后农村所出现的复杂社会关系的了解和研究，从而获得对生活更准确的反映。但可惜这种正确意见当时竟受到极不公正的待遇。这样，一方面，作品暴露出来的明显不足，被一些对作品过誉的赞扬深深掩盖着；另一方面，在评论作品的成功时，那种所谓"及时配合政治斗争"的"引导"则被强调到过分的地步。由此，也就使李准开始片面地认为"政策观点"可以替代自己对生活的真切认识，他在总结《不能走那条路》的体会时，就明确地接受了这样的观点："对社会生活中的任何现象必须从政策观点来加以估量"，于是也就自觉不自觉地忽略了继续开掘生活的宝库，抒写自己对生活的深刻感受和真知灼见。

本来，政策是人们在认识生活过程中为解决实际矛盾而制定出来的措施，从认识论的角度说，它应该是属于第二性的东西，因此，政策的正确与否，还需经受生活实践的检验。如果仅仅把它作为创作的唯一依据，作为认识生活的出发点和最后归宿，以它来匡正对生活的真实感受，这就直接违反了生活"是一切文学艺术的取之不尽、用之不竭的唯一的源泉"的马克思主义观点，必然导致认识与实践关系的颠倒，使创作的航船从"最广大、最丰富"的生活海洋中驶进人为的狭小的通道。在《不能走那条路》发表后的一个时期，李准有些作品就较明显地留下这种指导思想的痕迹。像通过一把双铧犁的使用，说明在生产中坚持依靠贫下中农路线的重要的《大风雪里》，反映社办托儿所筹建过程的《农忙五月天》，还有直接宣传植树计划的《林

---

[1] 李琮：《〈不能走那条路〉及其批评》，《文艺报》1954年第2期。

业委员》等，都是根据合作化运动中某个阶段要宣传的具体问题而编出的故事。这些作品由于在某种程度上满足了特定时期贯彻某种政策措施的需要而受到过较高的评价，但毕竟因为缺乏对生活更广泛深刻的开掘和描写，缺乏对生活中人的思想性格的深刻研究，以至造成作品思想内容简单化，人物性格也消融到一定的政策原则里。这样的作品，时过境迁，当然也就失去了应有的价值。

二

倘若李准按照这样的路子走下去，那么，他后来的创作就不可能再放射出生活的光彩。庆幸的是，在他经历了一段曲折的航程后，当人们问他如何使自己创作有新的突破时，他终于又作出了明确的回答："从生活中找阶梯。"[1]

1958年，李准带着全家又一次回到农村落户。这个时期，他在创作思想上有一种显著的变化：他对生活的探索，已经不仅仅停留在对一般生活进程的了解，也不满足于对某些生活现象的熟悉，而是开始把观察生活的注意力集中到人的身上。他在当时写的一篇创作体会中说："这几年，生活给我留下了深刻的印象。我看到人民身上蕴蓄着的创造性，看到了坚韧不拔的昂扬斗志，看到了'勤劳勇敢'这四个字所放射出来的光芒，看到新的人的成长、新的品质和性格的形成。"[2] 于是，他兴致勃勃地开始着力于对人、对人的精神世界的探索和研究。

"表现生活还是需要活生生的人"，李准这一见解，表明他对生活的认识大大迈进了一步。文学总是通过个别的、具体的东西来揭示生活的本质的，而作为社会关系总和的人，它身上总要折射出一定时期社会生活的色泽和音响，因此，抓住人的研究，也正是抓住了认识生活的关键。当然，要深入研究和描写具体的人是不容易的，德国古典作家歌德曾经说："我知道这个

---

[1] 李准、王汶石：《答〈文学知识〉编辑部问》，《文学知识》1959年第11期。

[2] 李准：《我喜爱农村新人——关于写〈李双双〉的几点感受》，《电影艺术》1962年第6期。

课题确实是难，但是艺术的真正生命正在于对个别特殊事物的掌握和描述。"他把解决这个"课题"，看作是"艺术的真正高大的难关"。[1] 而李准，正是在闯这个"真正高大的难关"中，产生了《李双双小传》这样的优秀作品，从而使他对生活的反映走上了一个新的高点。

在《李双双小传》问世不久，茅盾在《一九六〇年短篇小说漫评》中就指出，这篇作品"以个别反映整体的原则，表现了公社运动前后人与人关系的变化——自然也包括人的变化"。这个论述是十分中肯的，小说确实"摆脱了写事件和写具体政策的范畴"[2]，而把笔力集中在人物形象的塑造上。李准曾不止一次兴奋地回忆自己在生活中捕捉李双双这一艺术形象的有趣经过：有一次，他在某个生产队遇到这么一件事，一位女共青团员发现村里几个妇女结伙偷了队里的庄稼，她不徇私情，勇敢地向公社揭发了，那几个妇女怀恨在心，就趁她到地里干活时围攻她，打骂她，撕她头发，而这位共青团员为了维护集体利益始终没有屈服。这件事就像一道闪光在李准的脑海中划过，使他看到了生产关系变革中一种新的品质正在人们身上形成，他"激动得不能平静"，立刻产生了写这种人的强烈愿望。生活萌动了他的激情，但李准没有满足于这一点感受就匆忙提笔，他坚持在生活中继续广泛深入地进行大量的细致观察，以后，他又遇到了一个、两个、无数个李双双式的妇女，从她们身上获得了许许多多动人的故事和富有个性特征的言谈、动作和生活细节，对她们的思想品质和精神世界不断有新的发现和了解，就这样，日积月累，一个血肉丰满的艺术形象终于在作家脑海中孕育成熟了。

显然，李准笔下的李双双完全不是作家为了表现某种事件或政策需要而找来的一个抽象概念的依附体，而是从生活中提炼概括出来的富有时代色彩和鲜明个性特征的活生生的新人。我们读完作品，谁能忘记李双双她那火辣辣的性子，她那果敢利索的行动，她那锋利活泼的言辞以及她那爽朗乐观的

---

［1］ 爱克曼辑录《歌德谈话录》，朱光潜译，人民文学出版社，1978，第9-10页。
［2］ 李准：《向新人物精神世界学习探索——〈李双双〉创作上的一些感想》，《人民日报》1962年12月16日，第5版。

音容笑貌啊！我们不正是通过这个性格鲜明的农村妇女，感受到我国农村社会主义生产关系建立后社会生活的深刻变动，认识到在这种新的典型环境中出现的一代新人大公无私、热爱集体、敢于斗争、见义勇为的崇高思想品质吗？李双双这个形象经受了千百万群众的检验，并在他们生活中产生着积极的影响，不少农村社队希望自己的集体里多来几个李双双，这就是人民群众对这一艺术形象朴素的然而却是崇高的评价，也证明了文学要反映生活、推动生活前进，就要坚持研究人，"从写人出发"的道路的成功。

然而，我们也不能不看到，随着历史的流逝，《李双双小传》固有的弱点也确实越来越明显地暴露在人们面前：作品所选取的公社办食堂的事件是缺乏生命力的，没有经受起客观规律的检验。实践证明，它是集体化中的一种冒进行动，而李准却将李双双放在这个事件中来塑造，这就不能不使作品呈现出一种矛盾现象：一个在实际生活中涌现出来的富有时代特点和个性特征的新人，却从事着一件不合时宜的工作。这种安排自然会给这个新人形象带来一定的损害，也会使这篇作品的现实主义价值受到一定程度的影响。

这种交织在成功创造中的败笔，是什么所导致的呢？我认为简单地又一次把它归咎于作家的"赶浪头"，是不公平的。因为李准创作这篇小说的主要目的，并不是去歌颂农村大办食堂这一事物，他的着眼点在于人，在于歌颂我国劳动妇女以凌厉非凡的革命锐气向千百年来的社会旧习发出挑战，要求从家庭的繁琐劳动束缚中解放出来，把个人身上的聪明才智汇集到亿万人民群众的革命洪流去的果敢行动；歌颂一种较之小农经济下的自私心理完全不同的崭新的精神世界。这种创作立意，应该说是毋庸置疑的。问题主要产生在：李准在专注于对人的研究时，却忽略了一个十分重要的方面，那就是没有认真地去探究人的行动与一定的生产方式、生产关系间的联系，探究他笔下人物进行活动时的"一定的物质的，不受他们任意支配的界限、前提和条件"。他只是从社会变革这个大的方面去认识他要塑造的人物出现的必然性，而没有认真思考这个人所从事的具体活动在整个社会发展中的意义和作用，而这，正是造成《李双双小传》的矛盾现象的关键原因。

马克思主义在研究人的时候，总是把人放在一定的生产方式和生产关系中去考察的，因为"现实的，从事活动的人们，他们受着自己的生产力的一定发展以及与这种发展相适应的交往（直到它的最遥远的形式）的制约"，人的活动，人的思想性格，只有在与社会复杂缤纷的现实关系的交织中，才能显示其特点和意义。一个人他可以具有顽强执着、大胆泼辣等品质和性格，但这些品质和性格，只有在与符合历史前进、有利于社会发展的行动联系在一起时，才会真正闪现出动人的光华；如果相反，也就是说，超越了这种发展或延误了这种发展，那则是毫不足取的。所以，文学家们研究人时，绝不能忽略这个重要的方面，更不能仅仅"从只有存在于口头上所说的、思考出来的、想象出来的、设想出来的人出发，去理解真正的人"。这点，对我们今天的创作也是有启发意义的，特别是当我们一反"四人帮"那种忽视生活中人的价值、抹杀人的个性的创作浊浪，又开始注重于对人的研究，兴致勃勃地去探索人的"心灵奥秘"时，李准过去的足迹，更应为我们所记取。

对于《李双双小传》中的矛盾现象，李准在作品问世不久就觉察到了。1962年他把小说改编成电影时，很果断地给人物"搬了家"，撤去了办食堂的事件，把李双双放到修水利中去表现，并且抓住了工分问题，描写人物在维护按劳取酬原则中的大公无私精神。由于人物鲜明的个性化特征，所以，尽管事件变了，但人物的基本性格并未改变，李双双仍然是李双双，同时由于她所进行的斗争更符合历史发展精神，人物的现实性就更增强了。不过，令人惋惜的是，李准当时还没有从对作品的这一重大改动中，找出自己创作问题的症结，因此，也就未能在正视这个教训的基础上使自己探索生活的步子更往前跨进一步：真正用历史唯物主义观点去考察他所熟悉的人们所从事活动的历史价值，作出合乎客观规律的判断和取舍。相反，在1962年以后社会矛盾变得愈加复杂的情况下，他的创作步子却在明显地退缩，对社会真实的现实关系，采取了回避的态度，于是，创作又出现了低潮，产生了像《麦仁粥》《进村》那样一些与现实生活距离甚远的作品，这样，它们遭受历史淘汰的命运当然就不可避免了。

三

十年动乱,夺走了李准的创作年华。在那严寒封冻的日子里,李准和许多文艺工作者一样,在受到一番残酷批斗以后,被"四人帮"以"流放农村"的惩罚,驱逐到河南西华县"劳动改造"。这种惊心动魄的生活巨变,促使李准的思想又经历了深刻的变化,使他对历史、对现实、对未来都产生了新的认识。长篇小说《黄河东流去》,就是凝聚着他在动乱的十年中,对生活思考的结晶。

1979年当这部小说出版时,可能由于它的题材与刚上映不久的电影《大河奔流》大致相似,因此,还未引起社会广泛的兴趣和认真的注意,但是,当我们对它进行了一番仔细的鉴赏之后,就会发现,这部小说大大地超过了电影,它不仅是李准创作发展的一个重要标志,而且是建国三十年长篇小说创作中达到相当水准的佳作。它集中体现了李准在经历了一场严峻的社会风暴后正在冲破过去创作的一些陈旧框框,在认识生活与反映生活上所出现的新特点。

作品取材于黄河两岸人民的斗争生活。它把抗日战争开始蒋介石扒开花园口的事件作为序幕,以广阔的历史跨度,描写了在这场历史性的灾难中,黄泛区人民在党领导下战胜黄河,战胜国民党反动派,在荒芜的沙原上建设新世界的一段可歌可泣的历史。李准说,他写这部作品"不是为逝去的岁月唱挽歌",而是"想在时代的天平上,重新估量一下我们这个民族赖以生存和延续的生命力量"(《〈黄河东流去〉开头的话》)。这种高远的创作立意,突出地反映了李准艺术上的雄心壮志,反映了他正力图使自己的创作向着历史的深度与广度进军。

在小说所展现的悲壮历史画面中,活动着的是一群生活在最底层的纯朴可爱的普通劳动群众。作品是从构成社会的一些家庭"细胞"中着笔的,它集中写了李麦、海长松、徐秋斋、蓝五等七户农民的命运。尽管他们的经历各不一样,但都深深眷恋着并用汗水浇灌着自己赖以生存的土地。无情的黄水淹没了他们的家园,却扑灭不了他们生存下去的热望,不管流落到哪里,他们都像大树的根须，紧紧贴附着大地，用劳动的双手，相互扶持，顽强地开辟着生活的渠道。作家把他的描写注意力放在这些极为平凡普通的劳动者身上，充分展现出我们民族源远流长的道德品质、意志力量、聪明智慧和美好心灵世界，从而揭示出这就是我们古老祖国生命力之所在，是我们民族赖以生存和发展的精神支柱，是我们的民族能够战胜各种历史灾难而不被灾难所压倒的力量渊源。这种对生活的深邃认识和对人民力量的无比坚信，使小说处处闪耀着为他过去作品所没有的发人深省的思想光芒和激动人心的艺术力量。

在对生活的描写上李准的笔力也有明显的进展。他塑造人物，不仅保持着过去的泥土气息和生活情趣，而且更注意写出社会地位、生活阅历以及人情世态在人物身上所留下的影响和形成的复杂性格，使笔下的艺术形象更富有生活的厚度和历史纵深感；在民族色彩的体现上也给人以新鲜的印象，他在熟练运用乡土语言的基础上，更着力于去追求把一种深厚的民族感情融进富有地方色彩的风俗画面中，把乡土美与乡土情有机地交织在一起，使人在获得美学享受的同时，也获得民族高尚情感的熏陶，像"水上婚礼""黄河试篙"等生活场面的描写就是一些充满艺术魅力的令人难忘的篇章。

当我们社会主义文学迈进新的历史时期后，李准不仅能够明显地克服了前一时期创作上的某些缺陷，继续参与新时期文学的创建，而且能够出现思想、艺术的新突破，这在中老年一代作家中是颇不容易的。究其因由，恐怕仍然是从作家与生活的关系中去寻找。

动乱的十年，在与黄河两岸人民共渡患难的日子里，李准的生活视野得到了很大的扩展。他以一个普通农民的身份与群众朝夕相处，同尝甘苦，互通心曲，人民群众的宽大胸怀使他获得了一把认识事物、认识自己的公正的天平；而他也在替群众写家信、拟祭文、记家史这样一些朴素交往中又深入地了解了上百个农民家庭的命运和遭际，了解了他们在新的历史变动中的思绪和情感。"深恐笔底波澜尽，卷帘梳洗看黄河"，黄河人民的血与泪、爱与恨，进一步锤炼了他的阶级感情，坚定了他对历史发展必然规律的信念，也使他的创作仓库得到新的充实。他说，"还是要写，要写中国人民的勇敢和智慧，要写中国人民顽强的生活能力，要写他们高度的阶级感情，要长一长人民群众创造历史的信心"。[1] 因此，当灿烂的阳光又重新照耀祖国大地时，李准就像压在严冬冰雪下吸足了大地养分的麦苗，在春晖下立即变得生机勃勃，带着人民群众在经历一场新的浩劫后的深沉思索，开始了《黄河东流去》的创作。

生活是孕育作家的土壤，也是促使作家前进的动力，李准在沉默十年后思想和创作的新突进有力地向人们证明了这点。过去的生活原料，固然给创作提供重要的基础，但生活不同于资金积累，不能靠吃老本，不能一本万利。瞬息万变、日新月异的生活，总为作家们观察生活的视野延伸着一条无穷无尽的道路，作为伟大生活的一名记录员、描绘者，只有把自己的身心与发展着的生活紧紧相连，才能使自己的创作生命常青。就这方面来说，李准的经验还很值得我们继续深入研究。

然而，李准自己目前似乎还未充分意识到这一点，在《黄河东流去》上册问世后，他的创作看来还在徘徊，固然，最近也写出了像《王结实》《一个"精灵"的出现》等较好的小说和报告文学，但仍使人感到他还没有执着地沿着他的突进去迅速发展具有自己特点的新路子，而是有些又为一时表面的浪潮所左右，我们从他发表的所谓追求"灰色的幽默"的个别短篇，可以觉察到这一点。在一个历史大动荡、大转折关头，在文学现象纷纭复杂的情况下，一个作家如何选定自己的道路，确定自己的追求，看来这个问题不仅对青年作家来说是值得深思的，对像李准这样有着较长创作经历并在生活中已形成自己鲜明特色的作家来说，也同样是值得深思的。

李准从进入文坛到现在，已经走过了近三十年的创作历程。三十年来，他从一个普通的爱好文学的青年成长为一个社会主义时代的著名作家，他所走的道路，尽管充满荆棘险阻，屡经挫折，但毕竟是一条正确的道路，这是一条投身群众火热斗争，努力为人民大众、为社会主义服务的宽广道路；是一条坚持从生活中找阶梯，不断向着新的艺术高峰攀登的艰苦而又光荣的道

---

[1] 牛青坡:《我行我素写江山——访作家李准同志》，《河南日报》1979年3月21日。

路。他在这条道路上所创造的丰硕成果和宝贵经验，曾为社会主义文学的发展增添过新的光彩；而他在这条道路上所得到的深刻教训，对于我们今天进一步繁荣社会主义文艺创作，也将是一种值得珍惜的财富。历史的足迹，常常会为我们通向美好的未来提供指南和勇气，现在，社会主义文学事业经过战斗的洗礼正以更加磅礴的气势奔腾向前，我们相信，"决心用一切力量来为这个事业奋斗"的李准，一定会把准舵向，以更新的成就为这个事业作出新的贡献。

原载《武汉大学学报（社会科学版）》1982年第3期

画出历史蜕变中的民族魂

——评李準的长篇小说《黄河东流去》

张炯

　　李準的长篇小说《黄河东流去》，写的是抗日战争期间黄河儿女在"水""旱""蝗""汤"四害荼毒下颠沛求生的故事。它以独特的艺术构思和鲜明的地方风采，为我们展现了中华民族勤劳勇敢、自强不息、互相扶持、团结奋斗的坚韧凝聚力。小说上卷问世后，我曾在一篇评论中赞为"中华民族的壮歌"。时隔三年，人们企待的下卷终也出版，不独思想内容有新的开拓，而且保持了上卷的艺术格调和水准，实在可喜！全书可说是由多支哀怨小曲、抗争悲歌共同组成的史诗式乐章，是由农民为主体的、包含形形色色典型人物的彩色长廊，也是充满诗的激情和深沉的历史感、道德感的民族风情画卷。无疑，在我国众多描写农民命运的长篇小说系列里，它确属深入开掘中华民族灵魂的独标一格的难得收获。

　　就小说创作一般而言，写一个涉及不多人物的小故事较易，写一个民族规模的大灾难就较难，而写这灾难中民族深邃的灵魂更难，至若以一种饶有地方风采的艺术格调，把这一切都生动地、深切感人地写出来，尤见其难。《黄河东流去》的突出成就和特色，我以为，正是作家相当成功地突破了上述"三难"。

　　《黄河东流去》比李準早先的电影《大河奔流》给人耳目一新之处，在于小说大大打开了反映人物性格和关系的生活视野。它虽然还着重表现贫农妇女李麦一家，却以大量篇幅展开七户农民在河决花园口后，如何逃难、辗转挣扎，最后又回黄泛区重建家园的曲折情节。作品描绘的社会面异常广阔：从农村小镇到通都大邑，从游击战场到动荡的大后方，从村夫、小民到地主、官僚、军官、恶棍、艺人、妓女……这就使小说全然摆脱一般写农民命运的狭小格局，而赋予史诗式的宏大规模。它实际展开的就不只是七户农民的灾难，而是涉及亿万人的民族的灾难。从小说描绘的历史画卷中，读者不仅看到这场灾难的许多带有历史特征的生动画面，像黄河决堤的惊心动魄，千里逃难的艰险苦辛，蔽日的飞蝗，遍地的饿殍……而且看到这场灾难的前因后果和深含的历史意义：战争是民族的灾难，也是促使民族产生蜕变的契机，还是对民族坚强意志和生命活力的大考验、大锤炼。

尤为可贵的是，作家摄取生活的角度虽也揭露黑暗和丑恶，却以主要笔力去刻画人民内心美好的力量，塑造了一系列生动感人的劳动人民的典型形象。让读者不仅感到那个悲剧性年代历史脉搏的怦怦跳颤，而且烛见我们民族的精神深处蕴藏着何等宝贵、何等光华熠熠的奥秘！

小说上卷为人们熟悉的成功典型是徐秋斋和李麦。农村潦倒的旧知识分子徐秋斋朴厚，善良，机智，即使落拓不堪，仍保有中国传统的侠义心肠和"布衣"之士的正直。他是赤杨岗农民知心的智囊，又是贫苦人民富于同情心的友人，身躯虽然衰老孱弱，品格却如坚硬的砺石，闪耀不灭的光辉。由于小说写了李麦自幼逃荒要饭，拉磨推盐，走南闯北，因而她的善良、爽直、强韧的性格，便分外可信。随着她洪涛中救乡亲指挥若定，以及寻母口为众人操心，葫芦湾抢粮操刀勇追伪兵，来到游击队自叙家仇、送子参军等一系列情节的展开，这位农民母亲的高大形象便栩栩如生地立起来。可惜李麦的形象在下卷中没有更充分的展现，不免令人感到缺憾。其他如克己助人、忠于爱情和友情的少女梁晴，妄图发财反致遭难的中农王跑等，在小说中也都给读者留下颇深的印象。

下卷情节主要在洛阳、西安展开，上卷所充分刻画的人物尽管还有发展，但作者主要笔墨已转向描写尚少的人们。像本分、善良的海长松，在贫病交迫的极端困境中，终至被"逼上梁山"，勇敢地参与车站抢粮；像为老爷当差的四圈，竟意识到人的尊严，从主家出走，还仗义救小建，娶不幸的妓女做妻子；像雪梅为了爱蓝五，从孙家出走，摒弃富贵，半途被杀，蓝五跟着上吊殉情……皆出人意外，又莫不在情理之中。蓝五、雪梅的爱情悲剧，尤其是全书写得最美丽最凄恻动人的篇章,既是对毁灭美的旧社会的有力控诉,也是对爱情忠贞的感人肺腑的赞歌。

几千年来,农民构成我们民族的主体。《黄河东流去》正是主要通过对几户农民的性格和命运的描写,让读者具体地感受到那种未曾摆脱小农狭隘眼界的并非积极的心理积淀,同时也更加深切地把握到以扎根土地的淳朴风俗,庄稼人的勤劳品格,祖辈传统的见义勇为精神和几经历史锻造的团结力、凝聚力,以及对朋友的肝胆相照,对爱情的忠贞不贰,共同构成的中华民族像泰山青松不畏风云雷电,像黄河砥柱敢抗骇浪惊涛的坚韧不拔、顽强奋斗的伟大民族魂。

富于地方色调的朴素、简洁而又优美的语言,于历史风习人情的真实描写中,将深刻的历史感和道德感结合起来,从而使民族魂的艺术表现形神兼备,更具历史的内涵和审美的魅力,这是《黄河东流去》给予我们的又一突出印象,也是它所达到的尤为可贵的成就。

文学是语言艺术。李準素来工于饶有民族风采和中原特色的语言。《黄河东流去》的语言是相当讲究的。它饱含激情,擅长民间口语的生动活泼而又避免粗俗芜杂,具备书面语言的细腻微妙却又见汩汩潺潺,明亮清澈。不独语言,整个小说的艺术表现都充分考虑到与内容的和谐。全书虽头绪纷繁,波澜起伏,却如优秀的评书那样,娓娓道来,结构细密,故事有头有尾。行文用笔也多用白描,略有含蓄也充盈诗情画意。像"唢呐情话"的有关篇章,像海老清领女儿游玩龙门石窟的景物抒怀,像徐秋斋西安卖卦拆字的有声有色的描绘,等等,都属景到、情到、意到而又韵味无穷的精粹之笔。其含毫泼墨,或点或染,恰到好处。

小说描述的时间跨度历四十余年,具有历史的纵深感。作家有着强烈的道德感,但作品没有将历史道德化。也许作家意识到,由于人类生活条件的某些共同性,道德伦理的继承性是存在的,但一定道德伦理观念又总与一定时代的历史条件相联系,所以并非任何道德伦理观念都会成为恒久的规范。《黄河东流去》对人们往日心理积淀与新生思想观念的描写,采取一种历史唯物主义的态度。作家内心道德感的矛盾并没有妨碍他对于历史进程的真实描写。例如，下卷写海老清情愿饿死也坚决不向尚可温饱的卖唱女儿求助；写春义出于心胸狭隘，不愿老婆经商，终于弃凤英而只身返回黄泛区。这些情节都深刻揭示了因袭重负下的农民是何等的可悲与可笑！由于忠实现实生活的逻辑，作家不能不写出新的历史条件下传统农民家庭面临某种分裂的历史必然性。但可能出于自己固有的传统观念，又使他对于这种家庭分裂的描写和对于海老清、春义可笑可悲的描述，夹有半是挽歌的茫然若失的惆怅。

小说在描写旧中国悲惨的事件中，却不止于展示苦难，而能从中发掘出蓬勃向上的美，把人们精神深处的坚强意志、优秀品质和高尚情操，有如巨烛般地点燃给读者看，这是特别应该加以肯定的。

原载《光明日报》1985年6月27日第3版

从《大河奔流》到《黄河东流去》

——论转折时期李凖的创作

孙荪

十年一个"三级跳"

在中国当代作家中，一般地说，都以粉碎"四人帮"作为创作新阶段新起点的标志。但是，李凖的情况有些特殊。在"十年动乱"的后期，即从1974年他又开始重新拿起笔来，创作电影剧本《大河奔流》，并先后于1976年初和1977年初发表了剧本的上集和下集。因此，作为李凖转折时期的创作应从1974年算起。从那时到今天，刚好又经历了一个十年。这可以说是李凖创作的新阶段，一个处于转折时期并日趋成熟的新阶段。

这一个十年，李凖在创作上涉猎了多方面的领域，运用多种文体，进行了广泛的探索，取得了新的丰收。他以特有的敏感在农业生产责任制和商品经济刚刚在农村萌芽和兴起的时候，就以小说家的生动笔触，用特写通讯的形式，迅速地作了报道。他创作和改编了历史题材和现实题材的电影剧本《荆轲传》《双雄会》《牧马人》《高山下的花环》等，运用他最得心应手的短篇小说形式，写出了《芒果》《飘来的生命》《王结实》（收在《李准小说选》一书中）等。他还写了一批访美散文（结集为《彼岸集》）以及其他一些散文，发表了一些关于创作的讲话和论文（结集为《李准谈创作》）。这些作品都从不同角度、不同程度上反映了他在转折时期的艺术探索。

但是，最有资格称作这个时期的代表作的，却不是上述作品，而是电影文学剧本《大河奔流》和长篇小说《黄河东流去》。

这是因为，这两部作品从时间上说纵贯他十年的创作历程。十年辛苦不寻常。而从作家艺术探索的历程来说，它好像是作家的一个"三级跳"。

电影文学剧本《大河奔流》上下集是这个"三级跳"的第一步。这是1974年到1977年间的事，历时三年多。

第二步是在1978年到1979年上半年，创作了长篇小说《黄河东流去》上卷。

第三步则是从上卷问世以后直到1984年春，完成了《黄河东流去》下卷。中间相隔五年。

这个"三级跳"，最大限度地调动了并且显示了作家多方面的积累和创造能力，每一部作品都准确地代表了作家当时的水平。同时，从十年长过程来看，反映了李準在现实主义道路上从动摇、失足，到恢复、深化，其探索由外表到内在、由粗到细、由浅入深、由局部到整体、由平面到立体，日趋于成熟的发展轨迹。

任何实践都是在一定的时间和空间条件下进行的。检验事物，需要适当的时间距离。这就是说，既要把问题提到一定的历史范围之内来认识，不能超越时间空间，把对具体事物的具体分析变成孤立的抽象的空谈；又要以历史的发展眼光来探究事物的来龙和去脉，把具体事物看作发展过程中的一个点、一个环节、一个链条，分析其地位作用及局限性，指出其突破局限的方面、方向及可能性。《大河奔流》剧本发表已经八年，电影问世也已有六载，《黄河东流去》上卷出版已过六个秋天，现在已经具备了比较充分的客观条件，来对它们的价值作出分析和估量。在这种指导思想下，通过分析和比较这同一作家同一题材的两部不同的作品，来认识转折时期的李準的创作，也就比较易于得出正确的结论。

失足的地方正是成功的起点

电影文学剧本《大河奔流》并不是一部平庸之作，它是在新旧斗争和新旧交替的严峻的历史时期创作出来的。就作者的动机说，他想拿出一部同当时独霸文坛的帮派文艺"不一样"的"变变味"的作品，甚至"准备让他们批"。就当时文坛公开发表的作品来说，它也确实可以称为那个时期的高水平的作品。试查一下，1976年前后的影坛和文坛，曾出现过哪一部更好的作品呢？说它好，主要是说它开拓了一个题材领域或者说在一个人们曾经触及的题材领域进行了新的开拓；它写了生活，通过劳动人民在大灾难中的熬煎和抗争的描写，写了历史的脊梁、底层人民的生命力；写了人情，劳动人民的骨肉情、邻里情、爱情和友情。这一些在当时，不是禁区也是险区，《大河奔流》却在这些领域闪出光彩来。至于把这部作品放在作家个人创作历程中，就更显示了许多前所未有的新特点：新的题材领域，更为丰满的、众多的人物，更为宏大壮丽的场面，更为复杂而有机的故事结构。把它看作李準创作的一个高峰未尝不可。

从当时的历史范围来看，《大河奔流》应当得到这样充分的估价。但是，历史也是一条奔腾翻卷的大河，不停地向前流动，不断地突破自己。尤其是历史的转折关头，短短的时间内，发生急骤的突变，原有的生活框子、秩序、观念被打破了，新的秩序、观念迅速地建立起来。这就使得历史好像有一条明显的线，划出新旧两个时期来。在这样的时刻或时期，文学艺术作品就要经受严峻的考验。《大河奔流》刚好诞生在历史转折时期的转折点上。历史对它显得格外严厉，尽管剧本发表之初，有人给予很高的评价；影片刚刚试映，新闻界和评论界赞扬备至；但很快观众报以冷淡的态度，影片被冷落下来了。

在飞速发展的历史潮流面前，在群众对生活的认识水平和艺术欣赏水平迅速变化和提高的情况下，《大河奔流》的局限性无可遮挡地暴露出来了。

这种局限性最主要的就是，在总体上，在现实主义道路上的失足。作家要写出一部史诗，立意高远，气魄宏伟。但是，作家把着眼点放在勾勒历史的大轮廓上，注意了"史"而忽略了"诗"。在表现"史"的时候，把历史概念当成剪裁生活的图样。不是从赤杨岗人的命运遭遇的生活本身出发去折射历史，而是相当主观地驱使赤杨岗人担当这画出历史轨迹的任务，结果是让赤杨岗的难民在忙忙碌碌的人影中，急匆匆地"表演"了历史的主要画面，甚至是图解了两个阶级、两条道路的斗争。这里，文学被表面的历史过程占据了，淹没了，而它的天职——对社会生活、人与人之间的关系特别是人的精神领域的开掘和描绘，却退到了次要地位，显得很粗疏。在人物塑造上则力图把李凖塑造成一种代表和化身：劳动人民的代表，黄泛区的代表，阶级的代表，历史的代表。为了这个目标，他自觉或不自觉地沿用所谓"样板戏"的"原则"，把一切美好的素质集于一身。时时处处把她放到时代的矛盾冲突的中心地位，让其在风口浪尖上，做出一桩桩她不可能做出的惊天动地的大事。不客气地说，他也想写一个"高大全"。在其他人物的塑造中，这种按照某种思想提纯的单色调的"演员"式人物也不少。它令人遗憾地感到，作家似乎忘记了他作为一个现实主义作家对生活作出真实的描绘并作出独立的发现和评价的权利和责任。曾经塑造了好多个个性鲜明的典型形象的李凖，他自己成功的经验不仅没有能够有新的发展，相反，却被所谓"高大全""三突出"之类挤干了。

《大河奔流》没有达到作者预期的成功，在银幕上好像昙花一现，一闪而过。

要考察李凖在转折时期的思想和创作，绝不能忽视或者看轻了《大河奔流》所受到的冷落甚至失败对作家的影响。它推动李凖在痛苦而深刻的探索中打开了一个崭新的艺术天地。

李凖是一个时代感很强的作家，他善于领悟时代精神，常得风气之先。他没有过多地因《大河奔流》的被冷落所带给个人的得失问题而纠缠不休。他投入了以党的十一届三中全会精神为旗帜的思想解放的伟大潮流，和全民族一起在思考。首先是宏观的思考，"思考我们这个国家的过去和未来，思考我们为之付出的带着血迹的学费，思考浸着汗水和眼泪的经验"。通过这种宏观的思考，他有第二次"解放"之感，得到了一种"'觉'和'悟'的快慰"。也正是这种宏观的思考，把他的认识提高到了时代的制高点上，使他的思想从"四人帮"以至长时间"左"的束缚中，真正苏醒过来，然后来俯视自己的创作，进而从微观的角度来分析《大河奔流》失败的原因，就洞若观火了。观众对《大河奔流》的冷落，恰像一阵冷风把有些发热晕眩的李凖吹得清醒了起来。这位十分敏感的作家豁然开朗，看到了《大河奔流》所受到的时代的局限，同时，这位适应性很强的作家还看到了突破局限的辉煌前景，忽然产生别有洞天之感。他为此而感到欢欣鼓舞。思考带来奋进。他马上在原来的舞台上另起新戏,组织创作的新飞跃,开始了同一题材的新创作。这同1962年的情形有些相似,不过,那一次是把小说《李双双小传》改成电影《李双双》,这一次是把电影改成小说。只不过年把几个月的时间,一部新作《黄河东流去》上卷就和读者见面了。

《黄河东流去》上卷"是在'思考的一代'的序幕中产生的",是在特殊意义上的思考的产物。这是对《大河奔流》创作教训的思考,是对《大河奔流》所使用的创作素材的重新开掘,是在创作思想上拨乱反正,在艺术上探索新路的实践。作为这种思考的理论结晶,反映在作为《黄河东流去》序言的《开头的话》中。在这里,李準把他的思考明确化为艺术上三方面新的探索。一是深深扎下现实主义的根须,从最底层的广大劳动人民身上发掘我们民族生命力的源泉。再是在人物塑造上首要的就是求真,"生活是怎么样就怎么样",决不再拔高或压低人物了。要造"酒",不要造"酒精"。三是恢复幽默感,让自己的笔在笑声的锣鼓和雷电中行进。很显然,这个思考的最重要的特点,是对现实主义精神和原则在经过曲折以后的新的觉醒。我们欣喜地看到,《大河奔流》失足的地方正是《黄河东流去》成功的起点。

现实主义的深化

如果说,电影《大河奔流》的主要教训是在现实主义道路上的动摇和失足的话,那么,长篇小说《黄河东流去》的主要成就则是现实主义精神的恢复和深化。

这种恢复和深化,突出地表现在作家艺术视野的开阔和对艺术空间的开拓,艺术视点的转移和艺术穿透力的加强,社会历史观念和文学观念的更新。

由于生活本身的特点和艺术样式特点的要求,李準过去作品人物活动的空间大多局限于一村一乡,活动的时间也是比较短暂的生活瞬间,人物关系和人物经历也比较简单。《黄河东流去》在以往创作的基础上,充分调动了作家的全部生活积累,把艺术视野投向一个十分广阔的生活天地。作家把笔触往历史的昨天延伸,掀开农民在另一时代最痛苦的一页。作品中人物的足迹几乎遍布半个中国,一大群生长在中原地带的农民,在长达十年的岁月里流浪迁徙于黄河流域、中国腹地，活动在一个空前广阔复杂的环境中。小说不仅描绘了黄河流域的大幅风光和风俗画卷，而且为巨幅流民迁徙图绘制了巨大的背景，更重要的是创造了一个可以容纳极为丰富的历史生活和人物反复迂回、多次迂回的艺术空间。

与《大河奔流》相比，《黄河东流去》的作者在把握生活的时候，视点发生了转移，即再不是停留在对历史事件作表面的粗线条的勾勒，也不只是满足于对人民创造历史这一正确主题作形象化的说明，而是把眼光射向人们的精神世界。他要把我们这个民族在伦理、道德、品质、思想、情感以至整个精神领域中的特点揭示出来，从而测量一下我们这个古老的民族蕴藏着多大的生命力和创造性，进而找到我们这个民族赖以生存、延续和发展的精神支柱。这样，就不仅要表现出人民怎样创造历史，而且要揭示出人民为什么能够创造历史。这是一个崇高的美学追求。

为了实现这个崇高的美学追求，作家选择了开掘生活的特殊的角度，找到了一把"钥匙"。

这个独特的角度，就是开掘和发现最底层的劳动人民在最困难的时候，被抛在死亡线上的时候，他们内在的精神世界的美和生命的潜力。

《黄河东流去》的主人公们，是一种特殊境遇下的农民：在大灾难中离开了土地和家乡的难民或者说流民。三四十年代的中原农民，遇到的是水、旱、蝗、汤四大灾难，算是苦到了极点。而黄泛区的农民又是受害最深的。作家以冷峻的目光，用史家笔法，力求最真实地写出难民的苦难史。把黄泛区难民的生活写到如此真实的程度，这在别的作品中还未曾见到过。

但是作家不是要写一部家史和村史，不只是要诉说苦难，作家要发现人民的潜在的生命力。在绝望的情况下，怎么办？回答是：活下去。而活下去就需要一种极大的勇气，千难万苦，他们终于让生的信念、活的欲望战胜了绝望。李麦说得好："关天关地一个人来在世上，就得刚强地活下去！天不转地转，山不转路转，光景总有转变的时候。人一辈子长着哩，日子比树叶还稠，总有转好年景的时候……人就是要活着！再困难也要活下去！"有了生活的信念和勇气，也就有了办法。这群世世代代以务农为生的农民把原来作为生产和生活补充手段的副业"升"为正业，把原来不屑为之的营生当作谋生的手段，于是，他们中有了撑船的、赶脚的、说书的、吹响器的、拉洋车的、算卦写信的、磨面的、卖菜的、开饭铺的、洗衣拆被做鞋袜的、打小工的、要饭的等等，真可以心酸地说他们成了五花八门、三教九流。这里不仅显示了农民固有的艰苦卓绝的吃苦精神和惊人的忍耐力，而且也表现了他们的聪明才智和斗争精神。作品以幽默的笔调述说了难民的流浪生活中具有喜剧色彩的一面，他们的生活不完全是眼泪，还有很多充满着浪漫色彩的机智幽默故事。徐秋斋智赚褚元海、巧取孙楚庭装殓费，陈柱子及凤英的饭铺，王跑的捉鱼捉黄鳝经验，就是脍炙人口的例子。正是靠着这两种精神，赤杨岗人在死亡线上挣扎了过来。这正是劳动人民生命力之所在。反动派企图用一场大水倒转历史车轮，让人民灭绝，但是泥腿子老百姓用自己的筋肉和脊梁战胜了浩劫，保护了自己，推动了历史，演出了一幕幕悲壮动人的活剧。它有力地表明：历史的车轮，总是要向前的，谁也阻挡不了。新的"浩劫"尽管肯定会发生，仍然会被战胜。黄河总要东流去。如作者在尾声中所说："因为历史不单是痛苦和牺牲的记录，她还给予了人们坚强、勇敢、智慧和信心。"这就是《黄河东流去》用生动鲜明的艺术画幅显示给我们的具有很大思想容量的历史哲学。

抓住中华民族特别是农村社会结构中最普遍、最大量、最基本的细胞——家庭，加以艺术的解剖，这是《黄河东流去》找到的开掘民族精神的"一把钥匙"。

《黄河东流去》展开了一个家庭序列，写了十几户农民家庭的悲欢离合。不仅对中原农家的生活方式、家常理道、风俗人情的细致入微的描写，具有民俗学的价值；同时，在众多家庭命运的联系和对比中，揭露了时代为农民家庭带来的巨大悲剧。《黄河东流去》的作者用艺术家和社会学家的双重眼光，深入人们的现实关系的领域、人的命运的领域、人的感情的领域，把形成牢固的家庭结构的伦理道德观念，把家庭成员之间无限丰富的感情联系，把家庭在生活中的地位和作用，在大灾难的背景下，放开笔墨用生动具体、色彩鲜明的形象图画表现出来。在大灾难中，任何经济基础、财产分配和继承问题都不存在了，剩下的只是为生存而奋斗的人。在这种情况下，人与人之间的情意，和人的生命一样，是两种仅有的最宝贵的东西。小说中数不尽感人肺腑催人泪下的场面和细节，描绘了小家庭中严父、慈母、爱子、爱女之间，兄弟姊妹姑嫂同胞手足之间，夫妻情侣之间的骨肉之情，让淳朴的劳动人民身上那种为了亲人而牺牲自己的人情天伦之美，闪射出耀眼的光彩。

小说还从家庭这个最基本社会细胞出发往广处扩展，表现了那种乡亲邻里之情。在患难之中，农民的家庭观念、乡亲感情变得廓大开阔了。在乡亲邻里之间，洋溢着一种"大家庭"的气氛，表现了惊人的互相友爱精神。如李麦在逃难路上所说："俺这十来户人家，说的是分门立户，其实跟一大家人一样。不管在家在外，都会互相照顾。"赤杨岗人从灭顶的黄水浩劫中逃出，最后得以生还，其中很重要的一条就是靠的这种"互相照顾"。

这是一种到处存在的看不见的强大的精神力量，是一种民族的团聚力。这种团聚力形成的内在原因固然有苦难的环境下个人生存的需要，更主要的是，它植根于我们民族数千年形成的高尚的伦理、道德、情操，一种强烈的同情心，一种舍己救人为乐、团结友爱为美的信念，用农民自己的话说，"人必须有情有义"。这就是蕴藏在我们民族深层的精神"铀"，是具有永恒意义的精神财富。

《黄河东流去》就是这样抓住了我们这个古老文明而又多灾多难的民族最根本的特征，在质朴的外表里面深藏着的我们民族精神的完整形象。这形象被贫穷，被历史沉积下来的污垢，被小生产者日常生活中的琐细的利害关系掩盖着，一旦在民族危亡、大灾大难临头的时刻，便会焕发出巨大的力量，闪放出灿烂的光辉。

在这里，从李凖把握生活的视点的变化，我们看到了他对生活对历史的穿透力的加强。

这种对生活和历史的穿透力，一旦和社会历史观念的更新结合起来，就会成为创作中的现实主义深化的有力推动力。李凖是个思想解放的开放型作家，在历史的转折时期，他紧紧追逐着日新月异而又起伏不定的社会思潮和文艺思潮，吸收对于开拓自己的创作天地有益的东西。研究他的这两部作品就会发现，李準十分注意用今天的眼光来审视和穿透历史，来开掘生活中未曾发现的宝藏或改变过了时的概念，然后使他的创作开出新生面。

农民性格中的狭隘、固执、保守等特点，作家对农民家庭中的悲剧因素和传统道德中历史的因袭重担，从上卷到下卷越来越注意加以关注了。这种可贵的批评眼光是对历史和民族经过反思以后才有的，值得分析的一个有趣的现象是，李準在创作的长过程中对他的人物的热情和兴趣，好像发生了几次转移，由李麦、海老清、长松到徐秋斋、蓝五，又到陈柱子、凤英，以至四圈、妓女"大五条"等等。这种转移反映了他的创作思想或者说社会观念的重大变化。在传统的观念看来完全值得歌颂的人物身上，他看到了必须揭破的病症，给予了善意的"揭露"；而在传统的观念看来应当贬斥或批判的人物身上，他发现了光彩，大胆地给予赞美。正由于这种变化，使得下卷的李麦在寻找儿媳和女儿的抉择中，在对待爱爱的私生子和对待四圈带走妓女"大五条"等问题上突破了农民传统的亲疏观念、贞操观念，显露了一种具有新识见的豁达大度。徐秋斋的强烈同情心，则闪耀出人道主义的光彩。而王跑、四圈、"大五条"都发出智慧美和人性美的光辉。陈柱子写得如此瓷实而有光彩，凤英和春义这一对人物的成功塑造，都是一种创造，是八十年代的市场学和商品经济思想照亮了原有的素材而焕发出来的奇迹。完全可以断言，没有八十年代的新的思想眼光，绝写不出凤英，也绝不能把春义写得这样深刻。作家具有代表时代先进水平的新的社会历史观念，是推动现实主义深化的根本因素。

中原农民群像的长卷

《黄河东流去》作为一部文学作品，它对民族精神的深入开掘，集中体现在它所贡献的中原农民群像的艺术长卷上。

李準对于表现中国农民是下过大功夫也是立了大志向的。他说他胸中装着"几千个农民和其他人的形象"。他要在这部作品中写农民，并且强调："他们是中国的农民！"应当说，《黄河东流去》是相当成功地实现了作家的愿望的。

这首先表现在作者对中原农村社会的整体把握能力和立体的表现能力。《黄河东流去》中的赤杨岗就是一个有相当代表性的中原农村的小社会。其中的三四十个人物有不同性别、不同年龄层次，有不同的特长，有不同的个性禀赋，而其命运遭遇，也各不同。《黄河东流去》摒弃"三突出""高大全"那一套造神画鬼的"原则"，力求写出人物的本色来。作家对他喜爱的人物也不再把同一类人身上可能具有的美点都集中到他（或她）身上，而是写出他在特定条件下所能够具有的美来，同时又不避讳他的弱点。在每一个最普通的人，甚至是令人轻贱的人身上，作家能够发现美的光点，并且敢于让它闪出应有的光彩来。常常是人物的一个行为上体现了两方面或多方面的不同意义，而不同色调的"两面性格"又和谐地统一在一个人身上。这样，小说塑造出了具有相当丰富的色调层次和鲜明个性的众多人物，创造了群星辉映的艺术天空。

绘制人物群像的长卷，作者着力的仍然是为当代文学画廊增添新的典型。最突出的人物当然还是李麦。尽管小说中的李麦，没有电影中那么"高"、那么"神"、那么"泼"了，有时显得粗，有时显得缺少主意，有不少场合也没有处于中心地位，但是英雄气少了，革命家的言词少了，领袖味儿少了，属于一个劳动妇女本身固有的、本分的、有血有肉的东西倒多了。她给读者留下的第一个印象是亲切。她不是在演戏，而是在生活了。让读者感到一种从生活的土壤中生长出来的质朴感是作品的一大成功。同时，不仅如此，李麦身上还有一种夺人眼目的东西，这就是那种处于死亡线上挣扎的难民们最可宝贵的品格：刚强。这表现在，第一，她有着极强的生活能力。她能在大家感到绝望的境遇中找到活路。在寻母口拆被子使各家的冷锅灶冒出了烟；在西安街头，承揽一宗手工活，一个冬天奇迹般收入几百元，顾住了几个人。第二，她有一种强者的精神气质。她不信神，不信命，信自己。她说生活即使像一根带刺的树枝也要捋到头。她敢同财主当面锣对面鼓地讲理；黄水滔天，她精神不散架；需要的时候，她敢于"豁出命来"。第三，她具有一些大胆的超越农民传统旧观念的识见。在城市寻找务农以外的谋生手段上，在婚姻家庭问题上，在贞操观念上，她敢于从生活出发，扔掉狭隘的"面子观"。

这不仅在当时，就是在今天看来，也是难能可贵的。这就使得这位黄河岸边中原农村的土壤中生长的，并在长期的流浪生活中磨炼出来的勤劳、刚强、豪爽、有一定识见的劳动妇女，在新文学史上的同类艺术典型中，成为又一个"这个"。

在这幅农民群像的长卷中，小说还为当代文学画廊增添了两个不曾见过的角色：农民知识分子徐秋斋和农民艺术家蓝五。这两个人物完全是同农民一样质朴的人物，又是中国传统文化（书本的和民间的，特别是蓝五，几乎全是民间的）营养中培育出来的不同于一般劳动农民的人物。蓝五在黄水之夜和水上婚礼，袁家葬礼和秦家婚宴的几次令人难忘的唢呐吹奏，准确地反映了中原乡村的文化生活和群众的审美情趣。口中文白相间，脑中古今混杂，行为雅俗皆有的落第秀才徐秋斋，是赤杨岗最大的知识分子，他有爱吃嘴、要面子、软弱的一面，但正是他在难民流浪生活中为人排忧解难，起到"智多星"作用。这位天底下独一无二的人物的智慧风貌、高尚情操和人道主义精神体现了中国北方乡村的文化背景和文化道德水准。这也是《黄河东流去》的一个创造。

这里，还有一点需要格外提出：李凖追求一种具有更大概括性的群体性格的创造，即所谓"侉子性格"。李凖认为，难民中的许多故事"都体现了中原一带的'侉味'"。他进一步解释说："一般人管河南农民叫'侉子'，'侉'是什么东西？我理解是既浑厚善良，又机智狡黠，看去外表笨拙，内里却精明幽默，小事吝啬，大事却非常豪爽。我想这大约是黄河给予他们的性格。"

提出"侉子性格"的概念，并且把这种性格同黄河联系了起来，这在理论上是具有首创意义的。李凖在"侉子性格"中看到了劳动人民人性的丰富性和生动性，也看到了劳动人民人性中的弱点和局限性。比如王跑，赶脚一节和石头梦一场，写尽了他的机智狡黠、小聪明、小幽默；同时，他的不看时局只想发财的昏头昏脑也暴露无遗；可荒村捉鱼一节，又把他顽强的生活力富有诗意地表现了出来。再如四圈这个"浑小子"，为海骡子拉包车，居然做起"中将梦"，走起了"桃花运"，是近乎卑贱的；但他冒险给李麦捎信让乡亲们西逃以免被抓当劳工，后来又倾其所有赎回小响，关节点上，又显露了他的善良和豪爽之气。在陈桂子身上，更容易鲜明地看到"侉子性格"中精细干练的特点。这是经过商业经营活动的陶冶和见过世面而具有的现代文明的若干新因素。

这种"侉"味的厚重笨拙的特征，也许最突出地表现在老清、长松、春义这些最地道本分的农民身上。在他们身上，表现了最充分的浑厚善良、刻苦勤劳，同时也充分地表现了因缺乏识见而形成的狭隘和固执。他们是在家乡的小河里长大的鱼，一旦到了社会的大海里，反而不敢游了。当他们离开了故乡和土地以后，当生活以不同于他们的固有观念和传统方式出现的时候，他们痛苦和难堪到没法生活。

《黄河东流去》通过生动鲜明的艺术形象表明，"侉子性格"由历史的长期积淀和具有地域性特征的自然陶冶和社会生活的磨炼所造成，既是劳动农民精神美的结晶，也有历史的精神负担的积累；既是底层劳动群众富有生命力的标志，也是造成许多生活悲剧的性格因素。中国古来有所谓"燕赵多慷慨悲歌之士"，"山东多义士"以及"南蛮北侉"之说，虽然提法不尽科学，但大抵包含着对某一广大地区人物性格共同特征的概括。"侉子性格"，也是一种对艺术群体的性格特征更高概括性的追求，通过解剖和探讨它，对于全面把握民族精神和民族性格，以及造就和形成新的现代民族性格都是有价值的。

这就是《黄河东流去》绘制的既有众多的各色各样的人物又具有某些共同性格特征的农民群像的长卷。仅从人物的丰富性来说，它有时令人联想起《清明上河图》来。

善于借鉴与铸造个人风格

李凖说他的作品是属于中国的茶叶丝绸之类的东西。追求民族特色，是他创作的基本特点。《黄河东流去》多方面地反映了他在继承文学的民族传统方面的功力。《黄河东流去》的情节结构安排和故事的叙述风格，人物的活动方式、对话声口、性格特征，和故事环境、风土人情等的描绘，依稀可见古典说部的影响，同时，李凖又直接继承了革命文学的现实主义传统。他对农民苦难生活的感同身受般的体验，对农民性格的成竹在胸式的了解，对农民特别是老年和中年农民感情和意识的准确把握，在我国当代作家中是属于不多的几位之一。这是李凖能够坚持现实主义传统的内在原因。

但是，如果以为李凖是一个以"土"为荣，在创作思想上比较狭隘守旧的农民作家，那就不符合实际了。可以毫不含糊地说，李凖是个跟得上时代潮流的新型作家。在新时期的思想解放的大潮中，随着社会历史观念和文学观念的变更，李凖的观念也在更新之中，他曾经提出"一种新的文学"的设想，这就是把民族传统和外国文学"这两套功夫糅合起来"。《黄河东流去》就是这种艺术主张的实践，这里所谓"两套功夫"，除了上述对艺术空间往广处深处的开拓，在人物塑造上追求真实复杂和丰富以外，着重在艺术手法的更新上。李凖力求把中国式的白描与外国的心理描写和叙述上打破时间、空间的限制等手法融合起来，愈到下卷，愈显露出这种引人注目的新特点。雪梅和蓝五的曲折爱情故事，采用倒叙的手法，打破时间空间的限制，以现实的重逢和对分离生活的回忆相交错，穿插进大段内心独白，既使文字简洁，又改第三人称的客观叙述角度为第一人称，加大了人物感情的容量。其他像爱爱在爱情的选择上进行的灵魂搏斗，海老清对女儿由内心责备到谅解又到责备自己所掀起的心理波澜，凤英和柱子暗暗进行的心理竞争，徐秋斋看透世事的眼睛背后进行的心理分析活动，即使朴讷的四圈在同刘玉翠和"大五条"的关系纠葛中也有着并不雷同的心理感受。另外，小说的许多精彩的比喻常常从人物的主观心理感受出发而产生生动新奇的联想，等等，既似中国传统手法的闲笔，又似受了西方荒诞、变形、黑色幽默等手法的感染，强化了艺术的容量和表现力。这都显示了作家对人物心灵辩证法的把握和生活丰富性的深刻理解。

《黄河东流去》在情节结构上越来越有意不讲求甚至淡化情节的戏剧性，而更注意于描绘的生活化，力求真实、亲切、自然地表现生活的全貌、全景及固有特点。这种结构故事的方式乍看有机性不强，难民在上卷还是一支"大军"，到了下卷，就有些"溃不成军"了。但是，生活的真实感和厚实感却加强了。"一真遮百丑"，这话也许太极端了，但是作家在通向更高的真实之路上的任何成功，理应得到足够的鼓励。

可贵的是，李凖对外国文艺手法善于吸收和消化，善于把人家的长处不露痕迹地融汇进自己的艺术河流中去。这主要得益于他对民族精神的深刻理解和对艺术的民族传统的深厚功底。李凖主张作家把艺术修养的根扎得远些，深些，扎到老根上。他把主要精力用来向我国传统的文艺宝库开掘宝藏，吸收营养，提炼生机。如他自己所说，民歌、民间故事、中国戏曲、汉乐府、古诗词、古文及鲁迅、茅盾等人作品的深邃的思想、丰富的感情、意境韵味以至炼字遣词，中国的音乐和绘画，特别是石刻、写意画的粗线条勾勒，点睛传神，唢呐和筝的音调旋律，民间排鼓和铙钹的明快节奏，这一切成为构成他的风格的基本因素。同时，他又注意向雨果、巴尔扎克、托尔斯泰以及现代派的一些小说和电影学习借鉴，这方面的营养成为构成其风格的另一因素。特别值得重视的是，这一切学习、借鉴，无论是古是今，是中是外，都被李凖融化到他的艺术创造的炉膛里，炼出一个李凖的风格来：真实、朴素、自然、明朗；有行云流水似的明快，又有大河东去似的奔放；有深厚浓郁的泥土气息，又有清新雅淡的神韵；他的作品同时获得了民族特色和个人风格。

纵观十年以至李凖全部创作历程，可以看出，李凖是一个比较牢固地坚持革命现实主义精神和民族传统的作家，又是一个思想解放的开放型作家。这是他的创作具有生命活力的根本原因。在我国文坛上，李凖同和他的情形有些相似的一批作家相比，仍然保持相当活跃的创作势头，能够在思想和艺术上百尺竿头更进一步，其奥秘恐怕也在这里。

1984年11月一稿，1985年6月改定

原载《文学评论》1986年第2期

字里行间的"时势"
——研读李准

朱羽

一、"时势"与"文学":以李准为方法

  相比于赵树理、周立波与柳青,研读李准显然更为艰难。那种企图抓住某种形式或风格进而解开社会主义经验"褶子"的方式,乍一看无法直接运用到李准身上。比如说,我们可以从"新颖"的赵树理小说技艺出发来思考革命现代性,以周立波笔下的"风景"为焦点来一窥农村集体化进程中主客体转型的踪迹,从柳青将叙述的文学语言与人物内心独白的群众语言协调在一起的努力中,触摸到赋形新人内心生活的可能性。[1] 但是李准的创作似乎缺乏那种攫住注意力的鲜明的形式要素。面对这样的作家,阐释者难免会遭遇方法论上的无措感。

  不过,切入李准写作的合适方式,早已有人提示出来,而真相或许并不可爱——至少对今天的我们来说并不可爱:"李准同志一直是在配合政治任

---

[1] 关于赵树理小说所展示的革命现代性特征,可参见贺桂梅:《村庄里的中国:赵树理与〈三里湾〉》,《文学评论》2016年第1期。关于周立波笔下的"风景"问题,可参见何吉贤:《"小说回乡"中的精神和美学转换——以周立波故乡题材短篇小说为中心》,《文艺争鸣》2020年第5期;以及拙文《"社会主义风景"的文学表征及其历史意味——从〈山乡巨变〉谈起》,《文学评论》2014年第6期。关于柳青文学叙述的特征分析,可参见贺桂梅:《"总体性世界"的文学书写:重读〈创业史〉》,《文艺争鸣》2018年第1期;以及拙文《柳青的"抵抗"》,载陕西师范大学文学院编《长安学术》第十二辑,高等教育出版社,2018,第25-29页。

务的，而且配合得好。"[1] 当时批评界的强势声音即认为，李准的创作同现实结合得很紧，总是能及时地创造那些代表社会主义方向的新人物。中肯地讲，任何一位社会主义作家原则上都应具备这一特质，但无疑李准表达得特别明显与"及时"。这应该与他的写作起点有关：作家李准的诞生，与新中国第二次文代会之后的文艺导向紧密相关。[2] 李准的创作由此具有一种别样的认知意义，而这也逼迫阐释者在一定程度上调整已有的阐释路径。概言之，政治任务、政策与文学的关系在此得到自觉而具体的展示；而李准文学创作的"文学性"或结晶化历史难题的能力，亦需放在这一前提下才可获得恰当的理解。在这个意义上，李准的创作反而成了一种基础性的社会主义文学装置的典型案例。因此在多大程度上能够充分打开李准的创作，也意味着在多大程度上能够找到一种把握中国当代文学的方法。

为了激活李准式写作的潜能，我尝试引入"时势"概念。这一古典概念在汪晖的解释中，意味着儒者对历史断续的理解，以及对于天理之时间特质的把握。所谓"势"尤指"支配物质性变化的自然的趋势或自然的力量"[3]，"这种自然的趋势或自然的力量固然总是落实在促成其自我实现的人物、制度和事件的身上，却不能等同于物质性过程本身"[4]。亦有治中国哲学者认为"势"的概念既涉及特定的行动背景，也体现了现实存在的普遍内容；既基于当下也展现了事物的未来趋向；既包含与行动直接相关的方面，也兼涉间接影响行动的因素；既内涵必然之理，也渗入了各种形式的偶然性；由此展现为具有综合性和系统性的实践背景。[5] 此种古典概念当然无法化约为历史

---

[1] 为群：《新中国妇女的颂歌——谈李准同志的三篇小说》，《人民文学》1960年第6期。

[2] 参见李准：《培养文学上的接班人》，《长江文艺》1956年第4期。李准在此文中明确提及自己是在第二次文代会后参加到作家队伍里的新兵。

[3] 汪晖：《现代中国思想的兴起》上卷 第一部 理与物，生活·读书·新知三联书店，2004，第57页。

[4] 汪晖：《现代中国思想的兴起》上卷 第一部 理与物，生活·读书·新知三联书店，2004，第57页。

[5] 杨国荣：《说"势"》，《文史哲》2012年第4期。

唯物主义视野中的"第一自然"与"第二自然",或列宁所谓的"形势"以及葛兰西笔下的"力量对比",但并不等于不能在此做一番"翻译"。"时势"概念,尤其是"势"的概念,包含着重新组织所谓历史规律、政治理想、集体实践与主体决断之间的辩证关系的可能性。后设地看,如果将中国社会主义革命与建设的政治理想视为"天理"一般的存在(或至少处在此一位置之上),那么,历史实践的展开本身即为时势。而社会主义文艺工作者的表达,更是深刻的时势的产物,每时每刻彰显出关联着"理"的权衡与决断。这一概念有助于打破将李准的作品理解为"遵命文学"或追随政策而进行的简单复制的误区,从而敞开一种对于文学创作能动性的新理解。"时势"概念的优势,正在于能把政治理念、政策及其落实以及人的改造皆囊括在内,进而凸显出历史断续的辩证法。

李准的写作给人最为直接的印象或可表述如下:他非常主动地将具有普遍化潜能的实践经验处理为叙事要素,以此方式使自身的写作成为时势的一部分。比如《李双双小传》的核心事件"办食堂",就关乎"大跃进"时期公共食堂的兴起以及相关政策推动;特别是河南经验一度得到中央肯定,《李双双小传》几乎一一再现了上述经验的诸多要点:改革炊具、讲究卫生、清洗食堂人员中的不纯分子、强化领导力量(领导积极介入)等。[1] 但需注意的是,虽然政策-事件(以实践形态展开的政策)可以为文学人物行动设置某种边界,人物的行动、性情与性格特质却无法从政策-事件中完全推导出来。毋宁说社会主义文学人物系统的铸造拥有一种相对独立的操作方式。从李准创作李双双形象的准备工作中就可以看出,"李双双"的最终成形,是他对几次下乡落户时了解到的不同先进妇女形象进行整合的结果,如贴"小纸条"的龙头村妇女队长、与多占工分的落后妇女吵架的小组长、自告奋勇述说自己事迹的女炊事员、揭发落后妇女而遭报复的女共青团员、因公不因

---

[1] 参见《中共中央对于加强公共食堂领导的批示(一九六〇年三月十八日)》等,载中共中央文献研究室编《建国以来重要文献选编》第13册,中央文献出版社,1996,第80-88页。

私而推荐自己丈夫的女会计、帮人打离婚官司的妇女社长。[1] 人物形象所承载的时间线索，与政策－事件的时间线索之间，并不是完全平行的。在此意义上，人物形象具有一种相对的自主性，并不一定随政策事件的改变而速朽，这也就解释了为何李准能在1960年代初迅速将"办食堂"的小说改编为"评工分"的剧本。

由此看来，所谓文学中的"时势"，或许包含以下三个层次的问题：（一）政策方向与更为具体的政策－事件成为叙事前提或直接化作情节；（二）人物形象尤其是人物之间的搭配——比如李准所喜用的"夫妻档"家庭冲突成为新旧斗争的微缩化表达——与更为持久的社会主义革命相关，也与生活世界的变动轨迹有关；（三）人物行为与内心的边界、叙事的边界也反过来测度出社会主义政治与伦理的边界——"理"的历史世界的边界的浮现，以及"时"之真正转型的征兆。也就是说，作为整体的"时势"，自身包含着多重时间特质，在这里至少呈现出三种不同的变化节奏。更为重要的是，时势本身是一个断与续、变与不变相交织的进程。李准的写作不仅关联着第一层的政策的时间性，也关联着第二层的人物变化的时间性，更因为他的文学生涯贯穿了二十世纪五十年代至八十年代，因此也触及了第三层即时势之内乃至时代之间的辩证断续。

从上述视域出发，我尝试择取李准在不同的"时势"中创作的几个文本展开分析："双百"时期的《没有拉满的弓》（1957年）、"大跃进"时期的《李双双小传》（1960年《人民文学》、1961年小说集两版）、"大跃进"结束后的剧本《李双双》（1962年）与农村改革初步完成时期的《瓜棚风月》（1985年）。从可资比较的抽象主题要素来看，这些作品都涉及基层农村集体单位中的劳

---

[1] 李准：《我喜爱农村新人——关于写〈李双双〉的几点感受》，《电影艺术》1962年第6期；李准：《向新人物精神世界学习探索——〈李双双〉创作上的一些感想》，《人民日报》1962年12月16日，第5版。

动与物质利益问题，同时也呈现出历史进程中的数种"自发性"[1]，以及几种可资比较的个体与集体的关联方式。因此，本文也是将这些既有关联又有差异的文本，视为一部不断将时势吸纳在内的总体作品。李准创作的形式感，将在字里行间的时势中彰显出来；而当代文学顺势而为的基本机制也将同时得到展示。

二、《没有拉满的弓》与"社会主义经济人"的寓言空间

《没有拉满的弓》原刊于《长江文艺》1957年5月号，1981年李准将之编入自己的小说选集（更名为《冬天的故事》），可见他对之颇为重视。此篇作品与《芦花放白的时候》《灰色的帆篷》都可算作"双百"时期的产物，但似乎未受到当时的评论界重视，甚至连批评也没沾到什么边。[2] 的确，与《芦花放白的时候》《灰色的帆篷》相比，《没有拉满的弓》虽然笔头也流露出讽刺与批评，却更少"干预文学"腔调，反而承续着李准更早时候农村书写的基本"问题"感觉（如《冰化雪消》）。略做一些横向爬梳，便能发现李准依旧以1950年代中期的农村基本经济政策为叙事前提，特别是1956年9月《中共中央、国务院关于加强农业生产合作社的生产领导和组织建设的指示》中强调的发展副业对于巩固合作社的重要性。[3] 搞好副业成为情节发动要素，或多或少与此相关。更为关键的是，1957年上半年中共中央关于"民主办社"

---

[1] 在社会主义文化语境中，"自发性"与"自觉性"构成一种重要的对举关系，也是一种提升的关系。"自发性"往往指向的是未经革命政党介入的群众的意愿及其表达，而"自觉性"则是指受到革命理论洗礼、革命政党领导后的状态。因此，"自发性"往往关联于群众旧有的思维与行动习惯，本文中所要讨论的算计的自发性即可归入此一序列。但在马克思主义者眼中，群众的自发性中亦蕴含着巨大的革命潜能，"自发势力"在某些语境下并不是一个贬义词，反而关乎群众的创造力以及他们迎向新事物的积极性。本文论及的某些案例亦与此一相对褒义的自发性相关。

[2] 《当代文学概观》中则有一小处提及《没有拉满的弓》，参见张钟、洪子诚等：《当代文学概观》，北京大学出版社，1980，第267-268页。

[3] 《中共中央、国务院关于加强农业生产合作社的生产领导和组织建设的指示（1956年9月12日）》，载黄道霞、余展、王西玉主编《建国以来农业合作化史料汇编》，中共党史出版社，1992，第388-394页。

的要求——其中"社和队决定问题要同群众商量"[1]一条尤为重要，或可看作是小说直接秉承的政策精神，亦成为情节矛盾展开的思想依托。这也是"双百"时期的民主化取向在此篇作品中的具体呈现。在这一严格意义上的语境线索之外，小说显然还关乎如何教育群众与发动群众这一更为恒久的政治文化议题。这也就涉及了对于1950年代基层合作化组织中的干群关系的反思。但更有意味的是，这部小说启用了一种实验性的叙事策略，展示了某种颇成问题的人性理解对于干群关系的损害。

《没有拉满的弓》的主要人物是十七年文学中相当少见的一种类型，或可暂且命名为"社会主义经济人"。此种形象的基本特征为：在社会主义集体框架内将人际关系化约为基于需要的经济交换关系。[2]主人公五里台高级社副社长陈进才在社员群众口中是个机灵人、能干手，他的威信来自于对于经济活动不可思议的把控能力（"曾经给社里买过七个牲口，没有一个不是便宜几十元到一百多元"），县委蓝书记称他为"一根钱串儿"。他对于任何可以转化为钱的东西极为敏感。正社长炳文在他眼里虽然直爽厚道，但却"太老实，不够机敏"，甚至有点婆婆妈妈气。

叙事的实际展开是在农历十月，地里农活较少，农民相对空闲，腾出了足够的空间进行副业活动与商业交换。而社里一把手炳文赴地委党校学习，则给了陈进才的算计理性与治人方法以充分的"实验"空间。陈进才拥有经营农副业的惊人本领与"管理"社员的狡黠手段，对付年龄不同、脾性各异的社员，颇能分而治之。小说第一小节的"取钱"场景即是此种"人学"的展示。陈进才有着一种很少呈现于社会主义文学叙事中的超乎常人的"投资"眼光，与供销社、银行营业所、土产公司的干部混得极好，他消息灵通，对诸种业务皆有兴趣。陈如此"能干"，小说进展到快一半时，眼看着就要将"弓"拉满了：在社务委员会上，陈进才通报了"已经有十三种副业可以搞"，

---

[1]《中共中央关于民主办社几个事项的通知（1957年3月15日）》，载黄道霞、余展、王西玉主编《建国以来农业合作化史料汇编》，中共党史出版社，1992，第424页。

[2] 关于传统的经济人（homo oeconomicus）概念，参见福柯：《生命政治的诞生》，莫伟民、赵伟译，上海人民出版社，2011，第200页。

"从磨豆腐说到养猪,从养猪说到做木器家具,最后一直说到做变鸡蛋,做麦芽糖"。

但他的跌落也正在此刻。在炳文的视点中,陈的毛病被一一拎出:爱用小聪明,学习很少,不相信群众。陈对于"人"的预设极低,对于身边的帮手也要反复考验,生怕他们有私心;同时,对于任何动员性的、具有一定政教意味的"开会",则抱有厌恶。这与他对于人性的理解相关:"社员们要的是什么?是工分,是钱,是粮食。他多做十分,他就能多分,他不做,就没有。"这种近乎理性经济人的预设,充斥在陈进才这位"改革式"管理者的脑海中,也成为他开展工作的基本前提。针对此点,小说后半部分启用了一种相当戏剧化的反噬逻辑。一旦陈进才想只通过利益与奖惩来"卡"社员群众,群众就可以将这种算计逻辑释放到溢出五里台高级社的程度:所有人都奔着更有利可图的活儿去,比如割干草卖给运输公司而不参与社里组织的副业劳动。最具反讽性的场景是:当陈进才少见地给运输公司戴了政治"帽子",而后者不得不与农业社签订代收干草合同时,依旧没有一个人来帮社里整烟叶。"因为有人说城里胶轮大车要干草,运输公司将来总得收,有很多妇女就把干草放在家里。"陈进才的做法可以归入后来毛泽东所批判的"见物不见人"的政治经济学脉络,他的举动所呈现的正是经济理性脱嵌出社会主义"精神"的难题。

陈进才对群众自发性的预判及其最终的失控,形成了一种高度寓言化的叙事结构。然而有趣的是,作者的叙述口吻却始终在讽刺与不过度批判之间摇摆,即一方面用"没有拉满的弓"的寓言,将陈进才的做法问题化;另一方面又在诸多段落里凸显陈进才并不自私(对自己家庭没有特别照顾,也颇能以身作则)。叙述者数次强调他一直在意的是搞好集体,比如一开始点出的那只为了方便边吃边办事而到处端着走的"大碗"。让人好奇的是,陈进才一心为集体的动力何在?小说里有一些暗示:每当他为合作社节约下开支或为社里的副业发展找到门路后,总会从心里浮现出高于所有其他社员的得意。这种隐秘的优越感建立在陈进才的经济才能之上,他仿佛觉得自己才是这个集体唯一的主人。在陈进才眼里,其他人都是"经济人",只有他讲"社会主义"。但此种"社会主义"实质是一种变相的优越论或等级结构。李准对于陈进才动机的纯化，使之具有了寓言性。陈进才也确实表现出了寓言式人物一条路走到黑的偏执特点。作为正确观点发表者或者说政教题旨暗示者的社党分支书记银柱多次提示他去发动群众，稍有头脑者都会采纳这一扭转颓势的方法，但进才却没有。

然而，作者也不愿意使小说过分流于寓言化。他启用了一种以后反复出现的"夫妻档"人物搭配。甚至可以说，陈进才的妻子、第三队妇女队长玉梅颇有后来李双双的影子。小说用不少笔墨描摹夫妻两人的情感关系，这样一种对于日常现实较为严肃的模仿，使人物不至被拖入滑稽讽刺的境地。这就是《没有拉满的弓》所展示的歧义性：一方面以寓言化的方式构造叙事与人物，将陈进才的品性极端化，使故事呈现为不可控的反噬过程；另一方面却又不愿意让陈完全陷入反面人物的境地。

李准为何对陈进才留有余地？这是溢出显见主题之外的关键问题。陈进才与乔光朴在某些地方十分相似。缺失一种更为现代、更聚焦于人心的管理术，成了更为激进的改革者批评乔光朴的基本措辞。[1]但陈进才若"进化"为更懂得"情感"动员的管理者，就能催生出良性的干群关系吗？答案恐怕是否定的。因为陈进才隐秘的优越论依旧无法得到处理。正是在尝试动摇这一优越论等级的意义上，李准的叙事与改革时期关于管理的思路极大地拉开了距离。

小说本身隐约提供了另一种可能性。通读全篇，一个现象十分刺目，小说没有用阶级来划分人群。阶级话语的缺席在此具有一种叙事上的必要性，是陈进才管理实验得以成立的前提。而在小说末尾，炳文对"政治经济学"的兴趣，似乎意味着阶级视野的真正来临。因此，《没有拉满的弓》也是一次不以阶级斗争而以经济建设为中心的叙事实验，是一篇单纯"见物"式管理之不可能性的寓言，也宣告了"社会主义经济人"内在的矛盾及其破产。

---

[1] 对于乔光朴管理方式的批评，可参看鲁和光：《谈现代管理科学——从两本小说讲起》，《读书》1983年第1期。

但除了陈进才与群众相互算计的情形之外，在小说末尾，还出现了一群"觉悟高"的无名社员，他们自发地来看望病中的进才，并表达出对于集体的关心。就在炳文"政治工作是一切工作的生命线"话音刚落，他们便到场了，表达出另一种"操心"："平常倒不觉得，进才害了病，我担忧起来。说的是社，其实和自己家一样，要说比家还重要。你想，地、牲口、我这几口人的嘴都交给社了，也就是说把命也交给社里了，谁不操心哪！"听到这些，进才"忽然伏在被子上哭起来"。这一场景明明白白地呼应了青年银柱对进才的批评："你认为群众就不会有积极的一天了，就得和他们玩手段，比心眼！这是合作社，有人家一份。他们是给自己干的，不是给别人干的。"当时进才的反应却是一气之下想撂挑子，因为他觉得银柱贬低了自己的能力。但此时，"给自己干"的社员在场，才真正触动了在经济上遭到重大挫败的陈进才。当社员们自己表达出"社是我的社"时，陈进才的"经济人"思路才会趋向瓦解。他那种高于其他社员的优越论才会被松动，因为这种优越论所以觉得只有自己有资格代表集体的幻觉才有了消散的可能。

　　小说以此种方式结尾，宣告了一种净化、纠正的可能，也暗示陈进才在领导集体生产上依旧可发挥作用，从而有了成为"新人"的可能。李准最后的叙事选择——那群无名社员动情的表态，而非单纯炳文的政教言辞——也表达出作者对于问题核心的把握：社是大家的；政治无法脱离经济，经济里蕴含政治。但是《没有拉满的弓》点出却无法在个别叙事中回应的更大的问题是：杂糅了物质鼓励与政治措辞的"教育"，同实际的管理术之间，究竟能达成何种良性的关系？"见人"与"见物"究竟如何共存？如果说社会主义经济人在叙事上必然会遭遇自我瓦解的僵局，那么政治、伦理与经济之间究竟应该达成何种有效的联通与互动而不至于滋生单纯的算计心与建基于能力之上的优越论？这是《没有拉满的弓》中显现的历史难题。当然，很快，小说的许多叙事前提将不复存在，特别是1958年城乡户籍管理制度实施之后，在叙事上，群众的相对落后的"自发性"将事先被抑制住，而这也将变换文学本身的色彩。但无疑，《没有拉满的弓》对于干部、群众心性的刻画，创造出了一个溢出政策事件乃至人物系统的寓言空间。

三、时势中的"李双双"

与《没有拉满的弓》所诞生的时势不同,《李双双小传》能够出现,无疑得益于大办公共食堂的契机。但李双双形象之所以成立,缘于李准二十世纪五十至六十年代几段颇为深入的落户生活,特别是他在登封县金店公社马寺庄几乎亲历了整个"大跃进"过程。李双双的诞生还呼应于1960年三八国际妇女节五十周年纪念,刊载《李双双小传》的那一期《人民文学》同时发表了《种子》《一点红在高空中》《孙孙的名字》等歌颂劳动妇女的作品。从李准的创作谱系来看,对于"新妇女"的关注早有踪迹。[1] 但是,1960年第3期《人民文学》版的《李双双小传》与更早时期的作品相比,更为彻底地将时势内化为一种叙事,将三重主题容纳在一个文本之中。

一是妇女解放,特别是"大跃进"条件下的"跃出"。在这个序列里,曾经没少挨喜旺打的双双获得了"正名"的机会;她努力学习文化,尝试走出家庭,摆脱落后丈夫的束缚,这些都联通到了之前的文学传统上(如赵树理的《孟祥英翻身》)。1961年茅盾对于此版的读法便主要着眼于此序列,他点出小说开头"脱胎于"《阿Q正传》无法为主人公命名的情状,而且尤其看重小说前半部分的回叙,认为写出了妇女地位的变化。[2] 而小说第二小节确实交代了双双的"脾气"是逐渐变大的。

二是"大跃进"技术革命、文化革命。如小说最后一节聚焦于双双、桂英等改造孙有的水车,进行"炊具机械化"实验,包括调到养猪场的喜旺吹着唢呐驯导小猪。这些较为奇观化的"大跃进"情景在1961年的小说集版中被大量删减。

三是社会主义文艺始终关注的公私斗争与思想改造议题。首先是富裕中农孙有及其儿子金樵的落后举动被归结为阶级本性使然,此版有一句话"不

---

[1] 李准:《河南一农村》,《人民日报》1954年11月22日,第3版。
[2] 茅盾:《一九六○年短篇小说漫评》,《文艺报》1961年第4期。

会上那些富裕中农和坏蛋们的当了"[1]尤可注意。个别的落后人物不但与李双双形成交锋，而且私藏水车败露后"群众纷纷起来和孙有展开了辩论"，而金樵怀疑红薯能变出花样的"促退派"思想也立即遭到气愤的群众的批评。在这里，群众一改《没有拉满的弓》中落后的自发状态，变成助手般的自觉的形象。[2]其次，改造喜旺成为新旧转型主题更为重要的表达，但《人民文学》版在表现喜旺"转变"时显得缺少过渡，关键还是那张由匿名群众写就的大字报发挥了作用——揭穿孙有拿捏喜旺弱点而揩油食堂："初上来人们还在风言风语的估猜，后来就有人干脆在食堂贴出了大字报。喜旺是个胆小的人，一见大字报，先吓了一跳。"在经受双双一番批评后，喜旺主动去写大字报进行自我批评。不过，喜旺的转变之所以"顺"，恐怕也关系到阶级性判断（"他原也是个贫苦出身"[3]）。广义的思想改造尚有第三个面向（虽然小说表现得还比较模糊）。李双双的直来直去、见不得人占集体的便宜，与喜旺的随和、胆小、迁就之间的对照，引出了一种新的乡村伦理关系的构想。其实，《没有拉满的弓》在反思干群关系的同时，已触及了集体内部应该形塑何种人际关系的问题，而《李双双小传》里尤为凸显的，则是对于原有以血缘、亲疏（喜旺与孙有是本家）为基础的人际关系的替代，即强调人的集体身份

---

[1] 李准:《李双双小传》,《人民文学》1960年第3期。文末标注"一九六〇年二月七日深夜，郑州"。

[2] 但需注意的是,1961年出版的《李双双小传》小说集所收录的版本(文末标注"1960年8月31日四次修改")明显弱化了阶级对抗，比如"不会上那些富裕中农和坏蛋们的当了"被改为"不会上那些有落后思想人的当了"。批判孙有的群众大会被删去，且使金樵更早地消失而以喜旺来代理这出关于红薯的辩论。参见李准:《李双双小传》,作家出版社, 1961, 第32页。

[3] 喜旺的阶级定位在《李双双小传》中以一种未加点破的方式发挥着作用，而剧本《李双双》则把这一点明明白白表述出来，在双双与公社刘书记的对话中，她主动区分了喜旺与孙有的阶级属性："孙有可不一样，这个人鬼主意太多，他不是无产阶级，我们家［那位］是无产阶级。"(李准:《李双双》,《电影文学》1962年第12期)。有趣的是，剧本虽然彰显了阶级身份的差异，却在叙事中对孙有更加留有余地，尤其是电影版还直接呈现了孙有一家最终的转变，喜旺的无产阶级属性也不再是转变的显见动因，双双与喜旺之间的情感‐教育关系成为关键点。

的优先性。

正因为有这三重主题序列,"李双双"在时势变换中成为一个"可写"的文本。1961年小说集版最重要的情节变动出现在最后三节。李准有意拉近李双双与喜旺之间的叙事距离:将原来喜旺、双双分别在食堂与养猪场搞"技术革命",改为两口子双双进食堂;在第八节中放弃了对于孙有水车的"征用",且将快速摊煎饼的煎饼灶发明权匀给了喜旺(《人民文学》版中是双双发明了这种煎饼灶),因此既稀释了技术革命的浓度,也弱化了妇女解放的面向。特别值得注意的是,1961年版将喜旺的转变过程拉得更长,凸显出一种对落后者的激励机制。煎饼灶的发明正起源于这场新增的对话:

> 喜旺说:"你看你如今县里也去开过会了,报上也登过了,广播里三天两头表扬你,我只能拉马缰蹬,永没有出出头那一天!"
>
> 双双听他这样说,噗哧笑了。原来喜旺也想跃进跃进呢,可是他这个看法却不对。双双就对他说:"我去开会,是代表咱们孙庄食堂去的,这里边也有你一份。再说去开会是为了交流经验,改进工作,怎么能算去出出头?你真是想要去'出出头',这个会还不敢叫你去开呢!"她这么一说,喜旺脸红了。双双急忙又说:"什么事情,不能从个人想起,要为大家。你只要好好劳动,想办法把群众食堂办好,不要说县里,省里,北京你也能去!可是你心里就没有把食堂办好这一格,还想着要出出头,那当然不会有那一天。"接着双双又向他讲了几段劳动英雄故事。
>
> 喜旺仔细听着想着,觉得双双的话有道理。照他原来想着,如今人不为钱了,还要为个名。可是照双双讲的,这图个名也是不光彩。只能是为工作,为大伙,为社会主义。喜旺想到这里,觉得和自己结婚十多年的这个老婆,忽然比自己高大起来,他不由得嘴里溜出来一句话:
>
> "劳动这个事,就是能提高人!"[1]

---

[1] 李准:《李双双小传》,作家出版社,1961,第45-46页。

这段话显然是李准深思熟虑后添加的政教表述，不仅彻底翻转了双双与喜旺的地位，使双双真正成为喜旺的教育者与仿效对象，而且触及了社会主义之人的深层动机问题，即对物欲与功名的双重否定。"这里边也有你一份"则是对《没有拉满的弓》最后出现的群众自发的集体关切心的续写：强调在集体性前提下，任何凸显出来的个体成就都表征着更大的集体成就，因此也是对上述新型集体性伦理关系的落实。1961年小说集版既做了减法，也做了加法，使一篇具有浓厚"大跃进"气息的作品转变为更适应社会主义思想改造议题的文本。

相比于小说，电影剧本版李双双的故事无疑流通更广。[1]据说，电影摄制组1961年夏天到河南林县体验生活时恰逢"食堂要散"的大势，本来准备好的"办食堂"剧本不能用了，但李准十分顺利地将核心事件替换为"评工记分"。[2]这一替换也是顺势而为，从1961年上半年中共中央批转的多个文件中都可以看出，"散食堂"几乎成为当时中共核心领导层的基本共识且有群众基础。[3]同时，"社员群众迫切要求恢复到高级社时评工记分的办法，但是已有发展。办法是：包产到生产队，以产定分，包活到组。这样才能真正实现多劳多得的原则。"[4]由此而言，《李双双》剧本无疑是一个回退的文

---

[1] 就笔者目力所及，1962年以后，在电影剧本情节基础上所作的各种文艺形式的改编包括：赵籍身、杨兰春：《李双双》（豫剧，1963）；高琛：《李双双》（评剧，1963）；邵力编剧：《李双双》（话剧，1964）；陆仲坚改编、贺友直绘：《李双双》（连环画，1964）；浙江省曲艺队集体改编、施振眉执笔：《李双双》（评弹，1978）。

[2] 姜忠亚：《活力的奥秘——李准创作生涯启示录》，中原农民出版社，1989，第149页。

[3] 参见《中共中央关于讨论〈农村人民公社工作条例（草案）〉给全党同志的信（一九六一年三月二十二日）》《中共中央转发毛泽东批示的几个重要文件——胡乔木关于公社食堂问题的调查材料（一九六一年四月二十六日）》，载中共中央文献研究室编《建国以来重要文献选编》第14册，中央文献出版社，1997，第221-224、300-315页。

[4] 周恩来：《关于食堂和评工记分等问题的调查（一九六一年五月七日）》，载中共中央文献研究室编《建国以来重要文献选编》第14册，中央文献出版社，1997，第318页。

本，这从"工折"这一细节就可见出。小说一开始仅仅处于从属性叙事地位的"劳动日"与"工折"（"在高级社时候，很少能上地里做几回活，逢着麦秋忙天，就是做上几十个劳动日，也都上在喜旺的工折上"[1]），在这里成为组织叙事最为核心的政治经济学要素。发放工折这一事件，成为新的叙事开端。因而也就不难理解，小说鲜明的时间标志（1958年春节后）被剧本模糊化了。那个自发要去修渠并受到挑灯夜战的集体劳动感染的双双，变为冷静地思考如何使更多劳动力出工的双双。这样就将原本更为激进的妇女解放及技术革命议题，转换为按劳分配原则基础上的制度设计议题，将对李双双主人翁式劳动姿态的热烈赞扬，转换为对劳动者残留私心的批判。此种"回退"在"广播"的缺席中亦可得到见证。在《李双双小传》里，正是广播里的通知激励着双双展开更为积极的行动。在小说里，广播的不同内容分别对应于公共传播（双双爱听新闻报告）与私人闲暇活动（喜旺爱听梆子戏），但剧本却将这一个体性与公共性的联结媒介略去了，而用剧团下乡演戏的方式，把喜旺的私人趣味直接转化为一种集体娱乐活动。这样一种弱化宣教的做法，与"政治挂帅"措辞的消失，构成了富有意味的呼应，再次证明了叙事重心的转移。

叙事的政治经济学基础的变动，带来了风格转换的要求。剧本集中体现了这样几种变化：一是通过重组桂英形象，以及引入她与二春的恋爱事件，带出了农村知识青年出路何在的政教议题，其成功的先例即《朝阳沟》。此外，桂英被设置为孙有之女，在一定程度上用代际对抗取代了阶级对抗，模糊了原本泾渭分明的阶级区分。二是重组金樵的形象，并增加其妻——落后妇女大凤——的改造情节。这一方面使落后干部及其改造的问题复归，另一方面大凤的改变也呼应了一个农业合作化文学叙事常用的装置——用劳动来改造落后妇女，使之从"对手"变成"帮手"，这在周立波《山乡巨变》里的张桂贞以及后来《艳阳天》里的孙桂英身上都可看到。第三，也是最关键的，

---

[1] 李准：《李双双小传》，《人民文学》1960年第3期。

是李双双夫妻关系得到了浓墨重彩的表达，特别是强化了"深情"[1]。从1961年小说集版拉近双双与喜旺的距离开始，李准便在构造一种密度更高的夫妻关系叙事。李准曾回忆自己是逐步发现了双双与喜旺关系的重要性：

> 我进一步研究这个作品的主题，研究双双和喜旺这两种性格冲突的本质，我发现了使我自己吃惊的东西，这个主题上还蕴蓄着更加重大的东西，那就是这一对普通农民夫妻中的关系变化，反映了我们这个社会的变化……沈浮同志听了很兴奋，又和摄制组同志们帮助我们设计了那几场双双和喜旺中间反复的"拉锯"斗争的戏。[2]

在《李双双》的剧本中，喜旺几乎与双双在叙事上拥有了平等的地位，或者说两人被结合成一个叙事单位。李准曾明确宣布喜旺也是"农村新人"。[3]这种新风格的起源究竟何在？或许我们可以将剧本叙事要素划分为两个大的序列。一是评工记分制度及其完善。当双双发现落后者单纯为了工分而劳动，不讲究劳动质量时，想到的是还得再变变制度。双双劳动自然不是为了赚工分，但受"时势"影响而形成的叙事逻辑决定了双双会通过完善工分制度来限制落后者。第二个序列即婚恋、情感序列，突出特点在于对家庭情感的强调。甚至在电影版中，喜旺第三次"出走"——去教育金樵时落泪，也是因为"我对不起你双双嫂子"。评工记分制度化与夫妻－家庭深情化达成一种结构性的互补关系。小说版公共食堂以及相关的制度设计（如福利院、托儿所乃至"大跃进"时期一度流行的"十三包"设想），客观上会改变旧

---

[1] 剧本不但用了"深情"这一字眼（"双双走过去，夺过包袱，深情地看着喜旺……"），也多次提到双双对喜旺充满感情的注视。如"喜旺向门外一看，发现双双站在车院门口，瞪着两只水灵灵的大眼睛，嘴抿得紧紧的，在期待地望着喜旺"。参见李准：《李双双》，《电影文学》1962年第12期。

[2] 李准：《向新人物精神世界学习探索——〈李双双〉创作上的一些感想》，《人民日报》1962年12月16日，第5版。

[3] 李准：《我喜爱农村新人——关于写〈李双双〉的几点感受》，《电影艺术》1962年第6期。

有的家庭生活习惯，乃至重塑人们的伦理感觉与情感态度。但是评工记分及其制度增补，却无法从根本上改变人们固有的心性与习惯。正因为按劳分配本身的不稳定性，才会有1958年的相关论争。[1] 由此，家庭与恋爱要素，夫妻之间的情感强化（"先结婚后恋爱"）可以视为对无法及时到来的根本性文化变革的叙事填补。

正是在"大跃进"落潮之"势"中，李准最终将所谓的"重大发现"落实为一种伦理－美学。双双与喜旺的反复拉锯，引出的是《李双双小传》已经暗示出来但湮没在其他意义序列之中的新"情理"议题。双双是"情理不顺"就要管，针对孙有、金樵的"私"，敢于扯破面皮积极介入；而喜旺则是"老几辈都是好人"，不敢得罪人，金樵的干部身份外加发小身份尤其成为障碍。电影实际完成版可以说更为强化"情"的面向。尤其是上文提及的喜旺劝说金樵，话音落在"对不起你双双嫂子"上，高度煽情的瞬间凸显出的是喜旺转变的完成。他的悔意证明了双双的"新情理"已经入了他的心。同时，因为喜旺没有完全变成另一个双双，也可以说在很大程度上保留了自己的个性，因此，双双那种情理不顺就要管在喜旺这里得到了一种软化或者说下降，反使之更具现实性与共情感。因此，再次"恋爱"塑造出一个伦理单位，且尝试通过这个单位扩展出一种集体伦理关系，这是对评工记分制度更为积极的情理增补。喜旺同双双的情感，与新旧情理之间的转换构成互动关系。因此，家庭这一基本伦理单位在电影剧本《李双双》中不可或缺，但李双双与喜旺的家庭又绝非传统的乡村大家族而更像是城市中的三口之家。电影中的李双双与喜旺只有一个女儿小菊，电影对喜旺与小菊之间父女情的精心呈现强化了家庭单位的分量，也使电影有了一种超越农村情境的普遍指向。

从《李双双小传》到《李双双》，三重主题的交织转变为两种主题的共振，甚至妇女解放的面向也让位于家庭成员间的情理之争。如果说《没有拉

---

[1] 关于"按劳分配"的论争，参见朱羽：《社会主义与"自然"：1950—1960年代中国美学论争与文艺实践研究》，北京大学出版社，2018，第372-380页。

满的弓》凸显了经济在场而政治缺席，那么《李双双小传》则是用政治挂帅来重构伦理与经济，但剧本《李双双》却以伦理来牵动政治与经济，由此形成了叙事中心从经济到政治再到伦理的转变轨迹。李双双与喜旺的美学形象之所以成立，恰恰是时势变换所致，是评工记分制度所无法涵盖的政治－伦理维度的内在要求。但当时势再度转换时，特别是当经济、政治、伦理内在的联通开始发生某种结构性裂变时，李准的相关书写将抵达更为深刻的历史悖论。

四、"法""权"缝隙中的《瓜棚风月》

《瓜棚风月》与《李双双》等前三十年文学书写的可比性，首先建立在一种看似否定性的关系之上，李准的创作从早先及时的顺势而为，变为需要艰难地去体认与赋形新的时势。《瓜棚风月》是李准改革时期为数不多的能够接续上述农村书写的小说，但似乎并没有在1985年发表后引发什么反响，零星的提及者也以为它不甚成功。[1] 引发注意的，反而是由此篇小说改编的电影《失信的村庄》（李澈编剧，王好为导演，1986）。在1980年代中后期浓厚的新启蒙氛围中，电影改编在影像方面进行了一些吻合于新启蒙意识形态的处理。摄制团队放弃了李准所建议的外景拍摄地点——"具有江南秀色的南阳地区"，而选择了古都洛阳附近的乡村，以豫西的天井窑院、出水窑院为人物活动的重要空间场所，"古拙而浑厚，在视觉上给人一种封闭感"，"配之以很深很窄的院落、黄土沟壑、古刹以及淹没在庄稼地里的巨大的宋陵石刻，都造成一种古老的历史感"。[2] 此外还特地三次展示黄河，"在影片的首尾都用了一组奇异的黄河泥沙积淀的特写"[3]。果然，当时的评论对这种影像表达产生了符合创作预期的共鸣。有评论者兴奋地指出：村庄民宅建在凹地上犹如坐井观天，与高墙夹道一起象征着深受封建思想和小农意识束缚的

---

[1] 参见宝光：《失落之余的反思——〈失信的村庄〉座谈简记》，《电影艺术》1987年第4期。

[2] 王好为：《我拍〈失信的村庄〉》，《北影画报》1987年第1期。

[3] 王好为：《我拍〈失信的村庄〉》，《北影画报》1987年第1期。

农民的狭小眼界；取之于古都洛阳附近农村的实景，以及片头片尾的黄河淤泥空镜头，"使人联想到传统文化中落后一面的心理积淀，是何其厚重"[1]。但即使如此，这部电影也无法让当时的观众满意。有人指出根本问题在于李准的原作：它反映的是承包初期的问题，"到今天来看有过时感"，李准"对现在的农村不熟悉，没跳出一贯的思维模式，还是善善恶恶、公与私的矛盾"，主人公丁云鹤"还是个英雄人物，而不是真实的人物"。[2] 可见，从核心问题焦点到人物描摹方式，《瓜棚风月》都处在不新不旧的尴尬位置。从五六十年代那个能够"及时"配合政策来写作的李准，变成了"过时"的李准。这无疑提示出，那种使李准的创作得以可能的结构发生了变化。

此时李准的思想底色究竟处在何种光谱中，十分耐人寻味。他在1980年曾自述对生产责任制落实后农村的两极分化颇有顾虑，[3] 但很快便确认了联产计酬责任制是一个结束有史以来人数最多怠工现象的"精灵"，而它坚定的是"人们对社会主义的信念和希望"。[4] 这种改革初期对农村改革的高度认同，到了1980年代中期，势必面临贫富分化以及所谓社会主义物质与社会主义精神难以同步等现实问题的困扰。有一位评论者相当粗暴的影评，反而可能点出了李准隐秘的创作动因："[下乡承包瓜田的丁云鹤]有了钱还想留下个美名，送给辛庄彩电、图书等等，这也符合时下某些'万元户'的思想境界。"[5] 正正不错，《瓜棚风月》对丁云鹤诸多德行的细致描绘，仿佛让我们忘记了，他首先是一个当时先富起来的人，一个万元户。

李准的小说完成于1984年，回看1983—1984年这一时期，政策层面的措

---

[1] 高歌今：《"财神"为什么被赶走了？——评影片〈失信的村庄〉》，《红旗》1987年第6期。

[2] 宝光：《失落之余的反思——〈失信的村庄〉座谈简记》，《电影艺术》1987年第4期。

[3] 参见李准：《初春农话》，《人民日报》1980年4月22日，第2版。

[4] 李准：《一个"精灵"的出现——河南省西华县农村见闻琐记》，《人民日报》1981年3月21日，第5版。

[5] 高歌今：《"财神"为什么被赶走了？——评影片〈失信的村庄〉》，《红旗》1987年第6期。

辞依旧强调集体经济，但整个中国农村正处于政社分开的巨大转型之中。[1]与《瓜棚风月》相关，当时的农村经济政策一是提出在稳定和完善生产责任制基础上，提高生产力水平，疏理流通渠道，发展商品生产；二是鼓励技术转移与人才流动。[2]丁云鹤应是在这股潮流中下乡的。改革之后强硬的经济计划的相对退场，[3]决定了小说叙事的松弛化，自由市场要素的出现，群众算计自发性的释放，都取消了原有社会主义文学摹仿-政教机制[4]的可行性，反而是"双百"时期的暴露-批评的叙事机制有了复活的可能，但也变了调子——出现了对于犯错群众的指认。另一方面，小说叙事虽然仍凸显了生产队、生产大队，甚至是"公社"的存在——这在小说中仅有一处鲜明痕迹，当黑墩捉奸失败后，郑仙女说出的是："你给我栽赃，咱们上公社！走！"但作为集体组织架构，其政治-伦理功能已经相当弱化了。

《瓜棚风月》以"拜菩萨"与"相亲"开篇，就是上述变味的证明。这里的关键是辛庄社员辛老乖只有他爹爹给的二十元钱作为相亲见面礼。借相亲介绍人他大姨的口，小说点出了辛庄人不会干副业，而干部（指大队支书张米贵）也不往上面使劲，因此穷而缺钱。"钱"非常明确地成了小说的基本叙事要素，但它不再着落于集体（如生产队的资金积累），也不是着落于

---

[1] 参见农业部调查组：《总结、完善和稳定农业生产责任制情况调查（1983年9月）》，载黄道霞、余展、王西玉主编《建国以来农业合作化史料汇编》，中共党史出版社，1992，第1018-1020页。

[2] 参见《中共中央关于1984年农村工作的通知（1984年1月1日）》，载黄道霞、余展、王西玉主编《建国以来农业合作化史料汇编》，中共党史出版社，1992，第1103-1107页。

[3] 参见《国家农委印发〈全国农村人民公社经营管理会议纪要〉的通知（1980年3月6日）》，载黄道霞、余展、王西玉主编《建国以来农业合作化史料汇编》，中共党史出版社，1992，第921-924页。

[4] 在笔者看来，前三十年中国社会主义文学最重要的特点之一就是"摹仿-政教"。简言之，文学担负着从思想上改造和教育人民的任务，而其使命的达成则倚赖人物的塑造，尤其是新人的塑造。书写先进典型，随之而起的摹仿、学习与改造，构成了社会主义文学的一条"红线"。由此，必然需要使文学感知与生活行动进行有效联通，同时也会导致对于文学表达中的"过剩"与"冗余"展开反思，进行处置。

经由集体中介（工分制）的个人身上，而是直接落在个人身上。倒不能说《瓜棚风月》与《没有拉满的弓》《李双双小传》完全切断了联系。小说中为数不多的正面人物，在辛庄推动种植西瓜业务的生产队长辛老灵"脑子特别好使"，这与陈进才形象颇有一些承续性。小说中最重要的女性角色，那个为下乡的丁云鹤提供食宿的寡妇郑仙女有着说不完的话，那张嘴巴也可以说继承了李双双的某些特点。黑墩这样完全负面的二流子形象在李准以前的小说里是几乎见不到的，不过张栓、洪祥之类好逸恶劳的形象或可算其前身。但实际上，李准笔下的人物系统已然发生了一次裂变。人物的意义无法再安放进前三十年的政治、伦理、经济联通结构当中，这从小说中与丁云鹤构成敌对关系的大队支书张米贵的形象上看得尤为清楚。他"二十来岁就当大队干部，从解散食堂以后当大队支书"，因为九皋山水库的修成（但叙述者没提张米贵是否支援了水利建设），粮食年年丰产而成为当地广播里的名人。"米贵"这个名字使人联想到"以粮为纲"，叙述者可能在暗示他未能摆脱"文革"后期的农村经济思维：一开始看不惯责任制与大包干，觉得搞副业是不务正业，又怕社员吵着没钱，只能死板地决定发展棉花。政治与经济之间发生了一种结构性偏移，张米贵形象正是这种偏移在文学上的表现。

小说中张米贵买瘸腿驴的场景让人联想起李准的《两匹瘦马》（后改编为电影《龙马精神》）里韩芒种的遭遇，但在这里是个彻底的讽刺桥段，还被村里几个小青年编了快板。这里快板的功能与《李双双小传》以及《李双双》电影剧本里的大字报可作比较。快板仿佛是褪去了政教负担的大字报，但还是具有某种监督与批评功能，虽然更流于讥讽、调侃与自娱。往前追溯，快板早已出现在李准文章之中。时值"大跃进"高潮，他在《遍插红旗遍地开花》一文中曾细数自己落户的河南登封县群众文艺运动实绩，尤其点出快板这一传统的通俗文艺样式已成为普通语言，"夫妻吵架，群众互相批评也用"[1]。相比于有着确定历史起源的大字报，快板似乎更为"自然"与"自发"，而且相比于大字报对于"字"或"文"的强调，快板更凸显出难以掌控的声

---

[1] 李准：《遍插红旗遍地开花》，《长江文艺》1958年第7期。

音的弥散力量。

张米贵对快板相当在意，可生产队长辛老灵却不是，这是一个极为重要的新因素。小说提到，当张米贵认定那个讽刺他不懂科学、盲目给瓜田追肥的快板源于丁云鹤时，辛老灵为了缓解曾经因右派身份而受到冲击的丁云鹤的焦虑，主动提出移花接木的方法：将自己名字换上去，叫他们随便传。辛老灵的"不在乎"，暗示着一种新的社会机制诞生的可能。在格罗伊斯（Boris Groys）看来，以苏联为代表的社会主义社会有着一种将社会所有层面语言化的倾向，因此任何批评或自我批评都显得非常刺目。而资本主义社会与之不同，它不追求语言化，而要求将一切货币化，后者总能在显在的语言与符号层面之下收获补偿。在这个意义上，辛老灵的不在乎，已经透露出整个社会摆脱语言化逻辑以及某种"准"市场社会到来的征兆。

但丁云鹤因为政治创伤——这位铁路职工因为说了一句"读《毛泽东选集》和读《红楼梦》一样吸引人"而成为右派扩大化的牺牲品，对于快板这类批评机制依然十分敏感。他将快板辨识为曾经的政治化-语言化机制的留存。右派这一身份看似是对改革初归来者文学的呼应，但其实蕴含着更大的叙事玄机。小说第八节有一段关于丁云鹤经历的补叙为我们复原出这位万元户的前史。正因为这种颇为屈辱的右派身份，丁云鹤在1958年参加了挖河的"大跃进"工程，体验了前所未有的超强劳动（因此他如今下乡不惧亲身力行干活）；在1960年困难时期被转到劳改农场，与猪为伴而发现了野地红薯；又因这红薯而得到了同宿舍老知识分子孙荫山的知识亲传，并开始进入一种痴迷的学习状态。最终他在字面上证明了"知识就是力量"，成了一位土专家。这里的丁云鹤仿佛是黑格尔所谓"主奴辩证法"结构里的奴隶：在主人忙于政治与生产斗争时，奴隶静悄悄地占据了科学的维度，最终发现了主人亦无法摆脱而不得不求诸的力量。在此意义上，丁云鹤是一位迥然不同的新人。他在以往政教叙事机制破裂开的缝隙中，充分释放出自身求知-积累的自发性与能动性。

聚焦个体必然也同时带出群体形象的问题。群众在此部小说中主要出现在如下三个场景：一是丁云鹤下乡同有意选种西瓜的农户开会，讲解种瓜的技术要求和合同内容；二是西瓜成熟后村头瓜棚下的乘凉聊天会，那"很像一台多口相声"；第三个场景则在形式上接近此前的群众大会，但会上讨论的焦点，却是张米贵召集种瓜户，决定不按合同原定的"八二开"分配，而按百分之十的比例只给丁云鹤八千多元。在此之后，小说便转入对"道德"的讨论，表现了种瓜户们的内心挣扎，他们受到传统的"失信"观念的折磨，这段情节由此弥散出相当浓厚的道德情感氛围。但是，张米贵的一句话却不可不加注意："这是立场问题！咱社员们黑汗白汗干了四五个月，叫他拿走一万多块，这算什么？这是剥削！"

从叙事内容看，张米贵的发言并不真诚，他的行动表明自己根本不是那种单纯而教条的"讲政治"者：他看到种瓜有利可图，早已抛掉了公社的种植要求，自己也与丁云鹤签订了种瓜合同。虽说如此，但这一发言却可以从言说主体身上分离出来，成为一种幽灵般的回响。张米贵表面为集体实质为私利的虚伪作态，并不能完全取消马克思主义政治经济学的追问。更何况，张米贵言辞内在的分裂性与虚伪性，本就诞生于改革初期个体利益的正当化进程。辛庄大队的集体性已然丧失了逻辑上的优先性，集体丧失了真实的肉身，仅仅是一个个利益个体的汇合而已。在这个意义上，张米贵的言说无法逃避的"双声性"不仅是个人的问题，更是集体组织自身的裂隙的呈现。而在1980年代这一时刻，剥削措辞恰恰也只能在革命公利向私利转换的瞬间才能现身，一旦法权－契约确立，剥削问题就会隐匿。

但在"经济"得到正当化的大势中，小说迅速转化了这种提问的可能性。这里的核心叙事要素是合同的遵守。丁云鹤不但代表了科学技术与生产力，而且代表了遵守契约精神的一方，辛庄的绝大多数人则为违约方。因此，是否遵守合同、守护契约精神，在某种程度上置换了"剥削"问题。可在小说末尾，县法院，那个丁云鹤所以为的"讲理的地方"——在丁的理解里，"讲理"首先需落实在合同的遵守上——却没有给他满意的处理。法院吴审判员特别提到："前天赵书记还在广播上批评这个事哩，说有一个人在辛庄干了不到半年活儿，拿走一万多元！"将"广播"与"法律"对举，无疑对应的是改革开放以来文学叙事中很常见的"权"与"法"的冲突，并折射出整个宣传生产责任制时期对于"平均主义"的不懈批评。最终，合同的遵守与更具道德感的"守信"牢牢结合在一起，成为叙述者施加叙事惩戒的根由。小说最后对辛庄失信村民给予了惩罚：老丁已经请不来了，去了郑州搞了西瓜基地，直送香港。

　　李准无疑在丁云鹤形象上倾注了很多心血，将其摆放在可媲美于前三十年文学正面人物的位置之上。他传授技术，农活亲力亲为，赚得多，但也处处肯让利。特别是小说设计了寡妇郑仙女与他形成某种搭配，这种情感维度的叙事补充使丁云鹤的形象更加可爱。当然，丁云鹤与郑仙女的恋情并未真正发生，但这种情感关联有些类似《朝阳沟》那种将地方性依恋带入的机制，郑仙女之于丁云鹤或可类比于栓保之于银环。可丁云鹤最终还是"脱域"了，他消失在背景中，成为更大的未知的神秘网络的一部分。这种结局对于前三十年的农村题材小说来说是不可思议的，那个由市场所表征的无边的网络却为之提供了一种现实性。李准的态度显然比电影改编者更为复杂，至少那种呵斥小农意识与封建心理的新启蒙思路，他是隔膜的。李准为电影最初设计的拍摄地——"具有江南秀色的南阳地区"——便是明证。他至少不准备将《瓜棚风月》抽象化为对于所谓民族文化心理的批判，反而在风景的美感上尝试接续《李双双》传统。在这个意义上，也可以说《瓜棚风月》烙印了不同时势的叠影。李准更在意的是丁云鹤这样的"新人"如何撬动已经丧失活力的集体惰性，带动地方，实现一种为社会主义服务的新方式。困难在于，经济契约与道德表达在丁云鹤身上难以真正统一，技术的独一负载者与传播者也已然标示出了一种新型等级关系，丁云鹤与辛庄的伦理联结因此只能成为一种形式上的而非实质的关系。《没有拉满的弓》里虚构的经济绝对性在这里似乎以一种彻底的方式现实化了，但那一能够将经济回收到政治与伦理之内的结构已经衰颓下去。李准最后的道德化与情感化处理，不禁让人联想到路遥《人生》最后的道德化处理。这只能被视为一种症候，是对那个巨大的时代隐痛的转移，而那以否定的方式表达出来的幽灵之声，才是时势最深层的秘密在文本中的表达通道。

五、结语

时势的改变,尤其是计划经济向其自身否定面的转化,是造成李准的文学叙事发生变化的根本原因。但这里还需要分殊出一些不同的层面。首先是李准从学徒期即深入其中的社会主义政教机制已然呈现瓦解趋势,由经济计划的透明性与阶级区分的政治性所带来的清晰位置感都失势了。随之而来的是群众形象发生了改变,教育与改造的前提发生了动摇。因此我们也就看到,李准从总是能够及时地顺势而为,变成了过时与迟滞。如果说政策转型尚可积极跟从,那么人物形象所携带的政治伦理要素,以及时势内部诸要素不平衡的变化节奏所导致的抵牾,则需要一个较为艰难且漫长的适应、协调与转化过程,甚至可能导致文学书写之不可能。在这个意义上,《没有拉满的弓》、《李双双小传》、《李双双》与《瓜棚风月》不但呈现了可资比较的社会主义农村生活世界的变动,更凸显出李准式写作所发生的位移。字里行间的时势之变,远远大于政策之变,也不止于人物形象之变与美学风格之变,而是这一切的总和。字里行间的时势将提示我们历史时间内在的多质性与差异性,更能不断勉励我们在有待展开的未来中,去为那尚未实现的过去赢得机会。

原载《文艺理论与批评》2020年第5期

李凖早年传略补遗

——以豫西"地方史"为视点

李哲

对李凖这类身经历史巨变的作家来说,讲述早年经历绝非易事,哪怕讲述者就是他本人。

李凖成名于1953年,短篇小说《不能走那条路》使他从一位名不见经传的业余文艺创作者一跃成为新中国家喻户晓的青年作家。成名后的李凖获得了无数发言的机会,也多次应文艺界和群众的要求讲述自己的"成长过程"和"创作经验"。但在这些讲述中,李凖总是把他成为作家的原因归于"党的教育",而很少谈及早年的家世教育、读书趣味和生活经历。他告诫那些热情的文学青年,写作者"必须是以生活中的某些事实和现象作基础,并且大多还是他最熟悉的生活"[1]。但是李凖自己"最熟悉的生活"究竟是什么,人们始终无从知晓。"不说"的原因是复杂的,这不仅仅由于作家个人与历史之间交织、纠缠的复杂关系(下文会对此展开论述),也在于1950年代并不是一个提倡讲述"自己"的时代。

李凖第一次讲述自己早年的文章可能出现在1960年代。有文艺界的旧相识在洛阳西关花园附近的红卫旅社墙上看大字报,发现其中有"大特务李准的自供状"。"自供状"的具体内容已经无从查考,但据这位旧相识说,李凖"把自己说得狗屁不如,声称要向洛阳父老谢罪"[2]。

而在1980年代以后,政治氛围和社会风气丕变,尤其对知识分子和作家

---

[1] 李准:《从生活中提炼》,《文学知识》1959年第4期。

[2] 李冷文:《结识李准》,载中国人民政治协商会议洛阳市西工区委员会学习文史资料委员会编《西工文史资料》第19辑,2006,第110页。

来说，"讲述自己"不仅开始变得体面，甚至成为一时的潮流。也正是在这时，李準开始在各种自述、访谈和回忆性文章中频繁地讲述"早年"：关于恪守耕读传统的家教，关于短暂而坎坷的学生生涯，关于旧小说和民间戏曲的嗜好，以及在政治运动中的种种遭际，等等。这些讲述有对压抑已久的情绪释放，有对完整人生的种种回顾，自然也少不了对某些关系个人名节的旧事作激烈但不无必要的辩白。

显然不能忽视李準的讲述，也必须对经受种种磨难的作家本人给予足够充分的同情之理解。但需要强调的是，这"同情之理解"的对象并不仅仅是作家个人讲述自己的权利，也是指作家所讲述的历史本身，后者才是更为困难也更具挑战性的工作。近百年的中国历史是一个充满矛盾的巨变过程，这矛盾不是抽象的，它笼罩着并内在于历史中的人，也构成了他们的生存境遇、精神构造乃至肉身感觉。从这个意义上来看，李準在"新时期"对自己早年经历的讲述依然不够充分——他是如此努力地消解着那套宏大但空洞的历史叙述，以至于把历史本身也一并消解了。所以在他笔下，"我"显得太多、太小，这些"我"太容易被庸俗的时代捕获、框定和虚无化——像《敲开文学殿堂的大门》和《我自学成才的文字生涯》这类标题，确实充斥着"个人奋斗"式的成功学气味。或许，这就是那些亲历者讲述历史时所面临的困境：仅仅执着于讲述"完整"的自己，恰恰无法完整地讲述自己，因为后者必须同时讲述历史，讲述自己如何介入历史的经历，以及历史激荡乃至塑造自己的过程。

抗战烽火中的读书活动与革命氛围

洪子诚先生讨论过二十世纪五六十年代"中心作家"的"文化素养"问题——与"五四"及以后的现代作家不同，这一代作家"大多学历不高，在文学写作上的准备普遍不足"[1]。而作为这类作家中的典型代表，李準对自己早年求学经历的叙述与此种判断形成饶有兴致的对照。在李準的叙述中，他

---

[1] 洪子诚：《中国当代文学史》，北京大学出版社，1999，第31页。

的学生时代短暂且充满波折，甚至可以说是极不完整的，或许正因为此，李凖把自己成为作家的原因归于"我自学成才的文字生涯"。"自学"的方式主要是"读书"，尤其是那些与课业无关的"闲书"，这些书籍题材之广泛、内容之丰富皆令人叹服。在这些如数家珍般的陈述中，李凖提供了一份内容丰富的"读书履历"，这既是在勾勒自己成为"作家"的"前史"，也是在暗示自己之所以成为著名作家的条件。在他的笔下，"读书"成为指向写作的积累和准备，这不同种类的书要么与他"后来能写那么一些不同性格的人物有密切关系"[1]，要么给他的"文学事业打下一个坚实的基础"[2]，又或者对他"走上文学道路起了决定作用"[3]。

在倡导"读书无禁区"的1980年代，这种把"读书"重新书写为"文化素养"并呈现为文学写作必要"条件"的想法自然有充分的合理性。但将这种特定时期的反思视野投向更宏阔的历史，却又会产生新的遮蔽。即如在李凖求学的二十世纪三四十年代，读书人的身份、读书内容乃至读书活动本身都处在革命、政治的大氛围之中，从这个意义上说，径自将"读书"视为"文学写作"的"准备"，或者将"读书—写作"的封闭机制收束于"自学成才"这种后设的个人成长经历中，恰恰有可能把笼罩作家个人的"历史氛围"弃置为可有可无的"时代背景"。所以在对《敲开文学殿堂的大门》这类回忆文章的解读中，有必要把那些处在"背景"位置上的大历史重新发掘出来，并恢复其与作家个人之间的血肉关联。

根据李凖自身的回忆文章，可将其"读书"活动大致分成如下四个时期。

第一，少年居家时期。

李凖出身于书香门第，祖父李祖莲是洛阳宿儒，"曾在县考试中过榜首，

---

[1] 参见李凖：《我自学成才的文字生涯》，载《〈纵横〉精品丛书》编委会编《名流成功之路》，中国文史出版社，2002，第234页。

[2] 李准：《敲开文学殿堂的大门》，载全国政协文史资料委员会编《文坛档案：当代著名文学家自述》，中国文史出版社，2001，第123页。

[3] 李准：《敲开文学殿堂的大门》，载全国政协文史资料委员会编《文坛档案：当代著名文学家自述》，中国文史出版社，2001，第131页。

到民国后就教书为生",伯父和叔叔也都是教书先生,所以他在文中称"我们一门三教师,诗书气味很浓"。[1]少年李凖承祖父庭训读"四书五经",但他本人的阅读兴趣却集中于诗文、小说和历史,即被祖父指斥的"闲书":"他让我在家中读《论语》,读《左传》,我却偷偷地翻着家里的《唐诗合解》《赋学正鹄》以及《史记》来读。几次被爷爷发现,都把这些'闲书'搜走。可是我又读家里的《桃花扇》《西厢记》《随园诗话》,老先生对此非常讨厌。"[2]当然,祖父也曾为李凖讲授了《资治通鉴》和《袁了凡纲鉴》,因而李凖承认"祖父对我的文学知识影响是很大的"。[3]事实上,祖父李祖莲并不能以旧式读书人笼统言之,他"毕业于河南省警官学堂,还会背一些英语","最崇拜的人物是孔子、孟子、诸葛亮、康有为、梁启超。最恨的是慈禧"。而他在乡下闭门教授私塾,很大原因在于"对辛亥革命就接受不了"。[4]与祖父不同,伯父李俊华"思想新一点,经常讲《饮冰室文集》和孙中山"[5]。而父亲李俊人则更为激进,他的"叛逆思想和新文化"深深影响到李凖本人。近代中国巨变的历史过程为这个"诗书气味很浓"的家族打上了鲜明的时代印记,父子之间交织着"革命"与"维新",兄弟之间也错杂着"新文化"与"旧传统"。从这个意义上看,李凖早年的"读书"很难隔绝于大历史的风云,作为"读书人家"的子弟,他的身上既有文学潜质,也不会不蕴蓄着政治力量和革命势能。

第二,中小学时代。

---

[1] 李准:《敲开文学殿堂的大门》,载全国政协文史资料委员会编《文坛档案:当代著名文学家自述》,中国文史出版社,2001,第121-122页。

[2] 李准:《敲开文学殿堂的大门》,载全国政协文史资料委员会编《文坛档案:当代著名文学家自述》,中国文史出版社,2001,第122页。

[3] 李准:《敲开文学殿堂的大门》,载全国政协文史资料委员会编《文坛档案:当代著名文学家自述》,中国文史出版社,2001,第123页。

[4] 李准:《敲开文学殿堂的大门》,载全国政协文史资料委员会编《文坛档案:当代著名文学家自述》,中国文史出版社,2001,第122页。

[5] 李准:《敲开文学殿堂的大门》,载全国政协文史资料委员会编《文坛档案:当代著名文学家自述》,中国文史出版社,2001,第123页。

1928年出生的李凖求学于三四十年代，他的"读书"活动也始终伴随着"抗战"的历史。1933年，年仅5岁的李凖即到麻屯镇古路沟一所小学读书，1940年秋，他又考入设于洛阳县常袋镇的达德中学，在此期间，他"大量阅读旧小说和课外书籍"，据他自己讲述，"从《封神演义》《东西汉演义》到大小'五义'、《彭公案》、《施公案》，直至清朝的《镜花缘》《老残游记》等，我共读过300多部旧小说……"[1] 洛阳1944年沦陷于日本侵略者，但"救亡""报国"的氛围早已弥散中原大地，更深深浸透在青少年学生群体的成长过程里。

早在1938年6月，国民政府第一战区长官司令部即已从郑州迁至洛阳，洛阳这时便已经成为中原地区抗战的中心城市，而以宣传抗战为主的种种文艺活动也感染到包括李凖在内的青少年学生群体。据李凖本人回忆："1937年抗日战争开始，洛阳各中小学开展起抗日救亡宣传运动来。我在学校里成了活跃学生。我是歌咏队和剧团的演员。在一出叫作《新刺虎》的戏里，我演老生。"[2] 李凖所提到的"歌咏队"属于全面抗战爆发初期非常重要的救亡文艺活动，在洛阳地区各个学校中颇为盛行，而这一活动在洛阳的发端则与著名作曲家冼星海有很深的渊源。1937年八一三事变后，上海话剧界救亡协会战时移动演剧队第二队于8月20日出发，沿途经过武汉、徐州、开封等地组织音乐活动，宣传抗战，并于9月19日在洛阳举办了纪念"九一八"的救亡歌咏大会，向学生和官兵教唱歌曲。当时作为演剧队主导者的冼星海曾在《给开封歌咏队的信》中讲述了洛阳歌咏活动的盛况：

> 昨天下午我已到洛阳，现暂住复旦中学，从今天起我又领导他们歌唱。这里歌唱的技巧不如开封，但他们的热情是跟你们一样，我想他们在努力里也可以产生强有力的救亡歌声。他们每一个学校派十五个代表

---

[1] 李准:《敲开文学殿堂的大门》，载全国政协文史资料委员会编《文坛档案：当代著名文学家自述》，中国文史出版社，2001，第127-128页。

[2] 李准:《敲开文学殿堂的大门》，载全国政协文史资料委员会编《文坛档案：当代著名文学家自述》，中国文史出版社，2001，第127页。

来学习，从这十多个学校当中，我们就有了基本的队员一百多位……[1]

同样，李凖回忆中所提到的《新刺虎》也隐含着丰富的历史信息。《新刺虎》是老舍在1938年创作的新编京剧，曾发表在1938年第5期的《抗到底》，后收入"抗战文艺丛书"《三四一》。据老舍本人的解释："这本小书里有三篇大鼓词，四出二黄戏，和一篇旧型的小说，故名之曰'三四一'。"[2]有研究者称，收录《新刺虎》的《三四一》在重庆三个月内连续出了五版，其中多部作品也被搬上舞台。李凖称自己参演此剧时的年龄是12岁，这说明老舍创作的以抗战为主题的"通俗文艺"作品在1940年已经传播到洛阳地区。李凖在剧中扮演的老生角色是一位赴死女英雄的父亲，他在剧中有念白如下："那日本，数十年来与我为仇作对，抢我土地，杀我人民，中华儿女，都当有必死之心，与他拼命。唉，我好恨也！"此外，也有韵语的唱词："恨我年高力气衰，怒气难消空满怀，不能提刀把敌宰，眼看敌马过江来！"[3]由此可以想见李凖在新京剧舞台上的神采，也能约略体味彼时青少年学生群体在抗战时期的身心状态。

李凖中学所就读的达德中学是"抗战后临时开办的，比较简陋，但教师多是从华北流亡到内地的大学生"[4]。"流亡学生"一直是二十世纪三四十年代中国备受瞩目的群体，他们中有不少人成长为国共两党抗日力量的中坚，也有很多参与到大后方的文化、教育和其他社会工作中。而在1941年，年仅13岁的李凖本人也加入到"流亡学生"的行列中。1941年，河南旱灾导致李凖未能按时毕业，李凖在父亲逼迫下又重新上了两个月小学，之后便与表兄杨灿文、表弟杨青元等五个学生流亡至西安，试图投考当时的国立五中。国立五中成立于1938年5月，是国民政府为了安置沦陷区流亡学生而创办的，

---

［1］　冼星海：《给开封歌咏队的信》，《风雨》1937年第4期。
［2］　老舍：《三四一》，独立出版社，1938，"自序"。
［3］　老舍：《新刺虎》，《抗到底》1938年第5期。
［4］　李准：《敲开文学殿堂的大门》，载全国政协文史资料委员会编《文坛档案：当代著名文学家自述》，中国文史出版社，2001，第127页。

首任校长为查良钊,校址设在地处抗战后方的甘肃天水,其中,"校本部和高中部设在天水玉泉观,师范、职业部设在甘谷大象山,初一分部设在甘谷粮食集,初二分部设在秦安泰山庙"。1941年,甘谷和秦安的两个分部迁往礼县,合并为"五中初中部"。[1]李準与表兄弟投考五中也正是在1941年夏,不排除是由于听到该校初中部成立的消息。国立五中登记处设在西安,但由于"只收沦陷区学生,不收河南灾区学生"[2],李準一行未被录取。尽管学生生涯就此中辍,但"流亡"的经历却令李準刻骨铭心——"什么是战争,什么是饥荒,人是怎么饿死的,这一切一切,都给我留下深刻印象"[3]。

到1980年代,这些经历成为长篇小说《黄河东流去》的历史素材。

第三,"恒源盐栈"学徒时期。

投考国立五中失败的李準经过一番流浪生活后返回故乡洛阳,并于1943年去洛阳东站附近的"恒源盐栈"当学徒。在此期间,他在爱好文艺的师兄李宝才的影响下,"开始阅读新小说,也注意当时报纸的文艺副刊"[4]。这期间他反复出入洛阳的聋子租书店,据他的陈述,书店老板"知道我当时已不看张恨水等人的小说了,就把当时生活书店、文化生活出版社、平明书店等出版的书租给我"[5],其中主要包括了屠格涅夫、狄更斯、左拉和福楼拜的作品,其中也包括少量的俄罗斯文学作品。基于这些信息可以推断,李準在洛阳聋子租书店阅读的文艺作品多与中国现代文学出版史上著名的"译文丛书"有关。《译文》本为文学翻译期刊,最初由鲁迅、茅盾、黎烈文在1934

---

[1] 王有为、王鸿雁:《六十年前的国立五中》,载天水市政协文史资料委员会编《天水文史资料》第11辑,2004,第8页。

[2] 李准:《敲开文学殿堂的大门》,载全国政协文史资料委员会编《文坛档案:当代著名文学家自述》,中国文史出版社,2001,第130页。

[3] 李准:《敲开文学殿堂的大门》,载全国政协文史资料委员会编《文坛档案:当代著名文学家自述》,中国文史出版社,2001,第130页。

[4] 李准:《敲开文学殿堂的大门》,载全国政协文史资料委员会编《文坛档案:当代著名文学家自述》,中国文史出版社,2001,第131页。

[5] 李准:《敲开文学殿堂的大门》,载全国政协文史资料委员会编《文坛档案:当代著名文学家自述》,中国文史出版社,2001,第132页。

年发起创办，由上海的生活书店出版，执行主编为黄源。而"译文丛书"本来也计划由生活书店出版，后因编者与出版社的纠纷转至文化生活出版社出版，最初仍由黄源主编，在黄源离开上海之后，巴金接手了主编的工作。事实上，李凖所提及的文化生活出版社和平明书店皆由巴金主持，带有鲜明的无政府主义色彩。其中，平明书店出版了有关"西班牙内战"的书籍和克鲁泡特金的作品，而文化生活出版社的"译文丛书"则以文学为主，包括李凖所提及的几位作家的代表作品。如李凖所读屠格涅夫作品《父与子》、《罗亭》、《贵族之家》和《猎人日记》就很有可能属于"译文丛书"中的《屠格涅夫选集》。这部选集包括了屠格涅夫六部作品，是由巴金与友人陆蠡、丽尼共同翻译——"陆蠡翻译选集之一和之五：《罗亭》和《烟》；丽尼翻译之二和之三：《贵族之家》和《前夜》；巴金翻译之四和之六：《父与子》和《处女地》"[1]。因此，李凖在聋子书店接触的"文艺"并不能仅仅从当下的"文艺"观念予以理解，在当时的历史情境中，"文艺"与激进革命的思潮密切相关。李凖在回忆时提到，聋子租书店"专门出租给店员、中学生一些文艺书籍"，在那里"每读一部书，还能讨论讨论，帮助消化吸收。我觉得这也是一种文艺沙龙形式"。[2] 在二十世纪三四十年代，像"聋子租书店"这类空间已经成为青年知识分子群体集会、交流的场域——在这里，文学常常营造出革命的氛围，文学本身也成为革命的触媒和引信。

第四，返回麻屯镇时期。

1945年，李凖返回麻屯，在父亲李俊人开办的敬信南货店帮忙。这个规模并不算大的店铺固然偏居麻屯一隅，但却处在四通八达的商业网络之中，尤其是由于代办邮政业务，更是获得了远超于地方社会的信息流通性。李凖在回忆中提及自己的父亲："由于他代办几十年邮政，每天能读到十几份报

---

[1] 参见李今：《二十世纪中国翻译文学史 三四十年代·俄苏卷》，百花文艺出版社，2009，第256页。

[2] 李准：《敲开文学殿堂的大门》，载全国政协文史资料委员会编《文坛档案：当代著名文学家自述》，中国文史出版社，2001，第132页。

纸，所以他在镇上成了一个通晓时事、传播文化的人物。"[1] 与父亲类似，退居麻屯镇的李凖同样处于这个四通八达的信息、文化网络之中，他在店里主办邮政业务，"每天负责收信发信，分送杂志、报纸"，这反倒为他提供了阅读报纸、接触副刊的机会。在业务之余，李凖"每天能读到《大公报》《中央日报》《扫荡报》《华北新闻》等报纸和副刊，还能读到《观察》《书报菁华》等十几份刊物"。[2]

也正是在这个时候，李凖开始尝试投稿，其处女作历史小说《金牌》即发表于洛阳当地的《行都日报》。在回忆文章中，李凖称《行都日报》是1945年以后洛阳市办起的几家小报之一，此说不确。《行都日报》创刊于1938年1月，最初是"由比较开明的具有抗日救亡思想的进步人士主办的一家民间报纸"[3]，但在创办后不久，中共豫西特委和洛阳县委即派遣地下党员李续刚和周肇瑚等人打入其中，担任总编辑和编辑的职务，这使得该报一度成为共产党人秘密掌握的进步报纸。但随着国共两党关系的日趋紧张，担任总编之职的周肇瑚等人离开，《行都日报》又"和当时河南三青团书记李名章挂上了钩"[4]。1944年洛阳沦陷后，发起人梁之超等人曾逃往陕西宝鸡，并于1945年在宝鸡复刊《行都日报》。而抗战胜利后，另一位发起人郭担宇又在洛阳将该报复刊，并登报声明"洛阳《行都日报》和宝鸡《行都日报》毫无关系，对宝鸡《行都日报》一切事宜概不负责"[5]。李凖所提及的历史小说《金牌》是在1946年写作并投稿，按此时间推断，发表刊物应为郭担宇在洛

---

[1] 李准:《敲开文学殿堂的大门》，载全国政协文史资料委员会编《文坛档案：当代著名文学家自述》，中国文史出版社，2001，第124页。

[2] 李准:《敲开文学殿堂的大门》，载全国政协文史资料委员会编《文坛档案：当代著名文学家自述》，中国文史出版社，2001，第131页。

[3] 赵文甫:《回忆我党在〈行都日报〉社的抗日救亡活动》，载王俊伟主编《薪火——新安革命五前辈诗文选》，河南人民出版社，2016，第101页。

[4] 董纯熙:《回忆〈行都日报〉的创办与变迁》，载洛阳市政协文史资料委员会编《洛阳文史资料》第5辑，1988，第108页。

[5] 董纯熙:《回忆〈行都日报〉的创办与变迁》，载洛阳市政协文史资料委员会编《洛阳文史资料》第5辑，1988，第109页。

阳刚刚复刊的《行都日报》。

李凖也提到鼓励自己向报社投稿的朋友为董孝享，他当时在洛阳明德中学任教。事实上，董孝享在当时系进步青年教师，他在1948年参与了洛阳地区的革命工作，也曾因参加"反内战"运动而遭到明德中学解聘。由此可见，李凖最初的文学活动与洛阳地区的革命运动存在很大的交集。这恰恰表明，"读书"在近代中国的社会大变革中起到了至关重要的作用。正是借助于各种书籍，身处地方社会内部的青年知识分子得以摆脱在地方社会内部沉溺乃至败坏的命运，从而获得了对全中国乃至整个世界的想象。对年轻的李凖而言，"文艺"也绝不仅仅是成为作家的条件，也成为他接触革命、卷入革命并最终参与革命的中介和触媒。

表侄石黎明

对于二十世纪五十年代成名的一代作家而言，"革命资历"可能与"文化素养"同样重要。有关李凖的传记常常把他"参加革命工作"的时间界定在1948年，如卜仲康、陈一明的《李准小传》述及"一九四八年年底，洛阳解放。经表侄的介绍，李准参加了革命工作"[1]。这一说法是准确的，也符合李凖本人后来的回忆，如他在《敲开文学殿堂的大门》中所说："1948年底，洛阳解放，我在石黎明同志帮助下参加革命工作。"[2]

但是，李凖得以"参加革命工作"并不是自然而然的事情。如果放在1940年代末的历史情境中来看，李凖晚年回忆中津津乐道的"耕读之家"实则意味着阶级意义上的"地主"出身，因此，卜仲康、陈一明的《李准小传》将之审慎地称为"乡村教师兼小地主家庭"。这样一个家庭与"革命"之间的关系是紧张而微妙的。据李凖夫人董冰回忆：

---

[1] 卜仲康、陈一明：《李准小传》，载卜仲康编《李准专集》，江苏人民出版社，1982，第3页。

[2] 李准：《敲开文学殿堂的大门》，载全国政协文史资料委员会编《文坛档案：当代著名文学家自述》，中国文史出版社，2001，第136页。

> 一九四八年春天，听说八路军快要来了，农民们不知道八路军是什么样，都有些害怕。听说八路军不喜欢富家，人口多的都赶快分家，我们家也分开了……分开家又赶着三天娶了两个弟媳妇儿，伯母家娶了他的三媳妇儿，我们家娶了二媳妇儿。[1]

在解放战争时期，农村中的大家族常常通过"分家异爨"的方式降低自己的阶级成分，规避"土地改革"的冲击，这在李準家族身上体现得相当明显。

除了"耕读"之外，李準家族还兼营商业，其父亲李俊人是麻屯镇小有名气的商人，李準称"他经营的'敬信'南货店，在洛阳西北乡非常有名"[2]。李俊人在儿子年幼时即教授他独立从事牲口交易的能力，并教育他"要会交际各种人，要'随群'，要放下架子。这都是练达人情的学问"[3]。而李準本人在恒源盐栈做学徒、在父亲的杂货店帮忙的经历也与商业贸易密切相关，因此，有早年的友人如此记述1948年时对李準的印象：

> 那时他又更换了一身衣着，一身小商人的打扮，头戴一顶黑兰色粗毡礼帽，上身穿了件对襟斜纹的小袄袍子，袖子挽的老高，露着雪白的内衣。在南大街解元街的西口，守着一个铁丝网做的钱笼子，在那里高声叫卖"老袁头兑换中山币"。[4]

这里的问题在于，为什么出身于地主之家并从事商业活动的李準能参与

---

[1] 董冰:《老家旧事》，学林出版社，2005，第130页。
[2] 李准:《敲开文学殿堂的大门》，载全国政协文史资料委员会编《文坛档案：当代著名文学家自述》，中国文史出版社，2001，第124页。
[3] 李准:《敲开文学殿堂的大门》，载全国政协文史资料委员会编《文坛档案：当代著名文学家自述》，中国文史出版社，2001，第124页。
[4] 李冷文:《结识李准》，载中国人民政治协商会议洛阳市西工区委员会学习文史资料委员会编《西工文史资料》第19辑，2006，第102页。

到"革命"之中？而需要更进一步追问的是，在二十世纪四五十年代之交这一特定的历史时刻，"革命"究竟意味着什么，又关联着什么样的地方社会状况？

在回答这一问题时，还是需要从介绍李準"参加革命"的表侄石黎明谈起。按李準的回忆，石黎明大概是抗战胜利后不久"从解放区太岳五分区回到北邙山一带"，他"原是洛阳复旦中学的学生，1943年到解放区，这次回到洛阳是做地下工作"。[1] 豫西地区党史和革命史的材料佐证了李準这一说法的真实性，也提供了石黎明此一时期革命工作的大量细节。1945年8月日本宣布投降后洛阳随即光复，但国共两党之间的政治、军事冲突却愈演愈烈，并在豫西地区展开激烈角逐。在战争初期，中共军队寡不敌众，撤出了豫西地区，这使得豫西根据地暂时丢失，共产党人的斗争活动转入地下。在这种不利情势下，中共太岳区党委迅速成立了豫西工作委员会（简称"豫西工委"），其"办公地址在济源县西北勋掌村。西北靠山，南临黄河，河对岸便是刚撤出的豫西抗日根据地"[2]。在党中央"针锋相对，寸土必争"的方针指导下，豫西工委迅速展开工作，并"决定在东起河南省孟县，西到山西省平陆县200多公里长的黄河沿线上建立6个地下交通渡口"[3]。李準表侄石黎明就是在这样一种情形之下被豫西工委派回豫西北邙山一带，其所负责开辟的即济源县的蓼坞村渡口。

除开辟渡口外，工委交给石黎明的任务还包括"在洛阳建立一个秘密交通站"[4]。这个交通站就设在石黎明之父石卫臣在洛阳贴廓巷开设的义兴盐号。秘密交通站受豫西工委直接领导，其工作方针是"稳扎稳打，长期隐蔽，

---

[1] 李准：《敲开文学殿堂的大门》，载全国政协文史资料委员会编《文坛档案：当代著名文学家自述》，中国文史出版社，2001，第135页。

[2] 翟耀主编《新安革命史》，河南人民出版社，1993，第148页。

[3] 张钦长：《洛阳地下交通站》，载政协洛阳市委员会学习文史资料委员会编《洛阳文史资料》第14辑，1993，第231页。

[4] 张钦长：《洛阳地下交通站》，载政协洛阳市委员会学习文史资料委员会编《洛阳文史资料》第14辑，1993，第232页。

储备力量，了解掌握情况，迎接洛阳解放"[1]。由于领导指示"不搞暴动，不准搞游行活动"，这个交通站一直处于隐蔽状态，甚至在第一次洛阳解放期间也没有暴露，直到洛阳第二次解放后才最终公开。

在两三年的隐蔽期间，石黎明父子主持的秘密交通站的具体任务是"搞政治、军事、经济情报，护送干部，为豫西地下党筹集经费"[2]。而在洛阳解放前夕，中共还通过交通站的社会关系开展了多种宣传和组织工作，其中也包括在洛阳进步学生和知识青年群体中发展革命积极分子。事实上，李準在回忆中称石黎明与自己"经常聊天"的经历可以放在这种具体情境中理解。值得注意的是，石黎明与李準的接触依然以"文艺"作为媒介。李準称，石黎明"不断回到太岳区去，回来给我带些太岳新华书店出版的书籍，其中也有不少文学书籍，如《虹》《青年近卫军》等。也就是那个时候，我读到了赵树理等同志的作品"[3]。张钦长有关石黎明的回忆印证了李準的说法："地下联络员石天明、石成瑜先后两次去地委汇报工作，接受任务，并带回许多文件和宣传资料，如《蒋党真相》《打倒窃国大盗袁世凯》《李有才板话》《中国土地法大纲》《打到南京去，活捉蒋介石》《打过长江去解放全中国》《解放军有严明的铁的纪律》等。"[4]这些材料呈现出二十世纪中叶共产党人在洛阳地方社会中的种种具体"革命"活动，尽管没有证据表明李準在多大程度上被发展为"革命积极分子"，但至少可以根据这些材料推测出，李準已经相当接近革命组织的外围位置，更可以判定他已经被笼罩在洛阳地方社会内部的"革命"氛围之中。

---

[1] 张钦长:《洛阳地下交通站》，载政协洛阳市委员会学习文史资料委员会编《洛阳文史资料》第14辑，1993，第232页。

[2] 张钦长:《洛阳地下交通站》，载政协洛阳市委员会学习文史资料委员会编《洛阳文史资料》第14辑，1993，第232页。

[3] 李准:《敲开文学殿堂的大门》，载全国政协文史资料委员会编《文坛档案:当代著名文学家自述》，中国文史出版社，2001，第136页。

[4] 张钦长:《洛阳地下交通站》，载政协洛阳市委员会学习文史资料委员会编《洛阳文史资料》第14辑，1993，第243页。

从豫兴银号到洛阳银行

与通过表侄石黎明卷入"革命"不同，李準在1948年"参加革命工作"的经历显得更为复杂。事实上，1948年，李準经表侄石黎明介绍参加的"革命工作"乃是在地方银行所从事的经济工作，他在传记中称："先在豫西分区，后转入洛阳银行。这时我开始做经济工作。我热衷于银行的信贷和货币计划管理工作。我在洛阳银行任股长。"[1]那么问题在于，在什么样的历史情境下，"经济工作"才能被称为"革命工作"？或者说，"经济"与"革命"在当时的洛阳地方社会中又有怎样的关联性？从历史层面对这个问题的回应有助于我们更清晰地看到中共主导的"革命"如何在地方社会内部复杂的关系中展开，又具有怎样的宽幅、厚度和灵活性。

事实上，李準得以在洛阳银行任职的原因非常复杂，绝非其表侄石黎明一人之力，这就必须把石黎明之父石卫臣乃至石、李两家在宗族、商业等方面的关系纳入考察范围。如前所述，石黎明受豫西工委派遣在洛阳建立的交通站即设在其父石卫臣的盐栈。石卫臣本人虽是商人，但也与中共革命有极深的渊源，他"积极支持儿子的革命工作，对党忠诚，对革命全心全意，在抗日战争时期就曾为我党做过许多工作"[2]。而石卫臣对革命的态度固然离不开其自身的操行和品质，但也与中共当时极具创造性的"统一战线"政策密切相关。在极端不利的情形之下，中共常常通过对地方社会内部各种人事关系的把握打开工作局面。石黎明在回豫西之前，其领导就特别交代"我们的交通站能否在洛阳存住，你和你的家庭搞好关系特别重要"，并要求其"一定要搞好家庭关系，一切以大局为重"。[3]

---

[1] 李准:《敲开文学殿堂的大门》，载全国政协文史资料委员会编《文坛档案：当代著名文学家自述》，中国文史出版社，2001，第136页。

[2] 张钦长:《洛阳地下交通站》，载政协洛阳市委员会学习文史资料委员会编《洛阳文史资料》第14辑，1993，第232页。

[3] 张钦长:《洛阳地下交通站》，载政协洛阳市委员会学习文史资料委员会编《洛阳文史资料》第14辑，1993，第232-233页。

1948年，洛阳二次解放以后，石卫臣曾担任中国人民解放军陈赓部后勤部被服厂厂长，又受命组织豫兴银号。据他的侄子石建厚回忆：

> 1948年秋，洛阳市人民政府为了稳定金融市场，市委书记李文甫和工商局长李凌霄曾找伯父商谈，着他以私人名义组织"豫兴银号"，调节市场金融，政府中州人民银行先投资5000元银币，伯父又动员进步人士李俊人、段绍文、贾荣生等集股5000元（银币），办起了银号。1949年银号转入银行，当时银号的员工都成为人民银行骨干……[1]

文中提到的进步人士李俊人即李凖之父，他在豫兴银号入股银币800元。[2] 石建厚提供的豫兴银号工作人员名单中，有"李俊人之子李竹溪"，此即后来的作家李凖。对于银号雇员的聘用，"依照中州农民银行洛阳市支行经理李凌霄同志的意见，聘用原地下联络站周围的骨干和入股各方派进的人员"，而李凖应该属于后者，即以"入股各方派进的人员"的身份被聘用为豫兴银号雇员。[3] 同样据石建厚回忆："1949年3月22日'中州农民银行'更名为'中国人民银行'时，中南局电令银号停业，随即，洛市支行派王泉同志负责银号的移交工作，除退还私方股金外，其余全部收归中国人民银行，银号人员转入市支行统一安排，至此洛阳'豫兴银号'完成了自己的历史使命。"[4] 李凖应该是在此之后转为了洛阳银行的正式职员，董冰的回忆佐证了这一点："李凖在城里他亲戚的银号里干了三个月。一九四九年二月份，国

---

[1] 石建厚：《忆伯父石维屏》，载政协洛阳市老城区委员会文史资料委员会编《老城文史资料》第2辑，1989，第87页。

[2] 石建厚：《洛阳"豫兴银号"》，载政协洛阳市老城区委员会文史资料委员会编《老城文史资料》第5辑，1994，第51页。

[3] 石建厚：《洛阳"豫兴银号"》，载政协洛阳市老城区委员会文史资料委员会编《老城文史资料》第5辑，1994，第51页。

[4] 石建厚：《洛阳"豫兴银号"》，载政协洛阳市老城区委员会文史资料委员会编《老城文史资料》第5辑，1994，第52-53页。

家把银号接收了，连人带单位接收过来。他就随着银号参加了工作。"[1]

但是，李凖在洛阳银行的工作于1952年前后突然结束了，诸多传记只是语焉不详地交代他"调至洛阳市干部文化学校当语文教师"，反倒是李凖本人在自述中对此有非常明确的叙述：

> 1952年"三反"运动开始。我被洛阳银行个别有极左思想的领导干部所诬陷。我当时是满怀一腔热情参加革命工作的，工作还做出成绩。但他们的分析是李某人是地主家庭出身，父亲还是商人，商人嘛，当然是唯利是图，因此就罗织罪名把我确定为"重点"，进行残酷斗争。我的工作是管理国营企业计划，根本不沾钱的边。可是他们不管这些，一直逼供，把我关了半年。我由于读了些古文和现代文学，比较注意个人名节。不管再受肉体摧残，我一文钱也没有乱承认！
>
> 最后证明我是廉洁的，我没有贪污、受贿过1元钱。[2]

李凖夫人董冰晚年所著的自述性作品《老家旧事》对此也有详细的记录：

> 一九五二年春天，银行里搞"三反"运动，开始是互相提意见。他参加工作时间短，没有搞运动的经验。有人说他有贪污嫌疑，他觉得受了莫大的污辱，就站起来说："我没有贪污，查出来贪污一分钱，你们枪毙我。"
>
> 这一句话可闯了祸，人家说他态度恶劣，对抗运动。他当时怎么也想不通，也没有经过这种场面，他委屈地说："你们冤枉我，我不干了。"没想到这句话又说错了，人家质问他："你不干是什么意思？""你不干革命你想干什么？"

---

[1] 董冰：《老家旧事》，学林出版社，2005，第132页。
[2] 李准：《敲开文学殿堂的大门》，载全国政协文史资料委员会编《文坛档案：当代著名文学家自述》，中国文史出版社，2001，第136页。

散会以后，不让回家。大会批，小会斗，说是不管贪污不贪污，先端正他的态度。[1]

由此可见，李凖之所以离开银行工作，根本原因在于卷入了洛阳地区针对工商界的"三反"运动。如前所述，在二十世纪四五十年代之交的中原地区，宗族、商业上的关系与中共革命彼此交织、缠绕，也呈现出"革命"在此一时期所具有的宽幅、厚度和灵活性。但在1949年后新中国经济秩序的建设过程中，这种宗族和商业上的复杂关系也衍生出众多盘根错节的利益关系和诸多严重的金融问题，这也正是中国共产党在1952年发动"三反"的大前提。洛阳地区的"三反"中，李凖表亲经营的豫兴号也卷入其中，据《洛阳工人运动史》记载："豫兴、文兴恒、同兴等五个行业的资本家，勾结贸易公司业务员，在收购牛皮中掺杂、提价，以次充好，谋取暴利数千元。"[2] 其中也提及了李凖所在洛阳银行"一业务员[3]与资本家勾结，进行非法贷款，同6家奸商联合办店，贪污公款7026元"。[4]

对于自己在"三反"中所涉及的问题，李凖本人及夫人董冰的自述都有较为合情合理的辩护。当时组织洛阳地区"三反"运动的邵文杰曾在回忆中坦言："'三反'运动，整个说来是健康的，但在运动高潮时，曾发生过'左'的现象，主要是在'打老虎'问题上扩大化了。"[5]事实上，洛阳地区的"三反"运动开始于1951年12月，至1952年6月以后就转入了落实材料阶段。对李凖这类在基层从事经济工作的干部来说，"三反"的烈度和冲击力自然非常之大，但从整体上看，其中的"过火"行为大多得到了一定程度的平反和纠正。邵文杰也提到了洛阳某运动场召开的"打虎"大会，并称这场大会确有过火

---

[1] 董冰：《老家旧事》，学林出版社，2005，第144页。

[2] 洛阳市总工会：《洛阳工人运动史》，河南人民出版社，1992，第182页。

[3] 此一业务员是否为李凖存疑。

[4] 洛阳市总工会：《洛阳工人运动史》，河南人民出版社，1992，第182页。

[5] 邵文杰：《解放豫西和洛阳工作时的回忆》，载中国人民政治协商会议洛阳市委员会文史资料委员会编《洛阳文史资料》第14辑，1993，第47页。

倾向,"整出来落实政策,查实对证,原来这一次打的'虎'全是假'虎',都给他们去掉了'虎'的帽子,被开除了党籍的都恢复了党籍"。[1]

"三反"运动后,李凖实际上被洛阳银行开除了公职,生活随之陷入困顿的李凖一度试图通过抽签决定自己未来的出路。董冰的《老家旧事》生动记下了这一颇为辛酸的细节:"他没有办法了,他自己抽个签,用两张纸写了条,一个写的'拉大粪';一个写的'再去找领导'。写好自己揉揉扔在桌上,拿起一个看,是'找领导',他就继续去找领导。"[2]这种"找领导"似乎产生了效果,董冰称"领导根据他的情况,安排他去干部学校教语文,当一个教师"[3]。这与李凖本人提及的自己1952年"调入洛阳干部文化学校做教书工作"的说法也是对应的。

但问题在于,这个"调入"的过程是如何展开?他所找的"领导"具体指谁?对此,李凖和董冰的回忆中皆语焉不详,而其在洛阳文艺界的故交李冷文的《结识李准》一文却提供了一条颇为清晰的线索。据《结识李准》一文的叙述,李凖在1952年被开除公职后暂住在洛阳东车站的南新安街,其住处附近有一所夜校,于是他找到在洛阳文联工作的李冷文,并请他"到市教育局说说,看是否能帮他谋个教员位置,好糊口饭吃"[4]。李冷文答应了李凖的请求,并找到了文教局局长张友仁和祝一清,并由局里开出派条,请北新安小学杨大千(当时代管车站附近的夜校)安排李凖为代课老师,月工资只有八元。两个月后,李凖再次找到李冷文,请求调入干部文化学校,李冷文多方辗转,最终请文教局局长祝一清写信给干部文化学校的赵林甫,将李凖借调到干部文化学校临时代课。需要指出的是,这个时期的李凖依然是"戴罪之身",直到《不能走那条路》引起巨大反响后,才由共青团洛阳市委为

---

[1] 邵文杰:《解放豫西和洛阳工作时的回忆》,载中国人民政治协商会议洛阳市委员会文史资料委员会编《洛阳文史资料》第14辑,1993,第49页。

[2] 董冰:《老家旧事》,学林出版社,2005,第147页。

[3] 董冰:《老家旧事》,学林出版社,2005,第147页。

[4] 李冷文:《结识李准》,载中国人民政治协商会议洛阳市西工区委员会学习文史资料委员会编《西工文史资料》第19辑,2006,第105页。

他做出了平反撤销处分的决定。也正因此,李準"调入干部文化学校"实际上只是"借调","临时代课"也意味着他在该学校很可能没有正式编制。

从李冷文的叙述来看,李準调入干部文化学校并非通过常规的行政途径,而更多是依托了自己的社会关系和熟人情面。这恰恰意味着,新中国初期激烈的"政治运动"并没有真正颠覆地方社会内部"革命工作"所具有的宽幅、厚度和灵活性,这实际上也为李準通过文艺创作重返"革命"中心提供了巨大的可能。

洛阳干部文化学校

从李準自身的经历来看,"调入洛阳干部文化学校"确实是他真正走向文学创作的关键所在。所谓干部文化学校,是新中国为培养工农兵干部并提高他们文化水平而在各地兴办的速成教育学校。1950年12月14日,中央发布了《政务院关于举办工农速成中学和工农干部文化补习学校的指示》,其中对这类学校的性质和功能有非常明确的描述:

> 工农干部是建设人民国家的重要骨干,但在过去长期战争环境中,他们很少有受系统的文化教育的机会。为了认真提高他们的文化水平以适应建设事业的需要,人民政府必须给予他们以专门受教育的机会,培养他们成为新的知识分子。为此,特决定在全国范围内有计划有步骤地举办工农速成中学和工农干部文化补习学校,吸收不同程度的工农干部给以适当时间的文化教育,尽可能地使全国工农干部的文化程度能在若干年内提高到相当于中学的水平。[1]

在洛阳干部文化学校,李準"教初中语文,学生都是文化低的工农干部学员",这种独特的教学工作使他得以介入一种独特的写作机制之中:

---

[1] 中共中央文献研究室、中央档案馆编《建国以来周恩来文稿》第3册,中央文献出版社,2008,第646页。

> 因为我的学生都是有着丰富生活经历的成年人，我就试办了一种"速成写作法"。先让他们讲自己的身世经历，然后根据这些经历，找出重点段落，写成连续自传体小说。学员们对这个办法非常欢迎，写作热情也高。就在这年冬天，《河南日报》上发表了两篇自传体小说。一篇叫《割毛豆》，另一篇记不清了。当时在河南学校中产生了影响，不少学校还来信要求介绍这种"速成写作法"。[1]

李準在1952年试办的这种"速成写作法"实际上发端于军队，并曾在1950年代初期的各地文化速成培训学校中广为采用。《中国写作学大辞典》对"速成写作法"的渊源有非常明确而扼要的介绍：

> 成人写作训练方法，又称"速成写作法"，为原中国人民解放军某部文化教员常青在1953年总结的写作教学法。1952年全军开展向文化大进军的活动，广大指战员积极参加，如何在"速成识字"的基础上迅速掌握写作基本功，常青在实践中提出了"我写我""向外转"两步训练法……速成写作教学法当时在全军推广，颇受欢迎，也出现了一些较成功的作品，最有代表性的是某部战士高玉宝的自传体小说《高玉宝》，其中"半夜鸡叫"为流传很广的片断。[2]

李準回忆中提及自己指导的两篇"自传体小说"曾在《河南日报》发表。笔者在1953年的《河南日报》上找到了这两篇作品，一篇即李準所说的《割毛豆》（作者为张德功），另一篇名为《从前当学徒》（作者为刘德良），两篇皆登载于《河南日报》1953年1月20日第3版，并被称为"我写我两篇"。略

---

[1] 李准:《敲开文学殿堂的大门》，载全国政协文史资料委员会编《文坛档案：当代著名文学家自述》，中国文史出版社，2001，第137页。

[2] 尹均生主编《中国写作学大辞典》第4卷，中国检察出版社，1998，第1943-1944页。

有不同之处在于，两位作者单位是"洛阳市企业职工学校"，而非"干部文化学校"。[1] 文前附有编者按如下：

> 洛阳市企业职工学校，成立了一个速成写作实验班，采用"常青写作教学法"教学。这一班学员，大都是工人和农民出身的同志，有一定的斗争经验和生活经验。他们在机关和部队中刻苦学习，初步掌握了两千左右字和一部分词。他们原来只能写一两百字的短文，还写得不好。再加上平时补习学校中教学方法有毛病，使他们在写作上产生了很多顾虑。这回用新教学法，经过"消除顾虑"和"我写我"两个阶段，现在他们都能写一千字左右的记叙文，多的到两千字以上。[2]

事实上，这种写作法与"速成识字法"共同隶属于当时方兴未艾的"学文化"热潮，也与基层的"文艺运动"密切相关。1953年3月1日出版的河南地方文艺普及刊物《翻身文艺》即号召"大力开展'我写我'运动"：

> 现在，速成识字法的推行，能使工农兵迅速掌握文化；常青同志创造的"我写我"的方法，又能解决工农兵作者在写作上常常苦恼着的问题；再加上高玉宝、崔八娃等同志的写作精神和成就，鼓舞着工农兵写作的热情和信心；因此，在工农兵中间，首先是在部队里，自己写自己的生活经历，已经成为一种普遍的热潮。[3]

由此可见，1950年代中国各地推广"速成写作法"形成极其浩大的声势，李準所在的河南洛阳地区自然也不会例外。值得注意的是，"我写我"的"写作"虽然以针对"工农兵"的文化普及为宗旨，但客观上却要求"运动"的

---

[1]　"企业职工学校"与"干部文化学校"是否同校异名有待进一步考证。
[2]　《"我写我"两篇》编者按，《河南日报》1953年1月20日，第3版。
[3]　编辑部：《大力开展"我写我"运动》，《翻身文艺》1953年第5本。

发起者和组织者吸纳更多有文艺素养的文化人参与其中，正是基于这一点，《翻身文艺》指出：

> 开展"我写我"运动，是需要有关方面共同努力才能做好的。本刊今后应该加强组织工农兵作品并帮助工农兵作者写作，以做到广泛发动与重点培养相结合；此外，还希望全省工矿、农村、部队的文教工作者、工农速成教育工作者和本刊的广大读者，多多帮助我们组织稿件，整理工农兵作品，共同为开展群众性的创作运动而努力！[1]

这种号召暗示出1950年代初期河南省地方文艺运动与文化教育之间并不存在泾渭分明的专业分工畛域，而是形成了某种"一体化"的"文教系统"。正是在这个系统内部，"文艺"承担着明确的"教育"功能，而像李凖这类的"工农速成教育工作者"也获得了介入"文艺创作"的渠道和机会。由此，李凖在共和国初期的写作生涯得以正式开启：

> 就在这时候，我自己也开始了创作。那时候在课堂上讲赵树理同志的小说，孙犁同志的小说。还有，当时读到秦兆阳、马烽、康濯等同志的小说，觉得实在有些技痒。凭我的文学素养和生活积累，我觉得我也可以写出这样的小说。[2]

而在1953年上半年，也就是李凖所指导的两篇"自传体小说"发表之后，他本人的作品也开始在《河南日报》连续发表，这包括《卖马》《送鞋》《送穷故事》等，它们"都是二三千字，也就是当时流行的'新人新事小故事'"。

---

[1] 编辑部：《大力开展"我写我"运动》，《翻身文艺》1953年第5本。
[2] 李准：《敲开文学殿堂的大门》，载全国政协文史资料委员会编《文坛档案：当代著名文学家自述》，中国文史出版社，2001，第137-138页。

李凖称"我写的每一篇都发表了。几乎没有过一篇退稿"[1]，这自然体现出他在文学创作上的天赋和能力，但同时也折射出当时河南地方文艺界对优秀写作者和优秀作品存在强烈的刚性需求。

"无界"的"地方文艺"

如果说1953年《不能走那条路》使得李凖成为全国知名的青年作家，那么此前在《河南日报》发表的系列"小故事"则意味着他在被全国文艺界熟悉、认同之前，已经首先在河南尤其是洛阳的"地方文艺运动"中立定了脚跟。因此，对二十世纪四五十年代之交"地方文艺运动"内在机制的考察，也就成为理解李凖走上文艺创作之路的必要前提。在这一方面，李冷文的《结识李准》一文提供了非常重要的线索。

李冷文早在二十世纪四十年代即与李凖有了交往，也正是他介绍李凖进入了洛阳文化干部学校。在介绍李凖调入干部文化学校的1952年，李冷文本人任职于洛阳民众教育馆。事实上，民国时期洛阳的民众教育馆长期由地方知名绅士承办，是非常重要的民众文化普及机构，但在抗战和解放战争时期，馆务经常因为战争和资金问题中断。1948年4月解放军二次解放洛阳后，民众教育馆得以重建，最初主持重建工作的是解放军陈赓兵团的部队干部曹章和刘国鑫。同年8月，洛阳本地爱国民主人士王飞庭（曾在抗战初期担任过民众教育馆馆长职务）被委任为馆长，9月，党员干部巴南冈担任副馆长，后又由胡青坡接任。在王飞庭和胡青坡的携手努力下，民众教育馆工作逐步展开，其中也包括筹建图书馆。新成立的图书馆尽管也在整理旧存的古籍，但在当时，"借阅古书的人很少，多数人爱借新书"。[2] 李冷文自洛阳解放后即在民众教育馆工作，据他回忆，李凖在此期间曾来馆内找他借阅图书，其中即包括赵树理的《李有才板话》。

但需要指出的是，民众教育馆不仅仅是一个普通的图书借阅机构，周南、

---

[1] 李准：《敲开文学殿堂的大门》，载全国政协文史资料委员会编《文坛档案：当代著名文学家自述》，中国文史出版社，2001，第138页。

[2] 陶善耕：《旧时河南县级图书馆寻踪》，吉林文史出版社，2009，第229页。

萧端阳《解放初期的群众文化工作》一文提及，"洛阳市解放初期的群众文化工作，主要是民众教育馆组织开展的"[1]。也就是说，在解放后的洛阳，民众教育馆成为群众文化工作开展的中心，这里的"群众文化工作"并不是单一的，而包含了宣传、教育、文艺等多个方面。甚至"在很长一段时间内，民众教育馆俨然成了市政府的'派驻机构'，代表市政府为市民排忧解难"[2]。而在教育馆任职的李冷文当时担任馆内的宣传股股长，其具体工作为：

  政策时事宣传，形势教育，组织全市性大型会议，每日编印铅印小报《大众简讯》，报导前线战况及时事新闻，开展黑板报及有线广播工作，负责戏曲改革，传播老区的文艺成果，如将《白毛女》《胡孩翻身》《血泪仇》《三打祝家庄》《闯王迎亲》等改编为地方梆子和曲子戏上演。还推广秧歌、腰鼓等群众喜闻乐见的艺术形式。[3]

也正是在民众教育馆宣传股股长的位置上，李冷文参与了洛阳市"文联"的创建工作。1949年10月19日，洛阳市第一次文化艺术界代表大会召开，民众教育馆副馆长胡青坡被选为第一届文联主席，李冷文本人则为常务驻会秘书，负责文联机构的日常工作。[4]在此期间，洛阳市文联开始陆续创办文艺刊物，包括1950年出版的《习作》特刊、1951年创刊的《洛阳文艺》以及1952年创刊的《文艺小报》，与此同时，文联也参与组织了秧歌比赛、年画展览和工人文艺创作训练班。需要指出的是，文艺刊物和群众文化活动之间存在非常紧密的关联性，如工人文艺创作训练班学员的诸多作品就有不少发

---

[1] 周南、萧端阳：《解放初期的群众文化工作》，载政协洛阳市老城区委员会文史资料委员会编《老城文史资料》第3辑，1990，第18页。

[2] 李冷文：《长忆胡青坡——胡青坡同志辞世三周年祭》，载《冷文赤语集》，河南人民出版社，2008，第118页。

[3] 周南、萧端阳：《解放初期的群众文化工作》，载政协洛阳市老城区委员会文史资料委员会编《老城文史资料》第3辑，1990，第19页。

[4] 李冷文：《洛阳市文联创建的前前后后》，载《冷文赤语集》，河南人民出版社，2008，第243页。

表在《文艺小报》上。[1]

在这些文艺刊物的创办和文艺活动的展开过程中，李冷文扮演着非常重要的角色，他在回忆中专门提及："这时期，洛阳市文联工作也有较大的发展。我们组织了二十多个工人创作小组，又编了一个刊物，名《文艺小报》。文联的文学部和编辑部合并，增添了编辑人员，刊物每月一期，为业余作者提供习作阵地。"[2] 由此可见，当时洛阳地方文艺并不存在"专业"壁垒，这也大大降低了文学创作的门槛，从而使得李準这类"学历不高，在文学写作上的准备普遍不足"的青年人能够以"业余作者"的身份开启写作生涯。

按照李冷文的记述："李准颇善思索，一投入写作就不可收拾，每天写了毁，毁了又写，非常勤奋。开始的发表阵地就是《河南日报》第四版的报屁股生活小故事专栏和市文联的刊物《文艺小报》。"[3] "生活小故事"构成了李準在此一时期创作的主体部分，他曾在1954年提及："在写《不能走那条路》之前，我曾经写过些小故事，这些故事都很短，有的只有一两千字。写一个人物，叙一件事情。"[4] 在当时的河南地方文艺界，采取"生活小故事"这种形式的原因是多方面的，既有当时文艺创作者专业性不够的权宜性，更有"迅速地反映生活，及时地感染和教育人民"的现实要求。

如果按照今天的"文艺"观来看，"小故事"很难称得上专业的文学创作，正如李準本人所说："我写这些东西，并没有想当什么作家，只是在工作中碰到了听到了一些问题和事情，有些问题自己想把它说出来让更多人知道，譬如说：谁家的婆婆待媳妇特别好，乡里城里有什么新人新事，等等。"[5] 但结合1950年代初期的历史语境来看，这种"新人新事小故事"的创作却关联

---

[1] 李冷文：《办好工人文艺训练班的体会》，载《冷文赤语集》，河南人民出版社，2008，第258页。

[2] 李冷文：《结识李准》，载中国人民政治协商会议洛阳市西工区委员会学习文史资料委员会编《西工文史资料》第19辑，2006，第107页。

[3] 李冷文：《结识李准》，载中国人民政治协商会议洛阳市西工区委员会学习文史资料委员会编《西工文史资料》第19辑，2006，第108页。

[4] 李准：《我怎样学习创作》，《文艺学习》1956年第1期。

[5] 李准：《我怎样学习创作》，《文艺学习》1956年第1期。

着地方文艺运动中最具活力的部分。河南省文联筹备委员会曾在1950年1月同时创刊了两份刊物,即双月刊《河南文艺》和半月刊《翻身文艺》,创办者当初的设想是,前者以提高为主,而后者以普及为旨归,成为"贯彻普及第一生根第一方针的通俗文艺半月刊"[1]。但有趣的是,《河南文艺》在一年后就难以为继,宣布停刊。而《翻身文艺》则办得特别红火,甚至受到了中南局宣传部的表彰,局所属的《长江日报》辟出专版介绍,推广其经验。事实上,《翻身文艺》主要"发表生活小故事、民歌、快板、精短小说、演唱材料等,受到农民欢迎"[2]。由于是以"为群众所容易接受"为目的,这就意味着"文艺"的核心媒介并非印刷文字而是地方民间戏曲,从这个意义上说,《翻身文艺》和"新人新事小故事"之类的文艺作品并不直接对应具有一定文化水平和读写能力的知识分子"读者",而是要为各地方文化馆、专业及业余剧团提供"新鲜的现实题材的剧本和演唱材料"。就这一点来说,河南地方的"文艺"充满了开放性和流动性,它内嵌于彼时地方社会轰轰烈烈的"政治运动"和"社会运动"之中。

基于上述情境,李準在1953年从事文艺创作的过程,也正是他步入一个有组织的地方文艺界的过程,更是一个介入地方文艺运动乃至地方社会运动的过程。考察李準早年发表在《河南日报》的作品,依然能够看到当时地方文艺生态的生动状况。《河南日报》实际上是河南省委直接主管的党政机关刊物,而早在1953年初中共河南省委下发《关于河南日报贯彻通俗化改革加强报纸思想性群众性的决定》时,它就开启了"通俗化"的改革过程。《河南日报》未设专门的"副刊",李準此一时期撰写并发表的"小故事"甚至没有固定的版面,也不存在连续性的"专栏"。这些都表明,"文艺"在河南地区并不存在独立自足的系统,它始终与政治运动形成紧密配合,甚至它本身就是政治运动的功能性环节。从这个意义上说,李準所步入的地方文艺界

---

[1] 南丁:《记忆中的河南文联》,载《南丁文选》下,大众文艺出版社,2004,第900页。

[2] 南丁:《记忆中的河南文联》,载《南丁文选》下,大众文艺出版社,2004,第900页。

并非他在1980年代所表述的"文学殿堂",而是某种有组织性且充满了活力的地方文艺运作机制。这个文艺运作机制的特点在于,它使得"文艺"在不断"运动"中冲破了"文艺"自身的畛域,与当时当地的政治、经济、社会情形交织在一起。这是一种并不拘囿于"文艺界"内部的"文艺",也可以说是一种"无界"的"文艺"。

结语

洪子诚曾对李凖短篇小说一贯的特点做出过如下描述:"置身于生活的激流之中,自觉地把自己的创作活动同当前的革命斗争和政治运动结合起来,敏锐地提出现实生活中的问题……"[1]而通过本文对其早年传略的补遗,我们能够看到洪子诚先生这种描述在1950年代初期历史语境中的具体情形。在二十世纪四五十年代之交剧烈的变革过程中,"新中国"的巨大势能已经渗透到地方社会内部,由此引发的连锁效应使得李凖这类文艺青年能够在介入文艺的同时介入地方的政治运动和社会运动。更进一步说,这个充满活力的运动在突破了文艺、政治、社会之间畛域的同时,也突破了"地方"这一封闭的空间本身,它连带着"新中国"整体成立、巩固和发展的历史潮流,由此可以说,身居"地方"的李凖也加入了这一历史潮流之中。这显然不是一个全然"被动卷入"的过程,其中既有历史时势的推动,又有作家自身的"主动"和"自觉","置身于生活的激流之中"正意味着"个人"与"历史"之间的相互呼应和彼此激荡。

通过李凖早年的具体经历也能看到,"置身于生活的激流"也并不是自然而然的事情,其中充满了艰辛、危险、曲折乃至反复。正如本文所述的那样,李凖在二十世纪四十年代即受到"革命"氛围的感召和激发,并与"革命"发生了实质性的接触,但此时的他尚无法从更内在的层面认知和参与革命的意义;即使在中华人民共和国成立之后,李凖依然与"革命"存在隔膜、

---

[1] 洪子诚:《李准的创作》,载卜仲康编《李准专集》,江苏人民出版社,1982,第171页。

疏离，而在"三反"运动中遭受冲击后，更被甩出了"革命"的序列。但"中国革命"经验的复杂性恰恰在于，像李凖这样被甩出"革命"序列的困顿者，依然可以借助"文艺"重新返回"革命"进程且"居于中心位置"。李凖这种命运并不是孤立的，对这一点，作家王林的一则日记颇有参考价值：

> 上午和高树勋副省长谈话时，他的女儿也在场。他女儿说李凖同志发表《不能走那条路》时，她正在《河南日报》当编辑，知道李凖的情况。她说李凖在三五反时，在洛阳当小会计，因贪污被打回老家，到农村当小学教员，后来写了《不准走那条路》而被《河南日报》采用，接着又被《长江日报》转载，后即被党一连培养、重视。这个情况，跟《林海雪原》的作者曲波同志几乎如同出于一辙。曲波同志如果不在三五反中被打成"老虎"，而搁置在招待所里一两年定不了案，这部《林海雪原》还在中国产生不了。这就是坏事变成好事。

王林所说的"坏事变好事"现象背后蕴含着近代中国革命的深层机制，但也透露出作为中国革命之发生场域的中国社会的复杂性。正是这种复杂性决定了文艺青年李凖与革命之间跌宕、往复的离合关系。李凖以"文艺"为中介的东山再起的过程意味着地方社会存在"政治运动"无法全然覆盖的维度和空间，而从李凖角度来看，"新中国"的革命场域依然对他有着巨大的吸引力，这也是为什么他在被甩出"革命"序列后依然试图再回返、再介入的重要原因。当然，这种再回返、再介入本身并不会是一劳永逸的。即使《不能走那条路》这篇成名之作也曾充满争议，甚至引发了《文艺报》这类权威刊物的严厉批评。李凖后来在参加《文艺报》批判座谈时流露出自己作为地方文艺创作者的不满："我的作品虽然在艺术技巧上还很幼稚，有些缺点，但我究竟是犯了什么样的错误呢？《文艺报》不了解下面一些初学写作的青年，想为我们的文艺服务，是多么不容易，需要排除多少困难。"[1] 所谓"不容易"，所谓"困难"，既是李準当时面对国家"文艺界"森严壁垒时的抱怨，也成为他与整个"革命史"之关系的写照。历史的"甩出"机制并没有停止，但这种无论"排除多少困难"也要"回返"的努力却也在持续，因为他所"回返"的并不是某个实体性的体制，而是那个始终在进行并对他产生持续感召的历史过程。

原载《汉语言文学研究》2020年第4期

---

[1]《批评〈文艺报〉的错误和缺点——外地在京作家及文艺工作者座谈会、古典文学研究工作者座谈会上对〈文艺报〉的意见》，《文艺报》1954年第22号。

附录一：李準文学作品年表

（一）小说

《婆婆和媳妇》，《河南日报》1953年7月10日。
《卖西瓜的故事》，《河南日报》1953年7月21日。
《我没有耽误选举》，《河南日报》1953年10月13日。
《不能走那一条路》，《河南日报》1953年11月20日。
《送穷的故事》，《河南文艺》1954年第4期。
《白杨树》，《长江文艺》1954年第5期。
《雨》，《长江文艺》1954年第6期。
《冰化雪消》，《长江文艺》1955年第7、8期。
《林业委员》，《中国青年报》1954年8月3日
《孟广泰老头》，《长江文艺》1954年第10期
《散会路上》，《长江文艺》1955年第4期。
《在大风雪里》，《新观察》1955年第4期。
《一头小猪》，《中国青年报》1955年6月21日。
《野姑娘》，《中国青年》1956年第1期。
《妻子》（后更名为《信》），《长江文艺》1956年第12期。
《芦花放白的时候》，《奔流》1957年第1期。
《灰色的帆篷》，《人民文学》1957年第1期。
《李四先生》，《人民文学》1957年第3期。
《没有拉满的弓》，《长江文艺》1957年第5期。
《"三眼铳"掉口记》，《奔流》1957年第10期。
《都都》，《文艺月报》1957年第11期。
《贵宾来了》，《奔流》1958年第7期。
《夜走骆驼岭》，《人民文学》1958年第9期。
《参观》，《长江文艺》1958年第9期。
《一串钥匙》，《奔流》1959年第1期。

《"О"的故事》,《解放军文艺》1959年第5期。

《三月里的春风》,《奔流》1959年第5期。

《两匹瘦马》,《长江文艺》1959年第8期。

《两代人》,《人民文学》1959年第10期。

《李双双小传》,《人民文学》1960年第3期。

《耕云记》,《人民文学》1960年第9期。

《春笋》,《人民文学》1961年第5期。

《麦仁粥》,《奔流》1963年第8期。

《进村》,《人民文学》1963年第9期。

《清明雨》,《人民文学》1964年第7期。

《芒果》,《人民文学》1980年第10期。

《飘来的生命》,《十月》1981年第1期。

《王结实》,《莽原》1981年第1期。

《大年初一》,《人民文学》1981年第5期。

《牛梭头的叹息》,《洛神》1984年第4期。

《瓜棚风月》,《人民文学》1985年第2期。

(二)作品集

《卖马》(短篇小说集),河南人民出版社,1954年。

《不能走那条路》(短篇小说集),通俗读物出版社,1954年;中国青年出版社,1955年;河南人民出版社,1955年;人民文学出版社,1955年。

《孟广泰老头》(单行本),通俗读物出版社,1955。

《野姑娘》(短篇小说集),中国青年出版社,1956年。

《一头小猪》(儿童读物),河南人民出版社,1956年。

《森林夜话》(散文),少年儿童出版社,1957年。

《在欢腾的日子里》(特写集),河南人民出版社,1957年。

《冰化雪消》,通俗读物出版社,1956年。

《芦花放白的时候》(短篇小说集),作家出版社,1957年。

《马小翠的故事》(特写),文字改革出版社,1959年。

《车轮的辙印》(短篇小说集),人民文学出版社,1959年。

《夜走骆驼岭》(小说散文集)作家出版社,1959年。

《两代人》,文字改革出版社,1960年。

《三月里的春风》，文字改革出版社，1960年。

《一串钥匙》，上海文艺出版社，1960年。

《李双双小传》（短篇小说集），作家出版社，1961年。

《春笋集》（小说、电影剧本集），河南人民出版社，1962年。

《不能走那条路》（短篇小说选集，英文译本），外文出版社，1962年。

《情节、性格和语言》（理论创作集），河南人民出版社，1963年。

《黄河东流去（上集）》，北京出版社，1979年。

《李准小说选》，四川人民出版社，1981年。

《李准谈创作》（论文集），中国文艺联合出版公司，1983年。

《李准电影剧本近作选》，中国电影出版社，1984年。

《彼岸集》（散文集），中国文艺联合出版公司，1984年。

《黄河东流去（下集）》，北京出版社，1985年。

（三）电影文学剧本

《老兵新传》，《收获》1958年第1期。

《小康人家》，中国电影出版社，1958年。

《冰化雪消》，中国电影出版社，1959年。

《耕云播雨》，《电影艺术》1960年第7期。

《东方红》（与康濯合作），《电影创作》1960年第7期。

《喜旺嫂子》，《奔流》1961年第7、8、9期。

《李双双》，《电影文学》1962年第12期。

《走乡集》，中国电影出版社，1963年。

《龙马精神》，《电影剧作》1963年第6期。

《龙马精神》，上海文化出版社，1965年。

《大河奔流》，《人民电影》1977年第5-6、7期。

《壮歌行》（电影小说），《十月》1978年第1期。

《李准电影剧本选》，北京出版社，1978年。

《荆轲传》，《电影新作》1980年第2期。

《中州七梦》，《电影文学》1980年第12期。

《牧马人》，《电影新作》1981年第5期。

《南原大战》，《电影剧本园地》1982年第3期。

《双雄会》，《电影创作》1982年第11期。

《高山下的花环》(和李存葆合作),《解放军文艺》1983年第11期。

(四)散文、特写

《河南一农村》,《人民日报》1954年11月22日。

《从两件事说起》,《长江文艺》1955年第5期。

《小黑》,《人民文学》1955年第6期。

《他爱桥》,《长江文艺》1955年第6期。

《要时刻注意敌人》,《人民日报》1955年6月22日。

《在欢腾的生活里》,《长江文艺》1956年第1期。

《半夜来客》(《姜恩老头》),《河南文艺》1956年第1期。

《不平常的早晨——记荥阳司马集体农庄成立时申请报名情况》,《河南日报》1956年1月5日。

《欢腾的乡村》,《人民文学》1956年第3期。

《农民心爱的朋友——有线广播》,《人民日报》1956年3月15日。

《青年轧钢工长李元辉》,《人民日报》1956年4月30日。

《一个真正的人——记复员残废军人杨同林》,《河南日报》1956年8月12日。

《垦荒者的故事》,《中国青年》1956年第17期。

《森林夜话》(包括《故事开头》《野猪和老虎》《鸡丝菜》《一个女人和一个孩子》《又一个女人》《"黑瞎子"的故事》),《河南文艺》1956年第9、10期。

《春到三门》,《中国青年报》1957年3月4日。

《斩断这只魔手》,《长江文艺》1957年第10期。

《到农村去!》,《长江文艺》1957年第11期。

《走在时间前边的人》,《文汇报》1958年1月5日。

《登封见闻》,《人民日报》1958年4月16日。

《悼徐玉诺先生》,《奔流》1958年第5期。

《后浪推前浪——记登封县的"红专学校"和农民植物学家范玉坤》,《奔流》1958年第5期。

《遍插红旗遍地开花》,《长江文艺》1958年第7期。

《大好事情,大好景象》,《人民日报》1958年10月4日。

《文村散记》,《旅行家》1958年第9期。

《党的女儿马小翠》,《人民日报》1958年11月26日。

《铁流》,《中国青年报》1958年12月12日。

《马小翠的故事》,《人民文学》1959年第1期。

《人民公社之源》,《收获》1959年第5期。

《石榴花开的季节》,《光明日报》1959年6月16日。

《在麦收的日子里》,《新观察》1959年第13期。

《人比山更高》,《奔流》1959年第10期。

《为文化新军欢呼》,《奔流》1959年第12期。

《鸭河口纪人》,《新观察》1959年第23期。

《朝霞满天——二访河南遂平县嵖岈山人民公社》,《人民日报》1959年10月20日。

《南阳黄牛》,《人民日报》1959年12月1日。

《铁流》,《中国青年报》1958年12月12日。

《在麦收的日子里》,《新观察》1959年第13期。

《苦干十年——记新县老红军郭继保同志》(与余昂合著),《解放军文艺》1960年第11期。

《新春篇》,《河南日报》1961年2月26日。

《头角峥嵘话新人——谈几个青年演员演出的〈大祭桩〉》,《河南日报》1962年9月21日。

《槽头兴旺》,《人民文学》1963年第10期。

《十八亩地》,《人民日报》1964年1月15日。

《拉差车记》,《收获》1964年第2期。

《红日永照七里营》,《人民文学》1976年第7期。

《山河澄清,大治前行》,《光明日报》1977年8月28日。

《投向江河的书简——向周总理报告》,《战地》1978年增刊。

《号角》,《人民日报》1978年3月22日。

《两个年轻人的故事——记杨乐和张广厚》,《新华月报》1978年第4期。

《艺坛大星的陨落——悼念崔嵬同志》,《战地》1979年增刊。

《黄山借笔》,《清明》1980年第4期。

《初春农话》,《人民日报》1980年4月22日。

《看范仲淹墓随感》,《散文》1980年第12期。

《一个纯真见性的人——悼赵丹同志》,《电影创作》1981年第1期。

《思赵丹》,《百花园》1981年第1期。

《一个"精灵"的出现——河南省西华县农村见闻琐记》,《人民日报》1981年3月21日。

《酒泉谈美》,《人民日报》1981年8月14日。

《从孟敏的气度谈文明礼貌》,《人民日报》1982年3月28日。

《相会在洛杉矶》,《人民日报》1982年11月22日。

《美国的隐逸派诗人》,《光明日报》1982年12月4日。

《"六朝如梦鸟空啼"——访美印象》,《时代报告》1983年第1期。

《芝加哥的高楼》,《新观察》1983年第1期。

《红枫如醉送嫩寒》,《北京文学》1983年第2期。

《爱阿华一农户》,《散文》1983年第4期。

《华盛顿漫步》,《长江文艺》1983年第4期。

《充满青春气息的小城——记爱阿华》,《长江》1983年第4期。

《农村的今天和明天——河南临汝见闻》,《人民日报》1984年8月3日。

《内蒙古散记》,《民族文学》1985年第1期。

《海滨闲话"石头梦"》,《河南戏剧》1987年第5期。

《悼念曹靖华先生》,《光明日报》1987年10月11日。

《酉日说酒》,《散文世界》1987年第12期。

《高山流水》(与李澈合著),《人民文学》1989年第9期。

《悼康濯兄》,《文艺报》1991年第9期。

《戏曲创作的新收获——看豫剧〈风流才子〉》,《人民日报》1991年12月5日。

《丑年说牛》,《中国农民》1997年第3期。

《喜看〈朱德上井冈〉》,《人民日报》1998年8月7日。

(五)戏曲、唱词、诗歌

《正义的檄书在到处飞传》(诗歌),《河南文艺》1956年第13期。

《战龙王》(唱词),《河南日报》1958年3月31日。

《六神不安》(唱词),《奔流》1958年第8期。

《不准干涉中东》(诗歌),《奔流》1958年第8期。

《丰收曲》(诗歌),《河南日报》1958年6月8日。

《土专家》(话剧,与王燕飞合著),中国戏剧出版社,1959年。

《夺取小麦丰收关》(唱词),《河南日报》1959年2月23日。

《为了铁水满山流》(豫剧、曲剧),河南人民出版社,1959年。

《诗四首》(包括《访黄河人民公社》《咏开封铁塔》《游禹王台》《题嵖岈山石壁》),《奔流》1960年第4期。

《河南是个好地方》(唱词),《河南日报》1960年12月4日。

《词四首》,《河南日报》1962年4月1日。
《一条大道在眼前》(歌词),《解放军歌曲》1962年第11期。
《农业劳模们来了》(诗歌),《河南日报》1963年2月9日。
《李双双》(豫剧,与赵籍身、杨兰春合作),《剧本》1963年第7期。
《悼郭老》(七律),《湘江文艺》1978年第7期。
《诗两首——为常香玉舞台生活五十年而作》,《河南日报》1980年6月25日。
《西湖杂咏》(诗),《参花》1981年第10期。
《访非诗抄》,《作家》1983年第9期。
《石头梦》(现代戏曲),《河南戏剧》1987年第4期。
《〈风流才子〉诗抄》(李准等),《河南戏剧》1992年第2期。

(六)杂文、论文

《我怎样写〈不能走那一条路〉》,《长江文艺》1954年第2期。
《关于对生活的敏感(学习创作的一点体会)》,《文艺报》1955年第23期。
《培养文学上的接班人》,《长江文艺》1956年第4期。
《我怎样学创作》,《文艺学习》1956年第1期。
《"百花齐放"和艺术的特色》,《河南文艺》1956年第13期。
《从不能"打金枝"谈起》,《河南日报》1956年10月3日。
《"一律"有感》,《河南日报》1956年10月5日。
《大胆的放,大胆的鸣》,《河南日报》1957年4月27日。
《斥"写东西才是自己的"》,《奔流》1957年第10期。
《感受和希望》,《长江文艺》1957年第12期。
《深入生活,加强修养》,《萌芽》1957年第12期。
《土壤·落户·体力劳动》,《萌芽》1958年第1期。
《争取又红又专》,《奔流》1958年第4期。
《光辉的一年》,《河南日报》1958年10月1日。
《答〈文学知识〉编辑部问》,《文学知识》1959年12期。
《我的创作体会》,《奔流》1960年第2期。
《过去一年的情况和今后的安排》,《作家通讯》1959年第3期。
《从生活中提炼》,《文学知识》1959年4期。
《"小康人家"的题材处理》,《河南日报》1959年6月21日。
《题材、提炼和技巧——在郑州市第三届文代会上的讲话》,《百花园》1959年第7期。

《写〈小康人家〉的几点体会》,《大众电影》1959年第7期

《认真学习毛泽东思想 坚持毛泽东文艺路线》,《奔流》1960年第3期。

《风起云涌的十年》,《河南日报》1960年6月25日。

《群众是最好的老师》,《光明日报》1960年8月24日。

《沿着毛主席指引的文艺道路前进》,《文艺报》1960年第13-14期。

《什么是人生最大的快乐?——学习手记》,《河南日报》1960年10月15日。

《我怎样写〈老兵新传〉》,《人民日报》1961年3月2日。

《致杜波伊斯》,《人民日报》1961年12月1日。

《更深刻地熟悉生活》,《文艺报》1962年第5-6期。

《我喜爱农村新人——关于写〈李双双〉的几点感受》,《电影艺术》1962年第6期。

《向新人物精神世界学习探索——〈李双双〉创作上的一些感想》,《人民日报》1962年12月16日。

《情节、性格和语言——在旅大市业余作者座谈会上的讲话》,《鸭绿江》1963年第1期。

《关于"源泉"的体会》,《文艺报》1963年第1期。

《你挥洒出了李双双的忘我劲——致张瑞芳同志》,《光明日报》1963年6月4日。

《写电影剧本的一些体会》,《电影剧作》1964年第2期。

《永远作一个革命文艺工作者》,《大众电影》1963年第5-6期。

《观察·理解·感受·表现》,《奔流》1964年第1期。

《既要干活好 又要思想好》,《中国青年》1965年第11期。

《怎样才能成为一个革命的文学创作者?》,《羊城晚报》1965年12月23日。

《学好毛主席著作是文艺作者"三过硬"的第一要素——在全国青年业余文学创作积极分子大会上的发言》,《文艺报》1965年12期。

《人物塑造及其它》,《光明日报》1977年11月12日。

《短篇小说的人物塑造及其它》,《人民文学》1977年第11期。

《〈大河奔流〉创作札记》,《十月》1978年第1期。

《从生活中找电影》,《电影创作》1978年第1期.

《时代、题材、人物——在〈解放军文艺〉小说座谈会上的讲话》,《解放军文艺通讯》1978年第2期。

《写作电影剧本的一些体会》,《北京文艺》1978年第5期。

《从生活出发》,《光明日报》1978年6月17日。

《生活和电影创作》,《文汇报》1978年6月17日。

《从"怕触电"所想到的——谈文学艺术的教育作用》,《新华月报》1978年第11期。

《关于〈耕云记〉的几点体会》,《包头文艺》1979年第1期.

《文风杂谈》,《河南日报》1979年1月28日。

《从生活中找电影》,《电影新作》1979年第1期。

《"运动电影"不能再搞了》,《文艺研究》1979年第4期。

《"文艺的社会功能"五人谈》(发言),《文艺报》1980年第1期。

《领导要改善 体制要改革》,《人民日报》1980年10月29日。

《文艺界要不要搞改革?》,《文艺报》1980年第11期。

《关于文艺反映生活本质的几个问题》,《文艺报》1981年第2期。

《创作准备及其它》,《朔方》1981年第8期。

《谈谈塑造人物》,《民族文学》1982年第1期。

《探索者的甘苦》,《北京师范学院学报(社会科学版)》1982年第3期。

《大有可取 大有可为——谈谈电视剧的民族化问题》,《文艺研究》1982年第4期。

《这个头带得好——看常香玉演出〈柳河湾〉有感》,《人民戏剧》1982年第4期。

《李准同志给乔木同志的一封信》,《电影》1982年第4期。

《关于电影文学剧本〈荆轲传〉的通信》,《北方文学》1982年第6期.

《提高创作水平的关键是什么》,《芒种》1983年第6期。

《电影编剧的视野和历史感》,《电影创作》1984年第4期。

《关于"诗意"的复信——电影〈高山下的花环〉改编体会》,《解放军文艺》1984年第4期。

《一个编剧的回顾》,《当代电影》1984年第3期。

《没有真实就没有生命力》,《电影》1984年第12期。

《"创作自由"放谈》,《当代电影》1985年第2期。

《从"老王卖瓜"说起》,《中篇小说选刊》1985年第3期。

《有感于河南人打老师》,《人民日报》1985年5月7日。

《谈电影的创作自由》,《上影画报》1985年第7期。

《李准与〈文艺报〉记者谈文学的黄金时代到来了吗?》,《文艺报》1985年4月试刊号。

《抒写民族之魂》,《文艺报》1985年第25期。

《文艺与改革》,《文学评论家》1987年第6期。

《爱护文学 引导文学》,《人民日报》1989年8月29日。

《心里永远装着观众》,《语文学习》1991年第4期。

《李凖自述(之一)》,《十月》1998年第1期。

《李凖自述(之二)》,《十月》1998年第2期。

《李凖自述（之三）》，《十月》1998年第3期。

《李凖自述（之四）》，《十月》1998年第4期。

《我自学成才的文字生涯》，《纵横》1998年第6期。

附录二：李準研究资料索引

1953 年

王五魁：《评〈不能走那一条路〉》，《河南日报》11月20日。

《〈不能走那一条路〉发表以后》，《河南日报》12月14日。

苏金伞：《读〈不能走那一条路〉》，《河南日报》12月25日。

1954 年

李琮：《〈不能走那一条路〉及其批评》，《文艺报》第2期。

陆鉴三：《我对〈不能走那条路〉这一课的体会》，《文汇报》5月10日。

康濯：《评〈《不能走那一条路》及其批评〉》，《文艺报》第7期。

1955 年

宋凝：《读〈雨〉》，《长江文艺》第1期。

丁力：《李准：〈不能走那条路〉》，《语文学习》第2期。

湘文等：《〈冰化雪消〉读后》，《长江文艺》第10期。

柳溪：《看影片〈不能走那条路〉》，《大众电影》第13期。

俞林：《谈谈李準的创作》，《文艺报》第14期。

于晴：《农村社会主义高潮到来的图景——读中篇小说〈冰化雪消〉》，《文艺报》第21期。

郝振华：《读"不能走那条路"》，《北京日报》11月14日。

秉枢：《给农民念"孟广泰老头"——鹿圈乡文化站展开了读书活动》，《北京日报》12月18日。

1956 年

振甫：《李准：〈不能走那条路〉》，《语文学习》第3期。

李培坤：《试论李准的创作》，《长江文艺》第3期。

意舟：《富有生活气息的艺术创造——谈"不能走那条路"的演出》，《光明日报》3月24日。

左莱：《谈"不能走那条路"的艺术创作》，《戏剧报》第4期。

夏昊：《朴素真实的演出——谈河南省话剧团演出的"不能走那条路"》，《河北日报》5月29日。

钱谷融：《"不能走那条路"》，《语文教学》第6期。

奇施柯夫（杨华译）：《李准和韦其麟》，《长江文艺》第5期。

1957 年

谢云：《一个激动人心的短篇——读李准同志的〈妻子〉》，《文艺报》第1期。

王淑耘：《大海的涛声——谈李准同志的小说创作》，《长江文艺》第10期。

1958 年

罗荪：《她是"咱社里的人"——读李准同志："走在时间前边的人"》，《文汇报》1月13日。

邓瑞昌：《不同意罗荪对〈走在时间前边的人〉的批评》，《文汇报》1月31日。

张型铨：《文艺特写"走在时间前边的人"讨论——缺点在那里》，《文汇报》2月6日。

宋子江等：《向赵蓉学习 走赵蓉的道路》，《文汇报》2月6日。

希昭：《文艺特写"走在时间前边的人"讨论——一朵苍白的花》，《文汇报》2月25日。

张宜伦：《文艺特写"走在时间前边的人"讨论——基本上是一篇好作品》，《文汇报》2月27日。

尤瀚青：《读"灰色的帆篷"》，《奔流》第3期。

卢弓：《谈电影文学剧本〈老兵新传〉》，《文汇报》3月27日。

唐健：《同时代人的英雄形象——读"老兵新传"有感》，《中国电影》第4期。

术之：《雪海中的"轻骑兵"——〈老兵新传〉在北大荒》，《大众电影》第9期。

1959 年

陈默：《红色少年英雄的赞歌——读〈党的女儿马小翠〉》，《文艺报》第1期。

徐起：《缺乏共产主义风格——评李准的"夜走骆驼岭"》，《羊城晚报》2月19日。

王道乾：《谈〈夜走骆驼岭〉》，《语文教学》第3期。

白海滨：《对〈夜走骆驼岭〉的一点意见》，《语文学习》第4期。

吴敏之：《谈〈夜走骆驼岭〉》，《语文学习》第4期。

王亚平：《〈小康人家〉的人物形象》，《大众电影》第7期。

刘崇新：《"烧饼油条"出好戏——谈〈小康人家〉的细节描写》，《大众电影》第12期。

上官新中：《我终于也不走那条路》，《文学知识》第9期。

阎钢：《谈几篇反映人民公社的短篇小说》，《文艺报》第4期。

张兴元：《一个社会主义新家庭的诞生——读李准的小说〈一串钥匙〉》，《奔流》第4期。

崔山：《波澜起伏的性格冲突——谈"老兵新传"中的老战和赵松筠》，《南方日报》10月11日。

舟山：《鼓人民志气——谈小说〈两匹瘦马〉笔记》，《奔流》第9期。

史明：《党的忠实女儿——谈"马小翠的故事"》，《语文教学》第7期。

晓鹰：《为老人们祝福——读李准的〈三月里的春风〉》，《文汇报》8月21日。

荒煤：《一员亲切可爱的闯将——〈老兵新传〉观后杂感》，《大众电影》第13期。

包时：《漫谈"老兵新传"的人物塑造》，《光明日报》9月29日。

崔嵬：《我喜欢老战——创作手记的一个片断》，《大众电影》第8期。

郭小川：《艺术家们走向成熟——〈老兵新传〉观后杂记》，《文艺报》第21期。

白危：《喜看〈老兵新传〉》，《文汇报》9月25日。

李先猷：《赤胆忠心的人——影片"老兵新传"观后》，《四川日报》9月27日。

司徒慧敏：《光辉的时代，伟大的题材——评我国第一部宽银幕彩色故事片〈老兵新传〉》，《人民日报》10月14日。

蓝蓝：《我们时代的芳香》，《新观察》第24期。

李侃：《青年们热爱"老战"》，《人民日报》11月15日。

杜希唐：《读李准的短篇小说》，《奔流》第10期。

王淑耘：《大海的涛声——谈李准同志的小说创作》，《长江文艺》第10期。

杜希唐：《李准短篇小说的特色和作家的道路》，《读书》第21期。

1960 年

王积贤、肖玫：《推荐几篇反映人民公社的短篇》，《文学知识》第2期。

冯牧：《在生活的激流中前进——谈李准的短篇小说》，《文艺报》第3期。

为群：《新中国妇女的颂歌——谈李准同志的三篇小说》，《人民文学》第6期。

何晓：《应该走这条路——访作家李准》，《文汇报》7月29日。

冰心：《喜读"耕云记"》，《北京晚报》10月8日。

黄沫：《"耕云记"的思想意义》，《光明日报》10月30日。

华今：《驱龙耕云的公社气象员——读李准的小说"耕云记"》，《解放日报》10月23日。

任文：《〈耕云记〉的成就》，《人民文学》第11期。

张学式：《时代新人的动人形象——读"耕云记"》，《浙江日报》12月23日。

冯牧：《新的性格在蓬勃成长——读〈李双双小传〉》，《文艺报》第10期。

周明：《生根才能开花》，《光明日报》12月14日。

黄沫：《初升的太阳照耀着我们——谈几篇反映人民公社的短篇小说》，《文艺报》第12期。

俞元桂：《读李准的〈参观〉》，载《作品分析丛谈》，福建人民出版社。

1961 年

孙中田：《谈谈"耕云记"中肖淑英的形象》，《长春》第3期。

茅盾：《一九六〇年短篇小说漫评》，《文艺报》第4、5、6期。

王兵翔：《评〈春笋〉》，《河南日报》5月25日。

田原：《塑造形象与学习政策》，《四川日报》6月9日。

范汉民：《多谋善断——读〈春笋〉所想到的》，《河南日报》6月11日。

陈传才：《学习耿良的办事作风——简介短篇小说〈春笋〉》，《中国青年报》6月21日。

陈坚：《李双双——劳动妇女的光辉形象》，《东海》第3期。

伯春：《做人民出色的勤务员——读〈春笋〉有感》，《浙江日报》7月12日。

陈迟：《片言只语见真情》，《羊城晚报》9月22日。

王小石：《冰雪里的一团火——想起〈老兵新传〉赞老战》，《中国青年报》12月27日。

俞林：《〈耕云播雨〉观后》，《大众电影》第12期。

1962 年

于今：《京郊农民谈影剧〈耕云播雨〉》，《大众电影》第2期。

车国成：《言尽意未尽——谈影片"耕云播雨"的对话》，《北京晚报》5月6日。

牧惠：《重复·对比——读〈李双双小传〉札记一则》，《奔流》第10期。

荣光：《漫画影片〈李双双〉中的两个形象》，《大众电影》第10期。

俞元桂：《谈李准和马烽短篇小说的风格》，《文汇报》2月25日。

黄宗英：《喜看〈李双双〉》，《文艺报》第11期。

苏琴：《一个动人的公社社员形象——看影片〈李双双〉》，《文艺报》第11期。

钟秀：《〈李双双〉首次下乡记》，《北京晚报》11月14日。

王秀荣、刘玉珍、李淑琴：《我们喜欢李双双》，《北京晚报》11月16日。

吴辉：《爱管情理不顺的李双双》，《中国青年报》11月17日。

贾霁：《新题材　新人物　新成就》，《人民日报》11月18日。

袁文殊：《值得一看的〈李双双〉》，《大公报》11月18日。

张关鸿：《农村中的新人物——作家李准谈影片〈李双双〉的创作》，《文汇报》11月20日。

鲁韧：《创作的过程　学习的过程——影片〈李双双〉导演札记》，《北京日报》11月22日。

梁士宝：《看了〈李双双〉，你想到些什么？》，《北京晚报》11月22日。

叶慧：《赞李双双　学李双双——宝山农村干部、社员座谈记录摘要》，《解放日报》11月29日。

包时：《〈李双双〉是一部好影片》，《解放日报》11月29日。

马铁丁：《大公无私　见义勇为——从电影〈李双双〉谈起》，《中国青年》第23期。

于今：《反映农村生活影片的新收获——记影片〈李双双〉座谈会》，《大众电影》第11期。

《社员眼中的〈李双双〉》，《中国青年报》12月1日。

鲁韧：《我们的收获——影片〈李双双〉导演札记》，《文汇报》12月1日。

戴中孚：《访〈李双双〉中的喜旺》，《解放日报》12月2日。

李伟梁：《李双双的嘴》，《文汇报》12月4日。

石方禹：《〈李双双〉的文学构思》，《文汇报》12月5日。

高汾：《张瑞芳谈李双双》，《大公报》12月5日。

罗纳：《李准和李双双》，《羊城晚报》12月10日。

《李双双是社员的好榜样——黄陂县大墩人民公社社员谈影片〈李双双〉》，《湖北日报》12月12日。

鲁韧：《面向生活——影片〈李双双〉上演前的感想》，《河南日报》12月13日。

于蓝：《我爱李双双——学习札记》，《电影艺术》第6期。

李孟尧、张亮：《琐谈"喜旺"——影片〈李双双〉表演观摩笔记》，《电影艺术》第6期。

王云缦：《新的人物、新的光彩——评影片〈李双双〉的思想艺术特色》，《电影艺术》第6期。

崔井凉等整理：《社员齐夸双双好　热爱集体品德高——孝义县农民座谈影片〈李双双〉》，《山西日报》12月15日。

王世桢：《富有性格魅力的新人物形象——影片〈李双双〉观后杂感》，《上海电影》第7期。

黄式宪：《朗朗笑语赞新人——看电影〈李双双〉》，《北京日报》12月6日。

闻亦步：《从〈李双双〉谈到农村片》，《文汇报》12月21日。

白林：《从"李双双同志"说起》，《大众电影》第12期。

孙竞男：《演戏要象"李双双"》，《大众电影》第12期。

闻亦步：《作家李准的经验》，《文汇报》12月11日。

培之：《也说李准的经验》，《羊城晚报》12月27日。

1963 年

杨天喜：《根深叶茂——读李准的剧作手记杂感》，《电影文学》第1-2期。

博泉、竞男：《访农村片作家李准同志》，《大众电影》第1期。

唐漠：《谈李准的电影剧作》，《电影文学》第3期。

殷梦舟：《根深叶茂——试评李准的电影剧作》，《山东大学学报（语言文学版）》第3期。

江岁寒：《"活"喜旺赞》，《人民日报》6月9日。

商景才：《电影〈李双双〉给我们的启示》，《浙江日报》1月9日。

林实：《看不出痕迹的技巧》，《北京晚报》1月18日。

谢昌余：《生活、思想与艺术构思——影片〈李双双〉从生活到艺术所引起的一点思索》，《甘肃文艺》第2期。

基宇：《略谈〈李双双〉剧作》，《大众电影》第2期。

张瑞芳：《扮演李双双的几点体会》，《电影艺术》第2期。

胡锡涛：《深入生活　辨析生活——从〈李双双〉谈现代剧创作反映人民内部矛盾问题》，《文汇报》4月22日。

许南明：《谈〈李双双〉剧作的语言》，《光明日报》4月23日。

赵韫如：《火辣辣的性格——看张瑞芳同志创作的李双双随感》，《大众电影》第4期。

贾霁：《要不负千百万观众的鼓励——从影片〈李双双〉得奖谈起》，《文汇报》6月4日。

仲星火：《我怎样演孙喜旺》，《电影艺术》第3期。

刘德一：《经得起推敲的英雄形象——肖淑英》，《山花》第5期。

史律：《漫谈四个〈李双双〉》，《浙江日报》9月15日。

于黑丁：《看豫剧〈李双双〉》，《戏剧报》第8期。

王虹：《正气之歌》，《文汇报》9月30日。

星人：《麦仁粥里的情谊——读李准新作〈麦仁粥〉》，《光明日报》10月31日。

何世尧：《青年作家李准》，《人民画报》第10期。

1964年

许南明：《李准剧作的若干特色》，《电影文学》第2期。

路坎：《谈话剧〈李双双〉》，《文学评论》第1期。

曾未之：《为豫剧〈李双双〉喝采》，《河南日报》1月30日。

春枫：《"依靠谁？"——读〈龙马精神〉有感》，《电影剧作》第1期。

李蕤：《喜读〈进村〉》，《奔流》第5期。

潘旭澜：《谈李准的小说》，《文学评论》第5期。

蓝光：《龙马精神》，《文艺报》第8-9期。

贾文昭：《李准塑造新人物形象的若干特色》，《奔流》第11期。

1965年

蒲文：《英雄面前没困难——看豫剧〈杏花营〉后》，《羊城晚报》8月20日。

红线女：《感情·生活·艺术——看〈杏花营〉有感》，《羊城晚报》8月20日。

1966年

陈刚：《充满革命热情的新影片——评〈龙马精神〉》，《电影艺术》第2期。

王玉堂：《"咱是贫农，集体就是咱的命根子"——剧本〈龙马精神〉读后》，《电影文学》第2-3期。

沈鸿鑫：《努力表现时代精神，热情塑造英雄形象——评电影文学剧本〈龙马精神〉》，《电影文学》2-3期。

周鸿俊：《韩芒种形象的塑造及其社会意义——电影〈龙马精神〉观后》，《电影文学》第2-3期。

蓝光：《贫下中农的光辉形象——看影片〈龙马精神〉有感》，《大众电影》第2期。

小青绿影：《敢为集体挑重担　能为革命打冲锋——花县农民座谈〈龙马精神〉》，《大众电影》第3期。

1977 年

艾克思：《为大干社会主义鼓劲——重读短篇小说〈两匹瘦马〉》，《北京文艺》第12期。

1978 年

陶玲芬、潘祖奇：《李双双为什么叫人难忘？》，《文汇报》4月19日。
于根元：《合乎规范，生动易懂——从电影〈李双双〉语言谈起》，《语言学习》第5期。
李翔之：《多一字则长　少一字则短——读〈李双双小传〉人物语言》，《黑龙江日报》9月3日。
张嘉玮：《剧本〈大河奔流〉的艺术特色》，《人民电影》第2-3期。
李克明等：《为黄河儿女谱写赞歌——影片〈大河奔流〉外景拍摄采访散记》，《河南日报》6月29日。

1979 年

江苏师范学院中文系：《中国当代文学研究资料 李准专集》，山东大学出版社。
夏康达：《"写中间人物"辨——读〈李双双小传·后记〉所想到的》，《光明日报》3月6日。
刘景清：《李准电影剧作的语言特色》，《电影新作》第3期。
叶丹：《黄河的赞歌——简评影片〈大河奔流〉的文学剧本创作》，《文汇报》1月28日。
朱行：《一朵报春花——关于电影〈大河奔流〉的一封信》，《工人日报》1月27日。
翁睦瑞：《满腔热情颂总理——赞彩色故事影片〈大河奔流〉中的周总理形象》，《人民日报》1月31日。
都郁：《奔腾吧，黄河！——看电影〈大河奔流〉札记》，《光明日报》2月9日。
羽山：《〈大河奔流〉的成就和不足》，《解放日报》2月11日。
任殷、木子：《黄河滚滚颂英雄——评影片〈大河奔流〉中李麦的形象》，《工人日报》2月2日。
徐庄：《情思酣畅　大气磅礴——从〈大河奔流〉的艺术特色谈开去》，《电影创作》第1期。
胡友如、邓志阳：《也谈文艺批评要实事求是》，《长江日报》4月2日。
佳华：《一曲黄河儿女的颂歌——赞影片〈大河奔流〉》，《大众电影》第1期。
朱行：《李麦和梁晴》，《大众电影》第3期。
童心：《动情才能动人——看影片〈大河奔流〉有感》，《文艺报》第3期。

张瑞芳：《演员与剧本——参加影片〈大河奔流〉创作中的体会》，《电影新作》第2期。

艺军：《影片〈大河奔流〉的成就与不足》，《电影新作》第2期。

方建、光宇：《波澜壮阔的历史画卷——评彩色宽银幕故事影片〈大河奔流〉》，《河南日报》2月14日。

均地：《谈毛主席和周总理形象的塑造——〈大河奔流〉观后琐记》，《河南日报》2月14日。

牛青坡：《我行我素写江山——访作家李准同志》，《河南日报》3月21日。

艺军：《〈大河奔流〉与〈三笑〉》，《大众电影》第5期。

秦裕权：《要恢复革命现实主义传统——从〈大河奔流〉的某些得失谈起》，《电影艺术》第3期。

刘景清：《从小说到电影——李准同志的电影改编漫评》，《电影文学》第4期。

卜仲康：《李准的戏剧创作》，《教学与研究》第4期。

卜仲康、陈一明：《和新中国一起成长——关于李准的生活与创作》，《江苏师院学报（社会科学版）》第3期。

1980年

吴光华：《简谈〈黄河东流去〉的思想和艺术特色》，《人民日报》4月9日。

金国：《电影剧本〈大河奔流〉的构思问题》，载文化部文学艺术研究院电影研究所《电影文化编辑室》编《电影文化丛刊（第一辑）》，中国社会科学出版社。

刘景清：《论李准小说的人物形象和艺术特色》，《安徽大学学报（哲学社会科学版）》第2期。

陈继会：《在现实主义道路上艰苦地探索前进——李准创作漫评》，《郑州大学学报（社会科学版）》第2期。

刘景清：《"喜"从何来？——电影喜剧随想兼评李准剧作》，《电影艺术》第3期。

刘景清：《论李准小说的风格》，《齐鲁学刊》第4期。

朱兵：《〈黄河东流去〉的民族化特色》，《文学评论》第5期。

1981年

刘景清：《教训在那里？——从李准的创作谈起》，《莽原》第1期。

班卫中：《不能走这条路——试论李准短篇小说创作的得失》，《莽原》第2期。

圳朵：《美的探索者——访李准》，《书林》第3期。

刘思谦：《谈李准新作〈王结实〉》，《河南日报》7月23日。

肖德：《读短篇小说〈王结实〉》，《文艺报》第15期。

周健平、牛青坡：《应当怎样认识文艺作品的生命力——与李准同志商榷》，《郑州大学学报（哲学社会科学版）》第4期。

王明堂：《电视花苑的园丁李准》，《大众电视》第12期。

1982 年

卜仲康编《中国当代文学研究资料　李准专集》，江苏人民出版社。

吴光华：《采掘黄河之珠的人——访李准》，《丑小鸭》第1期。

鲁非、会文：《写真和失真——谈〈李双双小传〉〈耕云记〉的得失及教训》，《教学与进修》第1期。

陈美兰：《值得重新审视的"辙印"——李准创作成败得失漫论》，《武汉大学学报（社会科学版）》第3期。

刘锡诚：《论〈黄河东流去〉》，《北京师范学院学报（社会科学版）》第3期。

张仲春：《李准电影剧作的艺术风格》，《电影文化》第3期。

沈太慧：《时代车轮的辙印——读〈李准小说选〉》，《红岩》第3期。

边善基：《深入开掘　刻意求工——评影片〈牧马人〉的改编和艺术特色》，《电影新作》第4期。

孙苏、余非：《论徐秋斋——兼谈塑造具有独特个性的典型人物的几个问题》，《中州学刊》第5期。

郭志刚：《李准》，《作品与争鸣》第10期。

1983 年

杜田材：《李准语言风格述评》，《郑州大学学报（哲学社会科学版）》第3期。

孙苏、余非：《转变时期的李准》，《郑州大学学报（哲学社会科学版）》第3期。

刘文田：《深入艺海，探索，再探索！——李准访问记》，《文学知识》第3期。

余非、孙苏：《闲笔不闲——谈〈黄河东流去〉的一个创作特色》，《河南师大学报（社会科学版）》第5期。

1985 年

文朵：《李准年表》，《河南大学学报（社会科学版）》第2期。

吴光华：《李凖和〈黄河东流去〉》，《莽原》第4期。

张炯：《画出历史蜕变中的民族魂——评李凖的长篇小说〈黄河东流去〉》，《光明日报》6月27日。

1986 年

孙荪：《李凖创作研究概述》，《学术资料》第1期。

孙荪：《从〈大河奔流〉到〈黄河东流去〉——论转折时期李凖的创作》，《文学评论》第2期。

梦非：《根深叶茂　硕果累累——记电影、小说双栖作家李准》，《电影评介》第3期。

姜忠亚：《辛勤的耕耘者——记作家李准》，《大众电影》第3期。

邝邦洪：《一曲"民族之魂"的颂歌——读李准的〈黄河东流去〉》，《语文月刊》第3期。

冯立三：《黄河风情画卷的诞生——访荣获第二届茅盾文学奖的作家李凖》，《光明日报》3月14日。

孙荪、余非：《〈黄河东流去〉与中国当代文学》，《中州学刊》第6期。

黄济华：《〈黄河东流去〉主题和人物略谈》，《语文教学与研究》第6期。

1987 年

刘景清：《李准创作论》，内蒙古人民出版社。

王振铎：《李准小说五题》，《殷都学刊》第1期。

宝光：《失落之余的反思——〈失信的村庄〉座谈简记》，《电影艺术》第4期。

钟雅：《难得的创作伙伴——谢晋和李准的创作友谊及其它》，《电影评介》第6期。

何恩玉：《一部过渡性的作品——〈黄河东流去〉得失管见》，《文学自由谈》第6期。

杨长春：《新时期李准创作的新"辙印"》，《辽宁师范大学学报（社会科学版）》第6期。

1988 年

孙荪、余非：《李凖新论》，北京十月文艺出版社。

谢永旺：《〈李凖新论〉序》，《小说评论》第1期。

王开阳：《创作反思之后——〈黄河东流去〉与李准十七年时期小说创作比较》，《杭州师范学院学报（社会科学版）》第1期。

陈有才：《试谈李准作品中的幽默特色》，《信阳师范学院学报（哲学社会科学版）》第1期。

沈太慧：《李凖其人其文》，《当代文坛》第2期。
李兰、杜敏：《一个失落在中原的蒙古王公后裔——李准生活创作散记》，《民族文学》第2期。

1989 年

姜忠亚：《活力的奥秘——李准创作生涯启示录》，中原农民出版社。
曲六乙、李春熹：《生命意识的深刻开掘——评电视连续剧〈黄河东流去〉》，《当代电视》第4期。
肖逸民：《"作家，更要爱护文学"——访著名作家李凖》，《文学报》12月28日。

1990 年

任玉福：《试论李凖的艺术追求——从李凖的文艺评论谈起》，《文艺报》12月22日。

1991 年

凤翔：《访李凖》，《新闻与写作》第1期。
杜田材：《比较视角下的李准、张一弓语言景观》，《莽原》第1期。
张德祥：《〈黄河东流去〉重读札记》，《小说评论》第6期。
周熠：《作家要不断调整自我——近访作家李凖》，《人民日报》11月2日。
周熠：《作家要不断反思：访著名作家李准》，《文学报》12月5日。

1992 年

孙荪：《情系新人——李凖40年创作的一条轨迹》，《中州大学学报》第1期。

1993 年

袁漪：《李凖和他的双双》，《名人传记》第6期。

1994 年

赵富海：《又见李凖》，《人民日报》4月19日。

丁传陶：《一副对联　两个李凖》，《人民日报》5月30日。
向戈：《同名之趣——推荐关于"李凖"的两篇杂文》，《新闻爱好者》第11期。
郑加真：《说说李凖》，《北大荒文学》第12期。

1996 年

吉学沛：《闲话李凖和他的〈不能走那条路〉》，《幸福》第3期。

1997 年

万国庆：《一道曲折的"辙印"——从李准的创作之路看新中国文学坎坷前行的轨迹（一）》，《喀什师范学院学报》第2期。
阵容：《健笔，濡染时代辉煌——记著名作家李凖》，《牡丹》第2期。

1998 年

张绍武、张舒主编《李准全集》，九洲图书出版社。
万国庆：《一道曲折的"辙印"——从李准的创作之路看新中国文学坎坷前行的轨迹（二）》，《喀什师范学院学报》第2期。

2000 年

《李凖在京逝世》，《人民日报》2月2日。
姚学明：《李准写了〈十八亩地〉——悼念李准先生》，《三门峡日报》4月21日。
谭杰：《悼李凖》，《牡丹》第3期。
孙荪：《怀念李准》，《牡丹》第3期。
周明：《他从中原大地走来》，《牡丹》第3期。
张文欣：《洛阳才子他乡老》，《牡丹》第3期。
王振亚：《莫愁前路无知己　蓬莱何处不故乡——追忆李凖》，《中州今古》第4期。

2001 年

谭解文：《现实主义道路上的新探索——读李准的〈黄河东流去〉》，《理论与创作》第2期。

2002 年

孙荪：《风中之树——对一个杰出作家的探访》，人民文学出版社。

2003 年

周民震：《一掬抱憾的泪水——祭亡友李準》，《民族文学》第1期。
汤晨光：《乡村精神的颂扬和伤悼——论〈黄河东流去〉》，《中国文学研究》第1期。
徐其超、吕豪爽：《侉子群像首创与民族灵魂发现——论李准〈黄河东流去〉的历史价值》，《西南民族大学学报（人文社会科学版）》第12期。

2004 年

王福明：《忆李準》，《名人传记》第5期。
高兰祥：《淡泊为德　清节自厉——李准同志与书法》，《老人天地》第9期。

2005 年

董冰：《老家旧事——李準夫人自述》，学林出版社。

2006 年

袁成亮：《电影〈李双双〉诞生记》，《百年潮》第6期。
白岩：《作家李準与夫人董冰的"糟糠"情》，《名人传记》第6期。
李中华：《论李准电影文学创作的总体特色》，《电影评介》第22期。

2007 年

苏竹青：《〈黄河东流去〉中爱爱形象分析》，《齐齐哈尔师范高等专科学校学报》第2期。
孟庆德：《李准的乡土情结》，《牡丹》第5期。
刘金魁：《与李準的三面之缘》，《老人春秋》第5期。

2008 年

谭学纯:《身份符号:修辞元素及其文本建构功能——李准〈李双双小传〉叙述结构和修辞策略》,《文艺研究》第5期。

胡方红:《回眸历史:成名方式对李准创作的影响》,苏州大学硕士学位论文。

2009 年

原小平:《土地·家庭·民族——论中原文化精神与李准小说的关系》,《焦作师范高等专科学校学报》第2期。

2010 年

吕茭晨:《农业合作化小说的序曲——解读李准〈不能走那条路〉》,《大众文艺》第2期。

李洪治、李新杰:《李準的先祖从草原走来》,《洛阳日报》9月6日。

吴应党:《〈李双双小传〉的改编研究》,河南大学硕士学位论文。

2011 年

常世举:《论李准〈李双双小传〉的话语策略》,《河南师范大学学报(哲学社会科学版)》第1期。

辛烨:《〈黄河东流去〉的文化内涵探析》,《忻州师范学院学报》第6期。

2012 年

李中华:《论中原文化独特性的文学表现》,《电影评介》第6期。

汤吉红:《"侉子"性格与"辣女"形象——地域文化视角下李准小说人物形象的独特景观》,《安康学院学报》第6期。

2013 年

王宇:《乡村现代性叙事与乡村女性的形塑——以20世纪40—50年代赵树理、李准文本为例》,《厦门大学学报(哲学社会科学版)》第1期。

朱丹:《试析十七年文学中农村现实题材短篇小说的人性书写——以赵树理、李准、周立波等人的短篇作品为例》,《长沙大学学报》第3期。

徐玲:《李准十七年影视文学创作研究概述》,《戏剧之家(上半月)》第5期。

王月:《从李准题词想到的》,《北方文学》第9期。

裴艳艳:《从李准小说看农村女性主体意识的张扬》,《短篇小说(原创版)》第27期。

张爱琴:《〈李双双〉系列文本故事形态学解读——以小说、电影及豫剧〈李双双〉为中心》,杭州师范大学硕士学位论文。

陈欣瑶:《"李双双"始末——40—60年代小说中的农村新女性形象》,北京大学硕士学位论文。

2014 年

马青云:《回忆李凖》,《大河报》11月28日。

裴艳艳:《深耕于民俗文化与民族个性的李准小说》,《江西社会科学》第8期。

熊坤静:《短篇小说〈不能走那条路〉创作的前前后后》,《党史博采(纪实)》第12期。

2015 年

裴艳艳:《论李准传统农村家庭关系观》,《内蒙古社会科学(汉文版)》第3期。

2016 年

《第二届(1985年)茅盾文学奖作家李准》,《重庆日报》7月24日。

秦越:《浅论电影〈牧马人〉中的李秀芝形象——兼谈李准电影剧本创作艺术》,《名作欣赏》第15期。

2017 年

王雨海:《李准研究》,河南大学出版社。

2018 年

《李准的成名作》,《洛阳晚报》10月13日。

2019 年

秦越、吕东亮：《好大一棵树——与郭建宗先生谈李准》，《南腔北调》第6期。

《洛阳作家李準写出典藏级"黄河故事"》，《洛阳日报》10月29日。

甘浩：《新中国文学的文化建构——关于〈不能走那条路〉的发生学考察》，《郑州大学学报（哲学社会科学版）》第5期。

2020 年

吴景祥：《从〈大河奔流〉到〈黄河东流去〉——李准的复出之路》，《当代文坛》第4期。

何浩：《从赵树理看李準创作的观念前提和展开路径——论另一种当代文学》，《文学评论》第4期。

程凯：《"再使风俗淳"——从李双双们出发的"集体化"再认识》，《文艺理论与批评》第5期。

朱羽：《字里行间的"时势"——研读李准》，《文艺理论与批评》第5期。

李佳贤：《合作化小说"两条道路"斗争模式的形成与示范——以李准〈不能走那一条路〉为中心的探讨》，《当代作家评论》第5期。

陈蕾：《转型时期的小生产者世相——以李准〈石头梦〉为中心的考察》，《宁夏大学学报（人文社会科学版）》第6期。

张磊：《李準新时期创作转型研究》，中央民族大学硕士学位论文。

秦越：《论1980年代文学场域中的〈黄河东流去〉》，信阳师范学院硕士学位论文。

2021 年

向继东：《李準文学回忆录》，广东人民出版社。

董冰：《事大事小——李準夫人自述》，广东人民出版社。

范倩楠：《从影版〈李双双〉的重写式改编看建国初期环境变化》，《作家天地》第1期。

刘保亮：《论李准〈黄河东流去〉的黄河意蕴》，《洛阳理工学院学报（社会科学版）》第1期。

魏华莹：《〈黄河东流去〉创作考论》，《文艺论坛》第2期。

李克坚：《"李双双"和作者李準》，《文艺报》7月5日。

向继东：《〈李準文学回忆录〉编后记》，《书屋》第4期。

魏华莹：《在北阙与黄泥之间——以〈李双双〉为视点的考察》，《文艺争鸣》第12期。

2022 年

莫艾：《"新与旧、公与私、理与时、情与势"中的人——试探李准1954—1955年（合作化高潮前）的小说创作》，《妇女研究论丛》第1期。

李娜：《李双双：从更深的土里"泼辣"出来——试探20世纪五六十年代"新型妇女"的一种生成史》，《妇女研究论丛》第2期。

梁帆：《从"跃出"到"回置"的新人——小说〈李双双小传〉与电影剧本的版本变迁和思想变迁》，《现代中文学刊》第3期。

程帅：《集体生产、家庭生活与妇女解放——李准短篇小说〈一串钥匙〉中的家—社问题》，《妇女研究论丛》第4期。

王杰：《"可见的女性"：形塑新人、妇女解放与"劳动美学"——以〈李双双小传〉的跨媒介改编为中心》，《当代文坛》第6期。

王钰：《从"家庭"到"社会"——李准"十七年"小说创作的一个面向》，重庆大学硕士学位论文。

2023 年

武新军：《论〈李双双〉的跨媒介传播》，《文艺研究》第1期。

吴成熙、吴圣刚：《黄河文化的形象注解——李准〈黄河东流去〉的精神考辩》，《信阳师范学院学报（哲学社会科学版）》第4期。

姜亚筑：《"大跃进"的召唤与挑战——〈耕云记〉中女气象员的成长、压力与限度》，《妇女研究论丛》第4期。

2024 年

魏华莹：《文得其时：〈不能走那条路〉事件研究》，《文艺争鸣》第8期。

魏华莹：《〈老兵新传〉的写作与改编》，《文艺争鸣》第8期。